I ØRNENS KLØER

Tina Hjordt

ISBN: 978-87-92978-01-1

Til krigerne uden våben

1. DUKKEN

"Det brænder!"

Vi stirrede overraskede på Ira. "Hvad, hvor!?"

"Nede på affaldspladsen, nede ved lejren!"

Iras øjne strålede. Han var forpustet, og han havde som sædvanligt glemt at snøre sine sko.

"Kom!"

Jeg sparkede fodbolden ind i haven, og vi satte alle fire i løb. Ira kunne ikke løbe så hurtigt som os andre på grund af skoene, men vi vidste godt, hvor det brændte, det var nede ved sigøjnerne.

Der var mange andre, der havde hørt råbene om branden, og de kom også løbende ned mod affaldspladsen. Det var spændende, for det var lang tid siden, der havde været ildebrand, og dengang var det bare et gammelt skur, som nogle børn havde sat ild til. Hvad mon det var denne gang?

Vi kunne mærke røgen på lang afstand, den sved i øjnene, jo nærmere vi kom, og der var en sur væmmelig lugt af vådt træ. Der stod allerede en flok mennesker og kiggede, men de var så underlig stille. Ira indhentede os.

"Se, hvad jeg sagde," råbte han glad, men i det samme tav også han.

De bar de døde ud fra det brændende hus. Eller hus var vel så meget sagt, nogle lerklinede vægge med et stråtag over var det snarere. De bar i stilhed en mand og en kvinde og et lille barn. En lille pige, tror jeg, for der stak totter af brunt krøllet hår ud under de sække, der var lagt over de døde. På pigens bryst lå en grim lille dukke, hjemmelavet med et groft, lyst træhoved og en rød, snavset kjole.

Jeg stod med mine kammerater og så på mændene, der bankede løs på de sidste stædige gløder. Jeg så min far blandt dem. Han havde sod i ansigtet og på tøjet, og hans skjorte var flænset tværs over skulderen.

"Far," råbte jeg og vinkede.

Han kiggede sig forvirret omkring og fik øje på mig i mængden.

"Far!"

"Daniel, gå hjem til mor, og tag dine kammerater med, I har ikke noget at gøre her."

"Men hvad er der sket?"

"Nej, Daniel, gå hjem nu." Han så bleg og syg ud. "Gå hjem til mor."

Flere og flere mennesker stimlede sammen og kiggede på det nedbrændte hus. Folk var stille på nær et par grædende børn. 'Det var påsat', sagde en kvinde.

Jeg kæmpede mig igennem mængden for bedre at kunne se. De døde blev lagt på en kærre. Muldyrene stod sløvt og ventede i den bagende sol, mens kusken var i færd med at dække ligene til. Den døde mands fødder stak ud. På den ene fod sad en slidt, sort sko, den anden fod var bar.

Med et ryk og en hvinen fra de rustne hængsler satte kærren i bevægelse. En lille flok mennesker fulgte tavse efter. 'Hvor kører han dem hen?', spurgte en pige, der havde en lille snavset dreng i hånden, men ingen svarede hende.

Mine kammerater var forsvundet i mængden, og jeg ville ikke gå lige efter kærren, så jeg blev stående sammen med mennesker, jeg ikke kendte. Min fod stødte på noget i støvet. Det var den døde piges dukke.

2. LYKKELIG BARNDOM

Dengang boede vi i Thessaloniki, en stor græsk havneby og Thessaliens hovedstad. Min farfar var kommet fra Danmark, da han var en ung mand, han havde med hjælp fra sin fars familie i Thessaloniki åbnet en købmandsforretning og havde klaret sig godt. Hans ældste søn skulle overtage forretningen, men hans yngste søn, min far Samuel, var maler. Han arbejdede først for en malermester, men senere startede han sit eget firma, og en dag skulle min morfars hus males. Det skulle min far gøre, og sådan mødte min mor Hannah og min far hinanden. Huset var stort, så det tog lang tid at male, og de havde god tid til at lære hinanden at kende. De blev gift, og så kom jeg, og næsten 11 år efter fødte min mor min lillesøster Eva. Min morfar og mormor døde inden jeg blev født, men familien på min fars side var stor, nogle boede i Thessaloniki, og vi sås ofte.

Vi levede godt. Jeg husker min barndom som meget lykkelig. Vi boede i nærheden af mine bedsteforældres hus, og vi kom hos dem til sabbat og højtider sammen med resten af vores familie og vores venner. Vi kom i synagogen og holdt sammen med mange andre af Thessalonikis jødiske familier.

Min fars forretning gik godt, han havde meget at lave, nok til at han kunne ansætte et par lærlinge. Min far var en dygtig maler, han lærte mig at male, ikke bare væggene i folks huse, men også motiver på små lærreder, som han lavede til mig. Vi tegnede også meget. Når vi var på udflugt, havde vi vores skitseblokke med, og så tegnede vi. Vi tegnede fugle, strande, landsbyer, rige huse, fattige huse, æsler, katte, børn og gamle mennesker.

"Du skal kunne fornemme billedet med lukkede øjne, Daniel," sagde min far, og jeg lukkede øjnene og så den lille båd på det turkisblå hav ganske tydeligt for mig. Jeg tegnede den, og min far ville nikke og sige; "ja sådan, men den streg er lidt for skarp, og der har du sjusket, men havet det er godt." Havet var altid godt, for jeg elskede havet og kunne se det for mig både med åbne og lukkede øjne.

1940. Jeg var lige fyldt 13 år og var netop blevet en bar mizvah. Man siger, at jeg nu var selvstændig i vores jødiske tros forstand og ansvarlig over for vore jødiske love. Vi havde fest hjemme, men selv om mine forældre var stolte over deres store søn, virkede de ikke sådan rigtig glade. For der var ikke noget længere, der var så rart, som det havde været.

I aviserne stod der om krigen i Vest- og Midteuropa, men selvom størstedelen af Balkan var besat, mærkede vi endnu ikke meget til det i Grækenland, alligevel frygtede vi, at krigen ville komme nærmere. Hitlers allierede, den italienske diktator Mussolini sendte den 28. oktober det år sine hære over grænsen fra Albanien til Grækenland. Grækenlands leder Metaxás ville ikke acceptere italienerne, og det siges, at Metaxás var meget nedladende overfor den italienske ambassadør og engang til et møde bare mødte op i badekåbe. Da Metaxás ikke længere gad høre på italienerens krav om græsk overgivelse, sagde han bare 'óhi' - nej, og efter den dag fejres den 28. oktober som Nej-dagen.

Det lykkedes at slå den italienske hær tilbage, men den 5. april 1941 sendte Hitler sine tropper til Balkan for at hjælpe italienerne. Få uger senere var Grækenland erobret af nazisterne.

3. BESAT

I løbet af vinteren 1940-41 kom der flere og flere meddelelser til os om krigen i Europa og om forfølgelser af jøder og indespærring i lejre. De voksne talte lavmælt om det og tav, når vi børn var i stuen, men vi var godt klar over, at der var noget galt. Jeg gjorde i hvert fald, men jeg var jo også en bar mizva. De fleste voksne slog det hen med et, 'det sker ikke for os', men jeg hørte godt, hvad de sagde, når de ikke troede, at vi lyttede.

Der var hele familier, der rejste, blandt andet min fars bror og hans kone og deres børn. De tog op til vores familie i Danmark. De folk, der rejste, havde familier i udlandet. Ira og hans far og mor og bedsteforældre tog også pludseligt af sted. Vi havde leget sammen om aftenen, næste dag var han væk. Huset havde hans familie bare efterladt, som om de lige var gået et ærinde, og ville komme igen om lidt. Døren var låst, men i køkkenet så det ud, som om nogen var ved at forberede et måltid. Der lå auberginer og courgetter og løg i vasken. Jeg gik derned hver dag den følgende uge, men de var væk. I starten gav jeg hønsene mad og vand, men til sidst lukkede jeg dem bare ud, så måtte de klare sig selv.

Efter Ira og hans familie fulgte andre trop, og især de folk, der havde familie i Amerika, tog af sted. En nat hørte jeg min mor græde og bønfalde min far om, at vi skulle tage til Danmark, op til min fars familie, men min far trøstede hende og sagde; 'der er ingen grund til at være bange, der er sikkert nok her – der sker os ikke noget'.

Min egen bedstefar var også blandt de største modstandere af flugt. Men den aften, hvor hans købmandsbutik blev raseret, og der blev malet stjerner og hagekors på facaden, mistede han kampviljen. Han havde som én af de ældste opfordret til ro og besindelse, nu bad han min bedstemor om at pakke det mest nødvendige. Selv tog han kun få af de vigtigste og helligste ejendele. Tefillinerne - læderkapslerne med små stykker pergament med hellige skriftsteder, sit bedesjal - talliten, og chanukiah'en, den lille flerarmede lysestage, som han havde fra sin far, og som vi altid tændte til lysfesten - Chanukkah. Sammen kom bedstefar og bedstemor til vores hus, for at få os med. "Til Danmark, der skulle være sikkert," sagde bedstefar, men min far afslog.

Mor og Eva og jeg fulgte bedstefar og bedstemor til bussen. Mor og bedstemor græd hele vejen, bedstefar var helt stille. De skulle først rejse med bus til Athen, og så se om de kunne komme ud af landet derfra. De så anderledes ud, end de plejede, først kunne jeg slet ikke kende dem. Deres tøj var helt forkert, og både bedstefar og bedstemor havde hatte på, som jeg aldrig havde set dem med før. Bedstefars hat var grøn med en fjer i, og bedstemor, som altid gik med tørklæde, havde fået en alt for stor damehat på med en blå blomst. Hun så mærkelig ud, og jeg opdagede, at hun havde vendt hatten forkert, så blomsten pegede bagud. Det så skørt ud, men jeg kunne ikke få mig selv til at sige det til hende, for hun græd hele tiden.

På vejen kom vi forbi forretningen. Bedstefar lukkede øjnene og vendte hovedet væk. Forretningen så forfærdelig ud, den havde været malet i hvide, blå og grønne farver. Det havde min far gjort. Over døren havde skiltet med 'Købmand' hængt, men skiltet var væk, og i stedet var der med sort farve malet på murene, vinduerne var knust og skodderne revet ned og lå på jorden.

"Bedstefar," sagde jeg, "hvem har gjort alt det?"

"Kom min dreng," sagde han bare og trak mig med, men jeg så, at han græd.

"Du må få ham til at forstå, hvor alvorlig situationen er," sagde bedstefar til mor. "Tag med os til Danmark."

Mor stod med Eva på armen. Hun var helt hvid i ansigtet, jeg havde aldrig set hende sådan.

"Du må få ham til at forstå," råbte bedstefar fra det åbne busvindue. Bedstemor sad ved siden af ham med hatten nede i øjnene, som hun hele tiden tørrede med et hvidt lommetørklæde.

"Få ham til at forstå."

Mor græd og forsøgte at råbe tilbage til ham, men stemmen blev kvalt i hendes gråd og larmen fra busserne og menneskene omkring os. 'Forstå, forstå, forstå'. Ordet blev hængende i luften. 'Forstå, forstå, forstå', det blandede sig med larmen fra bussen, som langsomt satte sig i bevægelse og forsvandt ud af byen. Jeg var lige ved at grine, for selvom det var sørgeligt, så de altså åndsvage ud med de hatte på.

Mor satte sig på en kasse og græd, mens hun holdt Eva og mig ind til sig. 'Forstå, forstå, du må få ham til at forstå'. Jeg tænkte på deres underlige hatte og var igen lige ved at komme til at grine, men så kom jeg også til at græde, for tænk nu, hvis jeg aldrig så bedstefar og bedstemor igen?

To måneder senere fik vi et telegram fra København. Rejsen havde været lang og opslidende. I brevet skrev bedstefar igen det med at forstå. Men da havde min far langt om længe forstået.

Den dag, han hjalp med at slukke branden og så de døde sigøjnere blive kørt bort, vidste han, at vi ikke længere kunne blive boende i Grækenland. Vi var uønskede, men da var det for længst for sent at forlade landet, som almindelige rejsende. Nazisterne og fascisterne og deres sympatisører var over alt. Den 9.april 1941 havde tyskerne indtaget Thessaloniki.

4. EN ROSE

"En rose så dejlig, en rose så fin, rosen er min, rosen er din. En rose så dejlig en rose så fin, rosen er min, rosen er din. En rose så dejlig en rose så fin, rosen er din… nå nej, rosen er min… min, rosen er din. En rose så…"

"Maria! Maria kom så her!"

Hvis jeg ikke siger noget, hvis jeg er stille som en.. øh tudse, for mus larmer, hvis jeg er stille som en tudse, nej en regnorm, er der ingen, der lægger mærke til mig.

"Maria! Nå der er du, Hvad laver du? Se efter din lillebror. Han har skidt i bukserne igen."

"Hvorfor skal jeg? Hvorfor skal jeg altid se efter ham?"

"Fordi han er din lillebror, derfor".

Onkel Django bærer Sergei i strakte arme og sætter ham ned foran mig. Sergei lugter fælt, og farven på hans buksebag vidner om endnu et uheld.

"Hvorfor skal du altid svine dig sådan til, Sergei?" spørger jeg, men han sidder bare og græder tavst. Der står 11 i snot under næsen på ham. "Det er du alt for gammel til."

Jeg hiver bukserne af ham og smider dem om bag nogle buske. De er ikke noget værd. Han hviner og sparker efter mig, men jeg er stærkere end han er, og hurtigere.

"Kom, vi må have dig vasket."

Vi går sammen ned til floden, på den tid af foråret løber der stadig vand i den. Jeg vasker Sergei med det kolde vand, han klynker og forsøge at kæmpe sig fri, som om det gælder hans liv. Han bryder sig bestemt heller ikke om det tørre græs, jeg bruger som en stikkende vaskeklud. Til sidst lader jeg ham løbe.

"Maria, Mariaaaaaaa!"

Åh nej, hvad nu? Det er bedstemor, der kalder, man kan aldrig få lov til at være i fred. Der har været en underlig stemning siden den dag med branden. De voksne er pirrelige og irritable, man skal ikke sige et ord for meget, så vanker der.

"Jeg er her, Bedstemor."

"Du skal øve dig, og hvor er Sergei?"

Sergei kommer løbende med en pind i hånden, Han siger nogle underlige gurglende lyde, han har ikke noget sprog.

"Hold op med det, Sergei. Hvor er hans bukser?"

Bedstemor bøjer sig ned og tager Sergei op på armen. Han er tung, hun har ondt i ryggen, og hun har svært ved at bære ham. Han er fem år.

"Han havde svinet dem til, og de var ikke noget værd."

"Hvordan kan du vide, hvad der er noget værd?"

Vi har pakket vores ting sammen, for Gud ved hvilken gang. Vi kan ikke blive her meget længere, for her er ikke sikkert, ikke efter den dag med branden. Den dag nogen spærrede indgangen til min fasters hus og satte ild til det, så hun og hendes mand og deres lille datter Elani døde. Siden den dag har der slet ikke været rart i Thessaloniki.

5. FLUGT

"Du så, hvad der skete de sigøjnere, næste gang er det os."

Der er stemmer i natten, hviskende stemmer, men jeg kan høre dem. Det er min mor, der trygler min far. Hun hvisker, men ind imellem hæver hun stemmer, og den er skinger.

"Shhh, du vækker børnene!"

Min far lyder træt, og om dagen er han stille. Han får ikke mere arbejde, han har runde, sorte ringe om øjnene, og han er blevet tynd. Min mor er nervøs, mere end hun plejer at være, og hun græder, når hun tror, at jeg ikke ser det. Men jeg ser det.

En nat i midten af april henter mor mig på mit værelse. Hun vækker mig og hjælper mig i tøjet. Hun har allerede pakket en lille kuffert til mig med mit tøj. Jeg ved, at hun har haft den pakket i lang tid og gemt den under sengen.

"Kom," hvisker hun, "vi skal af sted nu."

Søvndrukken følger jeg efter hende. Neden for trappen står far og en fremmed mand. Far har Eva på armen. Den fremmede mand står med en vadsæk over skulderen og bærer på en brun taske.

"Vent," siger jeg, og løber tilbage op ad trappen og ind på mit værelse. I et træskrin, min far har lavet til mig, finder jeg en lommekniv, som bedstefar har foræret mig. Den stikker jeg i lommen. Så opdager jeg trædukken, den døde piges dukke, som jeg har gemt. Jeg stikker dukken ind på maven og løber tilbage til de andre.

Min far låser døren, tager mesusah'en ned fra højre dørstolpe og hvisker, 'Gud vil lede os.' I en lille mørk flok går vi i tavshed ud ad byen. Ved appelsinlunden, hvor jeg så ofte har hugget appelsiner sammen med Ira, holder en mørk lastvogn parkeret, og da den starter, lyder det, som om helvedet bryder løs. Det giver et gib i os alle.

Vi kører ud ad Thessaloniki, på lastvognens overdækkede lad sidder der også andre jødiske familier. Jeg kender kun familien Rosenbaum, de andre ved jeg ikke, hvem er. Vi sidder tæt sammen og i tavshed. I mørket kan jeg skimte, at vi er ni børn. Jeg er nok den ældste. Min lillesøster sidder og sover på skødet af far. Hun vågner ind i mellem og klynker lidt, men trætheden overrumpler hende igen.

Pludselig standser lastbilen. Vi hører stemmer udenfor, og min far tysser på min søster. Vi er stille, jeg tør næsten ikke trække vejret, mon nogen har opdaget vores flugt?

Jeg venter hele tiden, at presenningen bliver løftet til side, og at nogle mennesker vil finde os og tage os til fange. Der bliver pludselig råbt udenfor bilen. Det lyder som om flere mennesker er i gang med at flytte noget fra vejen. '1, 2, 3 løft!, 1,2,3 løft!' Det føles som om det fortsætter i timevis, jeg kan mærke mit hjerte slå helt oppe i halsen, og jeg rykker lidt nærmere hen til far. Bar mizva eller ikke, jeg er glad for, at jeg er sammen med ham og mor.

Pludselig hører vi en lavmælt stemme udenfor vognen.

"Det var en kærre med appelsiner, der var væltet midt på vejen. Vi har fået den fjernet nu. Her er noget til jer."

Der lyder nogle høje bump, da manden kaster appelsiner ind til os. "Vi kører videre nu."

På lastvognens lad er der ingen, der tør svare chaufføren, men far giver mig et klem, og i mørket kan jeg fornemme, at mor smiler. Et lille nervøst smil. Lidt efter sætter vognen sig i bevægelse igen, og vi skramler videre på den ujævne vej. Én af kvinderne tager en appelsin op og skræller den, og der dufter med ét dejligt af appelsin. Appelsinen er sød og frisk, og jeg spiser mit stykke, mens saften løber ned ad mine fingre. Hvor mon Ira er henne nu? Mon han stadigvæk aldrig når at binde sine sko?

Mor sidder overfor far og putter små stykker appelsin ind i munden på min søster. Eva virker mere tilfreds nu. Men hun får et stykke frugt galt i halsen, for pludselige begynder hun at hoste og sprutte og græde i vilden sky. Far tysser på hende og vugger hende, men hun sparker og hoster.

"Hun er træt," hvisker mor, "lad mig tage hende."

Eva holder op med at hoste, men hun bliver ved med at græde. Hendes gråd skærer igennem den tavse forsamling, og nogle af de andre børn begynder også at klynke. Mødrene vugger dem nervøst og næsten ublidt.

"shhhh… shhh…"

Jeg kommer i tanke om dukken, som jeg har stukket ind på maven. "Her," hvisker jeg til min søster, og giver hende den. Hun holder op med at græde og sidder og undersøger den nærmere i mørket. Så knuger hun den lille grimme dukke ind til sig, som var den en dyrebar skat, "Ubbe," sagde hun lykkelig. I mørket kan jeg svagt skimte dukkens grimme træansigt.

Der er en underlig stemning på lastbilens lad. Jeg ved ikke rigtigt, om det er hyggeligt at sidde der i mørket med min familie, eller om jeg skal være bange. Far tager min hånd, han giver den et let tryk, som for at sige; 'vi skal nok klare det, selvfølgelig skal vi det'.

Halvøen Halkidiki ligger som en hånd med tre smalle fingre strakt ud i Ægæerhavet. Vores mål var den lille fiskerby Ouranopolis. Familien Rosenbaum, havde familie i byen. I løbet af vinteren havde fru Rosenbaums bror sendt brev til Thessaloniki om, at der var fredeligt i den lille by. Hr. Rosenbaum havde skrevet og spurgt, om det var muligt at opholde sig i byen. Men der var aldrig kommet svar. Det bekymrede ingen, for posten fungerede ikke længere.

Vi satsede på ophold i Ouranopolis - og vi satsede forkert. Da vi efter en lang nats kørsel nåede byen, blev vi mødt af fru Rosenbaums bror. Han så meget bekymret ud. Fru Rosenbaum er græsk, men giftet ind i sin jødiske familie. Hendes bror er græker og ortodoks kristen, som størstedelen af alle grækere.

Der var også tyskersympatisører på Halkidiki, og et ophold i Ouranopolis ville være alt for farligt, både for os og for fru Rosenbaums familie, sagde han. Vi måtte videre, hurtigst muligt. Broderen foreslog, at vi hyrede en båd og sejlede til en af øerne i ø-gruppen Sporaderne.

"På de små øer har I måske bedre mulighed for at gemme jer, og måske kan I med tiden komme videre til Athen," foreslog han.

"Athen er vel det værste sted overhovedet at tage til," sagde min far.

"Ja, men derfra har I mulighed for at komme ud af landet. Der går måske stadig både væk."

"Måske, måske... men hvorhen? Vi kommer jo til at flakke rundt på havet og gå i land på tilfældige øer," hørte jeg én af mændene sige.

"Så længe vi bevæger os, lever vi," hviskede mor.

Vi blev installeret på loftet af fru Rosenbaums brors hus i Ouranopolis sammen med hr. og fru Rosenbaum. De andre familier kom til at sove gemt på lofter eller i kældre andre steder. Vi havde fået forbud mod at forlade huset. Det var især slemt for os børn, som gerne ville ud og lege på stranden eller gå på opdagelse i den lille by, men vi måtte vente indenfor. Der var ulideligt varmt på loftet. Om dagen sad vi bare sløvt og ventede på, at aftenen skulle komme med køligere vejr. Min mor havde hovedpine og sov. Min søster var pjevset og irriterende. Jeg forsøgte at læse lidt i en kedelig børnebog for hende. Hun sad hele tiden med dukken i favnen.

Min far var med til at forhandle med en fisker om at sejle os til øen Limnos. Fiskeren var nervøs for vejret, det havde stormet meget på det sidste, og han havde også sine bekymringer over at sejle med jøder. Blev han taget, kunne det koste ham livet.

"Stavros Papapetrou har accepteret," hørte jeg endelig far sige. Min far og de andre jødiske mænd havde siddet lang tid og forhandlet med fiskeren.

"Det trækker igen op til uvejr, men når det har lagt sig, tager vi af sted. Fra Limnos må det være muligt at komme mod Athen og derfra videre ud af landet."

"Hvorhen?" ville min mor vide.

"Nordafrika og derfra Amerika... måske."

Uvejret kom. Koksgrå skyer trak sig sammen i horisonten og rullede langsomt ind over byen. I tre dage regnede og stormede det. Lyn flænsede himlen, og tordenskrald truede med at ruske det gamle hus sønder og sammen. Vi havde spande stående flere steder på loftet, for regnen strømmede igennem det utætte tag. Min søster vågnede og skreg ved de værste tordenskrald, og hr. og fru Rosenbaums lille baby blev sygt og måtte have læge.

Lægen kom, behandlede barnet og gik uden at ville have penge. 'Tag bort hurtigst muligt', var det eneste, han sagde.

En morgen var himlen igen blå, og igennem en sprække i det tilskoddede loftsvindue kunne jeg se, at havet var stille. Det gode vejr gav håbet nyt liv, hvornår kunne vi komme af sted? Men der gik endnu flere dage, hvor der ikke skete noget.

'Han stoler ikke på, at uvejret er ovre. Vi skal ud på åbent hav, og de storme, der har været, kan båden ikke klare', hørte jeg min far sige til min mor. 'Vi har været nødt til at presse på og lægge ekstra penge.'

Efter endnu to dage med stille vejr, fik vi besked på at holde os parate. Samme aften skulle vi to ad gangen begive os ned til den ventende båd.

Jeg gik med min mor.

"Tag dit pæneste tøj på," sagde hun til mig. Jeg snørede mine nye læderstøvler og satte min kippah fast på hovedet.

"Nej, ikke den," råbte hun forskrækket, og kom til at slå den lille kalot af mig. "Smid den væk og glat dit hår."

Luften var en smule friskere, da vi i den måneløse nat hastede ned mod vandet. Vi gik stille og ankom to og to til båden, som lå og vippede fasttøjret til en lille mole. Vi blev sendt ned i bådens trange lastrum. Men vi skulle vente lang tid, før der skete noget.

"Han stoler stadig ikke på vejret," sagde hr. Rosenbaum til far.

"Vi kan ikke vente resten af livet," svarede far.

Mor kiggede på ham med store bange øjne.

6. SIGØJNERTØS

"Hold op med den larm!"

"Hun er nødt til at øve sig."

"Så gå et andet sted hen og øv dig!"

"Hvis ikke hun spiller rent, får hun ingen penge. Spil!"

Bedstemor giver mig min bue tilbage, som manden har taget fra mig. "Spil," siger hun igen og nikker til mig. Jeg spiller. Det er fem små melodier, som min mor har lært mig. Sergei smiler og rokker frem og tilbage. Han har stadig ingen bukser på.

"Han er for stor til at rende uden bukser," siger bedstemor mere til sig selv end mig, "spil så, etteren forfra."

Jeg spiller igen.

"Følelse, følelse, f ø l e l s e". Bedstemor er ikke tilfreds, men hvad ved hun i det hel taget om violinspil, det var mor der kunne spille.

Jeg gad ikke spille. Øve passager om og om igen, og da bedstemor var optaget af noget andet, lagde jeg violinen ned i dens kasse og sneg mig bort.

Vi havde været i Thessaloniki i snart en måned, og jeg havde slet ikke set mig omkring. Det plejede jeg ellers altid, gå på opdagelse og finde ud af, hvad det var for et sted, vi var landet. Men nu var alting anderledes, og vi følte os ikke trygge. Vi plejede aldrig at være velkomne, der hvor vi kom frem, selvom mange tålte os alligevel. Mange af mændene var gode håndværkere, min far Zoran og onkel Django var dygtige kobbersmed, og kvinderne syede tøj og lavede smykker. Vi solgte det hele på markederne. Min mor havde lavet sådan nogle smukke sjaler, med broderede blomster på. Dem havde hun lært at lave af sin egen mor.

Min mormor havde jeg aldrig mødt, måske fordi vi rejste bort, det år jeg blev født. Hun spillede også violin, ligesom min mor gjorde, og som nu bedstemor, altså fars mor, ville have, at jeg skulle gøre. For jeg skulle også tjene penge, og derfor skulle jeg spille, mens Sergei stavrede rundt med en hat og samlede penge ind. Nogen mennesker syntes, det var sjovt at drille ham, for så peb han som en kat, men hvis de drillede ham for meget, begyndte han at skrige, og så måtte jeg altid pakke violinen ned og trække af sted med ham, for ellers begyndte han at spytte, og han kunne spytte ret langt.

Men Sergei kunne også være sød og stille, når jeg sad og prøvede at læse, eller hvis jeg skrev ord, jeg havde lært, så sad han stille og kiggede på ordene, og jeg skulle læse dem op for ham, og nogen gange kunne han genkende ordene, hvis han så dem andre steder; 'café, tomater, frisør, av is!' 'Nej, Sergei avis.'

Vi har ikke noget skriftligt sprog, men jeg lærte mig sprogene i de lande, vi var i, og jeg lærte mig selv at stave og skrive. Selvom jeg elskede at læse og skrive, og allerhelst ville gå i en skole og lære endnu mere, så skulle jeg altså også hjælpe med at tjene penge. Så jeg lavede perlearmbånd, som vi solgte. Bedstemor viste mig hvordan, jeg skulle gøre, men hun ville helst have, at jeg spillede, for det gav flest penge. Engang, hvor jeg kom hjem uden at have tjent noget som helst, sagde hun, at det var på tide, at jeg blev bortgiftet, så de ikke længere skulle forsørge mig, og at der sikkert nok var nogen, der ville have mig. Min far sagde, at jeg ikke skulle giftes bort... endnu, og at bedstemor godt kunne glemme alt om det. Men om aftenen, hørte jeg, at de sad og talte om det igen, og jeg hørte også Cora hviske til Django; 'man skal dræbe moderen, førend man kan sælge ungen.'

Bedstemor kaldte på mig, de kiggede på mig, følte på mine muskler, og bedstemor åbnede min mund og jog en finger ind i munden på mig. Hun følte på mine tænder og sagde, at jeg havde stærke tænder, men at jeg var lille af min alder, og at hvis jeg fik mere mad, blev jeg vel større. Jeg er 13 år, og jeg bed hende, for hendes fingre lugtede grimt.

Thessaloniki er en havneby, og jeg havde hørt nogen tale om, at vi skulle finde en båd og sejle i. Min fasters mand var græker. Han havde lige købt en gammel båd, som han ville sætte i stand og sejle fragt ud til øerne med. Jeg kan ikke lide at sejle, der bor nogen nede i vandet. Når man læner sig ud over rælingen, kan man se deres lange hår bølge med strømmen. De sidder fast dernede og kalder på én med venlige stemmer, 'Maria, Mariaaaa'. Det fortalte min faster Ania mig, og nu er hun død. Hun kunne så mange historier.

Vi havde slået os ned ved affaldspladsen. Alle andre steder ville vi være blevet jaget væk med det samme, men ingen brød sig om os ved affaldspladsen. Der lugtede grimt, og der var rotter. Ania havde boet i et hus lige udenfor affaldspladsen, der havde hun boet med sin familie et lille stykke tid, og da vi kom til Thessaloniki, slog vi vores telte op lige i nærheden af hende.

Jeg var glad for at være sammen med hende, hun var sød, og selvom hun fortalte historier, og de for det meste var uhyggelige, så fik hun dem altid til at ende godt. 'Historier skal ende godt', sagde hun, men jeg synes ikke, at hendes egen historie endte godt.

Vi var lige kommet til Thessaloniki, og jeg skyndte mig hen til hendes hus, for at aflevere en lille dukke, jeg havde lavet til Elani. Deres hus var lille, og det var nok ikke så flot som mange andre huse er, men når man er vant til at sove i et telt eller en skurvogn, selv når det er koldt, kan det være meget flot med sådan et hus med vægge og et tag af strå, et ildsted og en rigtig seng. Udenfor voksede der citrontræer, og Ania havde lavet en urtehave, hvor hun såede squash og auberginer og tomater og blomster, og da jeg første gang så bedet, var der allerede kommet små lysegrønne spirer op. Ania gav mig et lugejern og så viste hun, hvilke spirer der skulle væk, og hvilke der skulle blive.

Det var sjovt at luge, for jeg havde ikke prøvet det før. Vi var aldrig særlig lang tid på samme sted, så skulle vi videre, nye byer, nye mennesker. 'Spil Maria, tjen penge Maria, se efter Sergei, Maria, Maria, Maria Mariaaaaa!' Er det så mærkeligt, at jeg altid stikker af og går på opdagelse for mig selv?

Der var mange mennesker på gaden. På et lille marked solgte de frugter og grøntsager, og en kvinde stod og falbød levende blæksprutter fra en kurv. Blæksprutterne var hele tiden på vej op ad kurven. De så slimede ud. Fra bagerens bod duftede der af friskbagt brød, og da jeg gik forbi boden, lykkedes det mig at snuppe en bolle, uden at nogen så det. Jeg stoppede den op i ærmet og spiste den, da jeg var kommet lidt derfra. Der var korender i og den smagte sødt og godt. Uhm, det var lang tid siden, jeg havde smagt noget så godt.

Der var også en bod med tøj. Bluser og kjoler til kvinder, og børnetøj. Jeg tænkte på bukseløse Sergei, han kunne godt bruge bukser, men jeg turde ikke tage nogen, for der stod en mand og gloede vredt på mig, hver gang jeg gik forbi boden.

Fra markedet gik jeg ned mod havnen, der var helt stille i gaden, det var midt i middagspausen, og solen bagte. Der lå rige huse med velplejede haver, hvor der stod blomster i krukker og hang modne appelsiner fra træerne. Pludselig så jeg én af de tre drenge, jeg havde set nede ved Anias hus, den aften det brændte. Jeg var sikker på, at det var ham.

Jeg havde set dem et par gange dernede, første gang om formiddagen, men jeg havde ikke lige tænkt over, hvorfor de var der, og hvad de lavede. De havde siddet og røget, og da jeg kom forbi på vej til Ania, råbte de 'sigøjnertøs' efter mig, men det er jeg så vant til. Om aftenen, da jeg gik hjem, så jeg dem igen. Én af dem løb efter mig, jeg kunne høre ham pruste lige bag ved mig, men han var så fed, at jeg sagtens kunne løbe fra ham.

Det var ham, flæskehovedet, der nu kom gående sammen med to fornemme damer. Han gik bagefter dem, og da jeg passerede dem, kiggede han surt på mig. Mon han boede i et af de fine huse?

Jeg smuttede om bag et mur og nåede lige at se dem forsvinde ind gennem en stor jernlåge. Haven og huset var endnu større end de andre huse. Der var en veranda ude foran, hvor drengen smed sig i en liggestol. Lidt efter kom damerne ud, og der blev serveret limonade og kager af en pige i sort uniform. Drengen forsynede sig, og da han tog tredje gang, slog den ene dame ham over fingrene. Så gik han. Damerne snakkede og grinte, den ene havde en skinger latter. De havde læbestift på, og var meget elegante, noget af det mest elegante, jeg nogen sinde havde set – men ikke særlig kønne eller søde, ikke som min mor havde set ud.

"Sigøjnertøsen!"

Jeg mærkede pludselig et hårdt ryk i min hestehale.

"Sigøjnertøsen står nok og lurer."

Jeg ville vende mig, men den fede trak af sted med mig med et fast greb i mit hår. Jeg slog og sparkede og gjorde, hvad jeg kunne for at vriste mig fri, men han blev bare ved med at gå med mig hængende efter sig.

"Slip mig dit læs," hvæsede jeg.

Han grinte, "der er straf for at lure på andre".

Han trak mig baglæns af sted, og jeg faldt over sten og grene. Han slæbte mig ind i en gård, hvor der var nogle skure, måske vaskeskure, for der hang rækker af vasketøj ned fra snore, der var udspændt mellem træerne.

Drengen åbnede en dør og gav mig et hårdt skub, så jeg faldt og slog mine knæ. Døren smækkede i, en slå blev skudt for, og der var mørkt omkring mig. Efterhånden som mine øjne vænnede sig til mørket, kunne jeg ane, at der lå brænde i det ene hjørne og i et andet stod der en stor gryde. Det måtte være et vaskehus. Der lugtede også af sæbe, og henne i hjørnet bag nogle spande var der nede ved gulvet lavet et hul, så vaskevandet kunne løbe ud. Der trængte en smule lys ind til mig. Jeg bøjede mig ned og kiggede ud, men det eneste, der var at se udenfor, var en hvidkalket mur bag en træstamme.

Jeg prøvede døren, men den rokkede sig ikke. Der var stille udenfor, det gjorde ondt i mine knæ, og jeg kunne svagt skimte tykke striber af blod fra to mørke sår. Jeg satte mig ned og ventede. De mennesker, der havde hængt vasketøjet op, måtte vel komme tilbage og hente det, i hvert fald inden det blev aften.

Pludselig lød der trin ude i gården, og slåen blev skubbet til side. Da døren blev åbnet, trængte solens skarpe lys ind i en bred stribe og blændede mig.

"Sigøjnertøs."

Der blev kastet noget i hovedet på mig, og døren blev lukket med et brag, slåen blev skudt for igen, og jeg hørte den fede grine udenfor. Der lå noget tungt henover mine ben, jeg krøb længere op i hjørnet, men pludselig hørte jeg nogle velkendte pibelyde.

"Sergei!"

Sergei sad sammenkrøbet og holdt sig for ørerne. Sådan sad han altid, når han var bange.

"Sergei, du skal ikke være bange, det er Maria." Jeg strakte hånden ud og fik fat i hans skulder.

"Kom her hen til Maria."

Han kravlede op på mit skød og puttede sig ind til mig.

"Du skal ikke være bange, Sergei. Maria er her, vi skal nok komme væk herfra."

"Sigøjnertossen er her også," råbte den fede udenfor, han sparkede hårdt til døren, så Sergei gav et hop og puttede sig endnu tættere ind til mig.

"Shhh Sergei, du skal ikke være bange."

Jeg vuggede ham blidt, indtil han faldt til ro og sad og snoede mit hår imellem sine fingre. Det gjorde stadigvæk ondt, efter at den fede havde trukket mig af sted i det.

Der var stille igen udenfor. Hvad havde han tænkt sig, og hvorfor kom der ingen og så til vasketøjet? Udenfor hullet i væggen kunne jeg se, at lyset blev svagere. Sergei var faldet i søvn på mit skød, og mine ben sov.

Der lød trin ude i gården igen. Jeg håbede, at det var én, der kom efter vasketøjet og kunne lukke os ud, men igen blev der sparket til døren, så Sergei gav et spjæt fra sig og satte i en pibekoncert. Døren gik op, og den fede stod udenfor, men denne gang stod han med en dunk og en bunke klude. Han smed nogle klude over mod mig. De var våde og lugtede grimt af petroleum. Jeg tog kludene og kastede dem tilbage i hovedet på ham.

Han smækkede døren i med et brag, og Sergei og jeg sad igen i mørke. Med et åbnede flæskehovedet på ny døren og kastede flere våde klude ind til os. Hvad ville den idiot?

Pludselig slog det mig, hvad det var han var i gang med. Jeg havde set ham samme med sine venner nede ved Anias hus. Det var brændt, og de var alle tre døde. Ville han sætte ild til vaskehuset og brænde os inde?

Sergei var holdt op med at klynke, nu sad han og tissede på mig.

"Åh nej, Sergei!"

Han havde stadig ikke bukser på. Det par, jeg havde kasseret, var hans sidste. Den fede åbnede døren igen og smed flere våde klude ind. Det gjorde han adskillige gange, og hver gang med et underligt saligt smil om munden. Jeg satte Sergei ned på jorden, han havde sat sig på mine fødder og trykkede sig ind til mig.

"Shh, Sergei," hviskede jeg og skubbede blidt til ham.

Flæskehovedet havde åbnet døren på ny, og da han ville smække den i, greb jeg et stykke brænde og kastede det hen mod døren. Til mit held lagde det sig i klemme mellem døren og karmen, og da den tykke dreng ville skubbe det væk, greb jeg et andet stykke brænde og knaldede det ned oven i hovedet på ham. Han dansede et par skridt hen imod mig, stadig med det dumme smil om munden, og dejsede om lige foran det sted, hvor Sergei sad.

"Kom, Sergei," råbte jeg, men Sergei blev bare siddende. Jeg greb fat om ham og løftede ham op. Han var våd af tis. Jeg bar ham gennem gården. Flæskehovedet lå i skuret bagved mig og rallede. Så satte jeg Sergei ned og gik over og lukkede døren og slog slåen for. Mit hjerte bankede, som om det ville forlade min krop gennem munden på mig. Dunken med petroleum var væltet, og de sidste dråber af den klare væske dryppede ned på jorden. Ved siden af lå en æske tændstikker. Jeg kiggede på tændstikkerne, overvejede kort, men sparkede den så langt væk, jeg er ikke morder, så vendte jeg mig om og gav døren et ordentligt spark, så det gjorde ondt i mine tæer.

"Jeg ved, hvor du bor, og jeg kommer tilbage efter dig en dag," råbte jeg vredt jeg mod døren.

Sergei sad, hvor jeg havde sat ham.

"Bukser," sagde han og pegede op mod vasketøjet.

Der hang flere par nyvaskede børnebukser i Sergeis størrelse, så da Sergei og jeg lidt efter ilede ud ad gården og væk fra skuret, hvor jeg stadig kunne høre kødhovedet ralle var min lillebror i fine rene bukser og en flot hvid skjorte. Hånd i hånd gik vi tilbage til lejren.

7. ULYKKEN

Kvinder og børn sad stuvet sammen i lastrummet. Der lugtede kvalmt af fordærvede fisk. Et lille barn klynkede, og moderen tyssede på det og gav det mælk. Eva sad på skødet af mor og sov. Far og de andre mænd var sammen med fiskeren, men hvor de var, vidste jeg ikke. Mor talte sagte med en kvinde ved siden af sig, og jeg gled i øjeblikkets ubemærkethed væk fra hende og kravlede op af lastrummets smalle trappe. Det blæste, men det var intet i forhold til den storm, der havde været ugen inden.

Det var befriende at komme op i den friske luft, jeg trak vejret dybt ind, og kravlede helt op på dækket. Vandet slog klukkende mod molen. Jeg hørte pludselig løbende trin, og i mørket så jeg en tynd skikkelse springe ombord. Jeg havde siddet sammenkrøbet ved en rulle reb, og personen gav et forskrækket gisp fra sig, da jeg pludselig rejste mig.

"Hvem er du?" spurgte jeg.

"Yannis," svarede en stemme, "det er min far, der er fisker, jeg kommer med mad til ham."

"Jeg ved ikke, hvor han er," svarede jeg.

"Du gjorde mig forskrækket."

"Undskyld, men jeg ledte også efter min far."

"Skal du sejle sammen med dem."

"Ja."

"Bliver du søsyg?"

"Nej, jeg har prøvet at sejle før" sagde jeg lidt mere modigt, end jeg i virkeligheden var.

Han var stille. Så stak han noget ud til mig i mørket. Det var et lille skib med et lille bitte sejl af stof.

"Jeg har selv skåret det," sagde Yannis, "det kan godt sejle, det vælter ikke og sådan."

"Tak," hviskede jeg, "det er flot." Jeg puttede det forsigtigt i min lomme.

"Vil du give kurven her til min far?"

"Ja, det skal jeg nok," svarede jeg, "og tak for skibet." Jeg ville gerne have snakket lidt mere med ham, det var så lang tid siden, jeg havde snakket med én på min egen alder, men han var allerede forsvundet i mørket.

Lidt efter hørte jeg igen skridt på molen. Det var mændene, der kom tilbage. Jeg stillede kurven ved roret og ville skynde mig ned i lastrummet igen, men pludselig opdagede jeg noget tøj, der lå henne ved rælingen, der hvor vi var kommet ombord. Jeg kunne ikke se, hvad det var, måske en lille barnetrøje, men jeg turde ikke møde min far på dækket, så jeg smuttede stille ned i lastrummet, hvor ingen havde bemærket, at jeg havde været væk.

Efter endnu en lang tids nervepirrende venten, startede fiskeren bådens motor. 'Tuk-tuk-tuk-tuk'. Der gik et stille suk igennem lastrummets lille forsamling. Vi lyttede spændte til motoren tomgang en rum tid, og med et ryk og en knagen og en piben satte båden sig i bevægelse. Vi sejlede! Jeg hørte min mor le, en kort, stille, nervøs latter.

"Endelig," hviskede min far og lagde sin arm om hende, "så er vi på vej."

Vi sad i mørke, og vi var tavse, mens båden gled ud af havnen. Vi stirrede ud i mørket, og vi var bange.

Selv på havet og med Ouranopolis bag os, turde vi stadig ikke sige noget, vi sad krampagtigt stille, men far vovede at tænde en lille olielampe, som kastede en svag gylden ring af lys ud i rummet. Jeg så blege og trætte ansigter omkring mig. Ingen havde endnu forsøgt at stoppe os.

Vi skulle sejle langs med Halkidikis kyst og siden krydse det åbne Ægæerhav og sejle mod øen Limnos.

Far var gået op på dækket sammen med de andre mænd. Han stak hovedet ned til os og smilte, han virkede næsten glad.

"Det regner heroppe," råbte han ned til os.

"Må jeg komme op, far," bad jeg.

"Ikke lige nu, måske om lidt."

"Hvad med blæsten?" spurgte mor.

"Det er blæst lidt op, men det er vist ikke så galt."

I det samme, slog en sø skævt ind på den lille fiskerbåd, som blev kastet til siden med en sådan kraft, at min far måtte gribe for sig, for ikke at falde ned til os. Et af de små børn skreg og begyndte at græde, og kvinderne tyssede nervøst. Min lillesøster var vågnet og begyndt at græde. "Ubbe, Ubbe," hikkede hun, og græd endnu højere, "Ubbe, Ubbe."

"Hun vil have sin dukke," sagde mor og begyndte at rode i en pose. "Daniel, har du set hendes dukke?"

Jeg rystede på hovedet. "Hun havde den, da vi gik ned til båden."

Mor ledte febrilsk videre i en anden pose.

Jeg fandt det lille skib, jeg havde fået af Yannis.

"Se, her," sagde jeg til min søster. Hun tog skibet og var lige ved at knække den lille mast.

"Nej," sagde jeg irriteret, "du må da ikke ødelægge det."

"Ubbe, ubbe," begyndte hun hvinende igen, så rejste hun sig pludselig, tumlede et par skridt ud på gulvet og begyndte at kaste op.

"Åh, nej," hviskede min mor.

"Vent, jeg tror, at jeg ved, hvor dukken er," sagde jeg. Jeg var kommet i tanke om de klude, jeg havde set på dækket.

"Nej vent," hørte jeg min mor sige bag mig, men så satte min søster i med sådan et skrigeri, at jeg tænkte, at det eneste, der kunne få hende til at holde mund, var dukken.

Jeg kravlede op på dækket. Jeg kunne ikke se mændene, men det blæste godt og bølgerne slog ind over rælingen. Regnen og blæsten føltes nu helt dejlig frisk i forhold til det trange rum, hvor luften, foruden den rådne fisk, nu også blev krydret surt af de små børns opkast.

Jeg holdt fast i rælingen og kiggede ind mod kysten. Der var mørkt, jeg kunne hverken se byer eller huse. Pludselig syntes jeg, at jeg kunne se en masse små glimtende lys langt over os, men lige så pludseligt, de var dukket op, lige så pludseligt forsvandt de igen i mørket.

Det var blæst yderligere op. En gevaldig bølge sendte kaskader af vand ind i ansigtet på mig. Jeg slikkede mine læber for saltet, og følte mig ikke bange, som børnene i lastrummet. Båden vippede kraftigt, og jeg så hr. Rosenbaum læne sig søsyg ud over rælingen. Men jeg var søstærk. Pyt, sådan nogle småbølger. I lommen fandt jeg skibet, som Yannis havde givet mig. Jeg knugede det i hånden og slap grebet i rælingen. Dinglende som en fuld mand gik jeg længere frem på dækket, hen mod det sted, hvor jeg mente, at jeg havde set min søsters dukke. Her føltes blæsten endnu stærkere. Det peb og sang omkring mig. Sikke en larm.

"Hallo," råbte jeg, "hallooooo." Blæsten var umulig at overdøve nu. Nye bølger sendte spandfulde af vand ind over mig. Det føltes vidunderligt efter de mange dages venten i det mørke hus i Ouranopolis og efter timerne i det rådne lastrum.

Jeg stod godt der på dækket. Bag mig kunne jeg skimte silhuetten af fiskerskipperen, som stod ved sit ror. Jeg vinkede op til ham, men han så mig ikke. Nu kunne jeg se min søsters dukke, det så ud som om den var kilet ind mellem rælingen og nogle kæder. Pludselig lød der et enormt brag bag mig, og et lyn slog ned i vandet lige ved båden. 'Jeg må hellere se at komme tilbage', tænkte jeg, men i det samme slog en kæmpe bølge ind over rælingen og væltede mig omkuld. Jeg greb fat i noget tovværk og holdt mig fast. Da jeg forsøgte at rejse mig, blev jeg slået omkuld igen af endnu en bølge, så jeg slog min hånd og tabte det lille træskib. Til min rædsel opdagede jeg, at jeg var kurret ud i forstavnen af båden.

Jeg begyndte at kravle tilbage for at nå lemmen ned til lastrummet, men det våde trægulv var glat og slimet, og nye bølger sendte kaskader af vand ind over mig. Båden rullede i bølgerne, jeg måtte op og have fat i kanten af rælingen og trække mig tilbage. Med stort besvær kom jeg op og fik fat i den våde ræling. Båden knagede og bragede, som om den hvert øjeblik ville splintres i tusind stykker. Jeg måtte tilbage til min mor og lillesøster.

Langsomt trak jeg mig hen imod lastrummets lem, der stod en person derhenne, og jeg råbte af mine lungers fulde kraft; 'jeg er her, jeg er her.' Et tordenskrald og et lyn flænsede himlen, og i det samme slog en sø ind over bådens bagbordsside. I et nu var jeg omgivet af vand. Hostende og sprutende kæmpede jeg for at genvinde balancen. Jeg mærkede vandets kraft, det føltes som om stærke iskolde hænder tog fat i mig, løftede mig og bar mig, og for fuld kraft kastede mig fra båden ud i det sorte hav.

Vandet sugede mig ned og holdt mig fast, op og ned fandtes ikke længere, jeg sparkede med arme og ben, men jeg vidste ikke, om jeg dykkede mod bunden eller var på vej op mod overfladen. Igen var det som om stærke hænder trak i mig, og hostende og spruttende kom jeg op til overfladen. En kæmpe bølge skyllede ind over mig, og jeg kæmpede som en gal for at holde hovedet oven vande. Min far havde lært mig at svømme, men jeg slog bare i vandet og vidste ikke, i hvilken retning jeg skulle svømme.

Båden var væk, og jeg var omgivet af sorte bølger, der rejste sig som enorme mure omkring mig. Og hvor var land? Bølgerne kastede mig omkring, og jeg havde fuldstændig mistet stedsansen. Vi var langt fra land, og i hvilken retning var land? Vandet føltes iskoldt, og mit tøj var tungt og gjorde det endnu sværere for mig at svømme. Jeg vristede jakken af mig. Jeg kunne ikke se båden nogen steder. Alt var mørkt, vådt og koldt. Der var bare vand omkring mig. Jeg så min bedstefar for mig, 'forstå, forstå, forstå'. Jeg kæmpede for at holde mig oven vande og svømmede som besat, det bedste jeg havde lært og bad til Gud om, at den retning, jeg svømmede i, ville føre mig ind mod land.

8. REDDET

Alt var mørkt omkring mig. Blæsten var løjet af, men bølgerne slog med stærke drøn ind mod stranden. Der, hvor jeg lå, kunne jeg mærke sand og småsten, og vandet som blev ved med at slå ind over mig og forsøge at trække mig tilbage ud i det sorte, kolde vand. Jeg slæbte mig længere op på stranden, men det var, som om vandet ikke ville give slip på mig. Havet, tænkte jeg, havet havde slugt mig og spyttet mig fra sig igen. Men jeg levede. Jeg kom i tanke om min familie på båden, mon de var i live? Mon havet havde taget dem og beholdt dem? Hvis de havde klaret uvejret, ville de så komme tilbage og lede efter mig?

Jeg kravlede længere væk fra vandet. Jeg var våd og træt, og jeg frøs, så tænderne klaprede i munden på mig. På alle fire kravlede jeg op mod nogle buske. De gav læ for stormen. Jeg havde en smag af blod i munden, og da jeg mærkede efter med tungen, opdagede jeg, at min læbe blødte. Lige over højre øje havde jeg fået en stor øm bule. Jeg tog hånden op til det sted, hvor det gjorde ondt, men mine fingre var fulde af sand, og jeg tværede bare sand rundt i ansigtet. Jeg spyttede vredt, men sandet var ikke til at komme af med, uanset hvor meget jeg spyttede.

Sammenrullet lå jeg og lyttede til stormens hylen. Var jeg mon i sikkerhed, jeg var godt nok ikke druknet, men sæt nu nogen fandt mig og tog mig til fange og udleverede mig til nazisterne! Det virkede alt sammen så frygteligt, at jeg ikke engang kunne græde. Når det blev lyst, måtte jeg forsøge at finde ud af, hvor jeg var, og så ville jeg finde min familie. Mon de var sejlet videre,? Nej de ledte nok efter mig nu. Jeg løftede hovedet og kiggede ud mod bølgerne. Alt var sort, ikke et eneste lys, ikke en eneste stjerne, men de ledte sikkert efter mig, og de ville ikke sejle videre uden mig – hvis de da overhovedet vidste, at jeg var faldet over bord?

Jeg kom til at tænke på min bedstefar igen, ligesom da jeg havde kæmpet mod bølgerne. Men vi havde jo forstået. Vi var flygtet, men måske var det hele allerede for sent? Når det blev lyst, ville jeg holde mig fra andre mennesker, ingen måtte se mig. De kunne jo være fjender. Når det blev lyst, ville jeg flygte videre, videre til Limnos, og så ville jeg finde mine forældre og min lillesøster. Ja, sådan skulle det være.

9. STRANDEN

Jeg må have sovet, for pludselig var alt lyst omkring mig. Jeg lå under buskene, men solens stråler nåede ned igennem grenene og varmede min ryg. Hvor var jeg? Mit hoved gjorde ondt, og jeg kunne mærke hvert et led i min krop. Tøjet var drivvådt, og der var vand i mine støvler.

Det var en lille strand, jeg var kommet til, en sandstrand med det fineste hvide sand, omgivet af klipper og over mig rejste sig en enorm klippevæg. Jeg satte mig op og gned øjnene, men det skulle jeg ikke have gjort, for mine hænder var stadig fulde af sand.

Pludselig følte jeg en enorm tørst, og sulten var jeg også. Tænk at få et stort glas limonade! Jeg begyndte at fantasere om limonade og mælk, et stort glas mælk, eller vand, en kande med koldt, klart vand. Der sad jeg omgivet af vand, som jeg ikke kunne drikke, omgivet af havets salte klare vand.

Jeg rejste mig på stive ben, jeg var svimmel, så jeg måtte støtte mig til buskene, men grenene var fulde af torne, som rev hænderne til blods. Det våde tøj klistrede til kroppen, jeg var nødt til at få det tørret, og langsomt fik jeg hevet støvlerne, bukserne og blusen af. Da jeg smed bukserne, faldt der noget skinnende ud af den ene lomme. Jeg bøjede mig, det var lommekniven. Den havde jeg ikke mistet under opholdet i vandet. Jeg tørrede den godt, for at den ikke skulle ruste. Tøjet lagde jeg på buskenes grene, så tornene borede sig gennem stoffet, det så ud, som om mit tøj havde fået pigge.

Jeg lyttede efter lyden af en kilde, men det eneste jeg hørte, var cikadernes sang og skvulpet fra bølgerne, som slog roligt ind mod bredden nu. Så opdagede jeg nogle store kaktus, der voksede på klipperne over mig. Måske havde de spiselige frugter. Jeg støttede mig til klipperne og nåede endelig hen under kaktusserne, der klæbede sig til klippevæggene flere meter over mig. Der sad faktisk små frugter på de brede tornede blade.

For hvert skridt, jeg tog, føltes det, som om mit hoved skulle sprænges, især nu da solen bagte ned på det, og mine ben rystede. Men jeg måtte have fat i frugterne, de kunne give mig både mad og væske.

Med min lommekniv fik jeg skåret nogle frugter af. De sylespidse store torne på bladene og de små torne på frugterne stak mine fingre til blods, jeg hentede min bluse og lagde frugterne i den. Det var lettere at bære dem på den måde.

Da jeg havde fået samlet en god portion, bar jeg forsigtigt blusen hen til mit skjul bag buskene. Jeg åbnede frugterne med kniven. Det var godt, jeg havde den. Men frugterne var sure og umodne, de smagte beske og var uspiselige. Ærgerlig smed jeg dem fra mig. Tørsten føltes næsten værre nu end før.

Jeg kiggede opgivende ud over havet, og kom igen til at tænke på min familie. Hvor mon de var? Havde stormen kæntret båden og havet taget dem? Var de mon døde? Min mor og søster kunne ikke svømme. Jeg begyndte at græde, men det var så forfærdeligt, at der bare kom nogle hæse underlige skrig fra mig. Ingen tårer. Jeg kiggede mig omkring, som om jeg var flov over, at jeg havde siddet der og hylet, jeg var jo en bar mizva.

Men der var ingen andre på stranden. Jeg var helt alene, og hvor jeg var, anede jeg ikke. Måske i fjendeland. 'I tillid til din store kærlighed, oh Herre', hviskede jeg. Det var det eneste jeg kunne huske fra indgangsbønnen, 'I tillid til din store kærlighed, oh Herre'.

10. KAOS

Da vi kom tilbage til lejrpladsen, var der kaos. Soldaterne havde givet os ordre på, at vi skulle forlade området med det samme. Vi var vant til at blive smidt ud, når vi havde slået lejr et sted, men denne gang vidste vi bare ikke, hvor vi så skulle tage hen. Sådan var situationen i Grækenland lige nu, og det var omsonst at tage tilbage mod Albanien, for der var der endnu værre.

Min far havde længe talt om at købe en gammel båd og tage ud til øerne. 'Der kan man vel være i fred for italienere og tyskere', sagde han, og Anias både var der ingen, der skulle bruge nu. Når vi blev smidt væk fra et sted, kunne vi sejle videre til en ny ø – der var masser af dem. Vi havde været flere familier, der rejste sammen i en kumpania, vi var fra samme klan, giftet ind i hinanden. Nu skiltes vi, det ene hold, den største gruppe, for at tage op i bjergene mod Jugoslavien, det andet for at finde båden og sejle videre med den. 'Som strømmende vand der spredes og samles', sagde bedstemor.

Foruden far og bedstemor, Sergei og mig, var der Django og hans kone Cora og deres lille dreng, som jeg kaldte Pæren, fordi han havde et mærkeligt pæreformet hoved, og så to mænd, der var fætre til far og onkel, og som jeg ikke brød mig om. Den ene af fætrene sagde, at han kunne sejle en båd.

Eskorteret af soldater drog vi af sted med et par trækvogne fyldt med vores ejendele. Beboelsesvognene og muldyrene, havde de andre fået.

Der var ikke mange både på havnen, nogle enkelte fiskerbåde og en lille færge, der før i tiden havde sejlede til Piræus. Anias mand havde været i gang med at sætte båden i stand. Han var græker, ikke sigøjner som os. Han havde købt båden billigt, for den skulle repareres, og motoren var ikke stabil. Vi ledte blandt bådene på havnen, men vi vidste ikke, hvad vi skulle lede efter – kun at det var en træbåd, og at Nicos Spanos havde ejet den. Ingen på havnen kendte noget til den.

Sergei gik sammen med mig.

"Båd," sagde han, og pegede hver gang vi kom til en ny båd.

"Kom nu bare, Sergei," sagde jeg træt.

"Båd."

"Båd, ja".

Han var blevet stående ved et gammelt vrag af et træskib, der manglede adskillige planker i skroget.

"Båd!"

"Kom nu for pokker, Sergei."

"Båd, A N I A, båd".

Jeg vendte mig om, hvad var det, han havde sagt?

"Hvad sagde du, Sergei?" spurgte jeg ham.

"Båd."

"Ja, ja," sagde jeg bare, "båd."

"Båd, A N I A, Ania båd."

Han blev stående ved det lille skib og pegede. "A N I A".

Træskibet var ikke så stort, der var ikke megen maling tilbage på det, men på bagstavnen var der med flotte store blå bogstaver malet navnet 'Ania'. Sergei havde fundet båden, moster hed jo Ania.

Der skulle bruges mange timer på den gamle skude, førend vi overhovedet kunne overveje at sejle af sted. Vi sov i båden om natten, om dagen arbejdede mændene med at få den gjort sejlklar, og imens lavede bedstemor, Cora og jeg perlearmbånd og sjaler, vi kunne sælge. Pæren lå og sov eller blev ammet af Cora, og Sergei sad på kajen og kiggede på mændenes arbejde.

Arbejdet gik trægt, der var uenighed om, hvordan det skulle gribes an, og ofte endte det hele i skænderier og ind imellem endda slagsmål. Om aftenen kunne mændene sidde i timevis og drøfte næste dages arbejde, og mange af de penge, som vi tjente på vores håndværk og på mit spil, gik til mændenes Ouzo. Hver dag måtte jeg løbe op til et marked og købe nye forsyninger.

Et frygteligt uvejr satte ind, og jeg var glad for, at vi ikke kunne komme af sted, så længe vejret var så dårligt, men en skønne dag var det klaret op, og da soldaterne endnu engang havde været nede og sige, at vi skulle væk, gav min far ordre til, at komme ombord. Med en hostende motor stævnede vi ud fra havnen. Jeg bad i min moders navn til, at 'Ania' var parat til havet.

11. MOD DET UKENDTE

Solen var kommet højt på himlen og bagte ned på min strand. Jeg kravlede længere ind under buskene, længere ind i skyggen. Et firben løb fra sit skjul op på klipperne og forsvandt mellem nogle sprækker. Hvis der kom mennesker på stranden, ville jeg gøre som firbenet, gemme mig. Jeg kom i tanke om tøjet, der lå til tørre på busken. Tøjet kunne røbe mig, det måtte væk.

Der var stegende hedt på min strand, og selvom jeg sad i skyggen af buskene, var varmen ulidelig. Den gjorde mig døsig, og jeg lagde mig med hovedet på en lille bunke sand.

Jeg lukkede øjnene, og i min døs så jeg vores hus i Thessaloniki, vores hjem, som det var før, dengang bedstefar og bedstemor boede der, dengang familien Scholem var der og mine to venner, Ira og Aron. Skolen i den gamle tempelgade, min lærer hr. Meier og mine skolekammerater. Jeg så far og mor stå med Eva ved vores hus, og jeg så os på tur til havet, far og jeg med vores skitseblokke. Da jeg åbnede øjnene, var jeg et kort øjeblik ved det hav, men så opdagede jeg, at det var 'mit hav', og at jeg var her alene. Varmen og trætheden overvældede mig, jeg lukkede øjnene, tankerne tog magten fra mig og blev til drømme.

Da jeg vågnede, var skyggerne blevet lange, solen var ved at gå ned, og det var blevet en smule køligere. Jeg tog tøjet, som nu var knastørt og stift af saltet fra havet, og klædte mig på. Mine støvler gnavede, de fine nye støvler var blevet helt umulige efter opholdet i vandet. Tørsten var stor, sulten større.

Hvad skulle jeg gøre? Båden med mine forældre kom nok ikke tilbage, så måtte jeg vel klare mig selv. Jeg kunne ikke blive her i al evighed og vente på dem. På én eller anden måde måtte jeg forsøge at komme væk, komme i sikkerhed, måske kunne jeg følge efter dem til øen Limnos, måske kunne jeg finde mine forældre? Men hvordan det skulle lykkes mig, anede jeg ikke. Jeg var uden mad, uden penge og uden mennesker, jeg kendte og kunne stole på. Mennesker der kunne hjælpe mig.

Hvor havde vi været, da jeg faldt over bord? Jeg anede det ikke, det eneste jeg huskede var, at vi var sejlet fra fiskerbyen Ouranopolis midt om natten. Jo, vent lidt... jeg kom i tanke om de underlige lys, jeg havde set inde på kysten, som om de kom fra et stort hus, ja måske endda borg. De lys der dukkede op i mørket og pludselig forsvandt igen.

I vandet havde jeg ikke vidst, hvor jeg skulle svømme hen, jeg svømmede bare og forsøgte at holde mig flydende, indtil jeg mærkede fast grund under fødderne. Mon jeg var i nærheden af den borg? Hvis der var lys, var der vel også mennesker, men bare det at der boede mennesker, betød jo ikke at de var venlige. Sæt nu, at det var fascisterne eller nazisterne?

Vand og mad kom ikke til mig af sig selv, jeg var nødt til at finde det, ellers kunne jeg lige så godt sætte mig ned og vente på at dø. Stranden her var i hvert fald øde. Min bedstefar havde fortalt mig, at man i bjergene kunne opholde sig i årevis uden at møde andet end de vilde dyr. Hvad nu hvis det her sted var sådan? Hvad nu, hvis jeg ingen mødte? Hvad nu hvis det var en øde ø?

Solen var gået ned, men det var stadig lyst. Med solen forsvandt den værste hede, og den køligere luft var en befrielse. Mit tøj sad underligt skævt på mig, men det var værst med støvlerne. Jeg havde fået dem til min bar mizva, og de havde været nye og fine og lavet efter mål, nu så de forfærdelige ud, matte og sprukne, og de skar mine fødder. På klipperne ville jeg være nødt til at have dem på, men når jeg kom op på en vej, kunne jeg måske tage dem af og gå barfodet.

Da det var helt mørkt, begyndte jeg forsigtigt opstigningen ad den stejle klippevæg. Det var sværere, end jeg havde regnet med. Krat og kaktus hev fat i mig, og flere af de klippestykker, jeg klamrede mig til, løsnede sig og faldt raslende ned på stranden langt under mig. Mine støvler var stive og ubrugelige, og mine fødder skred konstant på de løse sten. Mine hænder var blodige af stikkende grene og kaktussers torne, og det var med nød og næppe, jeg blev hængende. Jeg slog hul på bukserne, og jeg rev mit knæ. Såret på mine sprukne læber sprang op igen, og mit hoved dunkede.

Den værste stigning var vist ovre nu, jeg kravlede på alle fire det sidste stykke og faldt udmattet om i noget græs. Cikaderne sang, og der duftede stærkt fra blomsterne og buskene omkring mig. Jeg for sammen ved et underligt skrig. En stor fugl fløj larmende op lige foran mig. Da den lettede, slog dens vinger imod mit ansigt. Dens skrig var højt og skingert, den var så tæt på, at jeg kunne have grebet ud efter den.

Himlen var sort og beklædt med tusinde stjerner, månen var ikke fremme endnu. Jeg kiggede efter de stjerner, som min mor havde lært mig navnene på, og som jeg så ofte havde set på nattehimlen over Thessaloniki. Nu var de der, næsten som gamle venner.

Pludselig hørte jeg lyden. Den havde været der et stykke tid, men den lå ligesom under alle de andre lyde, nattens lyde. En ganske svag klukken, men den blev kraftigere, jo mere jeg koncentrerede mig om den. En bæks rislen, lyden af vand. Der var vand i nærheden. Jeg kravlede i blinde, og pludselig sank min ene hånd ned i koldt vand. En bæk med iskoldt vand.

Jeg lagde mig på maven og drak. I store slurke drak jeg af bækken, dyppede hele ansigtet, hele hovedet ned i vandet og lod det rense skidtet og saltet af mig. Jeg blev ved med at drikke, til jeg fik ondt i halsen og maven.

Vandet gav mig ny styrke, og efter at jeg havde hvilet mig lidt, begav jeg mig videre opad. Jeg fulgte bækkens løb, men med ét forsvandt den ind under nogle sten i en skråning, og da jeg ville undersøge, hvor det var blevet af, opdagede jeg, at bækken løb ind under en lille bro. Hvis der var en bro, måtte der jo også være en vej? En vej som kunne føre mig til mennesker. Det var ikke en rigtig vej snarere en sti, men det var bedre end at kravle på alle fire op ad en stejl skråning med løse klippestykker og stikkende buske.

Skulle jeg nu gå til højre eller venstre? Jeg valgte vejen mod venstre, den måtte føre mig tilbage langs kysten, måske endda tilbage til Ouranopolis. Hvis det altså ikke var en ø, jeg var havnet på, for så ville vejen, uanset i hvilken retning jeg gik, føre mig tilbage til 'min strand'.

Stien var ikke så let at gå på, flere steder stødte jeg ind i klippestykker og store sten, og ind imellem var den groet helt til. En lille pinjelund dukkede pludselig op af mørket, og et dyr flygtede larmende mellem træerne. Jeg stoppede op med bankende hjerte, men jeg måtte videre, jeg kunne ikke lade mig forskrække af et rådyr eller et vildsvin. Dyret var nok også mere bange for mig end jeg burde være for det.

Bag træerne var månen stået op. Aldrig havde jeg set månen så enorm. Stor og gul og så nær ved mig, at jeg kunne se dens ansigt. Et venligt smilende ansigt. Den ville lyse for mig og hjælpe mig på vej. 'Det skal nok gå', tænkte jeg, 'jeg er sikker på, at det nok skal gå', men stadig bange og stadig uvis om, hvad der ville ske mig, fortsatte jeg min vandring mod det ukendte.

12. I STALDEN

Det var æslernes 'I-AH', som fortalte mig, at jeg var i nærheden af mennesker. 'I-AH, I-AH,' lød det. Lyden kom fra en klynge bygninger, som lå et stykke fra stien. Jeg stod gemt bag træerne. Der var ikke noget lys at se og intet tegn på mennesker. Kun æslernes 'I-AH'. Jeg sneg mig i ly af buske og træer over mod bygningerne. Det lignede stalde, men i mørket var jeg ikke sikker. Jeg havde set huse udenfor Thessaloniki, som lignede stalde, men hvor der boede fattige mennesker. Usle og faldefærdige skure, og alligevel boede der familier i dem.

Æslerne stod i en klynge ved én af bygningerne, og jeg gik over til dem. Hvorfor jeg gjorde det, ved jeg egentlig ikke, måske bare for at røre ved andre levende væsener. Æslerne prustede lidt, der var to føl imellem dem. Jeg kløede et af dem bag ørerne, det kunne det godt lide. Det strakte hals, rykkede sig tættere hen til mig og puffede til mig med sin mule. Det greb fat i min trøje med sine tandløse gummer, og hev i ærmet. 'Hold op', hviskede jeg.

'I-AH', brølede et af de andre æsler pludselig, så det gav et sæt i mig. Larmen var enorm midt i den mørke stilhed.

'Shh, du må ikke røbe mig.' Men der skete ingenting, intet tegn på liv udover æslernes og mit eget.

Æslernes stalde var åbne, så dyrene kunne gå ud og ind. Der duftede godt af hø, og i et rum ved siden af staldene blev der opbevaret store stakke af det tørre græs. Jeg satte mig i høet, og følte trætheden overvælde mig. Bare en time her i det bløde velduftende hø. Jeg vidste, at det var farligt, tænk hvis jeg faldt rigtig i søvn og blev opdaget, når det blev lyst!

Men bare en time, bare et kort hvil kunne vel ikke skade. Jeg tog mine støvler af. De havde gnavet mig, og det var rart at få dem af fødderne. Jeg var sulten og burde finde mad, men bare et kort hvil, jeg lukkede øjnene, bare et kort hvil.

Det var igen æslernes skryden, der bragte mig tilbage til virkeligheden. Jeg for forskrækket op og opdagede til min rædsel, at det var blevet lyst. Solen skinnede, og fuglene overdøvede cikaderne med deres sang.

Æslernes stald lå omgivet af en lille fold. Græsset var slået for nyligt, og nyt var ved at spire op. Rundt om folden voksede der træer, og den lund, jeg var gået igennem, var udkanten af en skov, som strakte sig op ad skrænterne så langt øjet rakte. Folden var indhegnet af trærafter, men udover stalden og laden, kunne jeg ikke se andre huse.

Den første angst, jeg havde følt, blev nu overskygget af en gnavende sult. I skoven kunne jeg måske finde nogle bær og rødder, jeg havde læst i en bog, at man kunne overleve sådan, og der måtte være en bæk eller en brønd i nærheden, for æslerne havde et drikketrug stående fuld af vand.

Jeg ville glide ned fra høstakken, da jeg i det samme hørte stemmer. Lynhurtigt gemte jeg mig i høet og begravede mig dybt i det, til jeg var helt dækket. Stemmerne kom nærmere, men jeg kunne ikke høre, hvad der blev sagt, eller på hvilket sprog der blev talt.

Personerne passerede ganske tæt forbi mig. Jeg lukkede øjnene og tænkte, 'nu ser de mig, nu finder de mig, nu hiver de mig frem og skyder mig!' Jeg var sikker på, at mit åndedrag kunne høres mile vidt omkring, og jeg var så bange for, at personerne kunne lugte mig, som om de var hunde på jagt efter vildt. Mit hjerte bankede så kraftigt, så jeg følte, at hele høstakken stod og hoppede.

Tiden stod stille. 'Nu!', tænkte jeg, 'nu!', men personerne passerede mig, og stemmerne tonede bort. Rolige mandsstemmer, som havde talt græsk, det var jeg sikker på, for jeg havde opfattet nogle af ordene, noget med 'taget til Karies' og 'medicin'. Jeg var altså stadig i Grækenland, måske blandt venner, måske blandt fjender, men under alle omstændigheder blandt mennesker, som talte et sprog, jeg forstod.

Jeg kiggede forsigtigt frem fra mit skjul. Æslerne stod i skyggen af nogle træer og gumlede på mad, der var hældt op i deres trug. Der var igen intet tegn på mennesker. De personer, der havde talt sammen, var ikke bønder, det kunne jeg høre på sproget og tonefaldet, snarere en lærer og hans elev eller måske personer fra kirken. Men hvad lavede de her hos æslerne?

Jeg blev siddende længe i høet. Middagssolen stod højt på den skyfri himmel, og hvis jeg vovede mig væk fra mit gemmested, ville jeg være som en skuespiller på en scene badet i projektørlys. Jeg var nødt til at vente, til jeg kunne komme væk i ly af mørket.

Mine tarme skreg af sult, og min mavesæk vred sig i smerte inden i mig. Jeg prøvede at tygge på lidt hø. Kunne æslerne, kunne jeg vel også. Men høet blev til en hård klump i munden. Den bare voksede og voksede, jo mere jeg tyggede på den, og til sidst spyttede jeg den ud. Det var ækelt.

Jeg fantaserede om mad. Stegte tomater, kyllingelår, fyldte auberginer, brød, feta, kold citronlimonade, æbletærte! Til sidst kunne jeg ikke klare det mere, jeg måtte have noget at spise. Stille som en kat gled jeg ned fra høet, og forsigtigt sneg jeg mig langs stalden hen mod æslerne.

De stod stadig under træerne, nogen stod ret op og ned, de to små føl havde lagt sig og sov, og ingen værdigede mig et blik. De havde fået tørrede æbler, og et par stykker fra trillet over bag nogle sten i udkanten af folden. Jeg greb æblestykkerne og krøb helt hen til et af æslerne, der stod og døsede. Æblet smagte sødt og godt. Jeg gnaskede det sultent i mig med både kernehus og blomst, så krøb jeg tilbage for at finde flere æbler og søgte igen sikkerhed hos æslet, der bare kiggede sløvt på mig og stak sin mule ned i mit hår og prustede.

Æblerne fyldte min mave, men de gjorde mig frygtelig tørstig. Æslernes drikketrug var halvt fyldt, men der lå insekter på vandoverfladen. Dem tog jeg forsigtigt op, inden jeg drak af det lunkne vand. Da jeg havde stilnet tørsten, tænkte jeg først på at kravle tilbage til æslerne, men en pludselig indskydelse fik mig til at springe op og løbe, alt hvad jeg kunne, over mod skoven.

Jeg kravlede gennem hegnet og smed mig i det høje græs, mens jeg hele tiden ventede på at høre råb bag mig. Men intet skete, ingen stemmer og intet vredt; 'Hallo, hvad laver du her!'

Forpustet lå jeg og snappede efter vejret, men alt var stille. En sjælden gang hørtes en fugls dovne kalden, men ellers kun cikadernes uophørlige sang. Så langt så godt, og nu havde jeg endda fået lidt at spise, så jeg havde kræfter til at komme videre.

Den smalle sti, som jeg havde fulgt om natten, så ikke ud til at blive brugt ret ofte. Den var flere steder groet til med vedbend og vilde roser, jeg turde ikke gå der midt på dagen, hvor jeg var i fare for at møde andre mennesker, men jeg turde heller ikke forlade den, da bevoksningen omkring den var tæt og helt ufremkommelig. Så i stedet satte jeg mig til at vente på, at det igen skulle blive mørkt.

Tiden stod stille i den bagende sol, men mine tanker flaksede vildt omkring. Mon de havde klaret sig? Mon far og mor og Eva havde det godt? Havde havet taget dem… eller tyskerne? Jeg ville ikke græde, jeg ville ikke græde…, ville ikke… og så græd jeg. Jeg gned øjnene, men tårerne var ikke til at stoppe, og snøftende lod jeg dem bare få frit løb. Det hjalp en smule at græde. Jeg lagde mig på jorden og gemte ansigtet i noget græs. Min næse løb, og jeg havde kun min trøje at tørre den med, men trøjen var stiv og hård af saltvandet. Snøftende faldt jeg i søvn. Mon jeg nogen sinde skulle se mor og far og Eva og bedstemor og bedstefar igen?

13. BÅDEN

"Kylling… kylling!"

"Ti stille, Sergei…, ååååh neeej!"

"Kylling."

Hvordan kan en sejltur på blikstille vand gøre én så søsyg? Det her er ikke mit element.

Sergei stod glad og pegede på den middagsmad, jeg i stråler spyede ud over rælingen og ned langs skibets styrbordsside. Der var ikke engang nævneværdige bølger, båden åd sig langsomt og hakkende gennem vandets rolige, blå overflade.

Ingen andre end jeg var søsyg, hvilket jeg ikke forstod, for vi er rom, et omvandrende folk, ikke et omsejlende folk. I bådens lastrum, hvor vi spiste og sov, var der trangt og lummert, og selvom det føltes rarere oppe på dækket i den friske luft, blev jeg bare ved med at være dårlig.

Til sidst kunne jeg ikke kaste mere op, min mave var tom, og jeg spyttede og spyttede bare bitter galde ud. Sergei hentede sække, som jeg kunne ligge på. Han kom også op med en lille bog, han altid sov med. Den handlede om en pige, der boede på et bjerg, hvor hun fandt en meget smuk ædelsten. Den ville han have mig til at læse igen og igen, så vi begge efterhånden kunne den udenad.

"Nej, Sergei, ikke læse nu, Maria er syg."

Han forsvandt ned i lastrummet og kom op med min violinkasse.

"Spille?"

"Nej, ikke spille nu, Maria er syg," snøvlede jeg, jeg skulle kaste op igen, "læg den nu væk."

Blå himmel, det var det eneste jeg kunne se, der hvor jeg lå i skyggen af førerhuset. Det var tre dage siden, vi forlod Thessaloniki. Det var vindstille, så vi kunne ikke gå for sejl, og motoren satte hele tiden ud. Vi fik kun lov til at gøre korte ophold for at købe mad eller tanke. Uanset hvor vi kom frem, blev vi smidt væk, men altid først efter at vi havde fået lov til at købe og betale. Vores penge var gode nok. Jeg havde en frygtelig kvalme på den båd, og hver gang jeg havde spist lidt mad, kom det op igen, og min mave føltes efterhånden som et stort tomt hul.

"Spille?"

Sergei sad og fumlede ved violinkassen. Han elskede at høre mig spille, melodien om gøgen og nogle af børnesangene, hvor jeg havde lært ham ordene, så han sad og mumlede med, men også de andre stykker, som mor havde lært mig, stykker af Mozart og Bach.

"Spille...?"

Til trods for kvalmen og bådens evige vuggen faldt jeg i søvn, men det var ikke en rolig søvn. Larmen fra bådens motor blandede sig i drømmen, og jeg var tilbage i vaskehuset, hvor 'kødhovedet' hældte petroleum ned over mig, mens han slog på en spand; bank, bank, bank, bank. Sergei hang i et par bukser på en tørresnor og råbte 'spille', og lige pludselig lød der virkelig musik, en lille spinkel melodi, som blandede sig i bankelyden og mågernes skrig. Det var melodien om gøgen. Den var ikke spillet helt rent, men det var den, det var der ingen tvivl om. 'Følelse, følelse, følelse', bedstemor dukkede op i drømmen, og med et var det hende, der slog på spanden med en stor grydeske. Violinen tav, men begyndte så igen, denne gang mere sikkert og højere; 'følelse, følelse, følelse'.

Jeg vågnede med et sæt, min violin! Jeg gloede på Sergei, som forvirret var i gang med at lægge instrumentet ned i kassen. Han så bange ud. Så mærkede jeg, at kvalmen kom tilbage, bare endnu voldsommere end før, og jeg nåede lige at træde hen over Sergei og hænge mig ud over rælingen, førend mavekrampen og opkastninger tog fat på ny. Jeg hang et stykke tid og kiggede efter Anias havfolk og deres lange hår, men vandet var så dybt, at jeg ikke kunne se bunden.

"Sergei, tog du min violin op?"

Det måtte være noget, jeg havde drømt, han havde aldrig spillet på violinen før, det var der ingen, der nogen sinde havde givet ham lov til, men han sad bare stille og kiggede ned for sig.

"Sergei, hør nu."

Han rystede på hovedet.

"Hvad var det for en melodi?"

Han kiggede op, og det slog mig, at det var første gang i lang tid, at jeg så ham smile. Han så så sød ud, selv med 11-tallet under næsen.

"Gøgen," sagde han glad.

"Spillede du på violinen, Sergei?"

"Maria spille," sagde han, "Kuk kuk, kuk kuk."

Jeg tog ham op på skødet.

"Maria skal lære dig at spille," hviskede jeg, "hvis Maria lærer dig at spille, kan det ikke gå dig helt galt, det sagde mor altid til mig." Jeg kyssede ham på håret, det var stift af salt efter dagene på havet. "Maria skal lære dig at spille."

"Gøgen," sagde han glad, "Sergei spiller Gøgen."

Cora kom op på dækket. Hun kiggede surt på mig,

"Ligger du stadigvæk bare og dovner?"

Jeg gad ikke svare hende, hun skulle bare prøve, hvordan det var at være søsyg.

Båden ændrede kurs, og efter flere dages sejlads langs kysten styrede vi nu mod en vig, der lå omgivet af høje skovklædte skrænter. Det skulle blive herligt at få fast jord under fødderne igen.

"Lad mig få lov at komme i land," bad jeg, og sammen med Zoran og bedstemor, Sergei og Cora, roede Django os ind til en lille sandstrand, hvor vi kunne vade i land. Åh, det var himmelsk at have fast jord under fødderne. Jeg følte mig så træt, og det hele sejlede stadigvæk inde i mig, men langsomt forsvandt svimmelheden og kvalmen og blev erstattet af en glubende sult.

"Hvor er vi?" spurgte jeg Zoran, han havde sat sig ned på nogle klipper og åbnet en flaske brændevin, det var aldrig et godt tegn.

"Halkidiki," sagde han bare, "hjælp din bedstemor med at lave mad."

Halkidiki, det havde jeg aldrig hørt om før, men hvis vi blev her nogle dage, kunne jeg vel finde ud af det.

14. MAVEPINE

En skærende smerte i maven bragte mig fra min urolige søvn tilbage til virkeligheden, og selv der ville jeg have foretrukket smerterne fra virkeligheden, nu havde jeg begge. Det var stadigvæk lyst, og jeg kunne ikke have sovet særligt længe. Det føltes, som om der blev stukket knive ind i mit mellemgulv, og det gjorde så ondt, at jeg ikke turde trække vejret.

Forsøg på at ligge bedre var umulige, og ligegyldigt hvad jeg gjorde, blev smerterne bare værre. Når jeg før i tiden havde mavepine, plejede min mor altid at sige, 'stræk dig ud og så prøv at trække vejret dybt og langsomt ind', men de her smerter var så voldsomme, at jeg kun kunne ligge sammenrullet. Det svimlede for mig, og en kold sved sprang frem på panden. Bare jeg kunne falde i søvn igen og drømme mig væk.

Pludselig mærkede jeg, at jeg meget hurtigt skulle finde et toilet. Jeg kom næsten til at grine, for hvor skulle jeg finde et toilet midt i en skov? Det hastede og stadig sammenkrøbet fik jeg med stort besvær hevet mine bukser ned og nåede lige at sætte mig, inden den store ulykke indtraf. Jeg havde fået diarré, en eksplosiv omgang. Æblerne, æslernes æbler, det måtte være dem, eller vandet i truget. Middagen havde vist ikke været så god for min mave. Det var ækelt. Jeg kunne ikke blive liggende der, men maveknebene gjorde det bestemt ikke lettere for mig at gå på den dårlige sti, og gang på gang måtte jeg lynhurtigt sætte mig for at tømme mine tarme.

Jeg følte mig beskidt og ulækker, og det visne græs, som jeg brugte til at tørre mig med, stak modbydeligt. Den energi, jeg havde følt om morgenen var væk, nu følte jeg mig slap og svag. 'Der kan ikke komme mere ud nu', tænkte jeg, da jeg endnu engang sad med bukserne nede, men det kunne der, og jeg havde skidt på mine sko.

Langt om længe forsvandt smerterne. Det var blevet mørkt igen, og jeg måtte se at komme videre, men jeg kunne bare ikke. Mine ben føltes som gelé. Jeg havde lagt mig under en stikkende busk ved siden af nogle gule blomster. Blomsterne tiltrak bier, og i løbet af dagen var jeg flere gange vågnet ved deres summen.

I min døs havde jeg en frygtelig drøm om min familie. De druknede, jeg så dem forsvinde i nogle store sorte bølger, de råbte og vinkede til mig, inden de forsvandt. Min mors lange sorte hår bølgede som tang i det klare vand. Bagefter var vandet helt stille, men midt i det flød den lille dukke med det grimme ansigt. Jeg fiskede den op, og pludselig var den lille dukke en mini udgave af min søster; 'Ubbe, Ubbe, Ubbe' peb den, og en vuggesang mor altid sang for min lillesøster blev ved med at kværne rundt i hovedet på mig.

Jeg vågnede med et sæt, og rystede hovedet, som for at ryste det sidste af drømmen væk, men hver gang jeg lukkede øjnene, kom drømmen og min mors sang tilbage. Drømmen var så tæt på, så virkelig. Jeg ville væk fra drømmen, væk fra det lede mareridt, men jeg kunne ikke rejse mig, og jeg begyndte at spekulere på, om det overhovedet var en drøm, eller om det virkelig var sket, var min familie druknet?

15. NATTEVANDRING

Solen forsvandt i et grønligt skær over havet. Ganske kort var det der, så formørkedes himlen, de blinkende diamanter i havet slukkede, og højt over mig så jeg månen, der snart ville overtage solens arbejde og lyse for dem, der har brug for dens hjælp. Lyse og give tryghed, sige; 'du er ikke alene, jeg er her, stol trygt på mig', og stjernerne ville glimte og lyne, og måske, hvis man er heldig, vil et stjerneskud fare over himmelhvælvet, og man kan ønske. Fortæller man ingen andre om sit ønske, går det i opfyldelse.

Langsomt kom jeg fremad. Jeg var stadig nødt til at gå sammenbøjet, og jeg følte mig frem med hænder og fødder. Det gik opad, nogle steder stejlt.

Månen hjalp mig igen. Den lyste for mig, og da jeg et sted satte mig for at hvile, talte jeg hviskende til den. 'Tak, måne, tak, fordi du viser mig vej'. Jeg var helt forskrækket over at høre min egen stemme. Den var hæs og gnæggende, som om den tilhørte en fremmede. Bare jeg ikke var ved at blive sær?

Sulten var der igen, men nu på en helt anden måde. Min krop var et tomt hylster, skubbede man til mig, dejsede jeg omkuld. Jeg var svimmel, og jeg følte egentlig mere kvalme end sult, men jeg vidste, at det var vigtigt at finde noget at spise. Vandet fra en kilde fyldte min tomme mave, nu skvulpede det underligt, når jeg gik.

Sult havde aldrig været et problem hjemme hos os. Der var tiggere i Thessaloniki, der sad og bad om brød eller penge, men jeg havde aldrig selv kendt til sult, tvært imod, vi havde altid masser af mad. Både fra urtehaven, fra markedet og naturligvis fra bedstefars og bedstemors butik. Nu var det, som om sulten fulgte efter mig hele tiden, og hvis jeg gav op overfor den, var jeg fortabt. Der var ingen mad, der kom flyvende af sig selv. Så jeg kravlede videre opad, opad mod noget jeg ikke vidste, hvad var.

Månen forsvandt. Den lod skyer komme imellem os, og jeg var indhyllet i mørke.Der var mærkelige lyde i natten. I Thessaloniki havde der været andre slags lyde. Lyde fra mennesker, råb og latter i korte perioder, så stilhed. Kattenes hvæsen og hundenes gøen. Æslernes og muldyrenes klaprende hove, de få biler og kirkernes klokker. Jeg havde set flyvemaskiner om dagen, og hørt dem om natten. Når jeg lå i min seng i mørket, og lyttede til lydene gennem de åbne tilskoddede vinduer, tænkte jeg på, hvor de mon kom fra?

De lyde, der var omkring mig nu, var anderledes. Tænk, hvor mange lyde der er, når man sover! Der er så meget, der er vågent om natten. Lydene var svære at bestemme, men jeg vidste, at de kom fra dyr. Jeg kunne genkende uglen og vist nok også en ræv, men resten var svære. De larmede, i mørket larmede de omkring mig. Der er så mange væsener, man ikke ser om dagen, men man hører dem om natten. Gid dog bare månen ville komme igen og lyse for mig. Opslugt af mørket følte jeg ensomheden igen. Og angsten. Stien løb sammen med to andre stier. Den bredere sti gjorde det lettere for mig at komme frem, men også mere risikabelt. En befærdet sti kunne have andre vandrere.

Først troede jeg, at det var stjernerne, der glimtede højt oppe over mig. Men de her stjerner så underlige ud. De sad alt for tæt, og de var ikke nær så klare. Så kom jeg i tanke om lysene, som jeg havde set fra båden. Det var de samme lys, men det var som om de blev hængende deroppe, eller kom jeg bare aldrig nærmere? Til sidst løb jeg, sammenbøjet, med hænderne presset mod maven. De måtte hjælpe mig de mennesker, som havde tændt lysene.

Pludselig stødte jeg mod en stor, flad sten, og da jeg faldt, slog jeg mit dårlige knæ, så jeg var ved at skrige højt. Jeg kiggede efter lysene, var de der stadig? Jo, deroppe højt oppe over mig så jeg dem. Jeg mavede mig videre opad, og jeg opdagede, at jeg lå neden for en lang bred trappe, der var hugget ud i klippens væg.

Trin for trin slæbte jeg mig op ad trappen, og langsomt steg jeg mod lysene. Buskene var skåret tilbage, og der var ingen torne, der greb efter mig. Trappen blev ved i det uendelige, jeg lagde min kind mod de kølige trin og hvilte mig. Langt om længe sluttede den ved en platform og en enorm egetræsdør. Døren var solid, og det gik ikke at rokke den en centimeter, uanset hvor hårdt jeg skubbede. Jeg bankede på det hårde træ, som blot slugte mine slag, uden at give en lyd fra sig. Til sidst slog og sparkede jeg, men det var som at slå i vand. Slagene blev bremset, mine hænder og fødder gjorde ondt, men døren forblev lukket.

Jeg råbte, men det eneste, der kom fra min mund, var nogle hæse, hviskende skrig. Jeg fandt en sten og slog mod døren, men lyden var stum. Jeg blev ved og ved, og til sidste begyndte jeg bare at tude og pibe og slå og kradse på porten, men lige lidt hjalp det. Døren gav sig ikke, og ingen hørte mig.

Hvordan fandt jeg en anden vej ind til lysene? Døren sad placeret som en del af en høj stenmur. Jeg besluttede at følge muren og se, om jeg kunne finde en anden vej ind. Det måtte da være muligt at komme ind til lysene!

Sten for sten fulgte jeg muren, jeg sparkede mig igennem buskadset, slog hovedet mod en gren fra et træ og skrabede hænderne mod murens ru overflade.

Pludselig mærkede jeg ujævn grund under mine fødder. De sten jeg havde trådt på løsnede sig og forsvandt under mig. Jeg klamrede mig fat til grenene fra en busk, mens mine fødder spjættede under mig. Jeg tog et skridt ud i ingenting, og jeg kan huske, at jeg hørte mit eget skingre skrig, så faldt jeg baglæns ned i det mørke dyb.

16. RO I LEJREN

De sov alle sammen. Mændene lå, der hvor de var faldet om i deres rus, kvinderne og Sergei sov i teltet. For første gang i flere dage følte jeg mig helt frisk... og utrolig sulten. Der lå en væltet gryde med sveden grød, men hvis man bare ikke gravede helt ned på bunden, gik det an. Med nogle humpler brød kunne jeg godt få lidt spiseligt op.

De ville sikkert sove længe, det plejede de, især mændene, der havde taget godt for sig af brændevinen. Zoran råbte som sædvanligt op, og var de ikke enige med ham, ville han slås. Sådan var det altid. 'Zoran kan ingen hamle op med', plejede bedstemor at sige, 'mener han noget, er det sådan, og det kan ingen ændre.'

Når han var i det humør, plejede jeg bare at forsvinde, det var det letteste. Men det begyndte i stedet at gå ud over Sergei, så jeg blev og tog imod Zorans vrede.

Nu var her stille, solen var ikke stået op endnu, men det var lyst og fuglene sang. På skråningerne voksede der gule og hvide blomster, der duftede sødt. De gule var de pæneste, dem ville jeg flette ind i mit hår, men først ville jeg vaskes.

Vi havde slået lejr ved en kilde. Det gjorde vi altid, så var vi tæt ved vandposten. Sæben sved i øjnene, og vandet var iskoldt, men det var rart at blive ren igen efter dagene i den salte havluft.

Solen steg op ad havet og kastede et smukt gyldent lys på vores lille lejr. Min far brummede højlydt, han lå så solen ramte ham i ansigtet, men han var stadigvæk så fuld, at han ikke ænsede, at han kunne vende sig væk fra den. Inde fra teltet hørtes ikke en lyd, de ville nok sove en tid i endnu, for solen første stråler nåede slet ikke ind gennem den sorte teltdug.

Nu gjaldt det om at blive færdig, inden lejren vågnede, jeg havde ingen ønsker om at høre mændene råbe og stønne og bedstemor skælde ud. Jeg ville finde ud af, hvor det var, vi var havnet. Måske var der et marked, hvor jeg kunne spille og tjene lidt penge. Pengene ville jeg gemme, så de ikke gik til brændevin, og når Sergei en anden gang manglede bukser, kunne vi bare købe dem. Hvis jeg en dag havde mange penge, kunne jeg købe den fine nederdel, jeg havde set i Thessaloniki, med blomster broderet hele vejen rundt.

'Hvad er det her for et sted', spurgte jeg bedstemor om aftenen. Jeg havde været rundt hele dagen, og jeg ikke set et eneste menneske. Der var skov og skov og skov og strande, men ingen mennesker eller fine forretninger, man kunne kigge på, og der var i hvert fald ingen mulighed for at tjene penge.

"Barnet spørger om, hvad det her er for et sted," råbte bedstemor over til mændene, der sad ved bålet og snakkede fredeligt, møre efter gårdsdagens druk.

"Halkidiki," råbte min fars fætter Tamás tilbage.

"Jamen, hvad er Halkidiki, bedstemor?" hviskede jeg.

"Er det en ø?" råbte bedstemor.

"Ja," svarede Django."

"Nej," brummede Zoran, "det er en halvø."

Det blev jeg ikke meget klogere af, men hvis jeg blev ved med at følge kysten, kom jeg vel enten tilbage til lejren… eller også meget langt væk fra den.

Vi skulle i hvert fald være her et stykke tid, mindst et par dage, det vidste jeg, for skibet var sprunget læk i boven, og det krævede en større reparation. Så kunne jeg vel se mig om i mellemtiden, og finde ud af, hvor det var, vi var landet.

17. URTEHAVEN

Da jeg var helt lille, havde min far og jeg en leg. Jeg stod over ham, på en trappe eller en forhøjning og talte til tre. 'Eeeen... tooooo... tre!' På tre hoppede jeg, og han greb mig. Så tog han mig i sine strakte arme og gav mig en flyvetur, så springet blev enormt og endte med, at jeg forsigtigt blev sat ned ved siden af ham. Det lykkedes altid. Han greb mig, jeg fik flyveturen og landede sikkert på benene. Han svigtede mig aldrig og tabte mig aldrig. Jeg var sikker og tryg.

Jeg faldt engang ned fra et træ. Ira og jeg vil plukke de bedste pærer, som naturligvis sad højest oppe. Vi vidste godt, at vi ikke måtte, men vi var ikke så gamle, så vi havde nok glemt det. Træet var mørt, og pludselig knækkede grenen, jeg stod på, med et ordentligt brag. Jeg kan huske, at jeg kiggede op i Iras rædselsslagne ansigt, mens jeg faldt fra gren til gren og til sidst landene sammen med en flok overmodne pærer midt i kompostbunken. Der lå jeg mellem alt muligt køkkenaffald, som hønsene gik og hakkede i.

En forstuvet fod og en bule i panden, det var billigt sluppet, og i dagene efter kom hele familien på besøg, og jeg fik gaver og blev a'et på hovedet, så mit hår blev helt fladt. At være midtpunktet, var egentlig ikke så dumt, selvom jeg måske nok ikke fortjente den positive opmærksomhed. Jeg havde jo faktisk gjort noget, jeg ikke måtte. Ira derimod fik stuearrest i en uge.

Jeg ligger i min seng igen, og hele min familie stod omkring mig. Mine bedsteforældre, mor og far, Eva og mine onkler og tanter og fætre og kusiner. Min fætter Sam rækker mig en fersken, jeg tager den og bider af den, men den havde ingen smag. Jeg kalder på mor, men der kommer ingen lyd fra min mund. Jeg hvirvler rundt i sort vand, og jeg forsøger at holde vejret, men pludselig opdager jeg, at jeg kan trække vejret under vandet. Da jeg skriger, kommer der nogle underlige gurglende lyde, og da jeg vil svømme op mod lyset, er jeg lammet. Jeg er på en vej sammen med Ira, men da jeg vil løbe sammen med ham, lystrer mine ben mig ikke, i stedet vender jeg mig om og løber baglæns, men Ira er væk. Jeg vil banke på porten, men mine slag er stumme. Jeg vil op til lysene, men pludselig er lysene hos mig.

Jeg lå i lys. Et lys jeg først fornemmede som en skarp lygte, så opdagede jeg, at det var solen. Solen skinnede over mig. Det var dag, min familie var væk, og jeg var alene. Over mig rejste en enorm stenmur sig, jeg lå under en kæmpe bygning. Det måtte være derfra nattens små lys var kommet.

Forsigtigt forsøgte jeg at bevæge mine arme og ben. Det gjorde ondt, men jeg kunne bevæge dem, så de var ikke brækket. Mit hoved gjorde ondt, jeg så stjerner og måner i skarpe lysglimt, det føltes, som om hovedet var ved at eksplodere. Jeg lukkede øjnene, og lå helt stille, det gjorde ondt bare at tænke på at åbne øjnene, og langsomt døsede jeg hen.

Da jeg vågnede, stod solen lige over mig, og nogle insekter summede omkring mig. Det var ikke bier, men nogle stædige fluer, der summede ved mit hoved, og jeg lå stadigvæk der midt i solen nedenfor den enorme stenmur.

Hvis nogen kom forbi eller kiggede ud fra bygningen deroppe, ville de kunne se mig.

Nogle meter oppe over mig, så jeg det sted, hvor jeg var faldet fra. Muren, jeg havde fulgt, fortsatte, men den smalle sti hørte pludselig op. Jeg havde taget et stort skridt ud i ingenting, der måtte være mindst fem meter ned.

Jeg lå i nogle buske, og det var buskene og den bløde muld under dem, der havde afbødet faldet. Det var ikke nogen særlig store buske, men der var heldigvis ingen torne på. Imellem bladene skinnede noget mørkt. Jeg greb ud efter det. Det var glat og køligt at røre ved. Det var umodne auberginer, jeg var landet midt i nogle aubergineplanter. Frugtens kølige og glatte overflade mod min varme kind føltes rart. Jeg tog en bid, den smagte ikke grimt, den smagte faktisk ikke af så meget. Skrællen var hård og lidt besk. Jeg smed den fra mig, jeg havde kvalme og ingen lyst til mad.

Men man kunne se mig der i solen, jeg forsøgte at rejse mig, men det var umuligt. Åh, det frygtelige hoved, og kvalmen blev bare værre og værre. Langsomt kom jeg op på knæ og kravlede over i skyggen under nogle citrontræer. Frugterne hang grønne og umodne på grenene, og der duftede næsten ubehageligt sødt fra de små hvide blomster. Jeg satte mig op ad stammen, men jeg sad ubekvemt, og forsøgte i stedet at lægge mig ned. Det var heller ikke særlig rart. Jeg lukkede øjnene, det var bedst sådan. Der var de irriterende fluer igen, de blev ved med at summe om mig, jeg slog dem sløvt væk, men de var stædige. Jeg virrede med hovedet for at få dem væk, men stjernerne og månerne sprang frem og dansede for mine øjne igen.

Forbandede fluer, de blev ved med at sætte sig et sted omme i nakken på mig. Jeg klaskede én og ville se fangsten. Min hånd var fuld af blod, det kunne ikke komme fra den lille flue. Forsigtigt følte jeg efter. Hele mit baghoved var klistret ind i blod, og eksplosivt mærkede jeg kvalmen, der steg fra maven op i halsen og videre op i munden på mig. Jeg bøjede mig frem og kastede op, men der kom intet andet end vand op.

Mor, hvor var min mor? Pyt være med at jeg var 13 år og bar mizva, jeg ville bare have, at min mor var der. Jeg lå i mit eget blod og græd efter min mor, men der var ingen, der hørte mig, og ingen der kom og holdt mig på panden med en kølig hånd, mens jeg bare gylpede vand op og græd over mit hoved, der gjorde så ondt, så ondt, og min familie, som sikkert lå på havets bund og blev spist af fiskene.

Fantasier og drømme gik ud i et, og hen på eftermiddagen vågnede jeg helt mat. Mit hoved gjorde så frygteligt ondt, jeg havde stadig kvalme, og jeg var så tørstig, at jeg overvejede at plukke en grøn citron, for at få lidt saft. Heden var aftagende, og solen ikke så skarp længere. Fra skjulet under træerne kunne jeg bedre se, hvor jeg var havnet. Højt over mig knejsede den enorme bygning. Måske var det virkelig en borg? Det var i hvert fald et stort gammelt hus.

Omkring mig var der velplejede bede med grøntsager, under mig terrasser med vinstokke og frugttræer, så skrånede det stejlt nedad, og roligt og turkisblåt lå havet der med tusinde blinkende spejle på overfladen. Havet, som havde slugt mig og spyttet mig ud på min strand et eller andet sted langt væk.

Der var stille, ikke en lyd af mennesker, gad vide hvad der ville ske, hvis der kom folk i haverne? Der måtte være nogen, der passede haven. Gad vide hvad de ville gøre, hvis de så mig? Jeg var vist ikke noget pænt syn, med et forslået ansigt, hul i hovedet og blod ned ad ryggen. Jeg tog mig om til baghovedet, blodet var holdt op med at løbe, men håret føltes stift og sammenklistret, og det gjorde ondt, når jeg rørte ved det.

Jeg forsøgte forsigtigt at glatte håret med fingrene. Det strittede til alle sider. Min mor kunne altid få det til at sidde ordentligt. Hun glattede med begge hænder fra issen og ned, og jeg hadede, når hun gjorde det, for det var altid, når der kom fremmede, eller når vi mødte nogle bekendte på gaden. Så stod hun der og glattede på mit hår, satte min kippah ordentlig på hovedet af mig og rettede på min skjorte eller min jakke. Det var ydmygende, og hun skulle bare se mig nu.

Jeg følte mig sløv, det dunkede i hovedet, og jeg havde ikke lyst til mad. Men jeg var tørstig, jeg måtte simpelthen have noget at drikke. Hvis bare jeg kunne finde noget vand.

Langsomt og som en fuld mand kom jeg på benene. Puh, jeg var svimmel, og kvalmen ville ikke gå væk. Jeg lænede mig op ad et træ og spyttede. Borgen hang deroppe højt over mig, men ved dens fod så det ud som om der var gravet grotter ind i klippen. Måske var der vand?

Det tog mig lang tid at komme fra citrontræerne og hen til grotterne. Jeg var hele tiden nødt til at hvile mig eller brække mig, og det sortnede og flimrede konstant for mine øjne, men endelig kunne jeg se, hvad det var for nogle grotter. Det lignede nærmest arbejdsrum, der stod river og skovle og spader, og der var lange træborde, hvor der lå urtepotter og jord. Der var dejligt køligt, men der var ikke noget vand. Der måtte da være vand, hvis de arbejdede med planter her, så måtte der da også være vand!

Så hørte jeg det pludseligt; 'dryp, dryp, dryp.' Jeg vendte langsomt hovedet i retning af lyden, men jeg kunne ikke se noget. 'Dryp, dryp, dryp...' Jo, inde bagerst i rummet var der en hane og et stort stentrug. Vand! Jeg kravlede på alle fire over og drak som et tørstigt dyr af truget, så rullede jeg mig sammen i nogle gamle sække og faldt i søvn.

18. KILLINGERNE

"Højt, højt oppe i et gammelt træ har den en rede med to dunede unger i. Det er noget, jeg ved, for jeg har været der. Den var så fortvivlet, den gamle ørn, fordi dens ene unge havde fået stukket sig på en torn, og tornen sad stadigvæk i såret, og det blødte. Så ørnen tog mig forsigtigt i sine klør og fløj mig op til reden. Jeg fjernede tornen sådan her..."

Jeg nev Sergei blidt i næsen, "og så smurte jeg balsam på såret, sådan..."

Sergei kørte sin hånd rundt i ansigtet, som om han smurte balsam ud.

"... og forbandt den lille unge. Bagefter drak vi saft og spiste figener, og så fløj ørnen mig tilbage hertil igen."

Sergei smilte bredt. Han elskede at få fortalt historier, især om fugle, helst ørne, og historien om ørneungen og tornen havde jeg fortalt ham mange gange før.

Jeg havde faktisk set en ørn den dag. En lidt speciel ørn, med en særlig lys tegning på vingerne. Den kom glidende hen over havet og slog pludselig ned i bølgerne for lidt efter at lette med en stor sprællende fisk i kløerne. Den åd fisken på et klippefremspring, bagefter lå der fiskeskel og ben, men alt kødet havde den spist.

Det var også det eneste levende, jeg havde set, ellers ikke et menneske, ikke en hund end ikke en kat. Kun skov og vand. Jeg kunne ikke rigtigt finde ud af det her sted. Det kunne ikke være en ubeboet ø, for der var stier, nogen steder endda ret brede stier og ikke bare dyreveksler.

"Hvor skal du hen?"

Bedstemor havde opdaget mig. Jeg forsøgte ellers så ubemærket som muligt at smutte væk fra lejren.

"Jeg går bare en tur."

"Nej, du kigger efter din lillebror, jeg vil ikke have den unge rendende."

Sergei sad og legede med nogle pinde og sten, jeg havde fundet til ham.

"Jamen, han sidder bare helt stille."

"Du tager ham med."

Bedstemors øjne lynede, og når hun var i sådan et humør, måtte man hellere adlyde, ellers ville hun sige det til Zoran, og så var der straks ballade.

"Kom Sergei."

Han sprang glad op og løb barfodet hen til mig.

"Hvor er dine sko?"

"Væk," sagde han bare.

Fra lejren gik der en knap synlig sti op ad skråningerne, som omgav vores strand. Her først på sommeren stod der nyudsprungne urter og små blomstrende buske overalt. En stor blå sommerfugl satte sig på skulderen af Sergei, og han stod bomstille og betragtede den i lang tid.

Bag et klippefremspring opdagede jeg, at der mellem nogle brombærranker, gik en anden knap synlig lille sti mod nord. Jeg bar Sergei igennem brombærrene, mine egne nøgne fødder var mere hærdede end hans. På den anden side af krattet løb stien igennem skoven. Det her havde jeg slet ikke opdaget dagen før.

Vi gik ad stien et langt stykke, og der var hele tiden noget, vi skulle se på. Sergei blev ved med at stoppe op og lytte og kigge op i luften og spørge; 'ørn?' Vi plukkede skovjordbær, som jeg trak på strå, og vi så et egern med to unger. Det var så dejligt at dase i skyggen fra de høje graner, så jeg fuldstændig glemte at passe på, for pludselig stod den gamle mand der. Han var klædt i en lang sort dragt med håret knyttet i en knude i nakken. Jeg havde set sådan nogen som ham mange gange før. De var munke, og de lod os altid være i fred. Flere steder var de endda helt flinke og bød os på mad. Men han havde ikke set os endnu, selvom vi kun var få meter fra hinanden.

"Kom Sergei," hviskede jeg, og tog fat i nakken på ham. Han begyndte at pibe, han var i gang med at spise jordbærrene fra strået.

Den gamle mand stod og kiggede på nogle vinstokke, og jeg opdagede, at der lidt længere oppe ad skråningen lå et lille pænt hvidt hus med rødt tag. Jeg fik Sergei ned bag nogle væltede træstammer, og han sad musestille og spiste sine jordbær.

Der boede altså mennesker, det her sted, det var ikke helt øde. Munken bøjede sig langsomt og tog en stor kurv op fyldt med asparges, så gik han lige forbi det sted, hvor vi sad og langsomt ad nogle trapper, der forbandt terrasserne, op mod det hvide hus. Lidt efter forsvandt han ind i huset.

Jeg fortalte ingen i lejren, hvad vi havde set, og Sergei var der alligevel aldrig nogen, der hørte på. Så det var min første hemmelighed fra det sted, og allerede dagen efter fik jeg en hemmelighed mere, for da fandt jeg de to små kattekillinger.

Det var lykkedes mig at smutte af sted uden Sergei, og stien jeg havde opdaget dagen før, viste sig at være god at kende. Den løb nemlig forbi munkens hus, men ikke kun det. Lidt derfra løb den sammen med et par andre stier og endte som en helt lille vej, der bugtede sig igennem skoven og forbi nogle folde, hvor der gik æsler, og så endte den ved en mægtig borg. Jeg holdt mig væk fra vejen, som jeg plejede, for jeg opdagede hurtigt, at der langs med vejen løb en næsten usynlig sti, og fra denne sti udsprang der et helt lille system af dyreveksler, så man uforstyrret kunne komme uset rundt i området.

Og i området boede der altså munke, det var jeg sikker på, for de få mennesker, jeg så, var alle munke, klædt i sort og med håret knyttet i en knold i nakken. De gik på vejen, alene eller sammen i små flokke, og de kom fra det sted, jeg først havde troet var en borg, men som jeg fandt ud af, var et kloster. Og det var ved det kloster, jeg fandt killingerne.

Midt på dagen var der stille, det er der altid, hvor det er varmt, og midt på dagen er der varmest. I klostrets urtehave var der det dejligste jordbærbed, og bærrene var lige præcis begyndt at rødme. Store og saftige sad de i rødmende flokke på et tæppe af tørret strå. De største af dem var allerede mørkerøde, søde og saftige. Bag nogle buske var jeg sikker på, at ingen i verden kunne se mig, hverken fra klostret eller fra havet, men jeg kunne se dem der kom, og længe inden kunne jeg høre deres skridt knase i gruset. Der havde været en orm i det bær, jeg lige havde spist, men jeg opdagede det først, da jeg sad og kiggede på den halve orm, der var tilbage i bærret. Det var det største og flotteste bær, men det havde smagt mærkeligt, så nu sad jeg og spyttede som en gal for at, om ikke ormen, så tanken om at jeg havde ædt den, kunne forsvinde. Og pludselig hørte jeg dem: 'Miav, miauuuuuv...'

Det lød så ynkeligt. Jeg kravlede forsigtigt frem fra mit skjul. Det var som om lyden kom ovre fra en stor kompostbunke, der lå under nogle store træer i havens bagerste del. Jeg sneg mig derover, og holdt godt øje med, at ingen kunne se mig fra klostret. Der var ingen kat at se, kun grene, køkkenaffald og visne blade, men med et opdagede jeg en lille brun sæk, der bevægede sig. Og i sækken var der ikke bare én, men to små killinger. Den ene var hvid og sort, den anden helt sort, men med hvide forpoter. De havde ikke fået øjne endnu, og de føltes helt kolde. Hvem havde dog bare smidt dem der i en sæk? Hvor var folk onde!

Men hvad skulle jeg gøre ved dem? Ned til skibet kunne jeg ikke tage dem, Zoran ville drukne dem med det samme, og hvis ikke han gjorde det, så ville bedstemor. Jeg tog dem ind under min bluse. De klynkede og forsøgte at sutte på mine fingre. 'Stakkels små', hviskede jeg, 'stakkels små'.

Killingerne kravlede rundt inde under blusen, men da de mærkede varmen fra mig, faldt de lidt til ro. De måtte være sultne, hvad spiste sådan nogle små nogen? Jordbær? Nej, det ville de ikke have, selvom jeg mosede det lidt, så spyttede de det ud med det samme. Fisk? Nej, det var jo ikke ørneunger. Mælk! Selvfølgelig, de skulle have mælk, men hvor skulle jeg få mælk fra? Den gamle munk måtte hjælpe, det måtte han bare, der var ingen andre, jeg kunne gå til, han var killingernes eneste redning.

De lå helt stille, men jeg kunne mærke, at de trak vejret. Hvis jeg kom til at bevæge mig for hurtigt eller skulle springe over en å, gav de sig og klynkede lidt. Munkens hus lå fredfyldt i den varme sol. Foran huset var der en terrasse, hvor der stod krukker med nysåede krydderurter i. Grønne skodder var sat for vinduer og døre, huset så lukket ud, men noget sagde mig, at den gamle ville komme igen inden længe, for på et bord på terrassen stod der en kurv med et stort brød og en krukke honning i, og… jeg spærrede øjnene op, en flaske med mælk. Jeg satte killingerne ned på bordet, de miavede helt panisk over ikke at kunne mærke mig mere og kravlede rundt som små fulde mænd. Forsigtigt hældte jeg lidt mælk ud i hånden og lod dem snuse til det. Først var de ligeglade, de blev ved med at miave, og moslede bare rundt, kravlede over hinanden og væk fra hinanden, jeg måtte passe på, de ikke røg ned fra bordet. Jeg tog lidt mælk på fingeren og lod dem sutte, og det forstod de. De suttede begærligt. De var frygtelig sultne. Det tog tid, men langt om længe havde jeg fået en god del af mælken i dem, og de virkede trætte og rolige.

Jeg tog honningen og brødet op af den høje kurv og forede den med noget tørt græs. Forsigtigt lagde jeg killingerne ned i den og stoppede græsset rundt om dem. Så stillede jeg kurven på en stol ved bordet, så jeg var sikker på, at munken ville opdage den, når han kom tilbage. Solen kastede lange skygger. Bedstemor ville blive vred, hvis ikke snart jeg kom tilbage til lejren.

'Farvel I små, vi ses igen', tænkte jeg, bange for at vække dem med min stemme.

Da jeg forpustet kom tilbage til lejren, var den tom, teltene var væk, og gløderne i bålet kun lige varme. Skibet lå i vigen, og jeg opdagede vores robåd på vej ud mod det.

"Hvad med mig," råbte jeg så højt jeg kunne, de hørte mig ikke, eller også lod de som om de ikke hørte mig. Men Sergei havde set mig, og han rejste sig op i båden og begyndte at skrige.

"Hvad med mig?"

Båden satte de andre af på skibet, og kom tilbage mod stranden. Det var min onkel, der roede, og Sergei sad i stavnen og vinkede.

"Vi var rejst uden dig," sagde onkel bare.

Jeg skyndte mig ud i vandet og kravlede op i båden.

"Ørn," råbte Sergei og pegede op mod himlen. Og ganske rigtigt højt over os svævede en stor mørk ørn, med en sjov lys tegning på sine udbredte vinger.

Ja, de var sikkert rejst uden mig. Nogen mennesker er så ligeglade med andre, om det så er kattekillinger eller børn, så rejser de fra dem. Nøjagtigt som vi gjorde, dengang Zoran rejste fra mor, og tog os med.

19. LYDE I NATTEN

En fjern klangfuld lyd vækkede mig i mørket. Med korte intervaller gentog den sig. Det var ikke en klokke, snarere som om stokke af træ blev slået mod hinanden.

Lyden holdt op, og igen var der kun nattens lyde, cikadernes sang, et skrig - måske en ugle, gøen og hvæsen, natten sov aldrig. Men jeg døsede hen igen.

Mit hoved gjorde stadigvæk ondt, og jeg havde stadig den samme forbandede kvalme. Den bankende lyd kom igen, men nu indgik den i mine drømme og blev til banken på porten. Jeg vågnede et par gange og gylpede vand op, men døsede hurtigt hen i en urolig søvn uden hvile. Der indgik også stemmer i drømmene, fjerne stemmer, som ikke sagde mig noget, lavmælte mandsstemmer, som kom de langt fra mig. Jeg vågnede på et tidspunkt, det var lyst udenfor nu, jeg skulle sådan tisse, men jeg kunne ikke rejse mig op. Kvalmen, hovedpinen, trykken fra blæren, jeg drømte, at jeg tissede, det lettede vidunderligt, men lidt efter mærkede jeg med væmmelse, at mine bukser var våde, jeg havde tisset i dem.

Den klangfulde lyd var der igen, som banken på træ. Jeg svedte, det var mørkt udenfor, og selvom luften var køligere, lå jeg badet i sved. Sveden og tisset føltes koldt og klamt. Mine læber var tørre og sprukne, og såret på overlæben var sprunget op, og gav en smag af blod i munden. Mit hoved føltes, som om det ville springe i tusinde stykker. Jeg havde kastet op på min bluse, jeg var tørstig, frygtelig tørstig. Forgæves forsøgte jeg at komme op at stå, jeg opgav, og i stedet kravlede jeg hen og hang over trugets kant og drak af vandet i det.

Det lysnede udenfor. Jeg så det som gennem en tåge, lydene forandredes. Der kom en skildpadden gående ind i grotten til mig, jeg ville så gerne give den noget at spise, men jeg kunne ikke. Jeg kunne slet ikke løfte hovedet. Igen kom bankelydene, igen stemmer.

Pludselig hørte jeg min fars stemme, og jeg forsøgte at råbe til ham. Han var langt væk, og jeg råbte så højt jeg kunne, for at han skulle høre mig. Jeg kunne høre min egen stemme, men den lød anderledes, og jeg vidste ikke, hvad det var, den sagde. Jeg døsede hen igen, og jeg drømte, der kom kæmpeskildpadder, og en mærkelig dværg slog mig oven i hovedet.

Men med et stod hun der så tydelig foran mig. Hun bøjede sig ned og aede min kind, og førte et blad med vand op til min mund. Der var blomster, der duftede så sødt, 'prinsesse', tænkte jeg. Jeg rakte hånden ud mod hende, 'prinsesse', men så var hun væk, og dværgen var der igen og slog mig oven i hovedet. Jeg græd i mærkelige hulkende stød. Hvor var prinsessen, hvor var min far?

En rolig stemme talte ganske nær ved mig. Jeg forsøgte at se, men mine øjenlåg var alt for tunge. Der blev presset noget koldt mod mine læber, og jeg mærkede, at der løb vand i min tørre mund. Jeg drak, men jeg drak for hurtigt og var ved at kvæles.

Arme løftede mig op, og jeg blev båret. Det lykkedes mig at åbne øjnene lidt, og jeg så havet under mig. Lyset var ved at forsvinde. Jeg svømmede, jeg kørte, jeg sejlede, jeg fløj. Rundt og rundt kørte det inde i mit hoved. Så ophørte alt, lyset, bevægelserne, lydene. Jeg svævede i intethed, men jeg var ikke bange, bare så frygtelig træt, og på et køligt leje faldt jeg i en dyb befriende søvn.

20. KYRIE ELEISON

En stemme kom til mig, som om den kom fra et dybt hul, og de samme ord gentog sig, 'Kyrie eleison'. Vand blev hældt mellem mine sprukne læber, og ind imellem en besk væske, som jeg forgæves forsøgte at spytte ud. Mit baghoved blev vasket, og jeg kunne mærke, at mit hår blev klippet, der var noget, der gjorde ondt, jeg slog efter det, men mine arme blev holdt i ro, og dæmpede stemmer talte beroligende til mig.

Gennem døsen vidste jeg, at jeg ikke længere var i grotten. Jeg lå i en seng, den var hård, men den føltes ikke ubekvem, og jeg havde bløde tæpper over mig.

Rummet, jeg lå i, var mørkt. Når jeg ind imellem havde kræfter til at åbne øjnene, kunne jeg ane, at det var et lille rum med hvide vægge og et enkelt vindue. Lyset var holdt ude af skodder, men et manglende bræt tillod en spinkel stribe sollys at trænge ind. På væggen over sengens hovedgærde hang der et billede malet på træ. Lysstrålernes spil i guldet, fik det til at se ud, som om det var malet med solens lys.

Jeg mærkede langsomt bevidstheden vende tilbage, og med den følte jeg mig meget lettet, men også meget bange og meget ked af det. For hvem havde bragt mig til det her sted? Hvem havde givet mig vand at drikke? Hvad var det bitre, der var blevet hældt i mig, var det gift...? og hvad var det, der var sket med mit hoved? Jeg havde fået viklet en bandage om det. Hvor var jeg i det hele taget... på borgen? Og hvor var far og mor og Eva?

Jeg følte mig meget ensom, men jeg turde ikke kalde eller åbne døren og se, hvor jeg var. Mon jeg kunne flygte, mon døren var låst? Mit tøj var fjernet, og jeg var iført en alt for stor, blød hvid kjortel.

Kvalmen var væk, og mit hoved gjorde ikke så ondt mere. Det måtte være dag nu, for lyskeglen gennem sprækken var hvid og skarp.

Jeg kunne høre trin, der langsomt nærmede sig udenfor døren. Langsomt og forsigtigt, som min oldemors trin havde lydt, dengang hun levede og boede hos min bedstefar og bedstemor.

Han blev stående i døren et stykke tid, som for at vænne sig til mørket, så vendte han sig, tog en bakke og kom hen imod mig. Han satte bakken på et lille bord ved siden af sengen og opdagede først da, at jeg var vågen og havde sat mig op i hjørnet, længst væk fra ham.

"Kyrie eleison," sagde han og gjorde korsets tegn. Der var stemmen igen og ordene, som jeg havde hørt i mine drømme. 'Kyrie eleison', jeg kendte ordene fra mine græsk ortodokse landsmænd. 'Kyrie eleison - Gud være nådig'.

Han var gammel. Hans skæg var gråt. Håret var skrabet væk fra ansigtet og samlet i en knold i nakken. Han bar en lang sort dragt, han var munk, græsk ortodoks munk. Jeg trak tæppet op om mig og krøb over mod væggen, endnu længere væk fra ham.

"Kyrie eleison", gentog han. Han smilte venligt, trak en stol hen til sengen og satte sig, så tændte han en lille olielampe, som stod på bordet ved siden af sengen, og skruede forsigtigt vægen op. Det lille rum blev fyldt af et venligt gyldent lys.

"Du er vågnet, mit barn," sagde han med en dyb, rolig stemme. Han kiggede på mig med mørke venlige øjne. "Hvordan har du det? Er du tørstig... sulten?"

Han nikkede hen mod bakken, jeg blev siddende op mod væggen, og fulgte hans bevægelser.

"Spis du bare roligt," sagde han, "jeg skal ikke forstyrre dig, spis og drik lidt, men du må ikke forhaste dig, for det kan give makvekneb."

Han rejste sig langsomt, satte stolen på plads og gik hen mod døren.

"Mit navn er Yannis," hørte jeg mig selv sige. Yannis, det var jo fiskerens søn. "Yannis Metaxás." I det samme, jeg havde sagt Metaxás, navnet på vores præsident, vidste jeg, at det var dumt, men det var det eneste, jeg kunne finde på. "Min far er fisker, og jeg faldt over bord fra hans båd. Jeg svømmede i land og ville hvile mig." Jeg kom i tanke om den fiskerbåd, jeg havde set sejle langs kysten, og jeg sagde, "min far leder efter mig, og jeg skal snart gå."

Den gamle vendte sig i døren, så nikkede han; "spis du nu først stille og roligt, du har haft en grim ulykke, og du har brug for mad og hvile, så snakker vi senere, og så finder vi din far."

Han gik, forlod i stilhed rummet, døren lukkede han bag sig. Jeg hørte ingen lyd fra hverken nøgle eller slå.

21. FADER THEODORO

På bakken, som den gamle havde efterladt, var der skåle med små stegte fisk, kogte bønner og tomater, feta og bobota, groft majsbrød, samt tørrede abrikoser. Der var også en kande med sød og kold citronlimonade. Jeg skænkede limonaden op i et glas og drak i store slurke.

Den kolde limonade gjorde ondt i halsen og maven. Så tog jeg en lille fisk op og suttede kødet af benene. Nu, hvor kvalmen var væk, var jeg faktisk sulten, ualmindelig sulten. Jeg havde næsten glemt, hvor godt mad kan smage. Skindet på fiskene var lunt og sprødt, og kødet smagte friskt og næsten sødt. Jeg kastede mig over bønner, tomater, brød og feta.

Jeg åd, jeg glemte vores bordskik og guffede i mig. Aldrig, aldrig havde et måltid smagt mig så godt. Skålene var næsten tømt, da jeg hørte trin udenfor døren. Jeg proppede den sidste abrikos i munden og kravlede tilbage over i mit hjørne.

Den gamle åbnede langsomt døren, lukkede den efter sig, gik hen til sengen, tog igen stolen og satte sig roligt ned ved siden af mig. Det virkede, som om han havde alverdens tid. Han havde et glas i hånden.

"Åh," sagde han, "jeg kan se, at du allerede har spist, det er godt. Med maden kommer kræfterne tilbage."

Jeg svarede ham ikke, men tørrede mig om munden med bagsiden af hånden og opdagede, at jeg havde stænk af fedt på hagen.

"Jeg hedder Theodoro," sagde den gamle, "jeg er munk her på Athos. Jeg har boet 15 år i det her hus. Og du min ven, fortæl mig nu, hvem du er?"

Jeg mumlede navnet Yannis og Metaxás så stille, at jeg håbede, han ikke kunne høre det. Og jeg gentog min løgnehistorie for ham. Jeg turde ikke kigge ham i øjnene, for jeg følte mig frygtelig flov over at lyve for den gamle, som havde hjulpet mig og givet mig mad.

"Metaxás...," sagde han og sad og tænkte lidt, "Næh... nej... i Ouranopolis kender jeg nu ikke til nogen fisker med det navn, men du kan fortælle mig din historie, når du vil, i mellemtiden må du love mig at spise godt, hvile og så drikke denne her medicin."

Han rakte et glas med en grumset væske hen til mig.

"Det er afkog af mange forskellige urter, og det smager nok ikke så godt, men det hjælper dig. Der var en læge her, mens du var syg. Du har fået syet en grim flænge, det er derfor du har bandage på, og du har haft hjernerystelse. Vi skal skifte forbindingen, og lægen kommer igen og ser til dig."

Jeg stirrede bare på ham, og selvom jeg syntes, at han så venlig ud, turde jeg ikke sige noget til ham. Sæt nu han sendte mig tilbage til Thessaloniki?

"Det var Michaelis, der fandt dig," fortsatte han, "Michaelis kommer fra klostret Megisti Lavra, han fandt dig i et af redskabsrummene i urtehave, og fader Ilias, det er lægen, har syet flængen i dit hoved." Han kiggede på mig over sine briller, der sad yderst på næsen af ham "men hvil dig nu, du er ikke helt rask endnu, og du har stadig brug for megen hvile."

Han tog bakken og forlod igen rummet. Der var stadig ingen lyd efter nøgle eller slå. Jeg lagde mig, som han havde sagt, og forsøgte at sove, men søvnen ville ikke komme til mig igen. Jeg havde spist for hurtigt og havde, ganske som den gamle havde sagt det, fået mavepine.

Jeg slog tæpperne til side og satte mine bare fødder ned på gulvet, klinkerne føltes behageligt kolde. Jeg ville tage et par skridt ud på gulvet, men sengen og bordet dansede op hoppede, og da jeg lagde mig ned igen, snurrende det hele rundt omkring mig. Efter at have sundet mig lidt, forsøgte jeg igen, og nu gik det lidt bedre. Kjortlen var alt for lang og slæbte hen ad gulvet, jeg måtte løfte op i den for ikke at falde.

Jeg åbnede forsigtigt døren og kiggede ind i en lille stue, enkelt indrettet med et rundt bord i mørkt træ og et par stole med flettede sæder. En ottoman med stribet stof og en reol med mange bøger stod under et vindue, hvor skodderne holdt den værste varme ude. Bordet og stolene stod midt i rummet på et rundt vævet tæppe, og over hang en grøn olielampe, der var slukket nu. På væggen hang den samme slags billeder, som det over min seng.

"Mangler du noget?"

Munken kom i det samme ind udefra. I modlyset havde jeg svært ved at se han ansigt.

"Jeg skal på toilettet," sagde jeg forskrækket.

"Åh, javel, nu skal jeg hjælpe dig, du er vist ikke helt sikker på benene endnu."

Han hjalp mig ud til et lille hus bag et brændeskur med sirligt stablet brænde.

"Jeg klarer mig nok tilbage igen," sagde jeg, men han ventede på mig udenfor, og jeg vidste ikke helt, om han holdt øje med om jeg stak af, eller om han bare ville hjælpe mig ind igen.

På terrassens lille bord havde munken stillet et fyldt vandfad og lagt håndklæde og sæbe til mig. Jeg kunne se havet under mig, skovklædte skråninger bølgede ned mod det dybblå hav, hvor jeg var kommet fra.

Huset var hvidt med mørkegrønne skodder og rødt tegltag. Fra terrassen førte en slidt stentrappe ned til haven, som omgav huset med grøntsager, vinstokke og frugttræer, og oven over huset strakte skoven sig så langt øjet rakte.

Der stod en kurv med et rødt tæppe i, og jeg opdagede to små kattekillinger, der fredfyldt lå og sov. Jeg følte mig hurtig træt igen og listede tilbage til værelset og sengen. Alene i mørket vandrede tankerne igen. Hvor var mine forældre, og hvad var Athos egentlig? Megisti Lavra havde han sagt, det var åbenbart et kloster. Jeg havde hørt om Athos. En dreng, jeg kendte, havde en onkel, som var munk på Athos. Et område med klostre, et stort område i Halkidiki med en masse klostre. På Athos var det altså, at jeg var endt - blandt græsk-ortodokse munke. Mon de overhovedet brød sig om jøder?

Denne her munk, Theodoro, han virkede nu rar. Han havde snakket om en anden munk, den munk som havde fundet mig, og om en læge. Mon de tre mænd ville hjælpe mig og finde min familie, eller ville de røbe mig og overgive mig til tyskerne?

22. MICHAELIS

Døren knirkede ganske sagte. Lyden vækkede mig og bragte mig igen tilbage til det dunkle, kølige rum. På lyset gennem sprækken i skodderne kunne jeg se, at solen var væk, men at det stadig måtte være dag.

Han var væsentligt yngre end den gamle munk, men som den gamle var han klædt i en sort kutte, og det lange hår var knyttet i nakken. Han havde kortklippet skæg, der som håret var mørkt, næsten sort. Han nikkede smilende til mig, da han så, at jeg var vågen. Jeg rykkede igen over i hjørnet af sengen, satte mig op med ryggen mod den kølige væg og stirrede på ham.

"Åh du er vågen, det var godt, jeg ville så gerne hilse rigtigt på dig," sagde han glad, "har du det bedre nu?".

Jeg svarede ham ikke, hvad skulle jeg sige? Jeg formodede, at det var min redningsmand, men jeg vidste jo ikke, om jeg kunne takke ham for at have fundet og røbet mig.

"Jeg hedder Michaelis. Det var mig, der fandt dig i grotten ved haverne. Du lå og talte i vildelse, og jeg kunne se, at du var meget syg, så jeg bar dig herhen til fader Theodoro, og så hentede vi fader Ilias, han er læge i Karies, men han var på besøg på klostret, så det var heldigt." Han kiggede på mig og smilte, "du må undskylde, hvis jeg taler for hurtigt, men jeg er bare så glad for, at du klarede den. Du så virkelig dårlig ud, da jeg fandt dig."

Jeg rystede langsom på hovedet, det føltes stadig som om det hele sad løst der inde, "nej," hviskede jeg hæst, "fortæl bare."

"Fader Theodoro siger, at du har det bedre, og at du nok skal komme dig. Theodoro er dygtig til at helbrede, en sand medicinmand er han, men det var fader Ilias, der syede dig. Er du tørstig, skal jeg hente dig noget at drikke?"

Inden jeg nåede at svare, havde han rejst sig og var gået ud af rummet. Jeg kiggede efter ham. De var altså kun de tre, der kendte mig, fader Theodoro, Michaelis og lægen fader Ilias. Og når jeg var rask igen, hvad ville de så gøre med mig? En jødisk dreng blandt ortodokse munke. Jeg måtte bare blive ved med at være syg, eller i hvert fald lade som om jeg var det, og så en dag forsvinde. Hvis de ikke låste døren, fordi de troede, at jeg var for dårlig til at flygte, kunne det måske lade sig gøre.

Den unge munk kom tilbage med en lerkande og to små kopper. Han satte sig på kanten af sengen, skænkede op i den ene kop og rakte den til mig. "Jordbærsaft," sagde han, og hans ansigt lyste igen op i et stort smil, "den plejer at være rigtig god."

Jeg nippede til den søde saft, den smagte faktisk godt.

"Jeg havde en flaske med oppe fra klostret." Han tav stille og spurgte, "ved dine forældre, hvor du er?"

Det pludselige spørgsmål overrumplede mig, og jeg stirrede bare på ham.

"For du har da forældre, ikke?"

Jeg kunne mærke tårerne presse sig på, jeg kiggede op i loftet og blinkede med øjnene, jeg ville bare ikke græde.

"Du behøver ikke at sige noget nu, det er kun fordi, vi vil jo gerne finde dine forældre hurtigst muligt og fortælle dem, at du har det godt, de er jo nok nervøse," sagde han forskrækket, "kom lad os gå lidt udenfor, tror du, at du kan klare det?" H a n hjalp mig op og lagde et tæppe om skuldrene på mig. Jeg følte mig meget mat og svimmel, og jeg havde fået sådan en væmmelig kvalme igen og ondt i maven. Jeg ved ikke, om det var flængen i hovedet, der gjorde det, eller fordi han havde spurgt om min far og mor.

"Her støt dig til mig," sagde han, og hans ansigt lyste igen op i et stort smil".

Fra stuen gik vi ud på terrassen, hvor der var sat stole omkring det lille bord. På bordet stod der skåle med mandler og små brød. Michaelis hjalp mig ned på en stol og gik tilbage og hentede kanden og kopperne og skænkede mere saft op. Det var rart at komme ud i den friske kølige aftenluft, det hjalp på kvalmen.

Solen var forsvundet bag huset og havde farvet himlen og havet orange. Nogle flagermus jagtede insekter og fløj med halsbrækkende dyk rundt om os. Killingerne var vågne og lå og kiggede på os med store kuglerunde øjne. Ud over cikadernes sang var alt stille.

Der stod krukker med krydderurter og røde pelargonier langs terrassens kant. Michaelis stak hånden ned til killingerne og lod dem lege med hans fingre.

"Er her ikke smukt," sagde han, "da jeg første gang kom til Athos, var det havet, jeg først lagde til. Det er lige som om Agæerhavet er endnu smukkere herude. Jeg var kun 10 år, og det var egentlig underligt, at det var havet, jeg lagde mærke til. Det havde været mere oplagt, at det var de kammerater, jeg skulle følges med, som jeg var opmærksom på. Dengang boede jeg med mine forældre og mine fire søskende i Thessaloniki. Min far er lærer. Jeg kom herud for at gå på Det Athonianske Kirkelige Akademi. Da jeg var færdig med skolen, ville jeg gerne blive her lidt endnu, og siden har jeg levet som munk og boet på Megisti Lavra. Nu har jeg været her i 10 år... tænk engang."

Han stod længe eftertænksom, så kom han i tanke om mig, og bød mandler og brød og fyldte min kop, som jeg igen havde tømt.

"Fader Theodoro var lærer på skolen, men han har trukket sig tilbage nu, tidligere underviste han i maling. Han underviste os også i engelsk, for han har engang boet i England. Han var sømand dengang, men da krigen brød ud i 1914, gik han i land og boede i London nogle år. Han var også soldat, tror jeg, vi har aldrig rigtig talt om det, men efter krigen mødte han en ikonmaler i Den græske kirke, og han lærte ham at male ikoner, ligesom det maleri, der hænger over din seng. Det har Theodoro malet. Efter krigen var slut i 1918, tog han tilbage til Grækenland og kom herud nogle år senere. Han er en af de dygtigste nulevende ikonmalere på Athos."

Vi sad stille lidt. Jeg ville ønskede, at han ville fortsætte med at fortælle et eller andet - ligegyldigt hvad, men han tav.

"Undskyld," sagde han, "jeg taler vist for meget."

"Nej, nej," sagde jeg forskrækket. Jeg ville så gerne spørge ham, om han vidste noget om mine forældre, om fiskerens båd, og om de var kommet til skade, men jeg turde ikke. Det var som om min hals snørede sig sammen, og tårerne pressede sig på igen. Jeg havde lyst til at rejse mig og løbe min vej, men jeg vidste, at jeg var alt for svag til det. Jeg sad bare der med min store hvide forbinding om hovedet, jeg ville ikke engang kunne nå over til skoven, hvis jeg forsøgte at flygte, måske ikke engang

ned ad trappen til haven. Hvis han bare ville begynde at snakke igen...
eller gå sin vej.

Jeg fumlede ved kanten af de lange ærmer og greb efter en mandel,
men jeg var klodset og kom til at vælte koppen.

"Vil du hellere ind og hvile dig igen," spurgte ham.

Jeg nikkede, jeg ville allerhelst gemme mig et eller andet sted, lægge
mig under tæpperne og græde i mørket, så ingen så det. Min mave gjorde
så frygteligt ondt.

"Jeg hjælper dig ind," sagde han og rejste sig.

Men jeg blev siddende. "Nej!" for det ud af mig. Jeg kunne ikke holde
det ud længere, jeg måtte fortælle nogen om de sidste dages frygtelige
oplevelser.

Han satte sig igen, og sådan sad vi et stykke tid i stilhed. Det var
forfærdeligt, tårerne pressede sig på, jeg forsøgte at gentage en sætning
i hovedet, for ikke at tænke på min familie, og jeg fandt et træ i haven,
jeg blev ved med at stirre på. 'Ikke tænke tanker, ikke tænke tanker'. I det
fjerne højt over os, var månen kommet frem. Han virkede så venlig. Jeg
kunne mærke, hvordan mine øjne fyldtes af tårer og løb over. Jeg forsøgte
at tørre dem væk med ærmet, men de bare løb og løb.

Så begyndte jeg min historie. Med tårerne løbende fortalte jeg ham
hikkende om mine forældre, min søster, og om da mine bedsteforældre
rejste. Om ødelæggelserne, min bedstefars butik og om da de bar den lille
døde pige og hendes far og mor ud fra det brændende hus. Vores frygt og
den endelige flugt fra Thessaloniki, da vi gemte os i Ouranopolis, båden,
ulykken, stranden, nattevandringen, æslerne, maveknebene. Da jeg
endelig så lysene højt over mig, faldet, grotten og drømmene. Og mens
jeg talte sad han bare stille og kiggede på mig, og lyttede.

Da jeg var færdig med at fortælle, rejste han sig og gik hen til terrassens
rækværk. Han tog endnu en lille gren fra rosmarinen, så vendte han sig
mod havet, gjorde hurtigt korsets tegn, mumlede nogle ord, vendte sig
imod mig og sagde, "da jeg fandt dig i grotten ved haverne, lå du og råbte.
Jeg var ikke sikker, men det lød som om det var jiddisch. Her på Athos må
der hverken opholde sig kvinder eller jøder, her bor kun munke. Det var
derfor, jeg bar dig herhen til fader Theodoro. Ham kan vi godt stole på,
og også på fader Ilias. Men tyskerne er overalt i Grækenland, og der vil

du aldrig være i sikkerhed. I aften, når fader Theodoro er tilbage igen fra messe, må vi fortælle ham din historie, og så må vi finde ud af, hvad vi skal gøre. Du skal ikke være bange, vi skal nok hjælpe dig og vi skal nok finde din far og mor og lillesøster."

Jeg kiggede som en refleks efter en vej, jeg kunne stikke af over mod skoven, så tørrede mine øjne igen med det våde ærme på den hvide kjortel. Hvordan kender man ven fra fjende?

23. ATHOS

Bag døren kunne jeg høre dæmpede stemmer. En gang imellem blev en stol skubbet tilbage, og jeg kunne høre lyden af skridt, der vandrede frem og tilbage inde i stuen ved siden af. Jeg sad i sengen igen, efter at Michaelis havde hjulpet mig ind fra terrassen.

Det var mørkt udenfor, kun skodderne dækkede og forhindrede myg i at trænge ind til mig. Døren til værelset blev åbnet forsigtigt, og i åbningen stod Michaelis med en lille olielampe i hånden.

"Er du vågen?" spurgte han hviskende.

"Ja."

"Nu skal jeg hjælpe dig."

I den lille stue kunne jeg se fader Theodoro sidde ved det runde bord, ved siden af ham lå en rosenkrans, hans bedekrans i orangerøde perler. Olielampen var tændt, og på reolen stod et par rubinrøde små glas med lys i. Michaelis hjalp mig op af sengen og ind på en stol. Den gamle mand nikkede til mig, "går det bedre nu?"

"Ja, tak en smule," svarede jeg. Jeg følte, at min skæbne var afgjort, at jeg stod overfor to dommere, som kunne redde mig eller dødsdømme mig. I stedet for at sige noget, rejste fader Theodoro sig og gik ud i et lille køkken bag stuen, hvor jeg hørte ham skramle med nogle tallerkener.

Michaelis sagde ikke noget, han sad stille og afventende. Jeg forsøgte at læse hans tanker, men hans ansigtstræk var rolige, og det var umuligt at se, hvad de to mænd havde bestemt sig for. Han rejste sig, da fader Theodoro kom ind, og flyttede noget papir og en bog fra bordet foran mig. Rosenkransen lod han ligge og jeg opdagede, at der igennem én af perlerne løb en bred rød i åre i glasset.

Den gamle munk havde hentet mad til mig. På en stor tallerken var der lagt oliven og groftskårne tomater i skiver, risdolmers og agurk. Han gik ud i køkkenet igen og kom tilbage med nogle store skiver brød.

Han nikkede til mig, "spis min dreng."

De lod mig spise i ro. Jeg vidste, at de først ville tale, når jeg var færdig med maden, og selv om jeg var meget nervøs efter at høre, hvad de havde besluttet, og slet ikke sulten, så spiste jeg, så hurtigt jeg kunne. Da jeg var færdig, rejste fader Theodoro sig igen, gik ud i køkkenet og kom tilbage med en lille skål med tørrede figner.

Han nikkede igen til mig, og jeg spiste pligtopfyldende frugterne. Ville de dog aldrig fortælle mig, hvad de havde besluttet sig for?

Da jeg endelig var færdig med al maden, sad vi igen i stilhed. Jeg var bange og ved at sprænges af nysgerrighed og angst, da fader Theodoro langt om længe brød stilheden.

"Vi skal nok hjælpe dig, selvfølgelig skal vi det. Michaelis har fortalt mig din historie, og vi kan forstå, at du er i knibe. Men for at vi kan hjælpe dig, er det vigtigt, at du ved, hvad Athos er. For mens du er her, vil du ikke kunne bevæge dig frit rundt. Du er nødt til at være her 'inkognito', og det betyder, at du må leve skjult og altid gemme dig for andre mennesker herude. Jeg skal forklare dig hvorfor. Føler du dig frisk nok til det nu, eller vil du hellere vente."

"Jeg er frisk nok nu," sagde jeg hæs og bange.

Fader Theodoro rejste sig og fandt en flaske Ouzo og tre små glas frem fra et udskåret træskab, der hang på væggen. Han skænkede den klare væske, hældte lidt vand i hvert glas og bød til både Michaelis og mig. Jeg havde aldrig tidligere prøvet at drikke Ouzo eller noget andet stærk. Mine forældre drak aldrig alkohol, højst et glas vin, og jeg var ikke sikkert på, om jeg kunne lide det. Men jeg turde ikke sige nej tak, når den gamle munk så gæstfrit bød mig af flasken.

"Halvøen, vi befinder os på," begyndte fader Theodoro, "er den østligste af Halkidikis 'tre fingre'. Området her kaldes for Agion Oros, det betyder Det Hellige Bjerg. Det er opkaldt efter det højeste bjerg, som ligger yderst på halvøen, og ligesom du blev reddet ved at søge ly på Athos, blev Jomfru Maria det. Historien fortæller, at hun på en sørejse på vej til Cypern, blev fanget af en forfærdelig storm. Skibet var ved at synke og måtte søge ind til kysten. Jomfru Maria og skibets besætning reddede sig i land det sted, hvor klostret Iveron ligger i dag, og Jomfru Maria bad sin søn, Jesus Kristus om at velsigne området og tilegne hende det. Derfor ærer vi Jomfru Maria her på klostrene på Athos. Man siger, at hun er den eneste kvinde, som er tilladt her på halvøen."

Han nippede til sit glas, dvælede ved smagen og fortsatte; "i knapt

1.500 år har der boet munke her på Athos. Hellige brødre, som kom rejsende hertil og slog sig ned på halvøen, hvor de kunne leve uforstyrret. I starten boede de i huler eller byggede små huse, og havde fred til at tilbringe dagen i bøn. De var eremitter, eneboere. Da der efterhånden var kommet mange munke til området, blev der opført lidt større huse, hvor munkene boede sammen i grupper. De valgte den ældste og mest vise munk som deres leder. Siden blev de første små kirker opført. Her kunne munkene samles i fællesbøn, og for næsten 1.000 år siden blev det første rigtige kloster bygget på Athos, klostret Megisti Lavra. Det er det kloster, hvor Michaelis i dag er novice."

"Ja, det er meget gammelt," indskød Michaelis, og man fornemmede hans stolthed over stedet.

"Det blev opført efter ordre fra kejser Nikephoros Phokas," fortsatte fader Theodoro, "og man siger, at han var et af de hæsligste mennesker, man kan forestille sig. Han var lille, nærmest en dværg, og deform, og han havde et bredt, fladt ansigt og små plirrende øjne. Men han var en mægtig hærfører og en kejser, som styrede sit folk med hård hånd. Da de byggede klostret, skete der nogle frygtelige ulykker, og kejser Phokas blev myrdet af sin kejserinde, den skønne Theophano."

Jeg kom til at tænke på den dværg, jeg havde drømt om i grotten, mon det var denne kejser Phokas? Og prinsessen var det hans kejserinde, eller var det bare en illusion?

Fader Theodoro nippede igen til sin ouzo, sad lidt stille og kiggede ud i luften og fortsatte så; "efter Megisti Lavra er der blevet bygget flere klostre, og på grund af sørøvere og andre forbrydere, som har hærget i området, er klostrene blevet bygget som hele fæstningsværker. De hænger, som om de er klæbet fast på klippevæggene, og det gør dem helt umulige at indtage."

Jo tak, tænkte jeg, for jeg huskede stadig godt, det store skridt jeg havde taget ud i det mørke ingenting, da jeg forsøgte at komme ind på klostret, som jeg havde troet var en borg.

"På et tidspunkt boede her over 40.000 munke, men nu er vi langt færre," fortsatte Theodoro, "vi bor fordelt på 20 klostre og i mindre samfund, som hedder skiter. Huset her er en del af en skite, men det ligger ensomt og isoleret et godt stykke vej fra de andre huse, måske kan man sige en smule eremitagtigt, men sådan har jeg nu valgt at leve."

Michaelis skulle til at sige noget, men fader Theodoro fortsatte.

"Som munke lever vi afsondret fra det almindelige liv du sikkert kender, sammen med andre mennesker. Vi siger, at vi lever nærmere Gud og uden de forstyrrelser det almindelige liv giver, og så følger vi den julianske kalender, og det betyder, at vi er 13 dage efter Grækenlands og andre landes kalendere. Vores døgn begynder ved solnedgang, på klostrene lukkes portene, og munkene trækker sig tilbage i ensom bøn og hvile. Midt om natten kaldes de til bøn i klostrenes kirker.

Vi har vores egne love her på Athos, og Athos er en selvstændig stat, underlagt Grækenland, men dog selvstændig. Vores lovskrift hedder Tragos, det er skrevet på et tre meter langt gedeskind i år 972 af Athos' hellige brødre. Tragos bestemmer blandt meget andet, at ingen kvinde... ja, og altså at heller ingen jøde må betræde Athos hellige jord. Jeg kan ikke fortælle dig hvorfor, men det er de regler, vi har."

Fader Theodoro kiggede på mig og lagde sin brune barkede næve over min spinkle lyse. Han nikkede venligt til mig og talte så igen, "Selv om der har hærget mange krige i området, har Athos altid klaret sig. Den krig, som nu raser i Europa, kender vi kun til herude fra de brødre, som er kommet rejsende fra de krigsramte lande. Vi har stadig fred, men italienske og tyske styrker er gået over grænsen fra Albanien og har indtaget det meste af Grækenland, og spørgsmålet er, hvor længe det varer, før vi også har fjendtlige tropper her på Athos?

Som sagt har Michaelis fortalt mig din situation. Det er alt, alt for risikabelt for dig at tage ud og lede efter dine forældre. Om Gud vil det, er de kommet vel til... øh, Limnos var det ikke?"

Jeg nikkede.

"Du kan blive her. Vi skal nok hjælpe dig og tage os af dig. Om nogen tid tager jeg til Ouranopolis, og så vil jeg opsøge den fisker, du har fortalt hjalp jer. Måske har han nyt om dine forældre, men inden må vi få dig rask og på højkant igen. Som Michaelis har fortalt dig, ved ingen andre end han, fader Ilias og jeg, at du er her. Området er stort og øde, og en splint som du får ingen problemer med at gemme sig. Til huset her kommer der kun sjældent besøgende, og de brødre, der kommer forbi, vil ikke spørge om noget, der i bund og grund ikke kommer dem ved."

Theodoro tømte sit glas, og det samme gjorde Michaelis. Jeg fulgte trop, men den stærke væske sved modbydeligt i halsen, og jeg forsøgte forgæves at skjule et host.

Theodoro smilte. "Men nu har du hørt nok på mig, og det er blevet sent for dig," sluttede han. "Gå du ind og få din nattesøvn. Michaelis skal tilbage til Megisti Lavra, og jeg vil trække mig tilbage til mit værelse."

Jeg blev siddende lidt ved bordet, mens Michaelis bar tallerkner og glas ud i køkkenet og vaskede dem op.

"Vi ses igen i morgen," sagde han, "kan du klare dig selv nu?"

"Ja, sagtens," sagde jeg, "og tak, tak fordi du fik mig hertil, jeg tror nok, at du har reddet mit liv."

Den unge munk smilte, "vi ses igen i morgen," gentog han blot, og lukkede stille terrassedøren efter sig.

Fra Theodoros værelse kunne jeg se et svagt lys trænge gennem en sprække i døren, nu ville han som de andre munke på Athos være fordybet i bøn.

24. SPØGELSESBÅDEN

Endeløse dage. På ladet af en gammel ramponeret vogn, på ryggen af et træt muldyr, bare fødder på skarpe sten. Mod nye mål, nye byer, nye mennesker. Vi var aldrig i ro, altid på farten og aldrig længe nok et nyt sted til at få venner. Vi er rom, andre kalder os sigøjnere, men vi kalder os selv rom, det betyder menneske.

Zoran ville have, at vi skulle rejse videre, og det var de beslutninger, han traf, der gjaldt. Vi kunne ikke blive i vigen, der var hverken mad eller mulighed for at tjene penge til mad. Vi måtte videre. På et gammelt søkort, han havde fundet i bådens styrehus, mente han, at vi kunne sejle mod nogle af øerne i de Nordlige Sporader.

'Limnos eller Mytilini', sagde han, hvis nogen vovede at spørge. Han stod ved roret i båden, som han efterhånden var ved at lære at sejle. I starten gik vi på grund, og ved Ouranopolis torpederede vi en mole. Men ve den, der sagde noget.

Bedstemor sad på dækket og lusekæmmede Sergeis hår med en tættekam. Han fik røg i øjnene fra hendes cigaret, som hun altid havde siddende i mundvigen. Hun manglede en tand i undermunden, så hun satte bare cigaretten fast i hullet, så kunne hun tale og ryge samtidig. Og tale det gjorde hun det meste af tiden, med undtagelse af når Zoran nærmede sig, så tav hun. Han gad ikke høre på hende, sagde han. Når han var der, sad hun og skulede til ham og røg, eller også arbejdede hun med sit håndværk, så de mange tynde gulvarmbånd på hendes arme ringlede og hendes store ørenringe dinglede nervøst fra hendes ører.

Det blæste en smule, så vi skød en god fart for sejl. Hvorfor ved jeg ikke, men jeg var ikke så søsyg denne gang som sidst, det var kun en smule kvalme.

"Øv dig på violinen, du skal spille der, hvor vi kommer frem," sagde bedstemor.

Jeg havde ikke lyst til at spille, men jeg orkede ikke den ballade, det altid medførte, når jeg ikke gjorde, som hun sagde, og især ikke når jeg ikke kunne slippe væk fra hende. Så jeg hentede min violin fra lastrummet. Mine noder lå også i kassen, jeg havde ikke mange noder, men der var et stykke af Mozart, jeg ville repetere. Jeg havde ikke god orden i noderne, de lå hulter til bulter mellem hinanden. Der lå de to af siderne, men hvor var de andre...?

Pludselig faldt der et lille foto ud af bladene, jeg havde næsten glemt det. Det var et billede af min mor. Zoran og bedstemor vidste ikke, jeg havde det, og hvis de fandt det, ville de blive vrede. Min mor, Nadia, smilede til mig fra det lille krøllede foto. Hun var køn, hendes hår var lysebrunt, ikke så mørkt som mit, og jeg syntes, at hun havde sådan et sagtmodigt smil. Selvom jeg tænkte mig godt om, kunne jeg aldrig huske hendes latter. Min mor var gaje, for hun var ikke sigøjner som Zoran. Min morfar var ungarer og min mormor ungarsk jøde, så Sergei og jeg er altså halv rom, en fjerdel jøde og en fjerdedel ungarer. Det er en hel i alt... heldigvis.

Fra lastrummets mørke lød der en kraftig snorken, og jeg kom i tanke om fætrene, der stadig lå og sov. Jeg lagde hurtigt billedet tilbage mellem noderne og gemte dem i violinkassen. Jeg ville helst undgå mændene, især den ene af dem brød jeg mig ikke om. Han var begyndt at kigge underligt på mig, jeg opdagede det en dag, jeg stod og vaskede mig. Han blev ved med at stirre på mig, lige indtil bedstemor råbte ad ham. Om natten vågnede jeg ved, at han lå og hviskede til mig. Jeg kravlede over og lagde mig ved siden af Sergei, for selvom han sparker i søvne, er det bedre end én, der ligger og hvisker mærkelige ting om natten.

Da jeg kom op på dækket, havde de andre set land. Vi havde kun været af sted en dag, så ifølge Zorans kort var vi langt fra land. Det viste sig også at være en ubeboet ø. Det eneste, vi så, var store øgler, der sad som statuer på klipperne. Vi sejlede langs øens kyst, og jeg blev sat til at holde øje med skær i vandet. Så slap jeg da også for at øve mig på violinen, som jeg havde pakket ned i kassen igen. Den har ikke godt af saltvand.

Vinden var frisk og ud fra kortet, mente Zoran, at vi kunne nå Limnos indenfor et par dage. Mørket faldt på, og vi stegte de fisk, vi fangede i havet. Sergei og jeg lå på dækket og sov. Jeg havde fortalt Sergei en historie om en prinsesse, der spillede så smukt, så alle mennesker græd af lykke, men prinsessen forsvandt, og så var der ingen mennesker længere, der kunne huske, at de engang græd over noget smukt, nu græd de bare.

Sergei sov fredfyldt ved siden af mig. Båden knagede, når en sø slog ind mod den, men det virkede helt hyggeligt. Jeg kiggede stjerner og snakkede lidt med månen, som jeg plejede at gøre. Zoran stod stadig ved roret, men nu var én af fætrene sammen med ham. De talte fredeligt sammen. Ud ad mine halvt lukkede øjne tror jeg nok, at jeg så et stjerneskud, og halvt i søvne drømte jeg et ønske om en prinsesse, der fandt hjem.

Ved daggry vågnede jeg ved en masse larm. Det var diset, alle var på dækket, og det lød som om alle råbte i munden på hinanden. Det var ikke usædvanligt, at de voksne skændes eller sloges, men tidspunktet var usædvanligt. Jeg gned mine øjne, Sergei var væk, og pludselig slog det mig, at det var ham de skændes over. Var han røget over bord eller…? Men jeg så ham stå sammen med de andre henne ved bagbordsrælingen. Vi var stadig på åbent hav, men ved siden af vores båd vuggede en anden gammel båd lidt mindre end vores.

Det var blæst en smule op, og vinden var kold. Jeg skuttede mig og ville hente min frakke, men pludselig mærkede jeg en hånd gribe fat i mig. Jeg vendte mig forskrækket og så op i ansigtet på min fars fætter, 'hviskeren'.

"Lad tøsen her gå ombord", råbte han, "hun er lille og kan finde rundt."

Jeg forsøgte at vriste mig ud af hans greb, men han var stærk, og inden jeg fik set mig om, havde han løftet mig op og kastet mig over på den anden båds dæk.

Jeg gloede tilbage på vores båd. "Hvad?" råbte jeg.

Zoran så forsovet ud, hans lange sorte hår, som han altid havde samlet i en hestehale, stod ud til alle sider.

"Er der nogen ombord?" råbte han, "find ud af om der er nogen ombord!"

"Jeg går ikke derned," mumlede jeg, "det gør jeg bare ikke.".

"Se så at komme ned i lasten, og se om der er noget."

"Noget hvad?" spurgte jeg.

"Korn, mad, varer, hvad som helst, kom så af sted."

Jeg rystede på hovedet, jeg går ikke derned, tænkte jeg, jeg går ikke ned i det sorte lastrum. Men ovre på vores båd stod de nu alle samme og råbte, at jeg skulle undersøge båden.

"Ellers sejler vi fra dig," råbte bedstemor.

Sergei var som sædvanlig tavs, men han stod og pegede op mod styrehuset. Jeg vendte mig og så, hvad det var, han havde fået øje på. Ud af styrehusets dør hang en mand. Trinene var farvet af det størknede blod, der havde løbet fra et hul i mandens pande. Bådens monotone vuggen fik hans livløse overkrop til at slå ind mod trappen.

Så mærkede jeg stanken. En stank af råddenskab, jeg kendte så godt fra de lossepladser, vi altid blev henvist til. En stank af fordærv... af død.

"Få mig væk," skreg jeg, og løb hen mod rælinger, "hjælp mig væk."

"Se først efter hvad der er i lasten," råbte Zoran, "du kommer ikke over, førend du har set efter i lasten."

Folkene på vores båd var tavse og stod nu bare og kiggede på mig, mens de to både langsomt gled bort fra hinanden. Jeg tænkte på at hoppe i vandet, men jeg kan ikke svømme, og det kunne de andre heller ikke. Ingen ville hjælpe mig, når Zoran havde givet en ordre.

"Hjælp mig over," bad jeg.

"Lastrummet!"

"Vær nu venlige!"

Jeg skævede efter lemmen til lastrummet. Båden lignede vores. Det måtte utvivlsomt være en fiskerbåd. Det var stadig mørkt, og i lastrummet ville der være bælgmørkt.

"Jeg vil ikke kunne se noget i lastrummet," forsøgte jeg.

"Føl dig frem."

Lemmen til lastrummet var lukket, og der var skubbet nogle store rulle tov hen over den.

"Jeg kan ikke flytte dem," råbte jeg bedende, og sparkede til tovene, så jeg slog foden.

"Jo," var svaret.

Bølgerne slog mod båden, den rullede voldsommere end før, og den døde fra styrehuset slog mod trappen med et klask. Jeg forventede hele tiden, at han ville rulle hen i hovedet på mig.

Jeg asede og masede med tovet, det var tungt, men til sidst fik jeg rullerne skubbet væk fra lemmen. Stanken kom som et slag i ansigtet, tårerne sprang fra mine øjne, og jeg nåede ikke rælingen, førend jeg begyndte at kaste op.

"Hvad er der dernede?" brølede Zoran.

De kastede et fyrtøj over til mig, og med det i mine rystende hænder gik jeg tilbage mod hullet. Jeg lagde mig på maven og holdt min trøje op foran mund og næse, for at værne mod den rædselsfulde stank. Det var begyndt at lysne, og morgengryet var nok til, at jeg kunne se ned i lastrummet.

De sad, som om de sov, placeret side om side langs med væggene. Mørke tavse skikkelse. En mand var faldet forover, og som manden i styrehuset rullede hans overkrop i takt med båden. Nogle sorte rotter gnavede af en kvindes hånd, som om hun fredeligt sad og fodrede dem, mens et lille barn lå hen over hendes ben. Fluerne summede omkring barnets hoved. Der var ingen grund til at blive, jeg havde gjort det, jeg skulle, og jeg havde set mere end rigeligt.

Zoran og Django gik selv ned i lastrummet. De havde viklet klude tæt om næse og mund.

"Sørøvere," sagde Zoran, da de kom op, "Der er ikke en guldplump tilbage, de har taget det hele."

"Men båden," forsøgte min onkel, "den må være noget værd?"

"Ikke den spøgelsesbåd, den er fordømt," skreg bedstemor, "den er forhekset, og vi er alle fordømt, hvis I tager den med."

Så vi lod den være. Vi sejlede fra den, ikke mod øerne i de Nordlige Sporader, men tilbage til vigen, vi kom fra. Spøgelsesbåden gled med strømmen, hvorhen ved jeg ikke, men de døde folk, der var ombord, fik ikke den begravelse, de skulle have haft. Zoran tog kun tovet og nogle fiskenet.

Der gik mange dage, førende stanken forsvandt fra min hukommelse, den sad i næsen på mig lang tid efter. Stanken af død. Mens Zoran og Django tog til Ouranopolis for at forsøge at sælge vores håndværk og handle, strejfede jeg om i bakkerne bag vigen, og jeg kom til at lære området godt at kende. Langt fra de andre, øvede jeg mig på violinen, de melodier jeg selv havde lyst til at spille, og jeg forsynede mig i klostrets køkkenhave og gemte de største jordbær til Sergei.

Det var under et af mine besøg i klostrets have, at jeg så den syge dreng, og det var med list, at jeg fik vist den unge munk vej hen til ham. Drengen var mærkelig nok ikke blevet på klostret, han var kommet hen hos den gamle munk. Så nu kunne jeg holde øje med både den syge dreng og de to små killinger, for jeg havde en fornemmelse af, at vi kom til at blive meget længere tid, end vi først havde regnet med i vigen på halvøen Athos.

25. LIV I HUSET

Efter nogle dage var jeg frisk nok til at stå op. Jeg følte mig stadig lidt svimmel, men mit hoved gjorde ikke længere ondt, og kvalmen var helt væk. Fader Ilias havde været og tage stingene ud, han havde skiftet forbindingen, og han sagde, at den flænge jeg havde fået i baghovedet, så meget bedre ud. Han gav fader Theodoro noget salve, som jeg skulle smøres med. Han spurgte mig ikke om, hvordan jeg var landet i klostrets urtehave, men beskæftigede sig kun med, hvordan jeg havde det, og inden han gik igen, nikkede han og sagde; "du er snart frisk og kan komme tilbage på skolen."

Fader Theodoro så kort på mig og nikkede, så førte han lægen udenfor, og jeg hørte de to tale om, hvordan vi skulle behandle såret og skifte forbindingen.

Fader Ilias drog af sted, han vandrede den lange vej til Karies, hovedbyen på Athos, hvor han arbejdede som læge.

Michaelis havde på akademiet fundet en sort kutte til mig og noget andet tøj, som eleverne gik i. Det tog jeg på, så jeg ikke skilte mig ud fra akademiets novicer, og ingen måtte nogensinde vide, at jeg var en jødisk dreng, som boede hos fader Theodoro.

Fader Theodoros bolig lå, som han havde fortalt, ensomt langt væk fra andre huse. Da jeg var frisk nok, fik jeg lov at gå en tur rundt om huset og ned i urtehaven. Haven var opdelt i terrasser. Man kunne ad stejle trapper, lavet af flade sten, komme fra den nederste terrasse med fersken- og abrikostræer over den mellemste, med vinstokke og tomater, til den øverste, med blandt andet auberginer, peberfrugter, courgetter, bønner og krydderurter.

Under en af trapperne opdagede jeg en skildpadde. Den var så stor som en tallerken og kunne godt lide salat. Jeg kaldte den Ira, det føltes lidt hjemligt.

Der var lavet et sirligt vandingssystem mellem de tre haver. Man fyldte det med vand fra brønden ved huset, og ad små åer løb det fra plateau til plateau.

Fader Theodoro havde sagt, at jeg, når jeg var helt frisk igen, kunne være i haven eller gå ned til stranden, men han bad mig om ikke at følge stien, som løb til skiten Agias Annis eller den, der gik mod klostret Megisti Lavra. Hvis jeg så mennesker, skulle jeg gemme mig, og kom der besøgende, skulle jeg blive på værelset. Huset var afsidesliggende, og den stenede og stejle sti besværliggjorde besøg, derfor var det ikke så ofte, at nogen lagde vejen forbi fader Theodoros hus.

Den ensomme tilværelse så ud til at bekomme Theodoro vel, selvom jeg aldrig fik fornemmelsen af, at han ikke brød sig om, at jeg også var der. Jeg var, sammen med killingerne, hans eneste daglige selskab.

"Her er rigtig kommet liv i huset," sagde fader Theodoro, han sad med en sutteflaske og madede killingerne, "vil du prøve?" spurgte han mig.

"Ja, hvordan gør man?"

Han viste mig, hvordan killinger selv kunne sutte mælken i sig, når man lagde dem i sin arm, og blot holdt flasken lodret.

"Sutteflasken fik jeg fra fårehyrden i Agias Annis, han har ind imellem et lam, som skal have flaske, fordi det ikke vil die moderen."

"Den er silkeblød," sagde jeg og aede den lille brogede killing, som var faldet i søvn i min arm."

"De har ikke fået navne endnu," sagde Theodoro, "hvad, synes du, at vi skal kalde dem?"

"Den sorte kunne hedde Lava," forslog jeg, og denne her… hvad med Snip? Den har sådan en sjovt lille plet på næsen."

"Det er gode navne," sagde Theodoro, "Lava og Snip."

I det samme forsøgte den lille sorte killing at springe op og gribe fat i en rød pelargonie.

"Eller Blomst" foreslog jeg, "nej det er ikke godt, hvis det nu er en han. Hvor kommer de fra?"

"Tja," sagde fader Theodoro, "det er ikke godt at vide, de var vist en gave til mig, jeg blev valgt, tror jeg."

"Lidt ligesom med mig" spurgte jeg.

"Ja, det kan man faktisk godt sige," sagde han eftertænksomt.

Jeg lagde Snip ned i kurven til Lava, og killingerne rullede sig sammen tæt op ad hinanden og faldt mætte og veltilfredse i søvn.

"Måske har vi samme skytsengel," sagde jeg til fader Theodoro. Han smilte blot og nikkede.

Som Theodoro havde sagt, var det hans plan at tage til Ouranopolis, og på vejen stoppe i Karies og forhøre sig blandt de andre brødre om tilstanden i Grækenland og det øvrige Europa. I Karies var der altid mange munke på gennemrejse til eller fra klostrene på Athos, og de, der netop var kommet, kunne fortælle nyt. I Ouranopolis ville han forsøge at finde fiskeren, som vi havde sejlet med, han måtte kunne fortælle, om mine forældre var kommet godt til Limnos. Men fader Theodoro havde fået strenge ordre fra fader Ilias om at tage den med ro et stykke tid endnu, og han måtte derfor udsætte turen til Ouranopolis. En slem lungebetændelse havde samme vinter næsten taget livet af ham. Han var blevet plejet på Megisti Lavra, indtil han var rask nok til at komme hjem. I takt med at jeg nu fik det bedre, kunne jeg hjælpe ham med flere og flere opgaver.

Michaelis kom ofte på besøg hos fader Theodoro. Han bragte brød, feta, æg og fisk fra klostret og engang imellem en flaske vin. Jeg blev altid glad, når jeg så Michaelis komme gående, for han var sjov og kunne fortælle mig historier om livet på klostret. Han havde arbejde i haverne, og hjalp også fader Theodoro med sin urtehave. Ud fra det Michaelis fortalte, lød det, som om der var mange sjove typer blandt munkene, og Michaelis var god til at plagiere dem – når fader Theodoro altså ikke så det.

"Der er én, jeg kalder tåspids, fordi han altid tripper sådan her af sted," Michaelis forsøgte at løbe rundt på snuderne af sine sko, "men han husker fantastisk godt, og han er god til at regne, du kan for eksempel spørge ham, hvad er 1.254.699 plus 2.365.214, og det regner han ud i hovedet i løbet af ingen tid."

Jeg begyndte selv at regne, men opgav hurtigt, det måtte da vist blive noget med tre millioner...?

"Og så er der en sjov gammel fyr, der har for vane at undgå at træde på de mørke sten, han går sådan her." Michaelis sprang fra sten til sten, "lidt i den retning altså... Men de fleste er flinke og helt normale."

"Er der også en dværg?", røg det ud af mig.

Michaelis tav, "ja...," sagde han så, "ham ved jeg ikke rigtigt med... jeg kender ham ikke så godt."

Bag huset var der et værksted, hvor fader Theodoro malede sine ikoner. Første gang jeg kom ind på værkstedet, stod han og var ved at skære et stykke træ til. På træpladen skulle han male et billede af Jomfru Maria og det lille Jesusbarn. Der stod en masse ganske små bøtter med maling på bordet, men hvad der var allermest spændende var de ganske tynde ark af bladguld, som blev lagt på med en helt speciel teknik.

"Vores kunst er på sin vis todimensional," sagde Theodoro, "du vil for eksempel aldrig se et krucifiks i en græsk ortodoks kirke. Vi har udelukkende ikoner, billeder malet på træ eller lærreder og nogle gange samlet af adskillige små stykker glas til mosaikker. Kirkernes vægge er fyldt med ikoner, og hænger der flere samlet, kaldes det en ikonostase. Det kan man sige er en form for billedbibel, for alle dem, der ikke kan læse."

Han viste mig en gammel bog med en masse motiver i.

"Personerne på ikonerne males altid ens. Se her, vi maler efter denne bog. Den oprindelige bog er på Megisti Lavras bibliotek. Nogle mener, at den er fra det 10. århundrede. Ud fra bogen ved vi nøjagtigt, hvorledes Jesus, Jomfru Maria og det lille Jesusbarn eller måske Johannes Døberen skal males. Bogen fortæller også, hvordan farverne blandes, og hvorledes penselstrøgene lægges. Se nu f.eks. denne her ikon, som jeg er i gang med."

Han holdt et tykt stykke træ, der var på størrelse med en bogs side op imod mig.

"Det er Moses, og han skal have lovens tavler med sig."

"Tager det ikke lang tid at male en ikon?" spurgte jeg.

"Jo, og inden må man forberede sig godt. Ikonmaleren skal være i fuldstændig ro, og jeg forbereder mig igennem bøn, inden jeg begynder. En ikonmaler farer aldrig til arbejdet. Det ville genspejles i det færdige resultat... men sådan er det vel med det meste. En ikons tilblivelse fortjener fuld opmærksomhed, som den hellige og vidunderlige handling den er."

Theodoro satte sine briller op i panden, det så ud, som om han ville holde en lille pause. Der duftede som i min fars værksted, og jeg fortalte ham om min fars og mine ture, hvor vi øvede os i at tegne og male.

Næste dag kom Theodoro med en blok og nogle farvestifter til mig.

"Værsgo, prøv om du kan tegne et billede."

Jeg kiggede på papiret og farverne i lang tid. Det føltes som evigheder, siden jeg sidst havde tegnet. Jeg så mig om efter et godt motiv. Der var huset, som lå på skrænten omgivet af haven og terrasserne. Der stod et kastanietræ fuldt af store grønne piggede kastanier. Der var de blomstrende pelargonier i krukkerne på terrassen og bøtterne med krydderurter. Der var havet, som i eftermiddagsheden lå blåt og indbydende, men der var ingen fiskerbåde med hejste sejl på vandet i dag. Der var ingenting, som kunne danne kontrast til freden og roen.

Fader Theodoro gik til Agias Annis efter olivenolie og mel, og jeg var alene. Jeg overvejede at tegne huset, men opgav hurtigt. Så tænkte jeg, om ikke et billede af druerne, der voksede på terrassen, ville blive flot, men forkastede også den idé. Pludselig hørte jeg puslen under en busk. Jeg kravlede hen og løftede forsigtigt grenene væk. Under busken havde den store skildpadde Ira gemt sig.

"Halløj, er du kommet efter figner, eller skal du bare have bundet dine sko" spurgte jeg den grinende og løb ind i køkkenet, hvor jeg vidste, at der stod en krukke med tørrede figner. Jeg tog en håndfuld og gik tilbage til busken. Skildpadden var der endnu. Jeg løftede den forsigtigt frem og lagde en figen foran den. Den gabte over frugten og åd. Jeg havde fundet mit motiv.

Da skildpadden var færdig med alle fignerne, var jeg færdig med billedet. Det var faktisk ikke så dårligt, og glad gik jeg tilbage til huset. Jeg stillede billedet, så fader Theodoro kunne se det, når han kom hjem fra Agias Annis, og gik ud i køkkenet efter et glas druesaft.

Mens jeg stod i køkkenet og var ved at tage proppen af flasken, hørte jeg en stemme udenfor. Jeg fik sådan et chok, at jeg nær havde tabt flasken, for det var ikke en stemme, jeg kendte, hverken Theodoros dybe rolige stemme eller Michaelis muntre 'halløj, er her nogen', og det var helt sikkert heller ikke fader Ilias.

Jeg nåede lige at smide mig ned på gulvet i køkkenet, idet samme så jeg en mørk person gå forbi udenfor. Forsigtigt kravlede jeg mig hen til ildstedet, og krøb helt ind bagerst i det. Det var heldigvis koldt, men der var sort og lugtede af sod og aske. Jeg blev siddende fuldstændig stille med ansigtet gemt i hænderne. Personen kaldte på Theodoro ude fra terrassen, og da der ikke kom noget svar, forsøgte han igen. Jeg hørte ham sige noget til killingerne, og så bankede han forsigtigt på døren og gik ind i stuen.

Stadig småsnakkende og kaldende gik han først ind på mit værelse, så ind på fader Theodoros værelse, og til sidst kom han ud i køkkenet. Jeg var fuldstændig lammet af skræk og turde knapt nok trække vejret. Min næse kløede af asken og støvet, og jeg var bange for at komme til at nyse. Hvis den fremmede opdagede mig, havde jeg røbet både fader Theodoro og mig selv.

Langt om længe lød der skridt udenfor i gruset og lidt efter Theodoros stemme. De to mænd snakkede sammen, og jeg hørte Theodoro hente Ouzoflasken og glas frem fra skabet. Jeg åndede lettet op. På et tidspunkt rejste de sig og gik ud på værkstedet, så kom de tilbage til stuen og fortsatte deres samtale.

Jeg lænede mig op ad ildstedets væg og satte mig lidt bedre tilrette. Jeg kunne ikke komme ud fra køkkenet, for den eneste vej ville være igennem stuen eller ud ad vinduet, og det ville larme. Jeg var tørstig og kunne fra min plads se flasken med druesaft, men jeg turde ikke snige mig over efter den.

Til sidst affandt jeg mig med, at jeg nok blev nødt til at sidde sådan, indtil den fremmede var gået, og det kunne sagtens vare længe.

Jeg vågnede i det øjeblik, fader Theodoro skulle til at fylde vandgryden, som hang over mit hoved. Vi fik øje på hinanden samtidig og blev vist lige forskrækkede. Så begyndte vi begge at le. Han havde spekuleret på, hvor jeg mon var, og efter at have ledt i lang tid, ville han gå i gang med at lave mad. Da han var kommet med brænde og vand, så han til sin store overraskelse mig sidde gemt i ildstedet, sort i hovedet og dragten smurt ind i aske.

"Kom du bare ud," sagde han, "Vasiliki er gået. Du trænger vist til et bad, jeg må hellere varme noget vand til dig."

"Jeg kan bare kravle op i gryden," sagde jeg.

Fader Theodoro lo, "ja, og sikke en suppe vi kunne få ud af det."

26. ØRNENS SVAR

Stien, som førte fra Theodoros hus til skiten Agias Annis, delte sig et stykke nede ad skrænten i to. Valgte man at følge vejen til venstre, kom man i stedet ned til havet. Stien mod Agias Annis var gennem årene trampet til af de rejsende, hvorimod stien til havet var tilgroet og så godt som ufremkommelig. Ingen brugte den, udover mig.

Den sorte kutte, jeg bar, var ubekvem og varm i starten, men efterhånden vænnede jeg mig til den. Den var besværlig at gå i, og hvis jeg ville løbe, hvilket munke vist nok sjældent gør, måtte jeg hive op i skørterne eller rulle dem op og binde stoffet med de snore, som var syet fast på indersiden i taljen. Støvlerne, jeg havde haft på, da jeg kom til Athos, var stive af opholdet i saltvandet, men fader Theodoro gav dem fedt og sværte, så læderet blev blødt igen, og til sidst kunne jeg holde ud at have dem på igen.

For det meste løb jeg nu barfodet, men hvis Theodoro så det, sagde han, at jeg kunne træde på torne og komme til skade, og munke måtte aldrig vise bare ankler. Derfor beholdt jeg altid støvlerne på, når han var i nærheden, men jeg smed dem og bandt dem over skulderen, når jeg var alene.

Jeg var helt frisk igen efter uheldet. Såret i baghovedet var helet fint, sagde både Theodoro og Michaelis, og Michaelis tilføjede med et smil, at han ikke mente, at der var løbet så meget hjerne ud, så det gjorde noget.

Havet så indbydende ud i augustsolen. På den lille strand, der lå nedenfor huset, strakte sandet sig helt ud i vandet. Stranden var fra land omgivet af klipper, og det var umuligt at se den oppe fra stien mod Agias Annis, så jeg kun opholde mig der uden fare for at blive opdaget.

Jeg gik ofte ned til stranden, og jeg sad i lang tid og kiggede ud over vandet, men for alle tilfældes skyld, havde jeg fundet en fast plads bag nogle buske, for der kunne jo komme en båd forbi. Men der kom nu aldrig nogen. Havet var roligt, og skvulpede med små dovne bølger ind mod stranden.

Der var ofte store fugle, som svævede ude over havet. Fader Theodoro sagde, at det var havørne, der var på udkig efter føde. På enorme vinger kredsede de rundt højt over mig og især én af ørnene havde jeg lagt mærke til. Den var lidt større end de andre, og den havde en speciel lys tegning på vingerne. Jeg så den ofte kredse ude over vandet, for i et nu at slå ned og kort efter flyve væk med en stor glinsende fisk i sine enorme klør.

Når jeg så den svæve ude over vandet, tænkte jeg, at den måske havde set, hvordan det var gået med min familie. Den kom måske så langt som til Limnos. Hvis jeg var en ørn, kunne jeg lette på mine enorme vinger og flyve ud over havet, jeg kunne flyve væk fra krigen og ødelæggelserne, og jeg kunne finde min familie. Når jeg så ørnen majestætisk svæve deroppe højt over mig, hviskede jeg stille 'tag mig med'. Men ørnen ville blot glide i enorme cirkler langs kysten og forsvinde bag de skovklædte skrænter mod klostret Megisti Lavra. Et hvast skrig flænsede luften, som om den ville svare mig; 'du må klare dig selv, det gør jeg'.

Hvis jeg forlod mit gemmested bag buskene og kravlede ud på klipperne, kunne jeg sidde med fødderne i det klare vand og kigge ned på bunden. Der svømmede fisk rundt, store og små på jagt efter føde. På klippernes kanter sad der søpindsvin. Jeg passede på ikke at få benene i nærheden af dem, for hvis man stak sig på deres sylespidse pigge, gjorde det forfærdeligt ondt, og man kunne få blodforgiftning.

Den første tid på Athos levede jeg i konstant håb. Var der nyt om min familie, kom Michaelis på besøg, ville Theodoro mon rose det billede, jeg havde lavet, skulle vi have pandekager til middagsmad? Jeg levede i en forhåbningsfuld venten. I starten satte jeg næsen op efter mægtige forandringer, men efterhånden tog jeg til takke med langt mindre forhåndenværende dagligdags ting.

Det var svært for mig at skjule min skuffelse, da fader Theodoro langt om længe kom til Ouranopolis, men ved sin hjemkomst ikke kunne fortælle andet nyt om mine forældre end at de var kommet godt til Limnos.

'Men så langt, så godt', sagde han opmuntrende, 'det er da en lille trøst... ikke?'

Eller da han efter sit besøg i Karies ikke kunne fortælle mig, at krigen var slut, og vi kunne begynde at lede efter dem. Theodoro så, hvordan jeg, til trods for hans og Michaelis forsøg på at muntre mig op, blev mere og mere trist til mode.

"Du må desværre nok væbne dig med tålmodighed," sagde han en dag, hvor vi sad på værkstedet. Jeg malede på et billede af en fugl, og han var ved at lægge guld på en ikon af Sankt Nicholaus.

"Så længe krigen raser, kan du nok ikke forvente at høre nyt om din familie. Om Gud vil det, er de kommet videre ud af Grækenland. Det ville være alt for risikabelt for dem, at blive her i området. Se det som et godt tegn, Daniels, fiskeren i Ouranopolis sagde jo, at de klarede den til Limnos. Din forsvinden og eftersøgningen havde naturligvis forsinket dem, men de nåede da til Limnos."

Jeg kiggede forskrækket på ham, hvordan kunne han overhovedet tvivle på at de ville have nået til Limnos? Jeg havde aldrig tænkt på uvejret eller andre farer som en reel risiko for dem, men det havde det selvfølgelig været. Mon de stadig var på øen, eller var de kommet videre? Mon jeg kunne tage til Limnos og møde dem?

Som om Theodoro havde læst mine tanker, sagde han; "Du må være tålmodig, de skal nok klare sig, lige som du gjorde. Tænk på det! De ved jo ikke, at du overlevede i vandet, og at du er her, men det er du, og de har sikkert også klaret sig og er i sikkerhed nu. Du skal bede for dem... ja, som de beder for dig."

Min tålmodige venten, mine utopiske bønner om umulige ændringer eller bare mine håb om almindelige hverdagsting gik over i vrede. Jeg følte mig rasende, afmægtig og ulykkelig over ikke at kunne gøre noget som helst for at få mine forældre igen. Og så følte jeg mig frygtelig ked af det.

Vinteren kom, og med den gled mit humør ned i et mørkt hul, jeg havde virkelig ikke lyst til noget som helst.

Theodoro og Michaelis forsøg på at få mig i godt humør, mislykkedes. Michaelis fortalt mig om livet på klostret, om oplevelser han havde haft eller havde hørt andre fortælle om. Til sidst løb han tør for sine fortællinger.

Theodoro brugte mere tid på mig end på Gud. Hans timer, der skulle være helliget bøn, var helliget mig. Vi malede, tegnede, bagte brød, huggede brænde, lavede yoghurt af frisk fåremælk eller arbejdede i haven og gjorde den parat til foråret.

"Møgbillede," råbte jeg, og smed maleriet hen i et hjørne af værkstedet, "hvordan kan jeg være tålmodig, når jeg ikke ved, hvor længe jeg skal være det?"

Theodoro kiggede forskrækket på mig over kanten af sine briller. Stolen væltede med et brag, da jeg sprang op og løb ud ad værkstedet. Mine øjne var fulde af tårer. Da jeg nåede stranden smed jeg mig i sandet, begravede ansigtet i det ene ærme og græd. Hvorfor kom min familie ikke efter mig, hvorfor holdt den forbandede krig ikke op? Hvor længe skulle jeg leve i uvished? Jeg hadede alle, jeg ville ikke være her mere, jeg ville væk, bare væk. Hvis jeg nu stjal en båd på et af klostrene eller i Agias Annis, så kunne jeg måske ro til Limnos eller en anden af øerne, eller jeg kunne gå over land tilbage til Ouranopolis, og få fiskeren til at sejle mig til Limnos. Jeg havde ingen penge, men jeg kunne vel låne nogen... eller stjæle nogen, og der var vel folk, der ville hjælpe mig med at finde min far og min mor! Der var da vel nogen, som ikke bare ville sidde passivt og ikke gøre noget som helst for at hjælpe mig med at finde min familie. Det kunne vel ikke være så svært for dem bare lige... bare lige... bare lige...?

Højt over mig hørte jeg i det samme ørnens hvasse skrig; 'du må klare dig selv, klare dig selv, klare dig selv, det gør jeg'.

27. SJALET

Som dagene gik, affandt jeg mig med min skæbne, godt hjulpet af Theodoros venlige og kloge sind, og Michaelis gode humør og kammeratskab. Efteråret kom med regn og rusk, men gik over i en forholdsvis mild vinter, i februar blomstrede mandeltræerne og de vilde liljer på skråningerne, og allerede i begyndelsen af marts havde en fugl bygget rede i vinrankerne på terrassen, og i reden lå der små grønne æg, som blev til små nøgne unger.

"De ligner gamle mænd," hviskede jeg til Theodoro, da vi havde sneget os hen og forsigtigt kigget ned i reden, mens forældrene var efter mad.

"Tak, tak," sagde han, og vi lo.

Theodoros hjem var åbent og venligt, men jeg følte det alligevel ind imellem for trangt. Min medfødte nysgerrighed var årsag til, at jeg, naturligvis uden Theodoros vidende, foretog små ekskursioner længere og længere væk fra huset, dog aldrig længere væk end jeg stadig kunne høre Theodoros fløjt, når jeg skulle komme og spise eller have undervisning. I hvert fald ikke i begyndelsen.

Selvom Theodoro arbejdede på en ikon ude på værkstedet eller sad fordybet i bøn og studier på sit værelse, blev han aldrig vred, hvis jeg forstyrrede ham. Han satte blot brillerne op i panden og lyttede eller gik med mig, hvis der var noget, jeg skulle spørge ham om eller vise ham. Jeg hørte ham aldrig sige; 'vent lige lidt' eller 'du må ikke forstyrre mig'. Jeg tror, at han følte sig tryg nok ved, at jeg gik nogle små ture, når bare jeg holdt mig i nærheden af huset. Og det var netop de små ture, som førte mig ned til havet, op i skoven eller mod skiten Agias Annis, der blev til længere og længere udflugter. Men det var først, da jeg fandt sjalet, at jeg blev så nysgerrighed, at jeg satte mig for at ville undersøge området nærmere.

Et fnuglet sjal, der hang fast på en figenkaktus på en lille strand, jeg havde opdaget bare nogle dage forinden, og den dag hang det der med sikkerhed ikke. Det var sort med broderede blomster i lyserødt, violet og fersken, og kantet med kniplinger. Det hang og blafrede i vinden, og det var ikke vådt og medtaget fra ophold i havet. Det måtte være tabt af en person, som for nyligt havde været forbi. Jeg tog det forsigtigt ned fra tornene uden at rive det i stykker. Det var blødt, og det duftede sødt og helt specielt. Pludseligt så jeg min mor så tydeligt for mig, så det gjorde helt ondt i maven. Hun var der virkelig, med sit sorte hår i den tykke knude i nakken, med sit smil og sine mørkebrune øjne. Hun var duften, så sød og mild af roser og lavendler. Min mor.

Men stranden var øde. Dovne bølgeskvulp slog tyst ind mod stenene. Jeg foldede forsigtigt det lille sjal sammen, og lagde det i lommen på mine bukser, som jeg bar under min kutte. Hvem havde tabt sjalet der? Det kunne jo næppe være en munk. Jeg kom til at smile ved tanken. Mon der havde været fremmede, mon min far og mor var kommet tilbage? Jeg blev helt rundtosset ved tanken, sæt de var kommet efter mig, sæt de ledte efter mig! Jeg huskede ikke, at min mor havde sådan et sjal, men sæt nu, hun havde!

Jeg satte i løb langs med stranden, men sandet endte i skarpe klipper, og stranden blev hurtig ufremkommelig. Der var næppe nogen, der var gået den vej. Jeg løb i den modsatte retning, men det var nøjagtig det samme, stranden endte i klipper og buskads. Den, der havde været på stranden, måtte enten være kommet fra vandet eller fra den samme sti, som jeg var kommet ad. Solen stod lavt, og jeg var nødt til at gå tilbage til huset, men i morgen kunne jeg lede videre.

Theodoro havde bedt mig om at plukke bønner og grave løg op til middagen, men da jeg nærmede mig huset, så jeg ham stå udenfor med Michaelis og en kurv på armen fuld af grøntsager. Jeg nævnte ikke sjalet for dem.

Vi spiste, og bagefter sad Michaelis og jeg og spillede kort.

"Det kan man godt gøre her hos Theodoro," hviskede Michaelis smilende til mig, "på klostret går det ikke."

Den aften faldt jeg i søvn med sjalet mod min kind. Den søde duft fyldte luften omkring mig. Min mor var der, hun sad og holdt min hånd, som hun så ofte havde gjort i Thessaloniki, når jeg havde haft mareridt og ikke kunne falde i søvn.

Jeg beholdt det lille sjal i lommen, og jeg gik nogle gange ned til stranden, men den lå der som sidst, uden andre spor efter mennesker. Til sidst mistede jeg interessen, der var andre strande, der var meget bedre, hvor man kunne slå smut i vandet eller fiske fra klipperne.

Det var varmt. Vi var i juli, og solen bankede fra en skyfri himmel. Selv om Michaelis havde skaffet mig en tyndere sommerklædning fra akademiet, var det alt for varmt at gå i den sorte kutte. Jeg havde ikke en eneste gang mødt mennesker på mine ture, jeg havde mødt både ræve, skovmår, los, skildpadder og rådyr, og en enkelt gang, er jeg næsten sikker på, at jeg så en ung ulv, men ikke et eneste mennesker. Efterhånden følte mig så sikker på, at jeg kunne færdes uden at nogen så mig, at jeg ganske frygtløst vandrede ad de brede stier, som munkene fra Agias Annis benyttede, når de skulle til Karies eller Megisti Lavra eller for den sags skyld ned til fader Theodoro.

Jeg fandt en bæk i skoven, som jeg badede i, men i løbet af sommeren tørrede den ud, så jeg kiggede på det blå hav og drømte om en rigtig svømmetur, og en dag kunne jeg simpelthen ikke nære mig længere. Jeg brød alle Athos regler, lagde mine klæder på klipperne og sprang på hovedet ned i det turkisblå vand. Gispende kom jeg op til overfladen, jeg havde næsten glemt, hvor vidunderligt det friske salte vand var. Nede på bunden så jeg fisk smutte ud og ind mellem klipperne, og jeg lavede tredobbelte kolbøtter, så jeg blev helt rundtosset.

Solen og vandet blegede mit hår, og gav det en næsten rødlig glød i alt det brune, og min ellers blege hud blev mere og mere mørk. Theodoro kiggede hovedrystende på min solskoldede næse og rørte en balsam af urter og kaktus, som jeg smurte i ansigtet.

Han havde tilbudt at klippe mit hår, men jeg ville hellere lade det vokse. Både Theodoro og Michaelis havde langt hår, som var flettet og knyttet i nakken. Theodoros hår var gråt og ikke så tykt som Michaelis', der efterhånden havde en hårpisk, der nåede ham til midt på ryggen. Mit pandehår gik ned over øjnene og var temmelig generende, men en dag var det langt nok til, at jeg knytte det hele med et bånd i nakken. Det var besværligt at vaske og rede ud, men med langt hår lignede jeg mere en elev fra munkeakademiet, og jeg syntes, det var bedst ikke at skille mig ud fra Athos andre beboere.

Én af de allervarmeste dage tog jeg mig igen en svømmetur. Jeg havde fundet et sted, hvor der var rigtig gode klipper at springe fra, og imellem de høje klipper lå der små vige med hvidt blødt sand.

Det lille sjal lå stadig i lommen på mine bukser, men jeg tog det frem og kiggede på det. Det duftede ikke så sødt mere, nu duftede det næsten ikke længere af noget, måske kun lidt af at have ligget i min lomme. Jeg smed mit tøj på nogle store sten og lagde sjalet ovenpå, så tog jeg et hovedspring ned i vandet. Jeg svømmede et stykke langs kysten, vandet var dybt, og det var kun fordi, det var så stille, at jeg turde svømme tæt på klipperne. I blæst ville jeg være blevet kastet ind mod dem og knust.

Strømmen bragte mig ned langs kysten og et stykke væk fra stranden, men jeg havde mærket mig stedet og kunne uden problemer finde tilbage. En del af tiden svømmede jeg under vandet, og jeg øvede mig i at crawle. Det var svært og meget lettere ved brystsvømning. Jeg havde været i vandet længe og ville svømme ind igen, da jeg pludselig opdagede noget mærkeligt. Der stod en pige inde på stranden.

Hun havde ikke set mig, det tror jeg i hvert fald ikke, men hun havde fået øje på mit tøj, og hun var i gang med at undersøgte hvert enkelt stykke nøje.

Hvad skulle jeg gøre? Alt mit tøj lå på stranden, skulle jeg vandre nøgen tilbage til fader Theodoro og fortælle ham, at jeg havde badet og bare smidt mit tøj, og at det var blevet stjålet... af en pige? En pige! Hvad i alverden lavede en pige på Athos. Det var jo forbudt! Det skulle hun da have at vide... Hun havde ikke lov til at være her, hvad bildte hun sig egentlig ind, kendte hun ikke reglerne? Men jeg kunne ikke så godt kravle op på klipperne og først bede hende om at give mig mit tøj tilbage og bagefter skælde hende ud og sige at hun skulle forsvinde. Jeg måtte blive i vandet, til hun var gået og så gemme mig og luske tilbage, når det var mørkt.

Mens jeg trådte vande i ly bag klipperne, forsøgte jeg at lægge en plan, men det hele virkede for uoverskueligt, og jeg var træt og kold og ved at have ondt i benene. Da jeg kiggede frem igen, var pigen forsvundet. Hun var forsvundet lige så pludseligt, som hun var dukket op.

Jeg blev ude i vandet, men til sidst var det så koldt, at jeg vovede mig op. Frysende og med klaprende tænder kravlede jeg op på klipperne, og skrabede mit ene ben mod en skarp kant.

Mit tøj lå der endnu, men sjalet var væk, i stedet lå der en lille buket af velduftende lyserøde oleandere.

28. PIGEN

Hvem var hun? Hvor mon hun kom fra? Hvad tænkte hun på, sådan at gå åbenlyst rundt på Athos, hvor man ikke accepterede hunkønsvæsen, udover jomfru Maria, og så hønsene naturligvis for æggenes skyld!

Hun kunne begribeligvis ikke komme fra et af klostrene eller nogen af skiterne. Det var helt udelukket. Og så havde hun snuppet mit sjal! Det vil nu sige, det var jo ikke mit sjal, selv om jeg nok betragtede det lidt som mit. Men det kunne selvfølgelig være hendes? Hvis det var, hvorfor havde vi så aldrig mødt hinanden før?

De næste dage gik jeg forsigtigt rundt. Jeg holdt mig til de små stier og sneg mig tættere på Agias Annis, end jeg nogen sinde før havde været. Jeg kunne let have snuppet en drue fra vinen på terrasserne eller grebet en af dragterne, som hang til tørre ved vaskeriet. To munke var tæt på at opdage mig, da de kom gående med kurve fulde af grøntsager nede fra skitens urtehave, jeg nåede akkurat at smide mig bag en busk og ligge helt stille, mens de passerede mig med mindre end to meters afstand.

Men jeg så ikke skyggen af pigen, hverken ved skiten eller i skovene omkring, hun var som sunket i jorden.

"Tak for blomsterne, jeg har stillet dem på bordet i den lille kande," sagde Theodoro.

Jeg gloede bare på ham. Hvad i alverden mente han? Jeg skulle lige til at spørge, men i det samme opdagede jeg, at der bag ved ham inde i stuen på det runde bord stod en grøn keramikkande fuld af lyserøde oleandere.

Jeg gik derind, og mærkede straks den søde duft fra blomsterne, lidt som duften fra sjalet. Theodoro kom i det samme ind med en gryde fuld af dampende varm spinat.

"Vi spiser nu, er du rar at hente brødet?"

På køkkenbordet lå der to store nybagte brød. Vi spiste som altid i stilhed. Jeg stirrede på blomsterne, det var ikke mig, der havde plukket dem, men det kunne jeg ikke fortælle fader Theodoro, så ville jeg måske komme til at røbe pigen, og for den sags skyld også, at jeg badede og vandrede meget længere væk, end han var klar over. Men hvordan i alverden var de endt der? Det kunne naturligvis være Michaelis, men hvorfor skulle han stille blomster, og enhver anden munk ville heller ikke kunne finde på det. Det havde jeg været for længe på Athos til at kunne tro. Det måtte være den pige, men hvorfra vidste hun, at jeg boede i fader Theodoros hus?

Da jeg var gået i seng om aftenen, lå jeg længe og tænkte over blomsterne. Jeg vendte og drejede mig og kunne slet ikke falde i søvn. Lava og Snip havde taget ophold i min fodende, og Snip lå og slog efter en myg med sin store hvide pote.

Pigen måtte bo i nærheden, hvorfor havde jeg aldrig set hende eller hendes hus? Jeg spekulerede på, om jeg havde set spor efter hende udover sjalet, men jeg kunne ikke komme på noget. Til sidst faldt jeg i søvn, men jeg sov uroligt og drømte en mærkelig drøm om et kæmpe myg, og jeg vågnede et par gange i løbet af natten.

Det var endnu ikke lyst udenfor, da jeg pludselig blev revet ud af min søvn. Hvad i alverden var det? Det lød fuldstændig, som om nogen sang udenfor mit vindue. Det kunne ikke være rigtigt, det måtte være noget, jeg havde drømt. Der var helt stille igen, fuglene var ikke begyndt at synge endnu. Lava kiggede på mig med store runde øjne, 'hørte du også noget?' Jeg forsøgte at falde i søvn igen, men pludselig var sangen der igen. Ganske svagt kunne jeg høre en pigestemme synge. Med et var jeg helt vågen. Jeg holdt vejret og lyttede, det var ord jeg ikke forstod, et andet sprog, og det var helt tæt ved huset, som om det kom lige udenfor mit vindue. Jeg sprang ud af sengen og slog skodderne til side. Sangen var forstummet, den havde lydt så tæt på, men der var ingen at se.

Det var umuligt for mig, at falde i søvn igen. Jeg kunne slet ikke finde ro, så jeg tog mit tøj på, og gik ud for at se, om jeg kunne finde pigen, for det måtte da være hende, der havde sunget?

Men hun var som sunket i jorden. Solen brød morgendisen, det ville blive endnu en varm dag, nogle store sommerfugle i blå og sølv nuancer flagrede rundt om en violet blomstrende busk, og et egern sad og spiste kerner fra et træ med røde blomster. Snart ville dyrene søge ly og skygge for solen og dagen.

De næste dage følte jeg mig overvåget. Jeg gik ned til vandet med en følelse af, at der var nogen, der fulgte efter mig. Jeg sad og læste lektier på terrassen, og jeg var sikker på, at der var én, der kiggede på mig. Jeg lugede i urtehaven, og der sad én oppe i skoven og fulgte mine bevægelser. Jeg blev ved at kigge mig over skulderen, løb op i skoven, gik ned og så efter om der var nogen i solbærbuskene, eller om der sad nogen oppe i abrikostræets tætte løv. Men der var ingen. Der kom ikke flere blomster, og der blev heller ikke sunget udenfor mit vindue om natten. Alt var tilbage ved det gamle, fredeligt og uden overraskelser, på nær lige når Michaelis kom med konfekt eller Theodoro fortalte en historie eller lavede pandekager.

Jeg bevarede hemmeligheden om pigen og sangen, men jeg kunne ikke falde til ro igen, og jeg blev ved med at kigge under sengen, som et forskræmt barn og undersøge, om der sad nogen gemt i bærbuskene. Én af gangene så Michaelis det og spurgte mig, hvad jeg lavede. Jeg svarede, at jeg mente at have set en skildpadde kravle derind.

Efter en uge begyndte jeg at strejfede omkring igen og tage mine hemmelige svømmeture, men jeg var aldrig længere sikker på, om jeg var helt alene.

Fader Theodoro havde netop undervist mig i matematik og historie. Han ville hvile sig, så jeg gik ned til en strand, hvor klipperne var ekstra gode at springe fra. Man kunne ikke komme hen til stranden fra land, man var nødt til at kravle op på klipperne fra vandet. Jeg havde sprunget et par gange og sad og varmede mig i solen, inden jeg ville tage et hovedspring ned i det klare, kølige vand igen. Der sad en lille øgle på klipperne ved siden af mig, først så jeg den ikke, men pludselig pilede den af sted ind i én af sprækkerne i klipperne.

Solen bagte på mig. Jeg lukkede øjnene og sad med fødderne dinglende ud over klippekanten. Jeg kunne bare lade mig dumpe ned i vandet, når det blev for varmt. Gad vide, om den øgle også badede? Jeg vidste, at der fandtes øgler, der svømmede, og jeg havde læst om nogle meget store øgler, der var dødsensfarlige, men det var vist langt væk… Reol øerne, næ… Skab… nej, Kommode, kommode, nå jo Komodo øerne, hvor mon de lå…?

Jeg blev brat bragt ud af mine tanker om øgler og øer, for pludselig opdagede jeg, at der på klipperne et stykke længere henne sad et andet menneske. Jeg kunne se et par ben hænge og dingle lidt som jeg sad med mine hængende udover klippekanten. Det var ikke mandeben, det var tydeligt, jeg lænede mig lidt længere ud. Det var brune pigeben og små fødder der sad og vippede med tæerne. Jeg lænede mig endnu længere ud for bedre at kunne se, men der var nogle små buske i vejen. Lidt længere... og pludselig fik jeg overbalance og faldt ned i vandet med et ordentligt plask.

Da jeg kom op til overfladen og havde fået gnedet øjnene, var personen væk. Jeg svømmede febrilsk frem og tilbage langs stranden, men der var ingen at se, kun de nøgne klipper, tangen der var kastet op på dem og drivtømmeret, der vidnede om forårets storme.

Hvis det var pigen, der var dukket op igen, måtte jeg have fat på hende, det måtte jeg bare.

29. DVÆRGEN OG TYVEN

Jeg søgte efter pigen alle vegne, men hun var væk. Flere gange om dagen var jeg nede på stranden, men der var ingen spor efter hende. Fader Theodoro så, hvor rastløs jeg var, og spurgte mig, om jeg var dårlig, men jeg sagde, at det måske var varmen. Han rørte en mikstur af urter og uglegylp, vil jeg tro, det smagte modbydeligt, og jeg fik det ikke bedre. Jeg drømte om hende, og jeg gik med en oleanderkvist i lommen, og sugede duften ud af de lyserøde blomster, som om jeg aldrig før havde opdaget, at de havde en duft. Jeg havde heller aldrig tidligere tænkt over, at piger faktisk godt kunne være interessante, og jeg ville bare sådan ønske, at hun kom tilbage igen.

En eftermiddag var det ved at gå galt på grund af mit sløseri. Jeg havde endnu engang været nede på stranden for at se efter hende, og nu gik jeg rastløs omkring oppe i bakkerne. Det var tæt på Megisti Lavra, lidt for tæt på, det vidste jeg godt, men jeg var ligeglad. Pludselig hørte jeg stemmer længere nede ad stien. Jeg sprang om bag nogle klipper og gemte mig. Hvis det var hende, ville jeg følge efter hende og finde ud af, hvor hun boede. Det lød som om, der var flere, for jeg kunne høre en mand skælde ud, hvem han skældte ud på var svært at høre, der var ingen der svarede ham, måske talte han bare med sig selv. Men pludselig hørte jeg nogle små klynkende lyde, som om det kom fra et dyr eller et barn. De kom nærmere, og jeg holdt vejret og ventede.

Det er jo bare to børn, var min første ærgerlige tanke, da jeg så dem, den ene klædt i sort, den anden i nogle hullede bukser og en lille snavset skjorte, men så opdagede jeg, at personen i den sorte kutte ikke var et barn, men en dværg, et underlig forkrøblet lille menneske, der slæbte en lille dreng efter sig. Og det var dværgen, der skældte ud.

"En tyveknægt er, hvad du er, jeg skal sørge for, at du får din straf som fortjent."

Drengen forsøgte at vriste sig løs af dværgens greb, men han havde både fat i drengens arm, og så havde han lagt en løkke om halsen på ham, så hver gang drengen kom fri og forsøgte at stikke af, gav det et ryk i tovet, og han var ved at blive kvalt.

Det så frygteligt ud. Dværgen var sikkert på vej tilbage til klostret og ville tage drengen med dertil, og ud fra barnets forvaskede tøj gættede jeg, at han hverken hørte til der eller var elev på Akademiet.

Hvad kunne jeg gøre? Ikke så meget, ud over at løbe efter dem og måske bede dværgen om at slippe drengen, men det kunne jo selvfølgelig være, at drengen vitterligt var en tyv.

Pludselig slog det mig, at jeg havde set dværgen før, for længe siden. Var det i Thessaloniki? Der kom ind imellem gøglere til byen og optrådte med alt muligt, og dværgen kunne godt have været én af dem, men hvorfor var han så klædt som munk. Åh, jeg fjols! Han var jo munk! Det var jo ham, jeg havde set, da jeg lå syg i grotterne. Det måtte være ham, ham Michaelis havde svaret så tøvende om, da jeg spurgte, om han kendte ham.

Den måde han behandlede drengen på, viste ikke ligefrem, at han var et rart menneske, uanset om drengen virkelig var en tyv, eller han måske bare havde hugget noget, fordi han var fattig og sulten.

Jeg besluttede mig for at følge efter dem. Det var risikabelt, for hvis dværgen var munk på Megisti Lavra, kunne han hive mig med sammen med drengen, og vi ville begge blive straffet.

Pludselig fangede mit øre en underlig lyd. Det lød som et hviskende pift, jeg kiggede mig forvirret omkring, og der ovre på den anden side af stien så jeg hende. Pigen fra stranden. Hun havde fået øje på mig, og med fingeren for læberne viste hun mig, at jeg skulle være stille. Jeg nikkede, jeg kunne stadigvæk høre dværgen skælde ud på drengen længere oppe ad stien, men det lød, som om den lille dreng var holdt op med at klynke.

Vi mødtes på stien, og pigen hviskede med sine læber helt tæt til mit øre; "jeg kender drengen, og jeg skal nok selv klare det, gå bare hjem."

Jeg rystede på hovedet, jeg kunne ikke lade hende være alene om at få drengen fra dværgen.

"Jeg går med dig," hviskede jeg, "jeg skal nok passe på." Men hun havde allerede sat efter dem.

Vi sneg os stille af sted lige i hælene på dværgen. Pigen gik forrest på den smalle sti, og jeg så, hvordan hun på bare fødder undgik stenene og de tørre grene, som kunne knække og røbe os. Hun havde bundet sjalet om livet på sin kjole, og i håret havde hun sat hvide oleanderblomster.

Bag et klippefremspring fik vi øje på dværgen. Han havde bundet drengen til et træ og var ved at fylde et drikkekar, der hang på sin pæl på en bro over en å. Han lå på hug, bøjet over åen og drak uden at byde drengen noget. Pigen lavede nogle fagter hen mod den lille, og han nikkede, han havde forstået hende. I et nu var hun henne ved dværgen gav ham et gevaldigt spark bag i, så han tumlede hovedkulds i vandet, så løb hun over og bandt tovet op, og med drengen stadig i snor spænede de to af sted forbi mig og var væk. Jeg kiggede mig forvirret omkring, hvor i alverden var de blevet af?

Så opdagede jeg dværgen, der kom kravlende op fra åen, med vandet drivende fra sin gennemblødte kutte. Han bandede og svovlede fælt, og ikke en munk værdigt, og da han fik øje på mig, råbte han rasende. "Jeg kender dig, jeg kender dig," skreg han, "jeg kender dig fra grotterne, hvor du lå og sov en brandert ud." Han løb et par skridt hen imod mig, men han havde glemt, at hans kutte, tynget af vandets vægt, var længere, end den plejede at være, og han faldt i sin korte længde nogle meter fra mig, mens han råbte, at hans chef skulle tale med mig.

Jeg kunne stadigvæk høre ham råbe, da jeg satte i løb og spænede den samme vej, som pigen og drengen var løbet. Det troede jeg i det mindste, for jeg løb stærk, stærkere end den lille dreng kunne løbe, og jeg regnede med at ville indhente dem, men de var som opslugt af jorden.

30. I LEJREN

"Pyha Sergei, det var tæt på."

Vi sad og gispede efter vejret, og jeg løsnede torvet, som han stadig havde om halsen.

"Troede den lille idiot, at du var en hund? Nå, men vi reddede da brombærrene."

Sergei sad allerede med en næve nede i de sorte bær og guffede i sig, hans hænder var blå, og hans tøj havde store blåviolette plamager.

"Kunne du ikke høre, at jeg fløjtede."

Han reagerede ikke.

"Sergei, kunne du ikke høre, at jeg fløjtede?" Jeg hævede stemmen, og han kiggede på mig og rystede på hovedet.

"Du må være meget mere forsigtig, når du er af sted sammen med mig, ikke?"

"Ja," sagde han bare og spiste videre af brombærrene.

Hans hår var blevet langt igen og faldt ned i øjnene på ham, og tøjet, der passede ham så fint sidste sommer, stumpede og var blevet for småt.

"Du er vokset, Sergei!"

Han smilte, og hans ellers så fine hvide tænder, var helt bordeauxfarvede.

Vi gik til lejren i vigen. Det var kun nogle uger siden, vi var kommet tilbage til Athos, efter at vi have været næsten i Thessaloniki for at skaffe dele til båden, og efter først at have tilbragt en hæslig vinter i nogle gamle utætte fiskerhuse ved kysten udenfor Ouranopolis.

Vintrene var altid de værste, og selvom denne havde været mildere, end vinteren normalt er i Grækenland, syntes jeg, at den var lang og grå og kold. Selv da foråret satte ind, blev det aldrig rigtig rart og varmt. Jeg ved ikke, hvorfor det var sådan, måske fordi vi var så få tilbage, og måske fordi Zoran drak mere, end han nogensinde før havde gjort. Det prægede os alle sammen. Bedstemor var nervøs og skældte ud, Django var mere vrissen, end han plejede at være, Cora var altid sur, Pæren var irriterende, og de to fætre var ækle. Bedstemor sørgede for, at 'hviskeren' ikke kom i nærheden af mig og sagde dumme ting. Hun havde nu ikke behøvet det, jeg kunne godt selv klare ham.

Bedstemor er stadig vores phuri dai, den ældste og mest erfarne, og den vi skal vise respekt, så jeg lod hende gøre det, men når hun vendte ryggen til, så jeg mit snit til at lægge orme i hans støvler eller putte kartoffelskræller i hans hat, og jeg tror egentlig, at han var for dum til at opdage, at det var mig.

Det var efterhånden sjældent, at vi festede. Festede, som vi gjorde før i tiden, når mor spillede violin og Zoran accordion, og vi dansede og sang, eller når mor og Zoran dansede sammen, så vi alle sammen sad og kiggede beundrende på dem. Mor med sit lyse hår og blå øjne og Zoran, der var udset til at være klanens leder, høj og mørk og med gnistrende øjne. Kvinderne smilte og sendte ham blikke. 'Zoran får det, som han vil have det', sagde bedstemor, 'sådan har det altid været'. Og Django vrissede, og skældte Cora ud.

I lejren var fætrene ved at stege et stort stykke flæsk, de havde byttet sig til for noget kobbertøj i Ouranopolis. Fedtet fra flæsket sydede på de varme kul. På et andet bål hang en gryde fuld af en bønner, kartofler, løg og tomater, og der duftede godt. Halvdelen af brombærrene var væk, og Sergeis bukser og skjorte vidnede om, hvor de var blevet af, men bedstemor skældte ikke engang ud.

Mændene spiste som altid først, og da de var færdige, fik vi andre lov til at forsyne os. Det var længe siden, vi havde fået svinekød, det var fedt, og jeg syntes at det var ækelt, så jeg spiste ikke så meget.

Det blev en rar aften, for da vi var færdige med at spise, hentede Zoran sin accordion og spillede, mens bedstemor og Cora skiftedes til at synge. Og det blev en fredelig aften, for selvom fætrene var taget helt til Ouranopolis for at hente forsyninger og sælge vores varer, havde de fået flæsk og bønner og mel og andre fornødenheder med tilbage, men ingen brændevin.

Ud på natten vågnede jeg ved en værre larm i lejren. Det var flæsket, som gjorde sin virkning. Godt at man ikke havde spist af det fede og fedtede stads, tænkte jeg, vendte mig om på min madras i det lumre telt og sov videre.

Det var efterhånden svært at bevæge sig frit i bakkerne uden at støde på drengen fra grotten. Jeg ved ikke, hvad han lavede, men det så ud som om han altid travede rastløs rundt i området. Først så man ham nede på stranden, lidt efter var han oppe i skoven. Så var han i urtehaven ved den gamle munks hus, hvor han lå og rodede inde i en busk, for lidt efter at komme springende op i skoven igen. Havde han fanden i hælene?

Den dag Sergei blev fanget af dværgen, bare fordi vi plukkede brombær i skoven, tror jeg nu nok, at han ville hjælpe, men han virkede altså en smule klodset, og jeg forstod ikke, hvordan det kunne være, at han ikke passede bedre på ikke at blive opdaget. Han var ikke fra noget kloster, og jeg havde aldrig set ham gå sammen med andre, som munkene ofte gjorde. Nå, jeg kunne jo spørge ham en dag, jeg løb vel ind i ham igen.

31. NADIA… ELLER?

"Dav!"

Jeg stirrede lige ind i ansigtet på pigen, der sad på hug ved siden af mig. Jeg udstødte et halvkvalt skrig, der lød som et kvæk fra en døende frø, fik et stykke fersken galt i halsen og dumpede fra klipperne klodset ned i vandet, så det sprøjtede til alle siden. Det var bestemt ikke et særlig elegant spring. Gispende kom jeg op til overfladen, jeg var ved at kløjes i frugten og alt vandet, jeg havde slugt. Hun sad og kiggede ned på mig.

"Blev du forskrækket?"

Jeg hostede og spruttede, og svømmede hurtigt væk fra land, så hun ikke kunne se mig nøgen i vandet. Lidt efter stod hun henne ved mit tøj, som lå på sandstranden.

"Her," sagde hun og holdt det hen imod mig.

Jeg var ved at dø af flovhed, selvom hun lod til at være ligeglad.

"Vil du ikke have dit tøj?"

"Gå din vej," råbte jeg.

"Nå, undskyld," sagde hun, lagde mit tøj tilbage og begyndte at gå op mod skoven.

"Nej, vent lidt, men jeg skal lige klæde mig på."

Hun satte sig ned på en sten.

"Vend dig om, jeg skal jo have tøjet på."

"Nåh…," sagde hun og vendte ryggen til mig.

Jeg fik lynhurtigt hevet bukserne og kutten. Støvlerne var fulde af sand, og jeg kunne ikke finde mine strømper, som jeg havde glemt lå i den venstre bukselomme. Da jeg var færdig, sad hun og tyggede på et strå og legede med sine bare solbrændte tæer i det varme sand.

"Hvad laver du her?" spurgte jeg.

Hun svarede ikke, men hævede bare skuldrene.

Jeg rystede over hele kroppen, og jeg ved ikke, om det var det kolde vand, eller fordi hun endelig var der. Hun sad en meter fra mig med blomster i håret og stråret i munden.

"Tak for sjalet," sagde hun så.

Jeg greb emnet med måske lidt for stor begejstring, for da jeg begyndte at tale om, hvor jeg havde fundet det, nikkede hun blot og rejste sig for at gå.

"Åh nej, vent lidt," bad jeg hende. Det var så lang tid siden, jeg havde talt med andre en fader Theodoro og Michaelis, og jeg kunne egentlig slet ikke huske, at jeg nogensinde havde talt med en pige andre end Eva, men hvad var det for en snak, 'Se her er Ubbe' og 'finde bolden'.

"Jeg skal tilbage," sagde hun.

"Hvor bor du?"

"Rundt omkring."

"Kommer du igen?" Jeg turde ikke spørge om jeg måtte gå med hende.

"Måske." Hun begyndte at gå.

"Hvad hedder du?"

"Hvorfor det?"

"Jeg vil bare gerne vide det."

"Nadia," sagde hun over skulderen og forsvandt mellem de blomstrende buske, der skilte skoven fra stranden.

Det er et kønt navn, Nadia, tænkte jeg og greb ud i luften, som om jeg ville gribe efter en sæbeboble, men boblen var sprunget.

Det korte møde på stranden havde gjort mig helt forvirret, men det var egentlig en dejlig fornemmelse. Jeg ledte længe i sandet, efter noget hun kunne have tabt eller glemt, en årsag til at se hende igen, noget jeg kunne give hende, næste gang jeg så hende, hvis jeg altså så hende igen.

Om aftenen, da det var blevet mørkt og fader Theodoro havde trukket sig tilbage til sit værelse, gik jeg ned på stranden igen. Der var en million stjerner på himlen. Måske havde jeg et naivt håb om, at hun var dernede, eller måske havde jeg bare behov for at sidde i mørket og drømme lidt, mens vandet dovent skvulpede ind mod bredden. En fisk slog smut på overfladen, og oppe fra skoven kunne jeg høre en ugle skrige. Jeg kendte efterhånden lydene godt og var fortrolig med dem.

Nadia kom selvfølgelig ikke ned på stranden – hvad havde jeg tænkt mig? Det ville hendes forældre sikkert aldrig tillade, men måske kunne jeg være heldig at møde hende dernede, når det blev lyst igen? Måske badede hun der også, ligesom jeg gjorde?

Hun kom ikke derned de følgende dage, men da jeg var ved at opgive håbet om at møde hende igen, opdagede jeg hende pludselig sidde på den nederste terrasse ved fader Theodoros hus. Jeg var ved at falde over mine egne ben, da jeg så hende oppe fra mit værelse, og jeg forsøgte at gå langsomt hen imod hende, selvom jeg helst havde villet spæne derned.

Hun sad på en sten og kørte et lille armbånd med lilla perler omkring sit håndled, og hun havde bundet sjalet om livet på sin nederdel, der engang havde været hvid, men nu var mere grå og brun end det, den var født som. Hun havde en kort brun jakke på og bare ben og fødder, rundt om halsen bar hun tynde guldkæder og en perlekæde med orange sten. Håret, som var kastaniebrunt og krøllet, havde hun forsøgt at tæmme ved at samle det i nakken med et bånd med en stor rød hibiskusblomst på.

"Dav," sagde jeg.

Hun kiggede væk, men nikkede.

Jeg satte mig på en stub, og vi sad stille i lang tid, jeg vidste ikke, hvad jeg skulle sige. Det virkede lidt pinligt, selvom Nadia ikke så ud til at tage sig af det. Til sidst prøvede jeg alligevel.

"Bor I her i nærheden?"

"Næh," svarede hun bare.

"Er du så på besøg her?" Det kunne jo være, at hun havde familie, men jeg kunne stadigvæk ikke forstå, hvad en pige lavede på Athos.

"Nej."

Det blev jeg jo ikke meget klogere af. I det samme sprang hun ned fra stenen. Hun ville åbenbart bare forsvinde igen.

"Vent lige, Nadia."

Hun kiggede på mig, og hendes ansigt lyste op i et stort smil, som om hun forsøgte at holde en latter tilbage. Hun var faktisk meget sød, når hun smilte, opdagede jeg.

"Jeg står jo lige her, går du med ned til stranden?"

Jeg nikkede ivrigt. Om jeg gjorde, der var ikke noget, jeg hellere ville, end gå med hende. Hun begyndte at gå ned ad skråningen mod havet. Det var en sti, jeg ikke kendte, og jeg troede ellers, at jeg kendte hver en lille dyreveksel i området, men altså ikke denne her. Hun bevægede sig let, sprang uden problemer fra klippe til klippe. Jeg følte mig klodset ved siden af hende og haltede efter hende, så godt jeg kunne.

Stien førte ned til en lille strand, som jeg heller ikke kendte. For at komme helt ud til vandet, skulle vi igennem et tæt buskads, og min kutte hang fast i nogle torne.

"Vent," sagde hun og hjalp mig fri.

Det var en fin lille vig med helt hvidt og blødt sand. Hun gik ud i vandet og stod og kiggede ud over havet.

"Vil du i vandet?," spurgte jeg.

Hun rystede på hovedet.

"Jeg bader ikke," sagde hun.

"Hvorfor ikke? Det er da dejligt."

"Det gør jeg bare ikke," sagde hun og gik ind igen og satte sig i sandet.

"Bor du hos den gamle munk?"

Endelig spurgte hun mig om noget, men jeg var bange for, at hun skulle blive irriteret over min ordstrøm, så jeg nikkede bare.

Hun kiggede skeptisk på mig. "Hvorfor bor du ikke på et af klostrene?"

Hvad skulle jeg svare til det?

"Fordi, det er bedst sådan," og for at hun ikke skulle spørge mere, skyndte jeg mig at tale om noget andet.

"Her er pænt," sagde jeg, og kastede et par småsten ud i vandet.

"Ja, her er pænt," sagde hun, lagde nakken tilbage og lukkede øjnene mod solen.

Den måde, hun havde sagt pæn på, var sjov, og det lød ikke helt som om, hun talte rigtigt græsk.

"Er du græker?" spurgte jeg lidt tvivlende. Hun stirrede på mig, "selvfølgelig," sagde hun.

"Hvad hedder vores præsident så?"

Hun tænkte sig længe om, "Horthy...?"

"Hvem er det?"

Hun svarede ikke.

Pludselig slog det mig, at hun kunne være jøde. Hvis hun var det, ville hun, ligesom jeg aldrig fortælle det til nogen, og som om hun havde læst mine tanker, sagde hun, "og du er jøde."

Jeg stivnede, det var det forheksede ord, det forbudte ord. Hvordan i alverden kunne hun have fundet ud af det. Jeg sprang op, rædselsslagen for at hun skulle sige mere, jeg ville ikke være sammen med hende.

"Vent," råbte hun efter mig, nu var det hende, der bad mig om at blive, men jeg blev ved med at gå.

"Vent, jeg var der, jeg så dig i grotten, da du lå og var syg." Hun havde rejst sig op på sine knæ, men hun kiggede væk, som om hun talte ud mod havet. "Dværgen havde fundet dig, men han gemte noget i et rum derinde, og han lod dig bare ligge. Han ventede på, at du skulle dø. Den unge munk, der fandt dig, Michaelis ikke? Jeg lagde en sti af blomster..., og han var kvik nok til at forstå, at du ikke kunne være på klostret."

'Prinsesse,' tænkte jeg, så havde det været sandt, det var hende, og dværgen var der også, den ækle lille mand, der havde fanget hendes bror. Men en blomstersti!? Det havde Michaelis aldrig fortalt noget om.

"Du lå og råbte... på jødesprog, jeg kender det, min mor kunne tale det."

Jeg var fuldstændig forvirret. Jødesprog! Var det hendes mors sprog?

Hun havde sat sig i sandet igen, og jeg gik tilbage til hende.

"Jeg hedder Maria," sagde hun så, "Nadia var min mor, men hun er død."

Hun sagde det henkastet, som om hun havde sagt, 'hun er henne hos naboen efter en kop mel'.

"Er din mor død? Er du så helt alene?"

"Det er man vel altid," sagde hun bare.

"Det er man da ikke," sagde jeg vredt, men jeg kom i det samme til at tænke på, at min mor måske også var død.

"Nå, men det har jeg altid været, alene altså, jeg har jo min far og min lillebror og min bedstemor og en hel del andre, men ellers er jeg alene. Det kan jeg også bedst lide at være. Der er altid så megen larm og ballade, når man er sammen med de andre. Skal jeg spå dig?" Spørgsmålet kom så pludseligt oven i alt det andet.

"Nej, ellers tak," sagde jeg.

"Hvorfor ikke, tør du ikke? Vil du ikke have, at jeg skal se, hvem du er, og hvad du er for en?"

Hun smilte til mig, og pludselig opdagede jeg, at hendes læbe var svulmet op, og at hendes venstre kind var hævet og rød.

"Hvad er der sket med din læbe?" spurgte jeg.

"Jeg faldt," sagde hun ligegyldig og rejste sig. "Nå, men jeg skal gå nu."

"Hvor skal du hen?"

"Jeg skal bare videre."

"Jamen, hvor bor du? Sig det nu."

"Det har jeg jo sagt, lidt alle vegne, vi har en båd, og vi skal sejle i aften."

Det lød så underligt. Hvem var de, dem hun rejste med, når hendes mor var død, hvorfor sejlede de rundt, kunne de ikke blive det samme sted? Så slog det mig, at de måske havde det, ligesom vi havde haft det, at de var forfulgt ligesom os.

"Hvor sejler I hen?"

"Vi sejler rundt og sælger nogle ting, som vi laver."

"Hvad for nogen ting," spurgte jeg.

"Du spørger hele tiden. Jeg laver de her," hun viste mig sit lilla armbånd, "og min far og min onkel laver kobberting, nogle af de andre laver andre ting, tæpper og sådan."

"Hvorfor rejser I rundt, har I ikke en butik?"

"En butik!?" hun smilte, "det kan vi da ikke have."

"Jamen, det kan I da godt, hvorfor skulle I ikke kunne have en butik?"

"Fordi vi er rom."

Jeg gloede på hende, "hvad er I?"

"Rom, det betyder bare menneske."

Jeg forstod hende stadigvæk ikke.

Hun sukkede. "Vi er sigøjnere, og sigøjnere har ikke butikker, de rejser rundt, og vi kan ikke være i fred nogen steder, fordi ingen vil have os. Tyskerne sender sådan nogle som os i lejre eller også skyder de os bare."

"Hvad gør de?" udbrød jeg forskrækket.

"Sender os i lejre," sagde hun igen, som om det vidste alle da, og det var da helt naturligt, "eller skyder os... bare... ligesom jøderne, det ved du da vel, ved du ingenting? Jøderne dem slår man da også bare ihjel."

Jeg gik hen imod hende, hun kiggede op på mig. Jeg stod med en knyttet næve hævet over hende og havde lyst til at hamre den ned i ansigtet på hende. Hun skærmede med sin højre arm for ansigtet.

"Det var sådan min mor døde," sagde hun hæst, "hun skulle føde, og der var ingen, der ville hjælpe hende, min far var fuld, og han havde slået og sparket hende, og så begyndte hun at føde. Jeg løb rundt i en landsby og bad om hjælp, men der var ingen, der ville hjælpe, fordi vi er sigøjnere, og så døde hun bare."

Hun græd ikke, hun klynkede, hendes stemme lød som om hun græd, men der var ingen tårer. Jeg tog hånden ned, flov over at jeg overhovedet havde tænkt på at slå hende. Jeg satte mig ned ved siden af hende.

"Undskyld," sagde jeg stille, "det må du virkelig undskylde, jeg ville ikke slå dig."

Hun smilte, og jeg blev pludselig i tvivl om, hun narrede mig igen, som hun havde gjort med sit navn, og ganske kort følte jeg vreden blusse op igen.

"Du hedder Daniel," sagde hun pludselig.

Jeg fik et chok, hvordan i alverden kunne hun vide det?

"Jo, du gør, du hedder Daniel, og du er jøde, du glemte for resten denne her oppe ved åen."

Hun åbnede den lille pose hun havde om livet, og rodede rundt i den et stykke tid.

"Her."

Hun holdt min lommekniv frem, den havde jeg ikke tænkt på i lang tid, jeg vidste ikke engang, at den var blevet væk.

"Du glemte den, da du badede oppe i åen."

Det var flere dage siden, at jeg havde badet i åen. "Har du fulgt efter mig i lang tid?"

Hun smilte bare hemmelighedsfuldt.

"Hvordan kunne du gøre det, uden at jeg opdagede det?"

"Du tramper rundt som en elefant, du tror ikke, at der er nogen, der ser dig, men det er der, i hvert et træ sidder en fugl, bag hver en sten gemmer der sig et firben, i hver en sprække en øgle, de to katte, tror du ikke at de fortæller mig, hvad du går og laver?"

Jeg gloede på hende.

"Hvordan kan du vide det?"

"Fordi jeg er stille som en sommerfugl og hurtig som en gnist, og så kender jeg alle huler og sprækker og stier i min nærhed."

"Har du boet her på Athos længe?"

Hun svarede ikke på spørgsmålet, "nu må jeg af sted," sagde hun bestemt.

"Kommer du igen?" spurgte jeg.

"Måske."

"Hvornår?"

Hun trak blot på skuldrene, vendte sig og gik.

"Hvordan kan jeg vide, når du er tilbage," råbte jeg efter hende.

"Det ved du bare," sagde hun over skulderen. Så forsvandt hun mellem klipperne ad en usynlig sti.

32. UKENDTE VEJE

Maria var væk igen, og selvom jeg vidste, at jeg aldrig ville være i stand til at finde hende, at det var hende der fandt mig, ledte jeg efter hende alle vegne.

Vi var i august måned, og vi høstede druer. Theodoro kiggede glad på de mange klaser, som skulle til Megisti Lavra og presses til vin. Michaelis kom trækkende med to æsler, som skulle transportere de støvede rødbrune druer op til klostret. Vi fyldte dem i kurvene, som var spændt fast til æslernes ryg.

Michaelis tog af sted med æslerne, og jeg fulgte ham et stykke ad vejen. Munkene fra de omkringliggende skiter var på vej mod Megisti Lavra med deres druer. Flere havde slået følge, gemt bag et stort pinjetræ så jeg en hel delegation af munke med æsler og muldyr læsset med druer.

"Pist," hørte jeg pludselig noget sige oven over mig. Jeg troede først, at det var et dyr.

"Pist."

Jeg kiggede op, og mit hjerte gav et ordentligt hop af forskrækkelse og glæde. Oppe i træet sad Maria og smilte. Jeg blev så glad, så jeg næsten ikke kunne sige noget.

"Kan du se, hvad jeg sagde, du vidste, når jeg var tilbage."

"Hvornår kom I?"

"I nat."

"I nat?"

"Ja."

Hun sprang ned fra træet og stod foran mig, der var duften igen, af friske oleandere. Hun havde bundet det lille sorte sjal om håret, og i hendes venstre øre hang en dråbeformet perle. Hun havde bukser på, et par meget store sorte bukser, og jeg havde aldrig før set en pige i bukser. Jeg gloede på dem.

"Hvorfor har du bukser på?" spurgte jeg

"Det er praktisk, det har du vel også under den der?" Hun viftede ned mod mine lange skørter.

"Jo, men piger går da ikke i bukser."

"Selvfølgelig gør de da det," sagde hun bare.

Jeg opdagede, at de lignede mine til forveksling, og kom pludselig til at tænke på, at jeg engang havde mistet et par på stranden, og måtte gå hjem med kutten ud over mine bare ben og sorte strømper og støvler.

Vi gik forbi stien til fader Theodoros hus, og videre ned til stranden. Jeg kendte også vejen, så jeg gik forrest på den smalle sti, og jeg gik og talte over skulderen til hende. Jeg havde spurgt hende om noget, og regnede med et svar, men da vendte mig om mod hende, var hun forsvundet.

'Hvad nu?' tænkte jeg, 'hvor blev hun af?'

Jeg gik nogle skridt tilbage, men hørte så pludselig en stemme bag mig. Jeg vendte mig i den tro, at det var Maria, men stod i stedet ansigt til ansigt med en munk. Jeg fik et chok og forskrækket kom jeg til at sige 'goddag', i stedet for 'gå med Gud', som munkene altid sagde. Munken gengjaldt min hilsen, og det var først bagefter, da vi havde passeret hinanden, og jeg var kommet mig over forskrækkelsen, at jeg kom til at tænke på, at han havde været en sjov munk. For det første, fordi han også havde sagt 'goddag' og for det andet, fordi hans hår var kort, til trods for at han var en ældre munk, men mest af alt var det underligt, at han gik med opsmøgede ærmer og ur, og lige over uret på hans venstre arm så jeg en tatovering.

Vores møde var ganske kort, og jeg nåede ikke at se, hvad tatoveringen forestillede, men det forekom mig, at han ikke var som de andre munke.

Længere nede ad stien stødte jeg igen på Maria.

"Hvor var du?", spurgte jeg hende, stadigvæk rystet over det pludselige møde.

"Jeg gik i forvejen," sagde hun bare, "kom."

"Så du slet ikke ham munken?"

"Hvem?"

"Jeg mødte en munk, jeg troede at du gik lige bag ved mig, så var du væk og da jeg vendte mig om stod han der."

Hun svarede ikke, og vi talte ikke mere om munken, men jeg opdagede, at hun var blevet bleg og var ivrig efter at komme videre.

Nede på stranden kravlede Maria om bag nogle klipper, og førte mig ind i en lille hule. Hun havde gemt frugt og nødder, en poesibog, en lille pose med perlekæder og et armbånd, som hun sagde, var af guld og havde tilhørt hendes mor. Der lå også en bunke gamle sække og nogle tæpper, og midt i det hele havde hun sat en hvid pude med falmede, broderede røde roser.

Hun tændte en lille olielampe, og vi satte os på sækkene og delte en fersken. Saften fra den modne frugt løb ned ad fingrene, og Maria slikkede sine fingre og tørrede dem på sækkene.

"Her må man gøre, hvad man vil," sagde hun.

Jeg tørrede forsigtigt mine fingre af nederst på buksebenene.

Ovre i hjørnet af hulen gemte hun en lille trækasse bag nogle sten. Hun smilte, da hun satte sig ved siden af mig og åbnede æsken. Den var fuld af de smukkeste muslingeskaller og konkylier.

"Jeg har fundet en konkyliestrand," sagde hun glad, "jeg skal vise dig den en dag."

Vi sad længe og kiggede på konkylierne. Hun gav mig en, hun syntes var særlig smuk. Det var den også. Den var hvid med et orange, brunt og violet mønster, og når man lagde øret til den, sagde Maria, at man kunne høre havets brusen. Jeg puttede den glatte konkylieskal i lommen.

Der stod en aflang kasse ovre i hjørnet af hulen.

"Hvad er det der," spurgte jeg.

"Det er min violin," sagde hun.

"Spiller du violin?"

"Ja, når vi er ude og sælge vores varer.

"Hvem har du lært det af?"

"Min mor, hun var god."

"Prøv at spille noget," foreslog jeg.

"Nej," sagde Maria bestemt og smilte.

"Du kan garanteret ikke spille," sagde jeg drillende.

"Jo, men lige nu har jeg ikke tid. Jeg skal tilbage og passe min lillebror." Hun sprang op. "Ja, jeg må tilbage nu." Lige udenfor hulen stod en oleanderbusk med rosa blomster. Maria plukkede en lille buket og snuste til den med lukkede øjne.

"Ved du at de er giftede?" spurgte hun, "hele planten er faktisk giftig."

Det vidste jeg ikke.

"Men de dufter så godt," sagde hun.

Pludselig hørte vi et kraftigt skrig over os. Vi kiggede op i luften og så højt oppe en ørn kredse rundt. Det var ørnen med den lyse tegning på vingerne. I et nu dykkede den med en enorm hastighed og slog ned i havet lige ud for os. Så fløj den væk med en stor glinsende fisk i sine kløer.

Maria stod længe og kiggede efter den, "i ørnens klør," sagde hun så eftertænksomt, "nogen gange føler man sig i ørnens klør."

Hun vendte sig om mod mig og smilte et lille ulykkeligt smil. Det var første gang, jeg så Maria bange. Hun rørte blidt ved min arm, det gyste i mig, så nikkede hun og gik.

"Hvornår ses vi igen," råbte jeg efter hende, men jeg fik ikke noget svar. Maria var allerede væk igen.

33. MUSIK I NATTEN

Maria var ikke til at slippe. Jeg tænkte på hende hele tiden, men vi aftalte aldrig at ses. Maria var der bare lige pludselig. Hun sad og ventede på mig nede i urtehaven eller oppe i et træ på stien mod kysten. Hun gav mig små gaver. Et strå med blomster på, et sneglehus, en sommerfugl med spraglede vinger, en sjov kogle. Hvis hun havde en kage eller et stykke konfekt, delte hun det med mig. Hun var meget gavmild Maria, og en dag gav hun mig et kys. Hun sagde, at jeg skulle lukke øjnene, og så gav hun mig et kys. Først blev jeg forskrækket og forvirret, men bagefter, om aftenen da jeg lå i min seng, kunne jeg stadig mærke kysset, og jeg syntes, at det havde været rart.

Jeg kom i tanke om, at jeg aldrig havde givet Maria en gave. Jeg havde kun fået af hende, aldrig givet noget igen. Maria forventede det ikke, men jeg blev flov, og jeg fik en idé, at jeg ville tegne hende. I flere dage gik jeg rundt med papir og kul, så jeg kunne tegne hende, men jeg mødte hende ikke. Da hun endelig dukkede op igen, tegnede jeg hendes ansigt. Jeg ville ikke vise hende det, førend det var helt færdigt, men så ville jeg indramme det og give hende det som gave.

Det var to dage siden, jeg sidst havde set Maria, jeg vidste stadig ikke, hvor hun boede, eller snarere hvor båden lå, så jeg kunne ikke besøge hende. Jeg måtte vente på hende.

Om aftenen sad fader Theodoro og jeg, som vi så ofte gjorde, ude på terrassen og snakkede. Det var fuldmåne, og vi havde ikke tændt lampen. Cikaderne sang, det var en dejlig kølig aften efter en lang hed dag. Der sad en ugle og skvadrede i et træ i nærheden, og flagermusene slog flaksende deres vej forbi. Det puslede rundt omkring i haven, nattens dyr var i fuld gang. Jeg sad og gabte, til sidst lavede Theodoro mig et glas varm mælk med honning og sendte mig i seng.

Maria, det var alligevel svært at falde i søvn, når man tænkte på hende, hvad mon hun lavede? Og kysset hun havde givet mig, når jeg rørte ved mine læber, summede det stadig lidt i dem, syntes jeg. Med Maria i tankerne faldt jeg langt om længe i søvn, men det var ikke længe, jeg fik sovet, jeg blev vækket af en musik, det lød som om den kom oppe fra skoven. Jeg sprang ud af sengen og løb ud på terrassen.

"Shhh," hviskede Theodoro, han sad stadig derude i mørket. Det var violinmusik, og den kom fra skoven lige bag huset.

"Bach," hviskede Theodoro, og lidt efter, "Mozart, meget smukt spillet, næsten fejlfrit, slet ikke dårligt."

Musikken bølgede ned ad skråningerne i den stille nat, den fik cikaderne til at forstumme, og selv flagermusene stoppede deres halsbrækkende akrobatik. Efter nogle numre forstummede musikken, og vi blev siddende tavse i mørket. Jeg vidste slet ikke, hvad jeg skulle sige, jeg var sikker på, at det var Maria, men det kunne jeg ikke fortælle fader Theodoro.

Theodoro bragte mig ud af pinen, da han hviskede; "det er måske en tilrejsende pilgrim fra klostrene, der har øvet sit spil i ensomheden herude."

Jeg sagde ingenting, for på sin vis havde han jo ret.

"Godnat igen," hviskede jeg, og listede på mine bare fødder tilbage til værelset. Da jeg passerede fader Theodoro så jeg, at der på gulvet ved siden af ham, stod en lerskål fuld af grøntsager, brød og dåsemad. Den havde ikke stået der tidligere på aftenen, og dagen efter fandt jeg den nede ved urtehaven, men da var den tom, på nær en lille bunke lyserøde oleanderblade.

Fader Theodoro havde bedt mig om at vande urtehaven, og jeg var optaget af at bakse med de tunge spande for at fylde vandingssystemet, da jeg pludselig fik noget i nakken. Det var Maria, som sad og gemte sig mellem stangbønnerne og kastede med tomme bælge efter mig.

"Kom," sagde hun, og sprang op og løb ned mod vandet. Jeg smed spandene og fulgte efter hende, jeg kunne vande senere, det ville Theodoro sikkert ikke have noget imod.

Vi gik ned til den strand, hvor Maria havde overrasket mig oppe på klipperne. Hun havde også en hule der, men denne her var ikke så hyggelig, som den med alle hendes ting i.

"Hvordan kom du op på klipperne dengang," spurgte jeg hende.

"Det er let nok," sagde hun, og pludselig var hun forsvundet gennem et hul bagerst i hulen. Jeg fulgte efter hende og opdagede, at vandet havde hugget en form for trappe på indersiden af klippevæggen op til en åbning flere meter over os.

Vi kravlede op og satte os og så ud over vandet. Solen bagte, og havet var havblik og turkisblåt. Det så indbydende ud, jeg kunne godt have tænkt mig en dukkert. Vi sad stille og kiggede ud over vandet og opdagede, at der et stykke fra kysten legede en flok delfiner, hvis sølvglinsende kroppe slog smut i vandets overflade.

"Jeg bliver ikke så længe," sagde Maria pludselig.

Jeg havde siddet og tænkt over, hvordan delfiner kunne bedømme hastighed og afstand, når de legede omkring stævnen af et skib, og jeg hørte først ikke efter, hvad hun sagde.

"Hvad?"

"Vil du ha' en fersken?"

"Hvad var det, du sagde," spurgte jeg.

"Vil du have en abrikos?"

"Nej ikke det, det med at 'blive.'"

"Nå ja, vi rejser, vi skal videre. Vi kan ikke længere lægge til her på Athos, der er nogen, der har opdaget os."

"Hvem?"

"Vist nok nogle fiskere, fra et af klostrene længere oppe ad kysten."

"Fiskere?"

"Jah, altså," hun stønnede over mine dumme spørgsmål, "nogle munke i en fiskerbåd, nu tror min far, at de kommer tilbage og leder efter os."

"Hvorfor kan I ikke bare få lov til at blive," spurgte jeg forskrækket og følte, at jeg havde fået et slag i maven. "Hvorfor bliver I ikke bare?"

Maria smilte til mig og rystede på hovedet. "Du ved jo ingenting, tror du virkelig, at der er nogen, der vil have sigøjnere på deres jord? Vi stjæler og lyver og slås, ikke?"

"Gør I det?"

Hun rystede opgivende på hovedet og sprang op. "Så nu må du finde en anden skytsengel."

Hendes stemme lød ikke så glad, som den plejede.

Vi gik i tavshed ad stien fra stranden, Maria forrest, og jeg fulgte bare efter. Hun smøg sig behændigt ad stien uden at blive ramt af bølgerne, som slog ind mod bredden. Under en stor figenkaktus vendte hun sig pludselig om.

"Nu må du ikke gå med længere," sagde hun.

"Hvorfor ikke?"

"Fordi du ikke må, herfra går jeg alene."

Jeg blev stående helt paf. Hvorfor i alverden måtte jeg ikke følger hende hjem til, hvor hun boede, eller hvor båden lå?

"Hvordan finder jeg tilbage," spurgte jeg, da jeg havde sagt det, fortrød jeg, jeg vidste at det lød dumt.

Hun kiggede på mig og smilte, "der er altid en vej, du ser den måske ikke lige med det samme, men der er altid en vej, du skal bare lede." Hun begyndte at gå, men stoppede så, "nå jo, vent lige lidt, du skal have dem her, dem lånte jeg af dig for et stykke tid siden."

Hun løftede op i sin lange røde skjorte og løsnede båndet på bukserne, hun bar indenunder, så lod hun dem falde ned om de bare fødderne, trådte ud af dem, og gik videre.

Jeg kiggede genert væk. "Hvornår ser jeg dig igen," råbte jeg efter hende.

Hun vendte sig ikke om. Da hun var kommet et stykke væk, svarede hun hæst; "Du ved, når jeg er tilbage, det ved du bare."

Så var hun væk, forsvundet mellem bølgerne, der med høje buldrende drøn slog mod klipperne.

Jeg forstod det ikke. Fader Theodoro og Michaelis havde hjulpet mig, og ladet mig blive på Athos, hvorfor skulle munkene fra klostret længere oppe ad kysten så ikke også hjælpe Maria og hendes folk. Det var jeg da sikker på, at de ville. Selvfølgelig ville de det. Det var jo bare en flok sigøjnere, som havde brug for et sted at være, når de ikke sejlede rundt og solgte deres varer.

Hun kommer nok snart igen, forsøget jeg at berolige mig selv, det plejede hun jo.

34. SIGØJNERNE

Michaelis kom farende ind ad døren, mens jeg sad og lavede matematikopgaver. Stykkerne var lidt svære, men Theodoro sagde også, at det nok var for ældre elever end mig.

"Har I hørt om sigøjnerne," spurgte han forpustet. Theodoro havde været i gang med at reparere en lampe, vægen skulle skiftes, han lagde stykkerne fra sig og sagde; "Vi har ikke hørt om nogen sigøjnere, vel Daniel?"

Jeg tav, og Michaelis forsatte i det samme; "Det er munkene fra Gregorios klostret, som opdagede dem. De holdt til inde i en vig... faktisk her i nærheden, men de har skjult sig så godt, at det var en hel tilfældighed, at brødrene opdagede dem. De havde været ude at fiske tun, og kom sejlende hjem langs kysten, og så pludselig ser de en mast og en gammel båd, som nogle mennesker var ved at skjule bag klipperne i vigen. Den var godt gemt, og fra land er der så ufremkommeligt i det område, at ingen ville have opdaget dem."

"Hvorfra ved man, at det er sigøjnere," spurgte Fader Theodoro roligt og uimponeret.

"Det er de samme, som tidligere har forsøgt at sælge varer i Karies, og de har kvinder og børn med, det er vist en værre forsamling. Dem kan vi da ikke have her på Athos, så bliver vi jo snart overrendt af alle mulige!"

Min maves indhold vendte sig. Det måtte være Maria og hendes folk, Michaelis talte så nedladende om. Theodoro sad og grundede lidt.

"Nej, Michaelis," sagde han så alvorligt, "der tager du fejl, jeg kender ikke disse sigøjnere, men de har vel også lov til at leve deres liv. Hvor vil du have, at de skal være? Der er ingen, der vil have dem hos sig. Hvad tror du, der sker dem, hvis de sendes væk herfra?"

Michaelis kiggede flovt ned i bordet, jeg havde aldrig set ham sådan før.

"Det har jeg ikke tænkt på," sagde han hæst, "jeg syntes bare, at det var en grov overtrædelse af vores regler her på Athos."

Nu kunne jeg ikke mere holde det tilbage. Hvad skete der med sigøjnerne, med Maria, hvis de blev sendt væk? Jeg sprang op, og fader Theodoro og Michaelis kiggede overrasket på mig.

"Jamen, hvad sker der med dem?" råbte jeg, "hvor bliver de sendt hen, hvis de bliver fundet?"

Theodoro rømmede sig, "Ja, øh… altså de kommer nok til Ouranopolis, de bliver i hvert fald bedt om at forlade Athos."

"Deres båd er i stykker," råbte jeg, "den er sprunget læk, den kan ikke sejle."

De kiggede på mig, som om jeg var fra en anden planet. Ingen af dem sagde noget. Michaelis skævede over til Theodoro, som for at bede ham om at føre ordet, men også han tav. Stille stod vi overfor hinanden et stykke tid.

"Jeg ved det," sagde jeg, "fordi jeg har talt med én af dem."

"Pigen?" spurgte fader Theodoro mig.

Jeg kiggede overrasket op på ham.

"Ja, hvordan vidste du det?"

"Hun holder af pandekager med abrikosmarmelade og sukker, og så kan hun også godt lide spinattærte."

Både Michaelis og jeg kiggede måbende på ham.

"Jeg så hende en dag ude ved vores køkkenkompost, hun sad og gnavede af de stødte tomater, vi havde kasseret, så begyndte jeg at sætte mad ud til hende. Hun har holdt til her et stykke tid. Blomsterne, oleanderne, de var vist fra hende, ikke? – men de var nok snarere en hilsen til dig Daniel, og musikken, hun spiller Bach og Mozart, som en professionel." Han kiggede på Michaelis. "De er forfulgt, og de er ikke velkomne nogen steder, ja, undskyld Daniel, men deres situation er som din, og det er da ikke retfærdigt vel? Pigen, hvad hedder hun i øvrigt…?"

"Maria," hviskede jeg.

"Maria… tja, kunne hun hedde andet," han smilte bedrøvet, "hun var bare sulten, jeg tror aldrig, at hun har stjålet noget herfra, selvom hun så let som ingenting kunne have gjort det. En dag må hun havde fundet min rosenkrans nede i urtehaven, hvor jeg havde tabt den," han tog sin rosenkrans med de orange perler op af lommen, den jeg havde set hænge om Marias hals, "men den lå på trappetrinet nogle dage efter."

Michaelis så ud, som om han havde set et spøgelse, han var helt hvid i hovedet. "Det er frygteligt," sagde han, "de bliver jo sendt lige i armene på myndighederne ... og tyskerne eller Mussolinis folk, de har jo ikke en chance."

Der kom det frem, det de altid i den bedste mening havde forsøgt at skjule for mig, som et misforstået hensyn; 'de havde jo ikke en chance'.

Jeg sprang op, og inden Theodoro og Michaelis kunne nå at standse mig, var jeg ude ad døren. Kattene tumlede på trappen, og jeg var ved at falde over dem. Jeg løb igennem haven og ned ad stien mod havet. Jeg kom i tanke om tegningen til Maria, den var færdig, men endnu ikke indrammet, den skulle hun have med. Jeg løb tilbage, fandt den under sengen og stormede af sted igen.

"Pas nu på, Daniel," hørte jeg fader Theodoro sige bag mig.

Først da jeg var næsten nede ved vandet, standsede jeg op. Hvor var det nu, Maria var gået, hvor var det nu? Jeg kastede mig igennem buskadset, hvor jeg mente at kunne se en sti, men blev hver gang stoppet af filtrede tornefyldte grene. Til sidst fandt jeg indgangen, den var skjult af en rosenbusk, men krummede man sig sammen, kunne man komme igennem, og foran mig lå den lille sti, hvor jeg havde fulgtes med Maria nogle få timer forinden.

Ved et morbærtræ delte stien sig, det havde jeg ikke lagt mærke til før, men jeg valgte den forkerte sti og kom helt ned til havet. Pludselig stod jeg på den fineste sandstrand fuld af skaller og konkylier, 'Marias konkyliestrand', tænkte jeg, det var altså her, den lå.

Jeg løb tilbage, men tegningen var svær at løbe med, så jeg rullede det sammen. Endelig fandt jeg den rigtige vej, men jeg havde spildt tid, dyrebar tid. Langt om længe så jeg den figenkaktus, hvor Maria var gået videre alene. Det var næsten umuligt at se, at stien fortsatte, men når bølgerne trak sig tilbage, kunne jeg svagt skimte et farbart spor mellem klipperne. Jeg stod og ventede på, at der skulle komme et ophold mellem bølgerne, som nu var endnu større og kraftigere, end da Maria løb igennem. Da en stor bølge havde trukket sig tilbage og trukket en masse knasende sten med sig, løb jeg alt, hvad jeg kunne med billedet hævet over hovedet.

Sporet fortsatte op mellem klipperne, der var et godt udsyn hele kyststrækningen opad mod Ouranopolis, og i det fjerne kunne man svagt skimte et af klostrene, der hang som om det var limet fast til klipperne. Det her var det længste, jeg nogensinde havde været væk fra fader Theodoros hus.

Bølgerne var enorme og væltede med øredøvende brøl ind mod kysten. Jeg sprang for livet, hvis bølgerne hev mig med ud, ville jeg aldrig kunne kæmpe mig i land igen. Igen delte stien sig i to, og så vidt jeg kunne se, endte den ene del straks efter helt nede i vandkanten. Det kunne i hvert fald ikke være den. Jeg tog den anden, der så ud til at føre op i bakkerne, og jeg løb alt, hvad jeg kunne. Buskenes torne greb fat i mig, og rev min kutte i stykker, jeg sprang forskrækket over to slanger, der lå sammenfiltrede på en sten i solen, og en stor øgle flygtede lydløst, da jeg kom brasende.

Jeg kunne have sagt mig selv, at det var forkert. Stien snoede sig op ad og ind i bakkerne, men jeg blev bare ved med at løbe. Eftermiddagssolen bankede ned i hovedet på mig, og jeg var svimmel, men jeg måtte ikke stoppe, jeg måtte advare Maria og hendes familie om, at munkene allerede var på vej for at føre dem til Ouranopolis.

'Nu må der komme en sti ned mod kysten igen', blev jeg ved med at sige, og endelig var der én, en ganske smal én, der så ud til at løbe derned. Men stien endte blindt. Jeg løb tilbage igen. Den varme luft brændte i min hals, men der var ingen kilder at slukke tørsten i, alt var tørret ud efter de mange sommermåneders hede.

Jeg fortsatte opad, længere og længere væk fra kysten. Det her kunne ikke være rigtigt. Deres skib lå jo i en vig, men der måtte da komme en sti ned mod kysten!

Til sidst var jeg langt fra kysten, og stien, jeg havde løbet ad, blev bredere og bredere, flere stødte til og med et stod jeg ved indgangen til et kloster. Der lå en masse mindre bygninger, bygget i lyse sten rundt om en stor majestætisk katholikon. Jeg var faret vild, her ville jeg aldrig finde Maria.

Fortvivlet vendte jeg om og løb tilbage ad den vej, jeg var kommet. Men igen for jeg vild, for jeg kunne ikke finde den sti, der havde ført mig fra kysten op i bakkerne. Jeg var lige ved at opgive og sætte mig ned og tude, men i det samme hørte jeg stemmer, og for sent nåede jeg at springe om bag nogle klipper. Der kom tre munke gående, og de havde med sikkerhed set mig. Til alt held opdagede jeg, at der stod et ferskentræ med store modne ferskner, og jeg plukkede nogle af frugterne og lagde dem ned i lommen i min kutte. Da munkene passerede mig, hilste jeg på dem og bød dem en fersken. De takkede mig og gik videre med et; 'gå med Gud'.

Endelig langt om længe fandt jeg den rigtige sti igen, men solen ville snart gå ned, og jeg måtte nå kysten, inden det blev mørkt. I mørke ville jeg aldrig have en chance for at finde Maria eller finde hjem igen.

Stien bugtede sig endeløst, men nu løb den i det mindste ned ad bakke, og ind imellem kunne jeg skimte kysten i det fjerne. Jeg måtte være på rette vej igen, og jeg fik fornyet håb om, at jeg kunne nå at advare sigøjnerne, inden det var for sent, og i et sving, hvor stien bugtede sig uden om klipperne langt over havet, så jeg dem endelig. En gammel båd lå for anker lidt ud for kysten i en smuk lille vig med træer, der hang ud over det azurblå vand. Inde på stranden var der slået tre sorte telte op, og nogle mænd lå i træernes skygge. En gammel kvinde rørte i en gryde, der hang over et bål, en lille dreng, som jeg genkendte som Marias bror, løb med en bold i vandkanten, og en yngre kvinde var i færd med at vaske tøj. Jeg kunne ikke se Maria, men det så hyggeligt og fredfyldt ud, og jeg åndede lettet op. Jeg havde nået dem i tide, og jeg havde lyst til at råbe og vinke til dem.

I det samme hørte jeg et brøl fra én af mændene. Han stod nu svajende foran drengen med bolden i hånden. Den høje mand gav drengen et fur, så han røg hen ad sandet. Så løftede han ham op og begyndte at banke løs på ham. Drengen forsøgte at afskærme slagene med sine arme, men manden blev bare ved med at slå. Ingen af de andre voksne lod sig mærke af det, men pludselig så jeg Maria komme løbende. Hun dukkede pludselig op, sprang op på ryggen af manden og hang som en tøjbylt, mens manden snurrede rundt, for at få fat i hende.

Det så frygteligt ud. Manden var stor og stærk, og han svingede Maria rundt, som om hun var et lille fnug, mens han slog og sparkede den hjælpeløse dreng.

Jeg råbte så højt, jeg kunne, men jeg var alt for langt væk fra dem, og de kunne hverken se eller høre mig, jeg havde solen i ryggen og vinden mod mig.

Pludselig rejste den gamle kvinde sig. Hun støttede sig til den sten, hun havde siddet på, bukkede sig ned og tog en brændende kæp fra bålet. Så gik hun langsomt hen imod manden, Maria og drengen. Hvad ville hun?

Maria hang stadig på nakken af manden. Han rystede sig som et vildt dyr og hendes krop fløj fra side til side. Den gamle kvinde stod med kæppen i hånden, så pludselig jog hun den ind i siden på ham. Han slap drengen og vendte sig mod den gamle. Han tumlede hen mod hende, men pludselig opdagede han, at den glødende kæp havde antændt hans jakke. Han forsøgte forgæves at hive den af sig. Maria var sprunget væk, og i et nu var manden omspændt af flammer. Jeg hørte ham brøle, og jeg så Maria gribe en spand og løbe ned til vandkanten for at fylde den, men inden hun nåede tilbage, var manden faldet skrigende om. Han fægtede nogle gang med armene, skreg et sidste skingert hyl, så lå han stille. Maria blev ved med at løbe efter vand, som hun pøsede ud over ham, mens de andre folk bare stod og kiggede på.

Den gamle kvinde havde stadig den rygende kæp i hånden, Maria tog den og smed den ud i vandet, så gik hun hen til broderen, der lå livløs på jorden, satte sig ned ved siden af ham og begyndte at ae hans kind. Langsomt kom han til sig selv. Maria hentede vand til ham fra en bæk og vaskede hans sår.

Langsomt kom jeg til mig selv, jeg skulle jo advare dem, fortælle dem at de skulle skynde sig væk fra Athos, men i det samme så jeg, at jeg igen var kommet for sent.

Ude fra vandet kom tre både sejlende. Tre fladbundede både, roet af munke i brune arbejdsklædninger. Bådene skød frem med god fart, og de nåede stranden så hurtigt, at sigøjnerne ikke så dem.

Jeg opdagede dem alt for sent, men jeg skreg så højt jeg kunne; "løb Maria, løb." Et kort øjeblik så jeg Maria virre med hovedet og se i min retning, men hun nåede ikke engang at rejse sig fra sin bror, førend hun blev grebet af munkene.

"Nej Maria, nej…," råbte jeg igen, men ingen så og ingen hørte mig.

De blev ført væk. Jeg håbede til det sidste, at munkene ville lade dem blive, men Maria og hendes folk blev anbragt i bådene. De fik kun lov til at tage nogle få ejendele med, og jeg så Maria bære sin violinkasse, mens drengen hang ved hendes ben. Den døde begravede de på stranden, den gamle kvinde skreg og klagede sig. Munkene satte ild til sigøjnernes båd, de væltede deres telte, og brændte også dem. Jeg forstod det ikke, hvordan kunne de være så onde? Men jeg kunne ingenting gøre, det hele gik så hurtigt, og jeg kunne bare stå og se på.

Mens solen langsomt forsvandt og efterlod vigen i et forunderligt klart tusmørke, så jeg Maria blive stuvet ned i én af bådene sammen med sin lillebror og sin bedstemor. Da bådene var forsvundet bag pynten, fandt jeg stien ned til kysten. Intet vidnede om den tragedie, der netop havde udspillet sig på den smukke lille strand.

Ude på det lave vand brændte det gamle ramponerede træskib stadig, men på vandets spejl, helt inde ved strandbredden vuggede en lille buket lyserøde oleandere. Det var Marias sidste hilsen til mig.

Krigen rasede i verden uden om os, men på Athos stod tiden stille. Var vi sultne, spiste vi, var vi tørstige, drak vi, blev vi syge, var der medicin på klostrene. Dage blev til aftener, til nætter til morgener og til dage igen. Jeg sørgede over min familie og over Maria. Fader Theodoro, Michaelis og jeg talte ofte om dem. Michaelis undersøgte, hvad der var sket med sigøjnerne, men det eneste, han kunne få at vide, var, at de var blevet sendt til Ouranopolis og overgivet til myndighederne. Der gik fortællinger om, at der havde været en fuld mand imellem dem. Han var faldet ind i bålet og brændt ihjel. Mere kunne han ikke få at vide.

Jeg gik næsten dagligt ned til Marias hule. Alle hendes små skatte lå der stadig, men jeg lod dem ligge. Det var Marias sted, og det virkede forkert at fjerne noget derfra. Da de første sensommerstorme kom, tog havet det hele med sig, og jeg holdt op med at komme i hulen. Jeg kiggede stadig efter hende, og i lang tid syntes jeg, at jeg fandt små tegn fra hende, men hver gang var det nok tilfældigt, at der lige voksede en oleanderbusk netop det sted, eller at der lå en særlig fantastisk konkylie lige netop på den strand, hvor jeg gik. Aftenerne tilbragte jeg på mit værelse, hvor jeg sad jeg og kiggede på tegningen af Maria. Hendes glade øjne og det altid uglede hår, som hun holdt væk fra ansigtet med sjalet eller bånd med friske blomster i. Tegningen var Maria, men det var også far og mor og Eva og bedstefar og bedstemor.

Sommeren gik på hæld, stormene tog til. Havet var i oprør, gråt og fælt. Lyn flænsede himlen. Var det mon guderne i Olympos, der viste deres vrede? Regn og rusk. Der var klamt i huset, så vi tændte op i brændeovnen, og var glade for, at vi havde været flittige ved huggeblokken.

"Vi klarer os nok igennem vinteren med alt det brænde," sagde Theodoro og holdt sin krogede brune hænder hen mod den rødglødende ovn.

Oktober 1942. Vi havde fejret min fødselsdag den 26.september to gange, og jeg var nu 15 år. Mine fødselsdage havde været triste, selvom fader Theodoro og Michaelis havde gjort, hvad de kunne for at opmuntre mig, men jeg savnede min familie, og især den dag, synes jeg, at det var frygteligt svært, at de ikke var der. Året efter gik det lidt lettere, ikke fordi jeg havde glemt dem, tværtimod, men måske fordi jeg vidste, at jeg var, hvor jeg var, og at intet kunne være anderledes.

Theodoro underviste mig dagligt, han sagde, at det var vigtigt, at jeg fik en god uddannelse. Michaelis lånte bøger fra akademiet, jeg var glad for at lære, og stillede hele tiden spørgsmål. Stakkels Theodoro måtte svare, så godt han kunne, og selvom han vidste meget, var det ikke sjældent, at han bad Michaelis om at gå på Megisti Lavras enorme bibliotek og søge nogle af svarene.

Jeg kunne især godt lide at høre ham fortælle om dyr og planter og blomster, og jeg lavede et herbarium med en fin samling af pressede planter. Jeg spurgte også om det hellige bjerg, om han havde været deroppe, hvor langt man kunne se derfra, om det var som at sidde på Olympos, og om der var evig sne? Men Theodoro måtte skuffe mig med, at han havde været der om sommeren, og der havde der ikke været sne. Kunne man så se helt til Athen? Nej, det mente han ikke, men dog en god del af vejen.

Der var rart hos fader Theodoro, og Michaelis hyppige besøg bragte os nyt fra omverdenen eller nok snarere fra Athos. Så nyhederne drejede sig mere om, at der var lagt nyt tag på det og det kloster, at vinhøsten havde været særlig god i år, at der i én af skiterne var blevet høstet et kæmpe græskar eller at en gammel munk var død af alderdom. En sjælden gang fik vi meldinger fra resten af Europa, men jeg blev som altid forskånet for det meste.

Vi levede vores stille liv, det blev vinter igen, forår, sommer og efterår. 1942 blev til 1943, og i efteråret 43 havde jeg allerede været på Athos i to et halvt år eller nøjagtigt 30 måneder.

35. IDIOTEN

"Han spiller også violin," sagde jeg hurtigt.

De kiggede modstræbende på Sergei.

"Han er jo idiot," sagde en kvinde i en for stram uniform.

Jeg forstod det godt, tolken behøvede ikke at have oversat det.

"Spil," kommanderede jeg Sergei, med det blik på, som altid fik ham til at klynke, "spil kuk kuk!"

Jeg pressede violinen ind i hans favn, og han tog den modstræbende. Der gik lang tid, minutter følte jeg, hvor han bare stod med violin og bue akavet i samme hånd.

Folkene ved bordet, dommerne kunne jeg kalde dem, for de afgjorde vores skæbne, gav sig utålmodigt.

"Idiot," sagde kvinden forklarende til de andre og gav tegn til én af vagterne om at føre os væk.

I det samme lagde Sergei violinen op til kinden og begyndte at spille, ikke 'kuk kuk', men Beethoven. Beethovens 'Für Elise', som jeg havde øvet og øvet og øvet, uden nogensinde at være tilfreds. Jeg havde aldrig lært ham at spille den, men han havde set mig, og nu stod det lille bæst og spillede, som om han aldrig havde lavet andet. Jeg havde lyst til at kramme ham. De sværeste passager gentog han formfuldendt, det var dem, jeg også altid gentog, men kun fordi jeg ikke kunne dem. Sergei til gengæld, han mestrede dem.

"Ja tak," sagde kvinden i uniformen, det var åbenbart hende, der var leder af panelet. "Før dem over til sektion 3 A."

Sergei tog min hånd, jeg gav den et lille klem. Vi fulgtes med 10 andre, alle unge kvinder. Jeg kendte dem ikke, udover at jeg mente at have set én af dem nogle dage inden. Det var, da vi stod og ventede på toget.

Vi var blevet klippet, håret smed de i store sække, vi var blevet afluset, og vi havde fået tøj. De havde givet Sergei en grim kjole som min, selvom jeg havde sagt, at han var en dreng. Han virkede nu ligeglad, som han sad på sin seng med de nøgne snavsede fødder dinglende udover kanten.

"Er det din søster," spurgte én af kvinderne.

"Ja," sagde jeg bare.

I det samme løb Sergei over til en potte, der stod i hjørnet, hev op i kjolen og tissede.

Kvinderne skreg og fnisede.

"Det er jo en dreng, var der én, der sagde, han kan da ikke være her."

"Dem, der udleverede tøjet, troede, at han var en pige. Vil I ikke godt lade være med at sige noget," bad jeg stille. "Han gør ingen fortræd, og jeg er den eneste tilbage til at tage sig af ham."

"Hvad så med mine søskende?" sagde hende, jeg havde set før, hun havde en meget skæv næse og lidt skelende øjne; "hvad med dem, de kunne vel også være her?"

"Ja, det kunne de vel," sagde jeg blot.

"Jamen, det er fordi, han spiller musik. De har anbragt os her, fordi vi alle sammen spiller et instrument."

En ung kvinde med sort kruset hår, havde stillet sig ud på gulvet. Lad os nu få det bedste ud af det her, vi ved ikke, hvor lang tid, vi skal være her, men det hjælper, hvis vi bliver venner eller i hvert fald lærer hinanden at kende. "Jeg hedder Nomi," sagde hun og gik hen til hver af os og gav os hånden.

Jeg rejste mig op og fulgte hendes eksempel; "Maria og det er Sergei."

"Vi kalder ham Sarah," sagde Nomi, "bare for en sikkerheds skyld."

"Sorte Sarah, som jeres skytshelgen" var der én af pigerne, der foreslog.

Vi grinte, og hver især rejste sig og gik rundt og gav de andre hånden og præsenterede sig.

"Hvor ser vi ud," sagde Nomi.

Hun havde ret, vi så frygtelige ud. Vores hår var klippet af, og vi var hvide i hovedbunden og ned ad nakken af lusepulveret, som også stank ækelt og smagte modbydeligt.

Vores barak lå i udkanten i den østlige del af lejren. Det var et lille rum, hvor vi var 20 kvinder og Sergei. Her var køjesenge, fire i hver sektion. Gulvet var af ler, men her i det tidlige efterår, var der ikke koldt.

Vores tøj og vores ejendele var taget fra os, men de havde ladet os alle sammen beholde vores instrumenter. Det undrede mig først, lige indtil vi skulle spille for dommerne, så forstod jeg, at vi måske var blevet udtaget til et orkester. Vi havde hver fået et nummer tatoveret på venstre arm. Det gjorde ondt, da de tatoverede os. Sergei sagde ikke en lyd, men ellevetallet under næsen begyndte at dryppe.

"Maria," lød det hviskende – det kom fra sengen ovenover.

Jeg kiggede op, det var hende der havde præsenteret sig som Biljana.

"Ja?"

"Du må finde en violin til Sarah, så han har noget at spille på," hviskede hun.

"Hvor skal jeg få en violin fra?"

"Jeg har hørt, at der ovre i mændenes gruppe er én, der er død, han må kunne bruge hans violin.

"Jamen, den er nok for stor til ham," sagde jeg. Jeg turde slet ikke sige, at Sergei aldrig var blevet undervist, og at han i hvert fald ikke kunne læse noder.

"Det er han nødt til, hvis ikke han har noget instrument, tager de ham."

Jeg følte kvalmen komme tilbage og afmagten, den afmagt jeg havde følt første gang, da vi sad i båden. Bedstemor og Sergei og jeg. Da vi sejlede fra vigen på Athos, hvor vores skib brændte, og Zoran lå begravet. Uden kors, uden sten.

Min mor var kristen, og hun lærte mig at bede. Nu bad jeg for første gang i lang tid, jeg bad om en violin til Sergei. Vi blev skilt fra de andre, da vi skulle ind i toget i Thessaloniki. På banegården kom de op i en anden vogn, en vogn uden sæder. Bedstemor kaldte på mig, og jeg forsøgte at løfte Sergei op til dem, men der var en soldat, der tog mig under armen, 'nej, ikke den vogn', sagde han, 'den vil du ikke ønske at komme med'. Jeg forstod ham ikke, det var jo min familie, og vi var jo sammen. Men Sergei og jeg kom i en anden togvogn, med bænke af træ, og jeg fortalte Sergei, at vi nok snart skulle se Bedstemor igen. Vi var sultne, for vi havde ikke fået anden mad, end den munkene havde givet os med, da de satte os af i Ouranopolis. En pose med humpler af brød og tomater til hver af os og nogle flasker vand. De var flinke nok, men også vrede over, at vi havde boet i vigen, og inden vi kom på skibet ved Karies, skulle vi opholde os i robådene, for ingen kvinder må betræde 'den hellige jord'. Munkene ville bare af med os, som alle andre, men de ville ikke have, at tyskerne sendte os med en vogn til Thessaloniki.

"Lad dem være," hørte jeg én af munkene sige, "de har ikke gjort noget, de kan bare ikke være på Athos."

Soldaterne var ligeglade, de tog os med.

Vi er 'de rejsende', og jeg har været på farten hele mit liv, men de mange uger i togvogne, venten på stationer i venteværelsernes ulidelige varme med vrede soldater, som slår og råber ad os, er ikke det frie omrejsende liv, vi rom kender til. Vi bliver ledt som slagtekvæg op i vognene, og det er kun det første tog, der har sæder, i de andre må vi stå op eller sidde på gulvet. Der er lås på dørene og tremmer for vinduerne. Hvad har vi gjort? Vi er jøder og sigøjnere samlet i en stor trist og snavset flok, som bliver større jo længere op igennem Europa, vi kommer. 'Vi er polske statsborgere', råber nogen til vagterne, 'vi har ikke gjort noget galt'. Jeg vidste slet ikke, at vi var i Polen, tænker jeg.

Sergei holder fast i mit højre ben. Han vikler sin venstre arm om det, så jeg ikke kan gå. Han viger ikke fra mig, og når han skal på et af de uhumske toiletter, der for det meste ikke er andet end en overfyldt spand, klemmer han min hånd tre gange. Han ved, at han får skæld ud og slag, hvis han griser sig til. Han har været hos én af lejrens læger, og mens jeg sidder og venter på ham, kan jeg høre ham skrige, men jeg kan ikke komme ind til ham, for døren er låst. Da han kommer ud fra lægen, bløder det fra begge hans ører, og han vil ikke vise mig, hvad der er sket. Han skal til lægen igen, siger de.

Nu er vi her, og vi har numre, men vi kender også hinandens navne, og i køjen over mig sover Biljane. Jeg har aldrig haft en veninde før, måske kan vi blive veninder. Vi taler begge romani, det er sigøjnernes sprog, med de andre taler jeg ikke, men vi nikker og bruger fagter, én kan lidt græsk, og vi forstår hinanden.

"Hvad er det for et sted," hvisker jeg op til Biljana, jeg ved at hun ikke sover, for jeg kan høre hende snøfte.

"De kalder det Belzec," siger hun hæst tilbage.

36. VIOLINEN

Der kom en mand og øvede med os hver dag. Han var ikke så gammel, og han hed hr. Peter. Han var flink, og han skældte os aldrig ud. Vi gemte Sergei under et tæppe i sengen, der var ingen, der måtte vide, at han ikke havde et instrument. En dag kom hr. Peter ikke mere, så kom der en anden mand, der hed hr. Grünewald, vi tænkte ikke over, hvorfor hr. Peter ikke kom, det gjorde han bare ikke.

Vi var 21 unge kvinder i orkestret, alle fra samme barak. Den ældste hos os hed Regine, hun var mindst 20 år, ungarsk jøde, og hun havde været i gang med en uddannelse som violinistinde ved konservatoriet i Budapest. Hun var dygtig, og hun hjalp mig meget.

Regines violin havde et sjovt lille mærke på kanten. Det lignede en sort rose, men Regine sagde, at det var et brændemærke, for hendes lærer på konservatoriet var engang kommet til at tabe en glød fra en optændingspind ned på hendes violin.

"Violinen blev ikke ødelagt," sagde hun, "men han var meget ked af det længe efter, for det er en meget fin violin, jeg har arvet efter min bedstefar."

Regine øvede flittigt med Sergei, og kaldte ham 'vidunderbarn'.

"Jeg tror, at han har problemer med hørelsen," sagde hun en dag, de havde spillet sammen, "hvis jeg går om bag ved ham og siger noget, for eksempel, 'spil den sidste passage igen', gør han det ikke, kun hvis jeg råber det. Det kan være derfor, han ikke taler."

Det var rigtigt, Sergei talte stadigvæk ikke. Han kunne sige få ord, men ikke hele sætninger. Vi øvede ord, og når han fik lov til at røre ved mine læber, mens jeg sagde ordene, gentog han dem. Jeg lærte ham græsk, ikke romani.

Vi var sultne hele tiden. Maden vi fik, var en grumset suppe uden smag og med små stykker kartofler flydende i. Brødet var tørt eller muggent, men vi spiste det, hver en krumme, for vi var sultne. Engang imellem gav de os noget kød-agtigt noget, der var én der sagde, at det var hakkede koyvere. Det spiste vi også.

En dag havde Sergei og jeg sat os på hans seng med hver vores kop halvt fyldt med suppe. Jeg havde givet ham mit brød.

"Mange tak," sagde han og smilte bredt, som en der modtager en hyldest, han havde sin kjole på, og de andre piger havde vænnet sig til at kalde ham Sarah.

Biljana kom hen til mig sammen med Regine, mit ungarske var ikke så godt som Biljanas, så hun oversatte.

"Regine ved, hvordan vi kan skaffe en violin til Sarah," hviskede hun. "Ham der døde, hans violin ligger ovre hos mændene, måske kan vi få Grünewald til at tage den med herover. Han bor på deres stue, og han øver også med dem. Regine nikkede, så hviskede hun noget til Biljana.

"Hun spørger, hvor I har lært at spille."

"Vores mor," sagde jeg.

"Øvede hun med jer?"

"Ja, med mig, men Sergei har ikke spillet så længe. Jeg vidste faktisk slet ikke, at han kunne spille."

Biljana oversatte, Regine nikkede og sagde noget til hende.

"Hvem er jeres mor?"

Jeg rystede på hovedet, det var så længe siden, jeg havde tænkt på min mor, og så længe siden jeg havde sagt hendes navn.

"Nadia," sagde jeg, "men hun døde, da Sergei var et år."

Regine kiggede på mig. Hun gik en runde om mig, stoppede op og betragtede mig fra siden.

"Var din mor Rom?," spurgte Biljana.

"Nej, hun var ungarer, ungarsk jøde, det er hende, vi har fået de mørkeblå øjne efter, men vores far var ren rom. De løb væk sammen, og familierne blev meget vrede."

"Hun spørger om, hvem din far er," sagde Biljana.

"Zoran," sagde jeg, og Sergei kiggede forskrækket på mig, "men han er også død."

Regine nikkede, så gik hun over til sin seng og lagde sig.

Ud på aftenen, lige før det sparsomme lys forsvandt, kom hun over til mig igen.

"Foto, mor?" sagde hun.

Jeg forstod hende ikke.

"Foto, mor?" gentog hun.

"Jeg forstår ikke, hvad du siger."

Biljana stak hovedet ud over sengekanten, "hun spørger om du har et foto af din mor?"

Jeg rystede på hovedet, "jeg har ingenting," sagde jeg, men så kom jeg i tanke om noderne og det krøllede billede, der lå sammen med dem. "Vent lidt," violinkassen stod i fodenden af min seng. Jeg bladrede rundt i noderne og fandt det lille foto.

"Her," sagde jeg glad.

Regine kiggede længe på billedet, så hviskede hun noget til Biljana og tog min hånd.

"Jeres mor er ikke død, Maria. Regine spillede sammen med hende på konservatoriet i Budapest for tre år siden."

Dagen efter kom hr. Grünewald med en violin til Sergei. Det var ikke den døde mands violin, det må have været et barns, for den passede perfekt til Sergei. Fra den dag var Sergei og violinen uadskillelige.

37. MOR

Om aftenen vidste jeg, at Sergei og jeg måtte væk fra lejren. Uanset hvad, måtte vi væk. Vi skulle finde mor, som Sergei havde mistet som etårig, og jeg sidst havde set for over fire år siden. Den dag hun fødte en lille død pige, vores lillesøster, og jeg selv troede, at hun var død efter de slag, Zoran havde givet hende. Zoran, der altid var fuld og upålidelig. Zoran, min far, som bedstemor sagde, havde været en stolt og dygtig rom… engang.

Vi måtte væk og finde mor, men på samme tidspunkt begyndte de for alvor at rydde op i lejren, som de kaldte det, og vi spillede til. Det var derfor, vi skulle øve, og det var derfor, vi skulle lære at spille sammen i orkestret. I starten spillede vi for officererne. Vi spillede i et orkester af unge kvinder og Sergei; Mozart, Telemann, Chopin og Händel. Let og venlig musik. Når vi havde spillet, fik vi resterne af officerernes mad; kylling, kartofler, kålsuppe og enkelte gange lidt steg. Vi lærte hurtigt at spise langsomt, efter de første gange, hvor vi havde hugget maden i os, og været dårlige hele natten og hele dagen efter.

Sergei havde et solonummer, hvor han spillede Schuberts Rosamunde. Hans spillede så levende, med stor entusiasme og så følsomt, at det altid høstede aftenens største bifald, og han blev bedt om at spille nummeret igen, inden vi blev sendt af scenen. Ekstranumrene var de sværeste for os. Vi var sultne og kunne ikke vente endnu et nummer og endnu et nummer igen på den kolde suppe, skindet og senerne fra stegen og det friske brød. Som vilde dyr kastede vi os over de halvtomme fade, og slikkede dem rene.

Bagefter blev vi eskorteret tilbage til vores barak, og på de ture, så vi, hvordan lejren virkelig var. Barak ved barak. Lange lige træbygninger med uendelig lange veje imellem. I mørket kunne vi skimte ansigter bag de snavsede ruder, gustne grå ansigter, der utryksløse kiggede på os, med øjne som matte glaskugler, alt for store i de udsultede ansigter.

Og vi begyndte at forstå, hvad det var for et sted, vi var endt. For ende det ville vi komme til her, men inden da skulle vi spille for de andre. De andre som i lige rækker blev drevet til kamrene, hvor de blev gasset ihjel.

"Spil," beordrede Regine hviskende, første gang vi så det. Vi sad i vores slidte snavsede tøj, barfodede, skaldede og sultne og spillede den smukkeste musik, mens mødre med børn og gamle krumbøjede koner tavse gik forbi os, hen til de nyindrettede kamre, som kunne gøre det af med så mange på så kort tid. Spil!

Så vi lukkede øjnene for de skrækkelige syn, og ørerne for de grusomme skrig - og spillede.

Vinteren var kold og lang. Vi havde en lille ovn, men for det meste intet brænde. Fik vi tiltusket os lidt, forsvandt det som dug for solen og gav næsten ingen varme. Vi lagde os på gulvet ved ovnen og bildte os ind, at den varmede. Om morgenen dækkede rimfrosten vores tæpper, og vandet i karret var frosset til is. Sergei gik barfodet rundt, hans fødder var blåfrosne. Jeg tryglede om sko til ham, og til sidst lykkedes det mig, at skaffe ham et par. En anden drengs sko.

Jeg spurgte i én uendelighed Regine om min mor. Hvordan var hun, spillede hun godt, havde hun det godt, hvad med mormor, boede de i Budapest? Og Biljana oversatte. Regine kendte min mor som en meget stille kvinde, hun talte aldrig om sig selv, kun om musikken, det var som om hun levede gennem musikken. Hendes spil var følelsesladet, hun spillede med stor smerte, sagde Regine, som om hun bar på en stor sorg. Man kunne mærke i hendes spil, at hun sørgede, og derfor var hun så god til at spille Mendelssohn og Beethoven. Hun havde været soloviolinist, da konservatoriets orkester opførte Mendelssohns violinkoncerter.

'Hun mistede jo os', tænkte jeg.

Som om Regine var synsk sagde hun, "men hun mistede jo jer, ikke? Det fortalte hun mig engang. Vi blev gode venner, og en dag sagde hun, at hun havde mistet sin familie, hun var syg, og da hun blev rask igen, havde hendes mand taget børnene og var forsvundet. Du ligner hende på en prik, er du klar over det?"

Zoran havde skilt os, og alle de tæsk han havde givet mor, fik Sergei og jeg i stedet. Vi mindede ham om mor.

"Jeg ved ikke, om din mormor lever mere, det kan nu godt være, for jeg så en dag din mor på markedet med en ældre kvinde, men jeg tror ikke, at de bor i Budapest længere. Hun rejste vist nordpå."

"Nordpå?"

"Ja, Skandinavien, mener jeg, før krigen for alvor brød ud."

"Hvor er Skandinavien?"

De andre lo.

"Højt nordpå, nord for Tyskland."

'Der har jeg aldrig været', tænkte jeg, 'men der må være koldt'.

Den morgen vågnede jeg ved, at min seng var fuld af blod. Jeg blev bange, for det havde blødt derfra, nede fra skridtet, da mor fik den døde lille bitte pige, og jeg var sikker på, at jeg var meget syg, så jeg sagde det ikke til nogen.

Men én af pigerne i sengene overfor så det.

"Du har fået menstruation," sagde hun.

Jeg vidste jo ikke, hvad det var, og jeg blev endnu mere bange. Døde man af det?

"Kom her," sagde hun, og gav mig nogle bomuldsklude, jeg skulle lægge i bukserne, og vaske og sørge for at holde rene og tørre.

"Det er bare fordi, du er ved at blive voksen," sagde hun, "det skal du ikke være ked af."

Så nu var jeg altså voksen, og de næste dage, sad jeg helt stille med de ubehagelige klude i bukserne, for sæt nu jeg tabte dem, når jeg gik.

Om natten lå jeg vågen og tænkte på mor. Mor med det lange gyldne hår og de smukke øjne. Hun var det fineste på jord, tænk at jeg lignede hende. I nattens mørke, vidste jeg, at de andre piger også var vågne. Sulten holdt dem vågne, og en stille hulken lød fra de smalle køjesenge. Selvom det var forbudt, krøb Sergei altid op til mig om natten. Han skubbede først violinen op, så fulgte han selv efter. Jeg rykkede ind mod den kolde væg og gav plads til ham. Jeg mimede historier for ham, den om ørnen ville han stadigvæk høre, men jeg havde ændret det til at jeg sad på ørnens ryg, når den fløj mig op til reden. I kløerne ville jeg ikke være.

"Vi finder mor," hviskede han en nat. Han vidste ikke engang, hvad mor var.

Jeg førte hans fingre op til min læber og sagde langsomt ordnede;

"Ja, vi finder mor."

Sergei lagde sig med hovedet på sin violinkasse og faldt i søvn.

I starten så vi ikke vagterne så ofte. Vi passede os selv, og så længe vi bare spillede og ikke var til besvær, lod de os være i fred.

En dag blev døren til vores barak åbnet, og fire vagter og kvinden med den stramme uniform kom ind. De kiggede nøje på os hver især, men da de kom til Sergei og mig, sagde kvinden bare, at vi skulle følge med, når de var færdige her.

De undersøgte de andre piger, så dem efter i munden og trak i deres hår, som var begyndt at vokse ud igen.

Da de var færdige, hentede de Sergei og mig. To soldater gik for og to bag os og den kvindelige officer forrest. Sergei nægtede at give slip på sin violin, men én af soldaterne tog den brutalt fra ham. Da vi gik forbi Regine, løftede hun hånden ganske svagt. Hun smilte, men jeg så, at der var tårer i hendes øjne. Biljana kiggede væk, også hun græd, og jeg fornemmede at noget frygteligt skulle ske.

De førte os udenfor. Solen stod lavt på himlen, vi var i februar, men der var en lille bitte smule varme i luften. Sneen var væk, og en fugl, der havde taget ophold øverst oppe på et af vagttårnene, sang af karsken bælg den smukkeste sang.

"Mischlinge," sagde kvinden og pegede hen mod en dør. Vi gik derind. Sergei holdt i mit ben, men kvinden slog ham hårdt over nakken. 'Klask', sagde det. Vi kom ind i et badeværelse, det var ikke så stort, der sad brusere i loftet. "Kleider auf," kommanderede kvinden og vinkede med hænderne, så jeg forstod, at vi skulle tage kjolerne af.

Hvad var det, de havde fortalt, hvad var det Nomi havde sagt om badeværelserne, hvor der ikke kom vand ud, men gas?

"Kleider auf!"

Jeg tog min kjole af og hjalp Sergei med hans. Jeg begyndte at græde, Sergei havde aldrig set mig græde før. Han kiggede chokeret på mig, med sin venstre arm om mit højre ben, så tissede han på gulvet.

"Undskyld Sergei," hviskede jeg, "jeg har ikke været god nok, undskyld."

Sergeis øjne var store og runde, han smilte et usikkert lille smil og sagde nikkende; "vi skal finde mor."

Jeg lukkede øjnene og ventede på at dø. Sergei knugede mit ben. Så lød der en gurglende lyd fra rørene oven over. 'Nu kommer det!' tænkte jeg. Det gurglede i lang tid, som om det blev hentet op fra jordens indre, men intet skete. Det gurglede og gurglede, så pludselig væltede kaskader af skoldhedt vand ned over os. Vi veg begge væk fra varmen.

"Seife," råbte uniformen gennem den åbne dør og sparkede et stort grønt stykke sæbe hen til os. Jeg vaskede først Sergei. Sæben brændte i øjnene, og han hvinede.

"Undskyld, undskyld," sagde jeg og krammede ham, men jeg var alt for fummelfingret, og lidt efter fik han sæbe i munden. Jeg begyndte at le.

Vi blev tørret, og vi fik tøj på. To fine helt rene lysegule kjoler med smocksyning i ryggen, lyse strømper uden huller, sorte snøresko og brune tørklæder. Så blev vi sat til at vente.

38. DET STORE HVIDE HUS

Alleen op til det store hvide hus snoede sig mellem rækker af høje slanke træer. Vi sad på bagsædet i en stor, sort bil med røde lædersæder, der duftede sødt. En soldat kørte bilen og en anden sad på bagsædet sammen med os. Soldaterne virkede flinke, og ham, vi sad sammen med, gav os hver et klistret hindbærbolche. Jeg suttede på bolchet, for at få mest ud af det. Sergei knasede sit. Bilen standsede op udfor en af villaens sidefløje.

I huset blev vi låst inde i et lille rum. Der stod et strygebræt og kurve med rent velduftende tøj. Der var tremmer for vinduerne, men vi kunne se ud i haven. Det var ikke mørkt udenfor endnu, og der legede to piger, på min og Sergeis alder, vil jeg tro. Den største sad på en gynge med benene dinglende under sig. Hun skubbede sig frem med et ben ad gangen, højre, venstre, højre venstre. Det fik gyngen til at gynge i aflange cirkler. Den mindste pige puffede en dukkevogn foran sig med maven. Først hen mod terrassen, så gik hun om på den anden side af dukkevognen og puffede den baglæns ud mod haven. De så ud til at kede sig.

Pigerne var ens klædt i tykke mørkeblå frakker, der gik helt ned til anklerne og blå smarte huer. De havde begge to sorte varme støvler på, og hvide vanter og halstørklæder.

Oppe på 1.sal blev et vindue åbnet, og en kvinde råbte noget ned til pigerne. Det fik dem ikke til at reagere, så kvinden råbte igen, men hun lød ikke vred. Langt om længe daskede pigerne hen til en terrassedør, som en stuepige åbnede for dem. Så forsvandt de fra tusmørket ind i det oplyste hus.

Sergei og jeg sad tavse i det mørke rum. Det var ikke varmt, men heller ikke så koldt som i lejren, og duften var så meget anderledes, der duftede rent på én gang af sæbe og unaturlige blomster. Med et hørte vi skridt udenfor, og døren blev låst op. Der stod en soldat med vores violiner. "Kom!" beordrede han os.

Vi trådte fra mørket ud i en lang gang, der var oplyst af runde loftslamper i mat hvidt glas. Vi hørte stemmer bag en dør. Soldaten gennede os ind i et andet rum, større end vasketøjsrummet, og sagde at vi skulle vente. Vi ventede ikke så længe, inden en dør blev åbnet og en officer med blanke støvler gav os ordre på at følge med. Vi fulgte efter ham ind i et stort rum, hvor der var lange borde med kridhvide duge, store blomsteropsatser og sølvlysestager med tændte lys, der spejlede sig i de lange lige rækker af porcelæn og krystalglas. Jeg havde aldrig set så smukt et rum.

I et hjørne stod to stole med bløde sæder, magen til dem der stod ved bordene, og officeren pegede hen imod dem, "spielen, Violine, gut ja," sagde han.

Vi stemte violinerne.

"Mozart," sagde officeren.

Jeg fangede Sergeis øjne og mimede; "F I G A R O", og vi begyndte at spille.

Fløjdørene blev åbnet, og en høj mand i en uniform med meget guld bød folk indenfor. Mændene, de fleste i uniform, defilerede forbi med kvinder i smukke lange kjoler og flotte frisurer. Der bredte sig en forunderlig duft af tung parfume, der blandede sig med duften fra blomsterne på bordene.

Sergei og jeg spillede. Vi spillede de numre, vi havde øvet med orkestret, og Sergei spillede sine solonumre. Menneskene ved bordene spiste og drak, der blev båret fade ind med mad, jeg havde glemt fandtes, og duften fra maden overdøvede duftene fra parfumerne og blomsterne. Sergei og jeg spillede, og ingen tænkte på os eller hvor sultne og tørstige, vi var. Da vi ikke kunne flere numre, begyndte vi forfra, og der kom nye fade ind med stege i tykke skiver og gulerødder og kartofler. Vi forsøgte at lukke sanserne for duftene og lydene, og vi spillede.

Folk morede sig, de snakkede og lo. En mand holdt tale og vi fik en lille pause imens, men da han var færdig, fik vi ordre på at spille igen. Det var da tredje gang, vi spillede vores repertoire.

Hovedretten var færdig og tjenerne havde ryddet af bordet. Officeren kiggede over på os og sagde; "shhh!", så blev lyset i loftet slukket, og nogle af kvinderne gav små hvin fra sig. På ny blev fløjdørene åbnet, og ind kom fire tjenere bærende på store fade med høje islagkager med fyrværkeri i toppen. Det var meget smukt og alle klappede begejstret.

Langt om længe var middagen færdig, vi havde da spillet alle de numre, vi kunne mindst fem gange, men jeg tror ikke, at nogen havde bemærket det, for det så ikke ud, som om gæsterne overhovedet lagde mærke til de to blege piger i gule kjoler.

Da vi blev kørt tilbage til lejren, var vi så trætte, at vi begge to faldt i søvn i bilen. Ved den store port blev vi vækket og beordret ud af bilen. Jeg håbede, at Biljana og Regine var vågne, så jeg kunne fortælle dem om det smukke hus, det fine bord med blomsteropsatser, om alle kjolerne og maden, som jeg stadig kunne dufte. Vi skulle først aflevere de fine gule kjoler, og vi fik vores lasede lejrkjoler på igen, der lugtede af sved og snavs.

Vi gik mellem to soldater ned ad de tyste lige veje, der løb mellem barakkerne, hvor mennesker nu sov stuvet sammen på alt for snæver plads. Barakkens dør stod åben, og det forstod jeg slet ikke, for den var altid låst. Sergei løb hen til sin seng og kravlede op. Han fandt let vejen i mørket, men jeg blev stående lige indenfor døren, der blev smækket i og låst bag mig. Der var så stille derinde, ikke en lyd, de velkendte lyde af unge piger, der snøftede ned i sengens krasse hør. Jeg gik hen til Regines køje, men den var tom. Der lå kun den grå hårde madras. Det var det samme i alle sengene, Nomis, Biljanas. De var tomme. Hele barakken var rømmet. Mens Sergei og jeg havde siddet og spillet for de fine gæster i det store hus, var de andre blevet hentet.

Jeg så dem aldrig mere, og jeg turde ikke spørge vagterne. Dagen efter flyttede der tyve nye unge kvinder ind i barakken, alle musikere. Jeg blev gode venner med hende, der hed Anna. Hun spillede også violin, men hun havde ikke selv nogen med. Da vi første gang skulle mødes i øvelokalet og spille sammen, kom vores lærer med en violin til hende. På kanten af violinen var der et lille mærke. Med lidt god vilje kunne man få det til at ligne en lille rose. Den violin spillede hun på, indtil hun en dag også var væk.

39. BYTTE, BYTTE KØBMAND

Der blev holdt store fester i det hvide hus, og Sergei og jeg spillede til. Vi havde de gule kjoler på, og ingen bemærkede, at vi spillede de samme stykker igen og igen. En dag skulle vi spille til en frokost for lutter kvinder. Kvinderne var elegante i deres dragter og hatte, de havde høje sko på at tynde strømper. Man kunne faktisk næsten ikke se, at de havde strømper på.

De to piger, vi havde set den første dag på terrassen, sad med til bords, de spiste næsten som rigtige damer, især den ældste. Den mindste løb lidt rundt, men en kvinde i en dybblå dragt og perler om halsen tog hende op og kyssede hende i ansigtet, så hun begyndte at skrige. Hun løb over til os og stod i lang tid og kiggede på Sergei, det fik ham til at spille 'kuk kuk', og den lille pige smilte.

Da vi bagefter sad i rummet med vasketøjet og ventede på at blive hentet, kiggede den største af pigerne ind til os gennem vinduet fra haven. Hun gjorde tegn til mig om at åbne.

Hun stod og spiste af et æble.

"Hallo," sagde hun, hun havde en rødblomstret nederdel på og en tynd hvid bluse. Hendes korte brune hår var holdt væk fra ansigtet af en hårbøjle.

"Hallo."

En lun brise fra haven slog ind gennem vinduet, og jeg kunne dufte æblet. Hvor længe siden var det, jeg havde smagt et æble?

"Unsere Kleider," sagde hun og pegede på min og Sergeis kjoler.

Jeg nikkede, det var åbenbart hendes og søsterens kjoler, vi havde på. Den yngste søster kom hen til vinduet, hun stod på tæer og slikkede på én af vinduets nederste tremmer.

"Aj," sagde søsteren og skubbede hende væk, "Schwein!"

"Mischlinge," råbte den lille og pegede på mig.

Der var det ord igen, jeg vidste ikke hvad det betød, men kvinden med den stramme uniform havde også brugt det.

Den store pige rystede på hovedet, så pegede hun på sig selv og sagde; "Maria," dernæst pegede hun på sin søster og sagde; "Sarah".

Vi lo, da vi fandt ud af, at vi havde ens navne, der var ingen grund til at fortælle andet end at Sergei hed Sara. Han var kommet hen og stod ved siden af mig. Pludselig rakte han hånden op mod pigen og vendte sin håndflade mod hende som i tiggeri. Jeg skubbede vredt hans hånd væk. Vores mor havde altid set ned på dem, der tiggede uden grund.

Men pigen forstod og uden et ord gav hun ham sit æble. Sergei spiste det ikke, men stod bare tavs med det i sin åbne hånd, som var det en dyrebar skat.

"Wart!" sagde pigen, gav mig tegn på at lukke vinduet og forsvandt. Lillesøsteren sad på gyngen og rakte tunge ad os.

Vi satte os igen og ventede. Vi vidste ikke, om vi skulle spille mere, eller om vi blev hentet tilbage til lejren, men det gjorde ikke noget. Det kølige rum med det rene vasketøj var rart at sidde i, og vi delte Sergei æble bid for bid. Det var sødt og sprødt.

Der lød forsigtige skridt ude i gangen, det lød ikke, som når soldaterne hentede os. Nøglen i døren blev drejet om, og døren åbnet på klem. Med sin fod åbnede pigen Maria døren helt op, hun stod med en bakke i hænderne. Sergei og jeg kiggede stumme på den. Der var en tallerken med kylling og skinke og én med stegte kartofler og kål, en kurv med brød og en pakke kiks. To glas med rød saft og to gule æbler. Hun stillede bakken foran os og sagde, "Hunger?"

Det forstod vi godt, og det tog os ikke lang tid at spise alt på nær nogle kiks. Jeg var lidt flov, men Maria hun smilte bare.

Vi forsøgte at tale sammen, og jeg forstod, at de to søstre skulle rejse om aftenen, vist nok til mormoderen og morfaderen oppe nordpå, for hun pegede op i loftet og sagde som et tog. De skulle på påskeferie, men de gad ikke, for der var det også kedeligt. Hun spurgte, hvad vi lavede, og hvad skulle jeg sige, jeg valgte at fortælle om skibet, vi havde sejlet i, jeg fortalte hende om klostrene og om Daniel. Jeg ved ikke, hvor meget hun forstod, men hun ville vide, om Daniel var min kæreste, og jeg sagde 'ja'. Hun spurgte, om jeg savnede ham, og jeg sagde, at det gjorde jeg nok, men det var ikke helt sandt, for jeg havde ikke villet tænke på ham siden den dag i vigen, hvor han stod og råbte, og bedstemor sagde, at det var ham, der havde stukket os. Hvordan kunne jeg savne én, der havde stukket os?

Maria kiggede på sit ur. Det var et smukt smalt guldarmbåndsur, og hun gav et lille skrig fra sig. Hun var åbenbart for sent på den. Jeg åbnede døren for hende og hørte hende låse den bag sig, så sad vi igen i stilhed. I det fjerne kunne vi høre bilers knasen i gruset i indkørslen, der skulle måske være selskab igen?

Sergei havde sat sig på bænken ved vinduet og pludselig begyndte han at rokke frem og tilbage og holde sig på maven.

"Har du spist for stærkt?," spurgte jeg.

Han gav sig stønnende og nikkede, "aaaavvvv".

Jeg kunne selv mærke maden, det rumlede væmmeligt i maven, måske var det kålen, eller måske skinken, eller også var det bare det at have fået rigtig mad, der hverken var muggen eller rådden. Og en masse af den.

Maden havde givet os luft i maven, og Sergei kunne ikke holde den tilbage. Der lugtede efterhånden fælt inde i det lille rum, hvor der ellers altid duftede så godt af det rene tøj.

"Pyh Sergei," skældte jeg.

"Av," klynkede han.

Sergei skulle på toilettet, men døren var låst, og der ville blive en frygtelig ballade, hvis han svinede sig til. Jeg gav mit til at banke på døren og råbe, men der var ingen, der hørte det.

"Jeg skal, jeg skal," hvinede Sergei febrilsk, han var ved at gå i panik for at gøre i bukserne eller snarere kjolen, det blev ikke tolereret i lejren. Han for frem og tilbage i det smalle rum og holdt sig på enden, hvor der allerede havde bredt sig en brun plamage på den gule kjole.

"Her" sagde jeg, tømte en kurv for det rene tøj og placerede ham med kjolen oppe om maven på kanten. Der bredte sig straks en modbydelig stank.

Jeg anede ikke, hvad jeg skulle gøre. Idet samme blev nøglen drejet om i låsen, og Maria stod i døren.

"PUH," sagde hun og holdt sig for næsen.

Jeg var så flov, så flov.

Hun kiggede på Sergei, der sad på den vakkelvorne kurv, og jeg ved, at hun så, at han ikke var nogen Sara, men hun lod som ingenting. Med hånden løftet gav hun mig et tegn om at vente, så gik hun og låste døren bag sig.

Hun kom tilbage lidt efter, med to blå spencerkjoler, hvide bluser og blå tørklæder over armen. Hun gav os tegn til at skifte, tog de gule kjoler, smed dem ned i kurven og lagde det rene vasketøj oven på. Så stillede hun det hele ind i et stort skab, der dækkede den ene væg og smilte glad til os.

Hun betragtede os og nikkede anerkendende; "Gut," sagde hun så og gik igen.

Vi havde begge to ondt i maven, selvom den værste fare så ud til at være ovre. Der var efterhånden mørkt i rummet, men udenfor blev der tændt fakler på terrassen, det så meget smukt ud. I stuerne stod mennesker i festtøj og talte sammen og drak af høje glas.

Sergei sov på bænken under vinduet. Hans kind hvilte som altid på violinkassen. Igen lød der skridt ude på gangen, og denne gang var jeg ikke i tvivl om, at det var soldater. De hev Sergei ned på gulvet og helt fortumlet fulgte han efter dem ned ad den lange gang. Vi blev igen anbragt på stolene i hjørnet, og vi spillede det bedste, vi kunne, for de festklædte mennesker. Jeg kunne lugte Sergei ind imellem, og jeg bad til, at han ikke kom galt af sted igen og gjorde i bukserne.

Gæsterne var mere højlydte end ellers, de rejste sig og sang og råbte 'Heil Hitler' efter hver sang. Pludselig så jeg Maria og Sara stå henne ved deres forældre, kvinden med de fine perler og manden med den flotte uniform. Det var sent, og jeg syntes at det var mærkeligt, de stadig måtte være oppe. De snakkede med forældrene og kyssede dem, så gik de ud af stuen igen. Maria gik forbi os, som om hun slet ikke kendte os. Sergei drejede hele kroppen og kiggede efter dem, mens han spillede Rosamunde.

Langt om længe var vi færdige. Gæsterne forlod lokalet, og i et andet rum startede en grammofon med skrattende dansemusik. Vi pakkede vores violiner sammen og satte os til at vente på officeren, som skulle følge os tilbage til rummet. Men han kom ikke. Vi var trætte, og min mave gjorde stadig ondt.

"Psst," lød det henne fra en dør i det fjerneste hjørne, jeg havde aldrig lagt mærke til den dør, "psst".

Maria stak hovedet ind og gav tegn til os, hun tog os med om bag ved huset, hvor lillesøsteren sad på nogle kufferter og ventede under et halvtag. Det støvregnede. Maria sagde noget til søsteren, og de to piger fnisede. Så tog de begge deres lyse regnfrakker af og gav dem til Sergei og mig. 'Tag dem på', viste Maria os. Under frakkerne havde de to piger gule kjoler på, næsten magen til dem, vi havde haft på tidligere, og de bandt tørklæder som vores om hovedet.

Vi stod i frakkerne og Maria gav os hver en sømandsagtig hue på og blå og rødstribede tørklæder op om næserne. Hun gav Sergei tegn til at blive, hvor han var, så tog hun, under hans store protest, begge vores violiner og sagde i latter; "Bytte, bytte købmand, aldrig bytte om igen."

Maria, hendes søster og jeg gik tilbage ad den lange gang og ind i rummet med vasketøjet. Den lille Sara hoppede op og satte sig med Sergeis violin på bænken under vinduet, der hvor Sergei havde ligget med sin dårlige mave om eftermiddagen.

Maria hængte en taske om min skulder og gav mig en kuvert. "Billet, pas, papirer, penge", sagde hun langsomt og tydeligt, og jeg forstod. "Lås dør, gå til Sarah og vent på bil". Hun smilte til mig, og den lille pige sad på bænken og lignede én, der skulle i cirkus for første gang. De virkede spændte. Hvad var det, de var i gang med?

"Farmor og farfar," sagde Maria og rynkede på næsen, "vil hellere blive her – kæreste... Wolfgang... officer."

Jo, jeg forstod det godt. Hun var i gang med at sende Sergei og mig af sted for at undgå bedsteforældrene, så hun kunne blive hos sin kæreste. Lillesøsteren havde åbnet violinkassen og sad og hev i strengene på Sergeis violin, hvis han havde set det, var han blevet tosset.

Maria skubbede mig ud ad døren, "Gå", sagde hun, "lås dør, vent på bil, kør tog."

"Vent", bad jeg, så tog jeg min violinkasse og fandt fotoet af min mor.

"Min mor," sagde jeg.

"Hübsch," nikkede Maria.

Jeg tog hendes hånd, "ved du, hvad det er, du gør?" spurgte jeg hende på græsk.

Maria smilte, tog sit guldarmbåndsur af, og satte det om mit håndled. "Gå," gentog hun, "nu!"

Jeg gik tilbage gennem huset, folk dansede rundt i stuerne til tonerne af høj musik, en mand kom dansende forbi med en lampeskærm på hovedet, og et par stod bag en dør og kyssede hinanden heftigt. Ingen bemærkede mig.

Da jeg kom udenfor, sad Sergei allerede i en stor sort bil, magen til den, der plejede at køre os tilbage til lejren, men denne havde brunt læderindtræk, og soldaterne kendte jeg ikke. De kørte os til en stor station og fulgte os hen til et dampende tog. Det myldrede med mennesker, især soldater, på perronen, og toget var fyldt, men Sergei og jeg blev fulgt op til vores egen kupe med behagelige bløde bænke og et lille bord ved vinduet. Soldaterne bar vores kufferter ind i toget, og lige inden dørene smækkede, hævede de deres arme og råbte, "Heil Hitler," så forlod de toget, som langsomt gled ud ad banegården og efterlod perronen og de mange mennesker i en sky af damp.

40. UKENDT REJSEMÅL

Vi var Maria Renate Eiger 16 år og Sarah Elvira Eiger 6 år, på vores billetter stod der; Lublin, Warszawa, Poznan, Stettin. Sergei sad i sin spencerkjole med den idiotiske sømandshue i nakken og 11 tallet under næsen.

"Her puds næsen," sagde jeg til ham og stak ham et lavendelduftende hvidt lommetørklæde med SEE broderet i lyserødt omkranset af små bitte roser. Han tværede snottet rundt i ansigtet, samtidig med, at han spiste en bolle med syltetøj.

Aldrig i mit liv havde jeg set så meget pænt tøj. Vores to kufferter i brunt læder indeholdt kjoler, bluser og nederdele, et par bukser og hvidt blødt bomuldsundertøj. Der var to små tasker med toiletartikler, en tandbørste, tandpasta, et stykke rosensæbe, en kam og en hårbørste med et skaft af perlemor. Jeg kiggede det hele grundigt igennem, og jeg fandt den ene smukke ting efter den anden. Sergei var ligeglad, han havde fundet madposen og var i gang med et stykke chokolade med nødder.

Toget standsede ved en station, og vi kunne høre folk stige ombord. Dørene smækkede, der blev råbt, fløjtet og toget satte sig i bevægelse igen. Vi drak varm chokolade fra en termoflaske, og Sergei faldt i søvn med hovedet hvilende på madposen. Jeg var træt, men hele situationen var så uvirkelig, så jeg ikke turde falde i søvn. Her sad vi i to pigers tøj på vej mod et sted, der hed Stettin, hvor pigernes farmor og farfar boede, og hvor de skulle have holdt påskeferie. Nu var de i stedet blevet kørt til lejren, for at undgå ferien, for at narre forældrene og for at Maria kunne være i nærheden af sin kæreste Wolfgang. Dumme, dumme Maria, hvis hun vidste, hvad det var hun gjorde. Men måske vidste hun det, og måske vidste hun, at hun på den måde gav Sergei og mig en chance?

Vi fik kontrolleret papirer og billetter flere gange, men der var aldrig nogen problemer. Jeg dækkede Sergei med et tæppe og lod ham sove. Papirerne stak jeg bare træt og ligeglad, men med dunkende hjerte, op til soldaterne og kontrollørerne, der kvitterede med et stille 'Heil Hitler', for ikke at vække ham. Maria og Sara måtte virkelig være nogen, eller i hvert fald nogens børn. Jeg havde aldrig i mit liv prøvet at blive behandlet med så stor respekt, ikke engang som Zorans datter.

Endeløse skove gled forbi vinduet, nat blev til dag og solen skinnede fra en blå himmel. Vi passerede små byer med faldefærdige huse og blomstrende gule forsytiabuske. Toget stoppede i de store byer, og folk steg på og nogen steg af, men vi skulle videre helt til endestationen.

Toget kørte ind på stationen i Gorzow, det navn var det næstsidste på vores rejseplan før Stettin. Jeg vidste ikke, hvor meget længere vi skulle køre, måske langt endnu, måske kun nogle få kilometer, men vi var tæt ved vores mål. Toget kørte fra skoven ud på en mark, og pludselig stoppede det. Jeg kiggede ud ad vinduet, men jeg kunne ikke se nogen station. Der holdt flere militære køretøjer langs skinnerne, og der steg en masse soldater ombord. Det kunne vel ikke allerede være Stettin? Sæt nu de havde fundet ud af, at de rigtige Maria og Sara slet ikke var ombord, så ville de sikkert sende soldater efter os, og hente os tilbage til lejren. Jeg gav Sergei sømandshuen på igen. Han lod mig gøre det, men så fik jeg en anden ide, hvis vi nu lod, som om vi sov.

"Sove Sergei, sove!"

Men Sergei ville ikke sove, han var blevet vækket, og han satte sig demonstrativt op og kiggede ud ad vinduet ned på soldaterne i bilerne, mens han gnaskede på en rosinbolle, den sidste der var tilbage i posen.

Pludselig lød der råb ude fra gangen. En dør blev slået ind lige i nærheden af vores kupe. En kvinde skreg, og et barn begyndte at græde. Døren til vores kupe blev åbnet med et brag og en mand i civilt tøj stak hovedet ind, jeg så ham direkte i øjnene i et kort øjeblik, men hænder bagfra greb fat i ham, og tvang ham med, og døren faldt i med et smæld.

Sergei sad stadig og bed af rosinbollen, han pillede hver enkelt rosin ud med fortænderne og lod dem dumpe ned på gulvet. Han brød sig ikke om rosiner. Jeg sad med vores papirer parat og kiggede på døren og ventede hele tiden, at den skulle gå op igen og soldaterne komme ind, men de kom ikke. Sergei var holdt op med at sortere rosiner, han sad helt stille og kiggede på noget ude på marken.

'Nu må de da for pokker snart komme', tænkte jeg, men der skete ingenting. Evigheder ventede vi, så lød skuddene. Det var ikke så meget skuddene, der forskrækkede mig, men derimod Sergei, der i det samme råbte "B A N G!" og kravlede op på sædet for bedre at kunne se.

Ude på marken lå en mand, en kvinde og en lille dreng for fødderne af fem soldater, der langsomt sænkede deres rygende geværer. Manden var ham, der havde åbnet døren til vores kupe.

Jeg hev Sergei væk fra vinduet. "Bang", blev han ved med at hviske. Det er vores tur nu, tænkte jeg, men soldaterne kom ikke tilbage. Lidt efter satte toget sig i bevægelse, og jeg ved ikke, om de tog de døde med, eller om de bare lod dem ligge, for hverken Sergei eller jeg turde se ud ad vinduet.

Mørket var faldet på, da toget ankom til Stettin. På nær en enkelt af Marias hverdagsnederdele, en ulden bluse med lange ærmer og en lun trøje til mig og de af Saras bukser og de bluser, der mest lignede drengetøj, tog vi ikke noget med, men efterlod kufferterne med deres indhold i kupeen. Vores identifikations-papirer og billetterne havde jeg i en lille skuldertaske sammen med en pung, jeg havde fundet med lidt penge i.

"Kom så, Sergei", sagde jeg, og tog ham måske lidt for hårdt i armen. Han rev sig løs og bøjede sig ned, som om han ville kravle ind under sædet."

"Nej, nej, kom nu!"

Han dukkede op igen og holdt en lille brun pakke op mod mig.

"Ikke nu… senere, se vi gemmer den i tasken og kigger senere."

Det var han tilfreds med.

Vi gik så langt ned i toget, vi kunne, væk fra vores kupe. Der var mange mennesker, en stor del var soldater, en lyshåret soldat sagde noget til os og grinte, og jeg smilte til ham.

Da dørene blev åbnet, ville han absolut løfte først Sergei og så mig ned på perronen.

"Danke Schön, sagde jeg forsigtigt.

"Heil Hitler, råbte han.

Der var mange på perronen, en del stod stadig og kiggede forventningsfulde, nogen omfavnede hinanden og andre gav høfligt hinanden hånden eller hilste heilende på hinanden.

Det var ikke så koldt, på nær soldaterne havde folk lagt deres vintertøj, jeg havde frakken over skuldrene. Vi fulgte strømmen mod udgangen. Der stod soldater overalt, men de så mere ud til at kigge på en gruppe unge piger, der var kommet med toget, end at holde øje med os andre.

"Maria!"

Jeg stivnede, og det løb mig koldt ned ad ryggen.

"Maria!"

Der stod et ældre par, elegant klædt, manden med stok og en kvinden med en bredskygget hat, og vinkede til os.

Jeg klemte Sergeis hånd tilpas hårdt til, at han begyndte at hvine, og nøjagtig som jeg havde håbet, rev han sig løs fra mig og spænede forbi det ældre par.

De kiggede overrasket efter ham, og kom med nogle ærgerlige udbrud. Jeg ville mase mig forbi dem, men i det samme greb den ældre dame min arm, og sagde noget til mig. Jeg lod, som om jeg var dybt overrasket. Hun havde set, at jeg ikke var deres Maria, for i det samme gav hun ærgerligt slip på mig. Jeg tog hånden op som for at sige, 'det gør ikke noget', da hun fik øje på armbåndsuret, Marias guldarmbåndsur.

"Vilhelm," råbte hun og pegede på uret, "Vilhelm!"

Manden greb ud efter mig, men jeg var for hurtig. Jeg puffede ham hårdt i maven, så han faldt baglæns ind i konen og tog hende med i faldet. Soldaterne havde fået kontakt med tre af de unge piger, og opdagede først, at der var sket noget, da jeg med Sergei i hælene spænede ud fra banegården og kort efter var opslugt af mørket i Stettins uoplyste gader.

41. DEN LILLE PAKKE

Stemmer hvisker i natten

Hunden gør ad katten

Når duggen falder, er dagen på vej.

Nede på havnen var fire arbejdere i gang med at reparere en båd. Sergei og jeg havde sat os på nogle brædder ved deres skur, og de lod os være i fred. Sergei sad og kiggede på dem med søvndrukne øjne. Vi frøs, og jeg vidste, at han var sulten, for det var jeg også, men vi havde ikke mere mad.

Arbejderne kom over mod os, de satte sig på nogle trækasser og åbnede deres madpakker.

"Spise?," Sergei kiggede spørgende på mig.

Jeg rystede på hovedet, vi havde kun pengene fra Marias pung, og dem ville jeg vente med at bruge. Vi kunne selvfølgelig sælge uret, men det var godt at have i reserve. Det lå pakket i et tørklæde nede i tasken sammen med billedet af mor og den lille æske, som jeg havde kigget til flere gange. Der stod noget på æsken, skrevet med sirlig skrift på det brune papir. Det lignede ikke et navn, snarere en adresse.

Arbejderne sad tavse og spiste deres mad, en fyr med et stort overskæg og buskede øjenbryn brød stilheden, de andre nikkede, og lidt efter kom han over til os med en madpakke.

Overskægget sagde noget til os, men jeg forstod det ikke, så jeg takkede bare, og vi kastede os over maden; tørt brød med små stykker pølse.

Der kom et par fiskerbåde tøffende ind i havnen, mændene på kajen hilste. Fiskerne lagde til kaj og gav sig til at rense fisk, affaldet smed de på kajen, hvor nogle snavsede børn i pjaltet tøj samlede det op, som om det var dyrebare skatte.

Jeg kunne ikke se, hvad klokken var, for jeg havde glemt at trække Marias ur op, men solen var kommet om på vores side af skuret, så jeg trak Sergei væk fra den lune sol og ind i skyggen, så vi ikke var synlige nede fra kajen.

Der lød pludselig et skingert fløjt, og alle kiggede ned mod indkørslen til havnen, hvor en lastvogn fuld af bevæbnede soldater på ladet kom kørende med stor fart. Den stoppede ud for fiskerne, og soldaterne sprang ned på kajen. Fiskerne blev ved med at rense deres fisk, som om intet var hændt. Der stod en officer og råbte med vred stemme, og soldaterne gik ombord i alle bådene. Jeg hev Sergei ned bag trækasserne og skubbede ham ind i mellemrummet mellem huset og jorden, hvor der var dannet en lille hule. Det høje græs, der voksede op ad huset, dækkede os, men vi kunne se ned på kajen.

Det så ikke ud til at soldaterne fandt, det de søgte efter, for de sprang op på ladet af lastvognen igen, og lige så pludseligt, som de var dukket op, var de forsvundet igen.

Fiskerne fortsatte ufortrødent deres arbejde, det samme gjorde arbejderne på båden, ingen sagde noget, men jeg så én af fiskerne kigge over på manden med overskægget, og jeg så ham nikke.

Vi blev liggende under skuret hele dagen, der skete ikke mere på havnen. Da det begyndte at blive mørkt, pakkede arbejderne deres ting sammen og gik.

Vi var sultne og tørstige igen, og vi frøs, så tænderne plaprede. Jeg satte Sergei op på skødet og lukkede min frakke omkring ham og mig, jeg måtte ud og finde noget, vi kunne spise.

"Vent her," sagde jeg til ham, da det var blevet helt mørkt, "Maria går efter mad, vent her."

Men Sergei ville med, han ville ikke blive alene tilbage under skuret, hvor der var koldt og fugtigt og fuld af kryb.

"Nej," sagde han bestemt og kravlede med ud.

"Du skal blive her, Maria kommer snart."

Men han var ligeglad, ikke ti vilde heste kunne holde ham tilbage under skuret.

Jeg havde ikke hørt ham komme, men pludselig stak manden med overskægget hovedet ned til os og sagde noget. Både Sergei og jeg veg forskrækket tilbage.

Manden fortsatte med at tale, og rakte sin hånd ned mod os, ikke truende, men nærmere som en indbydelse til at følge med. Vi kunne ikke komme ud andre steder, end der hvor han stod, og han kunne sætte sig til at vente på, at vi frivilligt kom ud eller til vi døde af sult.

Der lød et ordentlig tordenskrald og tunge regndråber slog mod skurets tag. Dryppene tog til og i løbet af kort tid stod himmel og jord i et, jeg kunne se vandet sile ned ad mandens ryg, og det løb ned til os i hulen, som snart ville stå under vand.

Våde kravlede vi ud til overskægget.

"Joseph", sagde han og klappede sig på brystet.

Jeg overvejede, hvordan vi kunne slippe væk fra Joseph. Slå ham med tasken eller vælte ham i havnen, men i stedet fulgte vi ham gennem de tyste regnfulde gader, hvor der duftede af muld og nyspiret græs. Jeg holdt tasken tæt ind til mig.

Joseph førte os ind igennem en smal gård og hen til et lille gammelt hus, der lå ned til en kanal. Han åbnede døren ind til en mørk entre, en hund bjæffede et par gange på etagen oven over, men ellers var der helt stille i huset. Vi stod gennemblødte i den snævre entre. Joseph låste hoveddøren og viste os ind i en lille lun og hyggelig stue, hvor der sad en yngre kvinde og strikkede ved lyset fra rummets eneste tændte olielampe. Hun rejste sig straks, da hun så os og gav os hånden. Hun virkede venlig og sagde smilende en hel masse til os, som vi ikke forstod, udover at hun hed Lea.

Vi blev tørret og vores våde tøj hængt på en snor i køkkenet, hvor Lea var i gang med at varme suppe til os. Vi spiste suppen i stilhed og kravlede ned i den seng, Lea havde redt til os. Det var meget længe siden, jeg sidst havde ligget i en blød seng med rene dyner og en pude til hovedet. Faktisk ikke siden mor var hos os.

Solen skinnede ind gennem det åbne vindue, da jeg vågnede næste morgen. Der stod lyserøde blomster i brune lertøjskrukker i vindueskarmen, og i udenfor kaldte en fugl et lidt vemodigt 'twiit twiit'.

Jeg kunne se Lea ude i haven, hun var ved at lægge kartofler i urtehaven, da hun så mig i vinduet, kom hun smilende ind i huset.

Hun viste mig, at jeg skulle gå tilbage i stuen og ikke stå ved vinduet, folk udenfor måtte ikke kunne se os, mimede hun. Det forstod jeg godt, men Sergei løb hen til vinduet og ville se på en glasfugl, der stod til pynt i karmen.

"Se her," sagde Lea og hev os med ud i køkkenet, hvor hun havde boller og varm mælk parat.

Vi havde været hos Joseph og Lea i to dage, da jeg viste dem den lille pakke. De havde ikke spurgt os om noget, men ladet os være i fred. Jeg hjalp Lea og lærte hende, hvordan jeg knyttede perlearmbånd. Hun fandt en dåse frem med små farvede glasperler, og jeg lavede et til hende, som hun tog på. Det var grønne perler, som passede til hendes øjne og lysblonde hår.

De kiggede på pakken. Jeg ville ønske, at jeg kunne fortælle dem, om manden der havde lagt den til os. Jeg var sikker på, at den var tiltænkt en bestemt person, og jeg havde ikke åbnet den.

Joseph viste mig, at det var en adresse.

"In der nähe," sagde han, "ikke langt".

Han forsvandt, og vi hørte døren smække. Pakken lå stadigvæk på bordet.

Lea lavede varm saft og pandekager, jeg dækkede bord, mens Sergei sad med et puslespil, der var fuldt af små brikker, og det var mindst femte gang, han samlede det. Det forestillede et stort slot med høje tårne og en vindebro over voldgraven.

Der gik ikke lang tid så kom Joseph tilbage sammen med en yngre mand.

"Doktor," sagde Joseph, og Sergei gemte sig under sofaen.

Doktoren gav mig hånden og bøjede sig ned og vinkede smilende ind til Sergei.

"Romani?" spurgte han, og satte sig på en stol ved bordet, hvor Lea var ved at servere pandekagerne.

"Ja," sagde jeg, "vi taler romani."

Doktoren talte en lille smule romani, og han fortalte mig, at vi ikke skulle være bange, vi var kommet til gode mennesker, der nok skulle hjælpe os. Han spurgte mig, hvor vi kom fra, og jeg fortalte ham om lejren.

"Belzec!, der kommer ingen levende fra."

Lea slog hænderne for ansigtet. "Belzec!"

Jeg viste ham min tatovering på armen. Han fløjtede sagte.

"Joseph fortalte mig, at du har noget du gerne vil vise, noget du fik i toget hertil."

Jeg hentede pakken og gav ham den.

"Kanalstræde," sagde han, "det er lige her i nærheden, vil du helst have, at jeg afleverer pakken, eller vil du gå med og aflevere den?"

Jeg tænkte lidt over det, det var måske bedst, at han gjorde det. De mennesker var jo blevet skudt, det kunne være forbrydere, selvom der også var den lille dreng, og han var vel ikke forbryder?

"Jeg vil gerne selv gå med," sagde jeg, "jeg tror, at manden i toget bad mig om det."

Sergei sad ved bordet og spiste pandekager, da doktoren og jeg gik til Kanalstræde nr. seks. Det var ikke langt fra Josephs og Leas hus. Husene i gaden var større og meget elegante, men i mørket kunne jeg se, at de så forfaldne ud, og buske og træer stod sammenfiltret i de tilgroede og uplejede haver.

Huset i nr. seks var stort og gammelt. Det havde været hvidt engang, men nu var muren mørk og afskallet. Skodderne var sat for, men fra et af vinduerne strømmede tynde stråler af lys ud mellem lamellerne, og vi kunne ganske svagt høre violinmusik.

"Mendelssohn," hviskede jeg.

Doktoren trak i en stang og en klokke rungede i det store hus. Violinen tav, men det varede længe, inden vi endelig hørte skridt bag døren.

"Hvem der?" spurgte en hæs stemme.

"En ven af Mendelssohn," svarede doktoren.

Døren blev åbnet af en gammel tynd mand. Han var høj, men stod sammenkrummet og støttede sig til døren. Det så ud som om han kunne dejse omkuld, hvert øjeblik det skulle være. Han bar stærke brille med sort rundt stel, der fik ham til at ligne en forbløffet ugle, og en slidt sort fløjlsjakke med brokadeborter i sølv.

"Kom hurtig," sagde han.

Da vi var kommet indenfor døren, låste han forsvarligt døren og hilste hjerteligt, men tavst på doktoren.

Han viste os ind i en stor stue med gamle tunge møbler betrukket med bordeaux velour og malerier i brede guldrammer på væggene. Han bad os sidde, og jeg følte, at jeg forsvandt i den store sofa. Selv tog han plads i en flettet gyngestol, der manglede det ene armlæn.

De to mænd talte længe sammen, inden doktoren bad mig vise den lille æske. Jeg gav den til den gamle. Han kiggede længe undersøgende på den, uden at åbne den, så spurgte han doktoren, hvordan jeg havde fået den.

Jeg fortalte, og doktoren oversatte. Den gamle mand sad stille og lyttede, men pludselig tog han et lommetørklæde frem og pudsede larmende sin næse. Han græd. Ganske stille sad den gamle mand og græd over det, han fik fortalt.

"Isabell," sagde han så, det var min niece. Hun giftede sig med en jøde, 1.violinist ved Wiens Statsopera, og deres lille søn Manuel. Det var dem."

Han var stille i lang tid, så sukkede han og pudsede næsen igen med lige så stor kraft som sidst. "Jeg vidste, at de var interneret i Polen, men ikke andet."

Langsomt gav han sig til at løse båndet om pakken. Det var stramt bundet, og hans fingre rystede.

"Lad mig," sagde doktoren. Han tog en lommekniv frem og skar båndet over, men den gamle havde stadig problemer med pakken. Han rakte den over mod mig og sagde, "bitte".

Forsigtigt fjernede jeg det brune papir og en lille perlemors grå æske kom til syne. Der var med usikker barnlig hånd malet en guirlande røde blomster langs æskens kant, og midt på låget stod der skrevet med blåt 'Nadia'.

Jeg stirrede chokeret på den lille æske. Den havde jeg malet til min mor til hendes fødselsdag, da jeg var ti år og Sergei lige blevet født.

42. DIAMANTBROCHEN

Jeg kendte ham kun som 'doktoren', men om han virkelig var doktor, eller hvad hans navn var, det vidste jeg ikke, og Lea og Joseph, måske hed de noget helt andet. 'Det er bedst sådan', sagde doktoren, 'hvis nogen spørger dig, er det bedst bare at huske det sådan'.

Den gamle, der havde spillet Mendelssohn så smukt, Isabells onkel, han sad stadig med brevet og diamantbrochen knuget i hånden, da vi rejste os for at gå.

"De skulle have været over," sagde han, "brochen skulle hjælpe dem over."

Han kaldte mig hen til sig og lagde den lille hesteskoformede broche i min hånd, den føltes hård og kold.

"Du og din bror," sagde han, "I kan komme væk ved hjælp af denne."

Jeg vidste ikke, hvad han talte om, men doktoren nikkede og sagde noget, der så ud til at berolige den gamle. Langsomt kom han på benene og fulgte os ud i den store mørke entre. Ligesom i stuen stod der her skabe med læderindbundne bøger bag glaslåger.

"Han var engang en kendt og højt respekteret historiker," sagde doktoren, da vi gik tilbage til Lea og Joseph.

"Er han ikke det mere?" spurgte jeg, og tænkte i det samme, at mit spørgsmål nok lød dumt.

"Krigen", sagde doktoren, "ingen i Europa vil kende sandheden længere."

Sergei sov, da vi kom tilbage. Doktoren stod og betragtede ham, mens jeg hjalp Lea med at vaske op.

"Har han altid haft problemer med hørelsen?" spurgte han.

"Det ved jeg ikke," sagde jeg, "måske."

"Har han været ude for en ulykke... kan du huske, om han er faldet eller har slået hovedet, fået slag på ørerne eller...?"

"Han har fået mange slag på ørerne," sagde jeg, "det har vi begge to."

Doktoren kiggede spørgende på mig.

"Det var Zorans måde, at tale på."

Han nikkede," jeres far?"

"Ja."

Doktoren stod tavs længe. "I kan ikke blive her i Polen," sagde han så, "vi hjælper jer af sted, brochen kan betale dem, der skal sejle jer. Og du må love mig Maria, at du en dag får en læge til at se på Sergei. Jeg tror, at han kan få hjælp til at høre normalt igen."

"Må vi ikke nok blive her?" spurgte jeg bedende, jeg havde ikke lyst til at tage væk, der var rat hos Lea og Joseph, og sejle havde jeg slet ikke lyst til.

"Nej, det er alt for farligt både, for jer alle sammen."

"Hvor så?" spurgte jeg.

"Bornholm, og derfra til Sverige"

Navnene sagde mig ingenting.

"Skandinavien… siger det dig noget?".

Jeg nikkede tøvende, det havde jeg hørt om før, men hvor kunne jeg ikke huske.

Det var den måde Lea holdt om mig på, der fik det til at gøre ondt. Ikke som ondt efter slag eller ondt som hovedpine, men ondt i hjertet. Jeg trykkede næsen ind mod hendes hals og græd.

Lea græd også, og hun sagde en masse, jeg ikke forstod, men jeg forstod meningen af det. Sergei havde sin arm om mit ben, uanset hvad der skulle ske, ville det ske for os begge.

Vi fulgtes med Joseph tilbage til havnen, han bankede stille tre gange på skurets dør, og døren blev åbnet ind til et mørkt rum. Hænder greb fat i os, og vi blev sat ned på gulvet. Jeg holdt godt fast i Sergei og i Marias lille skuldertaske.

Der var stille i rummet, men jeg fornemmede, at vi ikke var de eneste, der sad der, og jeg så silhuetterne af andre i det lille rum.

Det bankede på døren, og endnu flere kom til, til sidst var vi mange i skuret. Ingen sagde noget, vi sad helt stille tæt sammen, jeg kunne mærke personen på min højre side. Det var en kvinde, hun gav med korte mellemrum nogle nervøse spjæt fra sig, og mumlede uafbrudt, så der blev tysset på hende.

Da vi havde ventet i lang tid, blev døren åbnet, og en mand gav os hviskende besked på at følge med. Uden en lyd rejste vi os og fulgte ham. Kvinden, der havde siddet ved siden af mig, fik hjælp til at rejse sig, og to mænd måtte støtte hende.

Sergei var helt stille, han holdt så fast i mit ben, at jeg havde svært ved at gå. Stærke hænder løftede os ombord, jeg var overbevist om, at det var en af fiskerbådene, vi havde set, den dag vi mødte Joseph.

"Maria," en stemme hviskede i mørket.

"Ja!"

Joseph kom hen til os og gav os begge et kram, og igen kunne jeg ikke holde tårerne tilbage.

"Vi ses igen," hviskede han på romani, doktoren måtte have lært ham de ord, så var han væk.

Hvert enkelt menneske bærer på en historie, lang nok og grum nok til at fylde en bog. Min bog havde allerede mange sider, mens Sergeis bog endnu kun var et hefte. Der i fiskerbådens lastrum fornemmede jeg, at jeg sad sammen med fortællinger lange nok til at fylde reolerne i Isabells onkels stuer. Men jeg kom aldrig til at høre dem, vi skiltes i stilhed efter en tavs nat på havet. Jeg gav skipperen Marias guldur som betaling. Den lille broche lod jeg blive liggende i min mors æske.

Vi nåede øen Bornholm i Østersøen i løbet af natten og blev i robåde sejlet ind til kysten. Båden vuggede, og jeg var glad for at komme i land.

Igen var det mennesker, jeg ikke kendte, og hvis hjælp jeg aldrig ville kunne gengælde, der bragte os i sikkerhed. Gemt på loftet af et hvidt røgeri kunne jeg høre bølger slå mod klipper, fra en lille kælder under et rødt hus med bindingsværk hørte jeg klaprende hove fra heste, der trampede forbi på en lille brostensbelagt vej med mange lave huse. Vi spiste, vi sov, vi kedede os. Sergei fik et puslespil for små børn med motiv af en bondegård af en ung kvinde med hår som hør, jeg fik en bog med ord, jeg ikke kunne læse, af en mand med blå øjne og rødt fuldskæg, og da sommeren var ovre og det blev køligere i vejret, gav en ældre kvinde os varme trøjer, uldne bukser og tykke støvler, der kun var lidt for store. Der blev ikke sagt mange ord, men de ord, der blev sagt, var venlige, og vi følte os aldrig bange.

Til trods for det varme tøj blev vi begge to forkølede, og vi lå og hostede i en enorm seng med tunge dyner på en lille gård med en ko og en hest og en gris og en gammel mand og en gammel kone, som lavede sød varm mælk til os, og smilende sagde en hel masse, vi heller ikke forstod.

Og vi ventede, men jeg vidste ikke, hvad vi ventede på. Jeg fik perler til at lave armbånd af, og jeg fik papir og farver så jeg kunne tegne og skrive. 'Spille', sagde Sergei og pegede på et maleri af en mand med en violin. 'Snart', sagde jeg til ham, men jeg vidste ikke, hvornår snart var.

De kom igen om natten. Hver gang vi blev flyttet, var det om natten, og altid lige når vi sov allerbedst. Sergei var svær at få liv i, og han sad og sov, når jeg gav ham tøj på. 'Vågn nu op, Sergei!' Jeg glemte mine perler, men tegningerne lod jeg ligge med vilje.

Det var en mand og en kvinde i hospitalsuniformen, der kom efter os denne gang, og vi blev sat bag sæderne i en stor bil. Sergei var faldet i søvn igen, da vi nåede ned til den lille havn og båden, der skulle tage os væk fra Bornholm. Det var en stille stjerneklar nat, og jeg frøs. Jeg så flade klipper, der omkransede havnen og små hvide huse med lange skorstene på skråningerne mod vandet. Månen skinnede så klart, at vi kastede lange sorte skygger. Manden bar Sergei ombord. Der sad mennesker i bådens lastrum, de sad tæt og tavst, men de rykkede tættere sammen og gjorde plads til os.

Bådens motor startede med en hvæsen, et klonk og gik så i stå. Det gentog sig flere gange, men endelig langt om længe holdt motoren sig i gang, og der gik et lettet sus igennem forsamlingen. Manden ved siden af mig røg hele tiden. Han rullede cigaretterne mellem to fingre og tændte en ny, straks han var færdig med at ryge og rulle. Han havde tændstikker i en lille æske, de brugte smed han på gulvet, hvor han også masede cigaretskoddene ud.

Bådens huggen i vandet og røgen gjorde mig svimmel og dårlig, men manden lod ikke til at bemærke det. Jeg sad med en spand foran mig. Personen ved siden af manden spurgte ham om noget, åbenbart hvad klokken var, for han hev op i ærmet og tændte en tændstik for at se på sit ur.

I skæret fra flammen, så jeg uret. Et rundt gyldent ur med en kæde af sølv, og på armen, lige over uret, var den tvehovedede ørn tatoveret.

Vi ankom til Sverige en kold nat i oktober 1943. Der var mennesker på kajen, der gav os tæpper og varm suppe. Vi blev sat i busser og kørt til en lejr, ikke for at spille og ikke for at dø, men med os, vidste jeg, var 'Albaneren', som selv Zoran havde været bange for.

43. HVAD KLIPPERNE GEMTE

Selvom efteråret havde sat ind, var vandet stadig lunt og dagene varme, men blæsten tog til og ruskede natten lang voldsomt i det gamle hus.

De løvfældende træer havde tabt deres røde blade og stod nøgne med strittende grene. Det så ud som lange krogede arme, der forsøgte at gribe efter himlen. På skråningerne var krydderurterne og blomsterne for længst tørret ind til afsvedne brune og stikkende småbuske.

En af disse varme dage var jeg endnu engang gået ned til stranden. Jeg sad med fødderne i vandet og pirkede dovent med en gren imellem stenene under mig. Jeg tænkte på Maria. Pludselig fangede mine øjne noget, der lå i vandet. Det var ikke en fisk, for det lå helt stille. Jeg forsøgte at nå det med pinden, men forgæves, det var for langt væk. Jeg kravlede længere ud på klipperne, men havde stadig ikke held til at få fat på tingesten.

Inde på stranden fandt jeg en længere gren, som jeg med møje og besvær fik båret med ud på klipperne. Med grenen kunne jeg forsigtigt fjerne nogle af stenene rundt om genstanden, men den blev stadig liggende, som om den var limet til klipperne, og selvom jeg blev ved med at pirke til den, rokkede den sig ikke en tomme.

Jeg forsøgte i lang tid, men uden resultat. Til sidst var jeg lige ved at give op, og i irritation slog jeg efter genstanden i vandet, men jeg fik ramt den så uheldigt, at den kom løs og faldt ned mellem klipperne. Nu kunne jeg slet ikke nå den længere.

Mens jeg havde kæmpet med at få den mystiske ting fri, var tiden løbet, og jeg opdagede, at solen var ved at gå ned. Jeg fandt mine støvler på strandbredden, hvor jeg havde smidt dem, og skyndte mig tilbage til huset. Eftersøgningen måtte midlertidigt indstilles, men jeg ville prøve igen, jeg ville se, om jeg kunne få fingrene i den mystiske ting.

Fader Theodoro havde samlet sæsonens sidste svampe, som voksede i store mængder i nærheden af huset. Han var i færd med at riste dem i en gryde med løg, hvidløg og basilikum, da jeg forpustet nåede op til huset.

"Resten af svampene tørrer vi," sagde han, "og de største kan vi lave mel af."

"Mel?"

"Ja, jeg skal vise dig, hvilke svampe der er spiselige, og hvilke der ikke er. De er lette at kende, og hvis vi samler nu og tørrer dem, har vi til hele vinteren."

Jeg hentede vand udenfor i brønden og fyldte vandbeholderen henne ved vasken. Så dækkede jeg bordet.

Fader Theodoro kom ind med den dampende varme gryde. Han skænkede en stor portion op til mig og en mindre til sig selv.

"Du skal vokse," sagde han. Det plejede han altid at sige, når han øste en stor portion op til mig eller gav mig det største stykke kage, den sidste rest af honningen, det sidste æble i kurven.

Vi spiste i tavshed. Svamperetten smagte godt, og jeg dyppede brødhumpler i sovsen af svampesaft og olivenolie, som havde blandet sig med urterne.

Da vi havde spist, hentede fader Theodoro valnødder og druer i køkkenet. Han havde selv lavet en nøddeknækker af en tyk træring med en stor skrue i. Når skallen var knust kunne man pille valnødden ud og forsigtig fjerne den bitre hvide hinde omkring nødden, som var både sprød og sød.

"Vi skal have samlet nødder til vinteren, de sidste nætters blæst har rusket de fleste ned af grenene, vil du hjælpe mig i morgen," spurgte han.

"Ja, naturligvis."

Efter middagen trak fader Theodoro sig som sædvanligt tilbage til sit værelse for at bede. 'I mørket er Gud nærmere og sindet i ro til fordybelse', sagde han. Aftenerne kunne derfor virke forfærdelig lange, når der ikke var nogen at snakke med. Jeg satte mig ud på terrassen og talte hviskende til kattene, de var store nu og meget selvstændige, men ville gerne stadigvæk lege med en uldbold, som jeg lavede af én af mine tykke vintersokker.

Det var vindstille, og luften var lun, nærmest lummer. Fader Theodoro havde talt om uvejr, han kunne mærke det på sin gigt i benene, og kiggede jeg ud over havet, kunne jeg godt se en bred bræmme af skyer, der ligesom lå og lurede.

I det fjerne hørtes snart en dyb rumlen af torden, men det var, som om uvejret ikke ville flytte sig og stædigt blev, hvor det var. Det var vindstille og varmt omkring skiten Agias Annis og Theodoros hus.

Jeg satte skodderne for terrassedøren og lukkede vinduerne. Så vaskede jeg bestik og tallerkener op efter aftensmåltidet, tog et æble og en pære fra en skål i køkkenet og gik ind på mit værelse. Jeg tændte olielampen på natbordet, klædte mig af og trak i den hvide natkjortel, som jeg havde haft på, da jeg var syg, og som jeg stadig sov i. Før slæbte den efter mig, nu passede den mig.

Min nye seng havde Theodoro og jeg for nyligt tømret sammen med tømmer fra et af Megisti Lavras valnøddetræer, jeg smed mig på og spiste pæren. Det var alt for tidligt til at sove, jeg var slet ikke træt, så med olielampen i hånden gik jeg ind i stuen. Hvis bare der stod nogle gode bøger, jeg kunne kigge i, men de fleste så kedelige ud, de handlede enten om bygningsværker eller ikoner. De få gode bøger om Athen eller rejser havde jeg for længst læst, men en bog om oliemaling ville jeg tage med ind på værelset, og ved siden af den fandt jeg en på et sprog, jeg ikke forstod, skrevet med ord, jeg havde svært ved at læse. 'London' stod der. Jeg bladede i den og så billeder fra en stor by. Tårne, broer, pladser, mennesker. Det måtte være fra Theodoros rejser.

Tilbage i værelset satte jeg mig til at kigge bøgerne igennem. Den med fotografierne af huse og mennesker var mest interessant. 'London', mon min familie var i London? Når jeg tænkte på Thessaloniki, kunne jeg slet ikke forestille mig dem i den store by med trafikerede gader og enorme bygninger. Jeg forsøgte at fremkalde mig deres ansigter. Mors og fars stod klart, men jeg havde svært ved at genkalde mig Evas og mine bedsteforældres ansigter. Jeg kneb øjnene hårdt sammen, og pludselig så jeg dem tydeligt. Hvis bare jeg havde billeder af dem, hvis bare jeg vidste, hvordan de havde det...

Jeg lagde bøgerne fra mig og slukkede lyset. I mørket lå jeg med åbne øjne og så nu ganske klart hele min familie for mig. Hvor mon de var, og var de i sikkerhed? Tankerne om min familie og om Maria kom til mig igen. Alle de mørke tanker, som pressede tårerne frem og fik det til at svide i øjnene. Jeg lå længe og spekulerede og kunne til sidst ikke holde tankerne ud længere.

Det rumlede stadig ude i horisonten, det var som om uvejret endnu ikke havde bestemt sig for, hvor det skulle trække hen. Jeg satte mig ved vinduet. En svag brise fik træerne til at hviske, og de sidste tørre blade faldt knitrende mod jorden. Der var ingen måne, og haven og skrænterne lå mørke, som var de puttet ned i en stor sort pose.

Pludseligt skimtede jeg et lysglimt ude på havet, eller var det mine øjne, der havde narret mig? Jeg stirrede ud i mørket, så jeg til sidst så stjerner for øjnene. Jeg lukkede dem og åbnede dem først efter at have talt langsomt til 10. Nu kunne jeg svagt skimte, hvad der var omkring mig, og pludselig var lyset der igen. Jeg var sikker på, at der var noget ude på havet, ganske tæt ved stranden. Jeg blev siddende længe, men der kom ikke flere lysglimt, og til sidst var jeg så træt, at jeg ikke længere kunne holde øjnene åbne, så jeg lukkede skodderne til og krøb tilbage i seng.

Tordenen rumlede stadig langt borte, 'kommer den aldrig nærmere', tænkte jeg. Regnen ville måske kunne rense luften, så den lumre hede forsvandt.

44. DEN UBUDNE GÆST

Uvejret kom den nat. Ved midnatstid slog lynet ned i et træ ved kysten ud for Megisti Lavra. Michaelis fortalte os det, da han kom på besøg. Resterne af træet ulmede stadig, da én af klostrets munke kom forbi, på vej ned til bådehusene for at se, om bådene havde lidt skade under uvejret.

"Det er skrækkeligt," sagde Michaelis, "for ved træet fandt munken forkullede rester af et menneske, altså formodentlig et menneske, som måske har søgt tilflugt for uvejret under træet."

Der gik bud rundt til områdets klostre og skiter for at høre, om nogen savnede en broder, men det var der ingen der gjorde. Den døde hørte åbenbart ikke til under noget kloster, så hvordan kunne man nogensinde få opklaret, hvem han var?

Jeg fortalte ikke om det lys, jeg havde set på havet, aftenen før det forkullede lig blev fundet, for jeg grublede længe over, om jeg mon havde set syner, men jeg var mere og mere sikker på, at der havde været noget derude på havet. Som om det var lygterne fra en båd et stykke fra kysten. Den skinnede genstand, som jeg havde set nede mellem klipperne på stranden, valgte jeg at lade ligge, hvor den var, lidt endnu. Det var ikke sikkert at opholde sig for tæt på havet lige nu.

Michaelis fortalte os, at man på klostrene var blevet meget oprørte over den mystiske døde, og i skiten Kawsokalywia havde de først haft mistanke til, at det var en af munkene derfra, som var blevet dræbt af lynet. Men den savnede munk kom tilbage til skiten kort efter, og undskyldte sig med, at han havde haft behov for at søge ensomheden i bjergene.

Den døde forblev et mysterium. Munkene på Megisti Lavra begravede de forkullede rester udenfor klostrets kirkegård. Michaelis havde været der, og han fortalte os, at det var så trist, for man kunne ikke engang sætte et navn på graven. Jeg tænkte på sigøjneren, der var blevet begravet på stranden, uden kors eller sten.

Fader Theodoro holdt sig for sig selv de følgende dage. Han virkede bekymret og tilbragte det meste af tiden i bøn. Han spiste ikke meget og sagde næsten intet. Jeg forstod, at han helst ville have ro, og jeg lod ham være i fred. Ved bordet kunne han falde i staver, og ind imellem sagde han brudstykker af sætninger, som om han tænkte højt.

En eftermiddag kaldte han mig hen til sig. Han sad på terrassen i den sene sol, som havde farvet væggene orange. Hans ansigt var så mildt og rart, og han smilte til mig, da jeg satte mig overfor ham.

Vi sad stille i lang tid.

"Du har været her i over to år, ikke?"

"Jo."

"Bryder du dig om at være her?"

"Ja."

"Men du savner din familie?"

"Ja, selvfølgelig. Har du da hørt noget nyt, jeg mener om krigen i... og sådan?"

"Jeg ved nu ikke så meget, men en af munkene fra Megisti Lavra fortalte mig lidt nyt. Nu er det såmænd gamle nyheder, for han havde det fra en avis fra i sommer. Men det sidste nye, som jeg altså næsten lige har hørt, er, at tyskerne vil placere en base og en generatorstation her på Athos, og jeg er blevet indkaldt til et møde i Karies, hvor vi skal drøfte det. Tror du, at du vil kunne klare dig alene, mens jeg er væk, jeg mener, Michaelis kommer naturligvis og er hos dig, men ind imellem må han jo passe sine pligter på klostret."

"Ja, ja, sagtens," sagde jeg, "det har jeg jo prøvet før, da du var i Ouranopolis, du skal ikke spekulere på mig, jeg kan sagtens klare mig, tag endelig til Karies, og bed tyskerne om at gå... øh..."

"Deres vej, ikke?"

"Jo, netop."

To dage efter pakkede Theodoro en vadsæk. Han havde stillet mad frem til mig, og adskillige gange forklaret mig, hvordan det ene og det andet fungerede, selvom jeg vidste det hele i forvejen. Han gennemgik endda, hvordan jeg låste huset af, og det var faktisk altid mig, der låste huset for natten. Han forsikrede mig igen og igen om, at han ville skynde sig tilbage. Til sidst blev han tænksom stående i døren. Havde han nu fået fortalt mig det hele?

Langt om længe så jeg ham vandre af sted i sin pæneste sorte kutte mod Megisti Lavra. Her ville han sammen med munke fra de nærliggende skiter slutte sig til en gruppe af klostrets ældste og sammen sejle langs kysten og siden vandre det sidste stykke til Karies.

Alene hjemme. Jeg satte mig ved bordet i stuen og kiggede mig omkring. I Thessaloniki havde vi en barnepige, de få gange mine forældre havde været væk fra os, og min bedstemor ikke kunne passe os. Michaelis ville komme senere, men lige nu var jeg alene. Jeg gyste lidt ved tanken om den døde ved træet, hvem mon han var? Nå, men han kunne da i hvert fald ikke komme her.

Theodoro havde givet mig lektier for i både matematik og skrivning. Lektierne var hurtigt overstået, hvad skulle jeg så? Male lidt, hakke i urtehaven måske? Jorden var stenhård, den manglede vand.

Jeg spiste et par skiver brød med honning og drak brombærsaft. Lava og Snip gned sig op ad mine ben og spandt. Jeg fandt dem lidt tørret fisk i køkkenet. Bagefter lagde jeg mig på ottomanen i stuen. Jeg overvejede at gå ned til havet, men jeg var for doven. Jeg dalrede bare rundt, lavede ingen verdens ting - og kedede mig godt og grundigt.

I de følgende dage kom Michaelis på besøg, så ofte han kunne. Han skulle passe sine opgaver på klostret, men når han havde fri, kom han vandrende. Han bragte friske forsyninger af brød, æg og feta med sig.

"Sukkeret er rationeret," sagde han, "men her er en lille pose konfekt."

En dag kom han med nyheder.

"Tyskerne er her!"

Jeg tabte det stykke konfekt, jeg var ved at putte i munden, "Hvor!?"

"Nej, nej ikke lige her, men de er i nærheden. Der er både, der har lagt til længere ude af kysten. Du ved den base, de ville opføre, ved Kap Pines eller Kap Akrotos, tror jeg."

"Jamen, hvad med mødet i Karies?"

"Det er de da ligeglade med. Der er observeret krigsskibe et stykke herfra, og der har været sat folk i land nede ved de gamle bådehuse ved Agias Annis. Jeg tror, at de inspicerer området, men vi behøver nok ikke at være nervøse."

'Det kunne han sagtens sige', tænkte jeg rædselsslagen.

Michaelis sov i stuen, men han var altid væk, når jeg vågnede, han skulle nå fromessen, som startede, længe inden det blev lyst. Det var hyggeligt, at Michaelis var der. Det var rart at have selskab. Han havde nøgle til huset og lukkede sig selv ind og ud. Han forlod altid huset stille ud på morgenen, og jeg hørte for det meste slet ikke, at han gik.

En nat vågnede jeg nu alligevel, for han larmede temmelig meget, og på et tidspunkt lød det, som om han faldt over en stol i stuen. 'Han pleje ikke at larme sådan', tænkte jeg og faldt i søvn igen.

Om morgen undrede jeg mig lidt over, at han havde ladet døren stå på vid gab, det plejede han slet ikke at gøre, og i køkkenet havde han tabt en lerskål med surmælk. 'Han må have haft travlt', tænkte jeg bare og fejede skårene op.

"Har du taget tæppet fra min seng?" råbte Michaelis om aftenen, da vi var ved at gå i seng.

"Næ."

"Jamen, jeg lagde det sammen med det andet sengetøj i morges."

"Jeg har altså ikke taget det. Du larmede sådan rundt i nat, tror du ikke, at du..."

"Jeg larmede overhovedet ikke."

"Men skålen i køkkenet...?"

"Hvilken skål?"

"Altså den der var faldet på gulvet og smadret."

"Jeg har slet ikke været i køkkenet i nat, tror du ikke, at det har været kattene."

"Nej, de sov inde hos mig, og du havde også glemt at lukke døren."

Vi stirrede på hinanden.

"Der er taget en masse mad fra køkkenskabet, jeg troede faktisk, at det var dig, men jeg kunne heller ikke forstå det," sagde jeg stille.

Michaelis gik ud i køkkenet og hen til køkkenvinduet. Jeg var lige i hælene på ham.

"Det er brudt op," råbte han, "her har været indbrud."

Det løb mig koldt ned ad ryggen. Indbrud i huset, mens jeg havde sovet! Der havde været fremmede inde og rode rundt i rummet lige ved siden af mig! Så kom jeg i tanke om Maria, kunne det være Maria, var hun kommet tilbage? Mit hjerte hamrede.

Vi gennemsøgte huset, men vi fandt ikke andre spor efter indbruddet.

"Tyven har været sulten og forfrossen," konkluderede Michaelis.

'Det kunne måske godt været Maria', tænkte jeg, men det var lidt uhyggeligt alligevel.

De næste dage blev Michaelis i huset natten over. Han havde repareret køkkenvinduet, og vi låste dørene og slog skodderne for vinduerne.

Jeg fortalte ham om lyset på havet.

"Den tyske flåde er faktisk set her i området," sagde ham, "det kan have været et lys fra en af deres patruljebåde. De har ikke noget at gøre her, de skulle hellere tage og forsvinde. Mødet i Karies får forhåbentligt sat en stopper for dem."

Den fjerde nat var Michaelis nødt til at gå til klostret for at hjælpe til ved fromessen.

"Jeg kan sagtens være her alene," forsikrede jeg ham, "tag du bare af sted."

Han bankede på min dør ud på morgenen. "Jeg går nu," sagde han gennem den lukkede dør, "klarer du dig?"

"Ja, ja," råbte jeg tilbage og forsøgte at lyde så rolig som muligt, men jeg var lysvågen og ikke videre stolt af situationen. Jeg håbede, at jeg kunne falde i søvn igen, men det var svært. Jeg hørte Michaelis låse døren, tage i håndtaget en ekstra gang for at være sikker på, at den var låst, og jeg hørte hans skridt i gruset. Så var der stille, fuldstændig stille og jeg var alene. Jeg lå og lyttede så koncentreret, at jeg kunne høre mit hjerte slå. 'Slap af', tænkte jeg, 'sov', men det var svært, jeg vendte og drejede mig, men fandt ingen hvile. For en sikkerhedsskyld havde jeg beholdt mit tøj på.

Pludselig hørte jeg trin udenfor igen. 'Michaelis må have glemt noget', beroligede jeg mig selv. Skridtene fortsatte op ad trappen til terrassen og forsvandt. Jeg lyttede efter nøglen i døren, men intet skete. Jeg satte mig op i sengen, skridtene kom igen nærmere udenfor, det lød som om han gik om til køkkenet.

"Michaelis," hviskede jeg ud i mørket. Lave og Snip, som lå i fodenden, var også vågne og stirrede på mig, jeg kunne svagt ane skinnet i deres øjne.

Der var helt stille, ville Michaelis ikke sige det til mig, hvis han kom tilbage igen så hurtigt? Jeg kunne jo også gå ud til ham, men jeg sad som forstenet, og håbede bare på at høre hans stemme. Så pludselig lød der et brag ude fra køkkenet og en skramlen af stole. Der var nogen i huset, og det var med sikkerhed hverken Theodoro eller Michaelis!

45. PÅ KLOSTRET

Da jeg var helt lille, var jeg mørkeræd. Jeg var sikker på, at der i mørket lurede onde frygtindgydende væsener, som pludselig ville springe ud og gribe efter mig. Mine forældre lod altid en olielampe brænde med lille væge på mit værelse, for at jeg ikke skulle se mørket. Vinduerne i værelset vor tilskoddede om natten, og mit værelse blev således en lille venlig oplyst hule, hvor alt det onde var holdt udenfor. Hvis jeg ville ind til mine forældre om natten, brændte der også lys i gangen og henne ved deres dør, så jeg uden videre kunne finde vej.

Mit ophold på Athos havde lært mig mange ting. Én af dem var trygheden ved mørke. Da jeg i starten måtte tilbringe nætterne alene, følte jeg mig meget bange, men jeg fandt hurtigt ud af, at det er den, der er i lyset, oplyst og beluret, der har grund til at føle sig bange, for han kan ikke se det, der er skjult af mørket. I ly af mørket kunne jeg se dyret i månestrålen, for at undgå angsten for det ukendte, måtte man være en del af det.

Men jeg var ikke bange for mørket mere. På mit værelse i fader Theodoros hus havde jeg ofte åbnet vinduet, slået skodderne til side, og siddet og kigget ud i natten. Øjnene vænnede sig hurtigt til mørket, og det var lettere at færdes mørke steder, man kendte i dagslys. Man affotograferede dem. Jeg tænkte tit på, hvordan blinde mennesker måtte kunne affotografere uden at se.

Michaelis havde fortalt mig om vejen til Megisti Lavra, jeg kendte noget af den, og jeg forestillede mig hans vandring ad veje, som jeg havde affotograferet inde i hovedet. Som efter et usynligt kort, løb jeg nu på bare fødder og uden at ænse mørket omkring mig op mod klostret.

Hjertet hamrede i brystet på mig, og jeg fik blodsmag i munden. Jeg løb som en gal uden at ænse noget omkring mig. Jeg skar mig, og jeg faldt og slog min ene arm mod nogle klipper, men jeg løb videre, og efter en bakke og bag et sving lå klostret der endeligt foran mig oplyst af blafrende fakler.

Helt henne ved klostrets mur, kom to munke komme gående imod mig, og stakåndet nåede jeg lige at smutte ind ad en åbenstående dør til et mørkt rum. Jeg holdt vejret, så det sved i min hals, og mit bryst var ved at sprænges.

Jeg var flygtet fra noget, som jeg ikke vidste, hvad var, men hvad var jeg flygtet til? Sikkerhed? Næppe. Jeg er jøde, og jeg var ikke velkommen på Athos. Hvis jeg blev opdaget af munkene, ville jeg blive smidt ud, ligesom Maria og hendes folk var blevet det, og fader Theodoro og Michaelis ville måske ryge samme vej.

Munkenes skridt forsvandt udenfor, men jeg blev stående i mørket med galopperende hjerte. En sky gled fra månen og oplyste det lille rum. I det fjerne blev der kaldt til fællesbøn i klostrets kirke. Der blev slået med stokke på simantronen. 'Som da Noah kaldte dyrene sammen i Arken', havde Theodoro fortalt mig. Nu kaldte simantronen Michaelis og hans brødre sammen til fromessen.

I det mørke rum stod der skabe fra gulv til loft. Bag smedejernslågerne var der stablet runde kander oven på hinanden. 'Hvis der er kander, må der vel også være vand', tænkte jeg, tørstig efter løbeturen.

Det var nu underligt med alle de kander, hvad i alverden brugte de dem til? Jeg kunne ikke se, hvad det var for nogle kander, så jeg gik tættere på, og stirrede gennem lågens gitter. Jeg stak fingrene ind og forsøgte at nå kanderne, men i det samme gik lågen op og med et øredøvende brag faldt en hel stabel på gulvet. Forskrækket veg jeg tilbage og ramlede ind i et andet skab, jeg nåede lige at holde på lågen, inden den også var sprunget op, og katastrofen havde gentaget sig. Jeg kravlede over under et bord og gemte mig, sæt nu munkene havde hørt mig? Der sad jeg i lang tid, inden jeg turde komme frem igen. Kanderne lå spredt ud over gulvet, men ingen så ud til at have taget skade af faldet, jeg kom til at sparke til én, og da jeg samlede den op, opdagede jeg, at der var huller i den. Det kunne da ikke være kander med huller? Jeg bar én hen i månelyset, og opdagede til min rædsel, at det ikke var små runde kander, men kranier. Grinende menneskekranier, sirligt stablede, med navne malet i hvidt på hver pandeskal. Jeg var endt i klostrets kraniegemme ved kirkegården.

'Det er kun jordiske rester', forsøgte jeg at berolige mig selv, 'hensat efter at være blevet renset i vin, de døde lever hos Gud'. Sådan havde fader Theodoro fortalt mig om græsk-ortodokse begravelser.

I det samme gik døren til huset op, og jeg kunne se silhuetten af en munk stå i åbningen. Han var sikkert blevet tiltrukket af larmen, men der var for mørkt til, at han kunne se mig, og lidt efter lukkede han døren igen og gik mumlende bort. Jeg måtte væk, inden han hentede en lygte og så alle kranierne lige spredt på gulvet. Jeg sprang op og opdagede først da, at der på det bord, jeg havde gemt mig under, lå et skelet, nyopgravet og parat til at få knoglerne konserveret i vin.

Her ville jeg ikke være et minut længere, så hellere fanges af munkene, eller for den sags skyld vende tilbage til Theodoros hus med indbrudstyven. Men jeg turde ikke gå hjem til huset, i mørket ved klostret var der trods alt mulighed for, at jeg kunne gemme mig. Men så kom jeg i tanke om Michaelis, hvad nu hvis jeg ikke fik fat på ham, og han gik lige i armene på tyven? Jeg var nødt til at finde ham.

Michaelis havde fortalt mig, at han skulle fylde olielamperne i efter messen, og hvis jeg nu fandt ham i kirken, hvis jeg kunne snige mig ind, uden at nogen så mig og advare ham? Det var farligt, men på den anden side var det farligere, hvis han gik tilbage til huset, og den fremmede stadig var der.

I ly af mørket var jeg en del af mørket, mit tøj var sort, kun mit ansigt ville lyse op. Jeg tog en håndfuld jord og tværede det rundt i hovedet og håbede på, at det var mørkt nok til at camouflere min hud.

Jeg ventede ved klostrets port, til en gruppe munke var gået igennem og havde efterladt porten åben. Mørke skikkelser forsvandt lydløse ind ad en dør til kirken, og lidt efter hørte jeg en klar stemme, der sang en smuk melodisk hymne med et kor af dybe mandsstemmer. Tonerne brusede ud mod mig fra den mørke kirke. Cikaderne sang omkring mig, natteluften var varm og de blomstrende oleanderbuske, der stod ved kirken sendte berusende minder om Maria. Jeg var på Megisti Lavra, det 1.000 år gamle kloster for foden af det hellige bjerg.

Michaelis var inde i kirken. Hvis jeg bare kunne komme derind og give ham et tegn, så ville han helt sikkert forstå, at der var noget galt, men hvordan i alverden skulle jeg komme derind uden at blive opdaget? Min munkekutte havde jeg ikke engang på, den var jeg løbet fra.

Jeg sneg mig hen mod døren ind til kirken, og sangen blev endnu tydeligere. Der duftede af røgelse derindefra, og duften mindede mig om min egen bar mizva. I det samme kom en sortklædt skikkelse ud fra mørket. Jeg smuttede om bag en busk, og den sortklædte forsvandt ind i kirken uden at opdage mig.

Mon der var en andre måder at komme ind i kirken på? En dyb

mandsstemme messede derinde, men jeg forstod ikke ordene. Vinduerne sad lavt ved jorden, og jeg var nødt til at bukke mig for at komme under dem, så min skygge ikke kunne ses inde fra kirken.

Glasset i ruderne var farvet, og i dem spillede underlige forvrængede lysglimt i smukke røde, blå og grønne nuancer. Der var ingen åben bagdør, men bag kirken var der fjernet nogle store ruder i et vindue, der sad så lavt, og jeg kunne krybe igennem. Inde i rummet var der bælgmørk, meget mørkere end udenfor, hvor månens stråler ind imellem lyste kirken og pladsen omkring den op.

Munkenes sang var helt tæt på, men jeg var ikke inde i selve kirkerummet endnu. Jeg turde ikke rejse mig op, så jeg kravlede på alle fire langs væggen, stengulvet føltes koldt og hårdt under mine håndflader og knæ.

Pludselig blev en dør åbnet bag mig, og et ganske svagt lys trængte ind i rummet, jeg nåede akkurat at smutte over i hjørnet af rummet og gemme mig bag et mørkt forhæng, som hang ned fra loftet.

Manden havde ikke set mig, han gik hen til et bord, hvor der stod en lille messingkande og et stort bæger og tændte en olielampe. Lampens skær nåede mig ikke, men jeg turde næsten ikke trække vejret af angst for, at han skulle høre mig. Han var ikke munk, det kunne jeg se på hans tøj. Han bar en smuk klædning af brokadestof over sin sorte kjole og på hovedet en sort cylinderhat, mere fornem, end den munkene bar. 'Han må være præst', tænkte jeg.

Han var gammel, hans skæg var hvidt og nåede ned til brystet. Det hvide hår var som hos alle gejstlige knyttet i en knold i nakken. Han stod længe i stilhed, fordybet i bøn. Så tændte han et røgelseskar, og snart havde den søde tunge duft fyldt rummet. Han gik over mod mig, men lige inden han nåede mig, stoppede han og stillede sig med front mod klædet, der hang ned fra loftet. Han stod igen stille, og nu kunne jeg høre, at han hviskede ganske sagte. Sangen fortsatte i rummet ved siden af.

Jeg kunne svagt ane, at det tykke bløde stof, vi begge skjulte os bag, var vinrødt, og at det ikke hang fra loftet, men fra en messingstang, som om det var et gardin...

Og et gardin var lige præcis det, det var, for pludselig begyndte det i seje ryk at glide til side. Det skilte den gamle præst fra munkene i rummet ved siden af. Til min forfærdelse opdagede jeg, at gardinet ikke blot ville åbenbare præsten for munkene i kirken, men også mig, som jo skjulte mig i det, så mens det langsomt gled til side, hoppede jeg som en frø og nåede lige akkurat at gemme mig i det, inden det afslørede mig for præsten og for alle munkene i kirkerummet.

Jeg sad ude af mig selv af forskrækkelse og forsøgte at falde til ro igen, samtidig var det sådan en grotesk oplevelse, at jeg var ved at dø af grin. Hvis Michaelis havde set mig der, hoppende som en frø sammen med gardinet, havde han troet, at jeg var gal.

Den gamle mand satte i med en høj og messende sang. Gardinet skilte det store kirkerum fra det lille rum, som den gamle havde opholdt sig i, og jeg kunne se sortklædte mennesker stå samlet i to grupper bøjet over nogle store opslåede bøger. Rummet var oplyst af et væld af levende lys. Nogle lys var sat i en kæmpe lysekrone, der hang ned fra loftet, andre lys var placeret i store gulvstager og atter andre blev holdt i hænderne af munkene. Lysene varmede det kølige rum.

Præsten tav, og den ene gruppe munke satte i med sang. Høj og klar sang, som steg op mod kirkens lofthvælving. De mange lys reflekteredes i væggenes ikoner og gyldne udsmykninger. Præsten sang igen, og nu svarede den anden gruppe munke. Jeg sad mindre end fem meter fra de syngende munke, velvidende at Michaelis var iblandt dem.

Michaelis havde fortalt mig, at en græsk-ortodoks messe tager op til fire timer. Jeg lyttede til sangen og til ordene, hvor jeg opfangede "Kyrie eleison", gentaget adskillige gange, og følte mig døsig af den søde røgelse. Jeg måtte vente i mit skjul, som jeg havde gjort så mange gange før.

Sangen blev ved i det uendelige, men langt om længe fortalte en svag skramlen af stole og hviskende stemmer mig, at munkene var ved at forlade kirken. Der var varmt inde i gardinet, og jeg havde åbenbart siddet og døset, for pludselig opdagede jeg, at den del af gardinet, som skilte præstens rum fra kirkerummet var trukket for igen. Præsten havde forladt rummet, der var mørkt, men gennem en af de blyindfattede ruder kunne jeg svagt ane, at det ikke længere var nat. Dagen var så småt ved at gry, og inden længe ville det være så lyst, at jeg enten måtte gemme mig på Megisti Lavra til det blev mørkt igen - og svigte Michaelis - eller gå fuldt oplyst igennem klostret og tilbage til fader Theodoros hus. 'Her er jeg, har alle set den jødiske dreng på Athos?'

46. DEN BLINDE I KIRKEN

Jeg kunne ikke svigte Michaelis, jeg måtte hurtigst muligt tilbage til huset. Forsigtigt kravlede jeg ud fra mit gemmested. Hvis jeg kom igennem kirkerummet, uden at nogen så mig, var jeg ikke så langt fra klostrets port. Jeg løftede det røde fløjlsgardin og kiggede ind i kirken, hvor der på nær nogle få levende lys, nu var næsten mørkt. Alle havde vist forladt kirken efter messen.

Lysene funklede i ikonernes guld og i messinglysestagerne, og jeg glemte mig selv et øjeblik og stod og måbede over rummets skønhed. Gulvet var som skaktern i hvid og sort marmor, der duftede stadig tykt af røgelse, og stilheden var så total, så jeg frygtede, at mit åndedrag kunne høres derinde. Længe stod jeg og kiggede betaget på en smuk ikon af jomfru Maria og det lille Jesusbarn. Det var svært at løsrive sig fra billederne, men jeg måtte videre. Jeg trak mig langsomt baglæns hen mod udgangen, da en stemme ganske nær ved mig brat bragte mig tilbage fra min drømmeverden.

"Er det dig Konstantinos? Vær god at lade mig sidde lidt endnu."

Stemmen kom fra mørket.

"Tag du dig blot af det, du skal, jeg har intet hastværk."

Jeg sprang væk fra lyset, tilbage til mørket, hvor jeg kunne skimte en skikkelse, som sad sammensunken på en stol i nærheden af døren. For at komme ud, måtte jeg forbi ham. Jeg gik forsigtigt nærmere. Havde personen slet ikke set, at jeg ikke hørte til her i kirken? Den gamle sad med ansigtet vendt mod det oplyste rum og støttede sig til en stok. Jeg nærmede mig ham forsigtigt, parat til at spæne alt hvad jeg kunne ud af kirken.

"Konstantinos," sagde han igen og vendte hele kroppen mod mig, "min rosenkrans, jeg er bange for, at jeg har tabt min rosenkrans. Den ligger vist her nede på gulvet, jeg mærkede efter med foden og jeg tror, at jeg kom til at sparke den længere frem. Konstantinos, vær god at give mig den."

Den gamle famlede med sin stok nedenfor sig, mens han talte. Han kiggede ikke der, hvor han ledte, hans ansigt var vendt på en underlig akavet måde ud i rummet. Jeg blev stående, lamslået af rædsel. Hvad skulle jeg gøre? Munken ville undre sig over, at en broder ikke hjalp ham, og måske råbe på de andre munke. Jeg nærmede mig langsomt og ventede på, at han skulle opdage, at jeg var en fremmed. En ung dreng i bukser og bluse, som intet havde at gøre blandt munkene i kirken. Måske kunne han endda se, at jeg var jøde.

"Der er du," fortsatte han venligt, "ja, et eller andet sted, måske under den næste stolerække."

Jeg var helt fremme ved ham nu, og han måtte da kunne se, at jeg ikke var den Konstantinos, som han troede, jeg var. Han var optaget af den tabte rosenkrans, og kiggede ikke på mig. Jeg bøjede mig ned, og ledte under stolene efter glasperlekæden. Jeg kunne ikke se i mørket og følte efter med hænderne, men kæden var der ikke.

Hvordan skulle jeg få det forklaret for den gamle? Jeg rejste mig op, og stod nu lige foran ham. Så opdagede jeg, at kæden var faldet ned på stolen ved siden af ham, og lå et sted, hvor han sagtens kunne se den.

"Fandt du den?" spurgte han forventningsfuld, og vendte kroppen mod det sted, hvor jeg havde stået før. Da jeg ikke svarede, men i stedet bøjede mig henover stolene for at nå kæden, vendte han kroppen, hvor han kunne høre, jeg var.

Da så jeg, at den gamle var blind. Hans øjne sad som to matte grå glaskugler i øjenhulerne. Han smilte afventende og stirrende ud i luften.

"Fandt du den?"

Kæden var af store orange perler, nøjagtig som den Theodoro havde. Den var tung og lå kold og glat i hånden på mig. Jeg rakte den til den gamle, men han så jo ingenting og tog ikke imod den. Jeg gik helt hen til ham, og trykkede den i hans hænder.

"Tak min ven," sagde han. Han smilte ud i luften mod den person, han mente at kende, og strakte sin højre hånd ud imod mig. Han var gammel og afhængig af hjælp fra brødrene. Han havde troet, at personen var Konstantinos, formodentlig en yngre munk, som efter messen skulle sørge for at følge ham til spisesalen og siden til hans celle.

Jeg følte, at jeg havde narret ham. Jeg var ligeså afhængig af andre, som han måtte være, det havde vi tilfælles. Hvis jeg bare kunne blive lidt og snakke med ham, men jeg måtte tilbage til huset.

Jeg greb den gamles hånd, trykkede den og hviskede, "kyrie eleison, kyrie eleison," det var det eneste, jeg kunne finde på, så vendte jeg mig og løb ud af kirken. Ved klostrets mur gemte jeg mig bag en busk. Forvisset om at ingen så mig, åbnede jeg porten og satte i løb tilbage ad den sti, som havde ført mig fra Theodoros hus til Megisti Lavra.

Fuglene sang, og morgendisen var ved at lette, da jeg løb hjemad, men kunne jeg nå tilbage inden Michaelis?

47. LIGET

Jeg løb ad stien, så hurtigt jeg kunne. Ved hvert sving, måtte jeg standse op og forsigtigt se efter, om der kom nogen, men vejen var øde.

Ved en kilde, som løb under stien, satte jeg mig og fyldte drikkekarret, der hang på en lille pæl, parat til at blive brugt af de rejsende. Vandet var klart og koldt. Jeg havde ikke tid til hvile, jeg måtte nå huset førend Michaelis.

Afstanden mellem klostret og fader Theodoros hus var længere, end jeg huskede. Måske fordi jeg i nattens mørke havde løbet af sted uden at sanse tid og sted, men endelig nåede jeg stien, som førte ned til huset. Jeg standsede og forsøgte at få vejret igen. Jeg havde ikke mødt Michaelis, så han var enten stadig på klostret, eller også var han allerede nede ved huset. Jeg sneg mig forsigtigt nærmere.

Huset så fredeligt og venligt ud. Vinduerne var stadig tilskoddede, og der var hverken tegn på Michaelis eller andre. Lava og Snip lå og dovnede på deres vante plads på terrassen. Solen var stået op, og det tidlige morgenlys indhyllede huset og haven i et smukt varmt skær. Alt åndede fred og ro.

Pludselig hørte jeg fodtrin et stykke bag mig og vendte mig forskrækket om. Jeg havde ikke drømt om, at et angreb, ville komme bagfra.

"Hvad i alverden ..., hvad er der dog sket?" Michaelis stod med en kurv fuld af kastanjer.

"Shhh," hviskede jeg chokeret, og trak ham ind mellem buskene.

I usammenhængende brudstykker fortalte jeg ham om nattens hændelser og om, hvor bange jeg havde været for, at han skulle komme alene tilbage til huset, hvor tyven måske stadig opholdt sig. Han så forskrækket ud, men han rystede smilende på hovedet, da han hørte, at jeg havde været til fromesse i Megisti Lavras kirke. Han havde også været i kirken, og han havde endda hjulpet den gamle fader Christos, da denne ville blive siddende lidt efter messen.

"Jeg har for resten hørt nyt om den mystiske døde," sagde han, "du kan godt huske det forkullede lig, som blev fundet under træet, ikke?

Man mener, at en flok tyske soldater er deserteret, og nu opholder sig her på Athos. Der har været foretaget eftersøgninger, men de er ikke blevet fundet."

"Leder tyskerne efter nogle af deres egne herude," spurgte jeg rystet.

"Ja, men så længe de leder efter sig selv, leder de ikke efter andre, vel?"

"Tror du, at det kunne være en desertør, som er brudt ind her?"

"Ja, måske, og måske var den døde under træet også bare en ung tysker, som ikke ville være soldat længere."

'Bare han ikke kommer her, ham den levende', tænkte jeg.

Michaelis så på mig, og som om han havde læst mine tanker, sagde han; "han er jo bare flygtet, ligesom du er, og egentlig bare fra det samme som dig."

Michaelis var gået tilbage til fader Theodoros hus, mens det endnu var mørkt. Han var kommet i tanke om et sted, hvor der stod et stort kastanjetræ med modne kastanjer, og han havde tænkt, at jeg sikkert ville blive glad for ristede kastanjer til morgenmad. Vi måtte næsten have passeret hinanden på vejen.

"Du skulle se dig selv, sagde han grinende, "du er helt stribet i ansigtet."

Jeg kom i tanke om min camouflering, og fortalte ham om, hvordan jeg havde tværet jord og skidt rundt i ansigtet for ikke at blive set.

"Det er et held, at fader Christos ikke kan se, ellers var han da død af skræk, da du pludselig dukkede op i kirken."

Michaelis gik forrest ind i huset, jeg havde bevæbnet mig med en stor kæp. Der var ikke taget noget denne gang, og vi troede først, at det var falsk alarm, og at jeg havde hørt kattene eller måske en mår eller en rotte. Men så opdagede Michaelis, at der var mærker på køkkenvinduet efter værktøj, som om nogen havde forsøgt at bryde det op. Der havde altså været nogen ved huset om natten. Men hvem var de, hvad ville de, og kom de mon tilbage?

Vi ristede kastanjerne, som vi havde set fader Theodoro gøre. Vi spiste dem varme med salt på eller duppede dem i honning. Det smagte godt, men vi spiste i tavshed uden at give maden den ros, som den fortjente. Der blev mange tilovers, som Michaelis hældte op i en skål og stillede af vejen i køkkenet.

Vi sad og spiste druer, da Michaelis pludselig udbrød, at han havde fået en idé.

"Hvis det nu virkelig er en deserteret soldat, så kommer han måske bare for at få noget at spise. Sidst tog han et tæppe, så det behøver han ikke mere, men mad det har han jo stadigvæk brug for. Der er kastanjer tilbage, brød har vi masser af, der er tomater og nogle kogte bønner, en klase druer og måske en kande vand. Det kan alt sammen holde ham væk her fra huset."

"Hvordan det?" spurgte jeg, jeg syntes mere, at det lød, som om vi tiltrak ham.

"Vi sætter mad til ham, nede ved det store ferskentræ."

"Og fanger ham?" spurgte jeg spændt.

"Nej nej, selvfølgelig ikke. Manden er bare sulten, vi har masser af mad, vi deler og slipper for, at han kommer snigende om natten."

Vi ventede til om eftermiddagen, så satte vi mad på en stol under ferskentræet. Udover kastanjerne, tomaterne, bønnerne, brødet, druerne og vandet satte vi også en skål med små stegte fisk.

Fra mit vindue kunne vi kigge ned til træet, men da mørket faldt på, og vi lukkede huset af for natten, var der ikke sket noget endnu.

Michaelis tog ikke tilbage til klostret den aften, og selvom jeg havde forsikret ham om, at jeg ikke var bange for at sove der alene, var jeg glad for hans selskab. Da jeg lå i min seng og lyttede efter lyde udenfor, hørte jeg Michaelis gå rundt og sikre at skodder, vinduer og døre var forsvarligt aflåst. Så faldt jeg i søvn og blev ikke forstyrret den nat.

Vi var begge to spændt på at se, om maden var blevet spist i løbet af natten, men det eneste, der var forsvundet, var de stegte fisk. Først troede vi, at soldaten havde været der, og måske ikke brød sig om kastanjerne og de andre ting, men så opdagede vi kattene, der mætte og veltilfredse lå og rensede sig for stegeolie.

Syv dage efter, at fader Theodoro var rejst, begyndte vi at vente ham hjem. Jeg gjorde rent i huset, hvor jeg fejede gulvet og tørrede vores få møbler af. Jeg vaskede vinduerne og opdagede, at de fleste trængte til kitning og maling. Det måtte jeg snakke med fader Theodoro om, måske kunne jeg male vinduerne, ligesom jeg havde set min far gøre det.

Da huset var pænt og rent, fandt jeg en falmet rød dug, som jeg glattede og lagde på bordet, så hentede jeg en gammel skåret vase og satte orangerøde roser og grene af basilikum i den. Den søde duft fra roserne og den krydrede duft fra de småbladede basilikum-kviste fyldte hele stuen, og jeg var godt tilfreds med resultatet af anstrengelser.

Michaelis ville lave noget ekstra godt at spise, og jeg tilbød at gå ned til stranden og samle hjertemuslinger, som vi kunne riste. Jeg kendte en strand, hvor der masser af muslinger, og hvor man ubeset både fra vandet og fra kysten kunne grave efter dem. Det var Marias konkyliestrand, hvor der også var hjertemuslinger.

Med en kurv i hånden gik jeg mig ned mod havet. Jeg havde taget et stort rødt æble med, som jeg ville gemme og først spise efter anstrengelserne. Ikke en vind rørte sig, det var stadig meget varmt, selvom vi nu snart var i november.

Jeg stoppede op og kiggede ud over havet. Det lå mørkeblåt og blikstille og så frygtelig indbydende ud. Der var kommet mørke skyer ude mod vest, og jeg blev bange for, at fader Theodoro skulle blive forsinket af uvejr. Men endnu skinnede solen fra en klar blå himmel oven over mig.

Inden længe havde jeg samlet en hel kurvfuld med store flotte muslinger, jeg vidste præcis, hvor jeg kunne finde dem, og med min lommekniv og mine fingre gravede jeg dem frem af sandet. Jeg tog den fyldte kurv og begyndte at gå op mod huset, først halvvejs oppe ville jeg spise mit æble.

Jeg havde ofte siddet på klipperne et stykke nedenfor fader Theodoros hus og set solen gå ned. Kurven stillede jeg fra mig, inden jeg kravlede det sidste stykke hen ad skrænten. Der var en del løse klippestykker, som jeg hele tiden måtte passe på ikke at skride i, men jeg var efterhånden blevet rigtig god til at klatre på de stejle skrænter og bevæge mig rundt i det ufremkommelige terræn.

Jeg satte mig på klipperne og kiggede ud over havet. Der var orm i æblet, men jeg bed det brune af og spyttede det så langt væk, jeg kunne, og da jeg ikke kunne spise mere, bed jeg små bidder af det og lavede en langspytningskonkurrence. Det gjaldt om at spytte stykkerne helt hen til en figenkaktus, som stod langt nede ad skrænten. Da jeg nåede til den sidste bid, var det næsten lykkedes for mig. I glæde slog jeg armene i vejret og råbte triumferende, så rejste jeg mig og kastede af al kraft æbleskroget ned mod havet. Jeg skulle lige til at kravle tilbage til stien, da mine øjne fangede noget stof, som lå ved en busk ned mod havet.

Hvad kunne det være? Der var ikke andre mennesker end mig, der var skøre nok til at kravle rundt på skrænterne. Det lignede nogle grå sække, der var blevet smidt der, men hvor i alverden kunne de komme fra?

Jeg vidste, at Michaelis ventede på mig, men min nysgerrighed var for stor. Jeg måtte lige… Det kunne vel ikke tage så lang tid. Forsigtigt begyndte jeg at kravle ned ad skrænten. Min fod skred på nogle småsten, men jeg klamrede mig til totter af tørt græs, og langsomt nærmede jeg mig sækkene.

Et stort firben stod som en statue og kiggede på mig, den forsvandt som et lyn, da jeg nærmede mig. Pludselig havde jeg mistet orienteringen og kunne ikke længere få øje på sækkene. Der var ikke noget at se under mig, og jeg var efterhånden kommet temmelig langt ned.

Jeg kiggede mig forvirret omkring, mon jeg kunne være kravlet for langt? Lige over mig hang et klippefremspring med buske og det gjorde det svært for mig at se, hvad der var længere oppe ad skrænten. Hvis jeg kunne komme lidt opad igen, måtte jeg være meget tæt på. Jeg fik et godt tag i nogle græstotter og grene, og fik jeg mig hevet op. Med fødderne kunne jeg skubbe fra og komme op på fremspringet. Jeg kiggede ned for at være sikker på fodfæste. Jo det gik, til sidst fik jeg hovedet og brystet op over kanten.

Først så jeg slet ikke, hvad det var, jeg havde fundet. 'Fint', tænkte jeg bare, 'jeg fandt det' så stivnede jeg i rædsel, for mindre end en meter fra mig lå liget af et menneske. Det forslåede ansigt var vendt mod mig, og det så ud som om det grinte til mig. Den ene arm lå strakt frem foran kroppen, som om den ville gribe efter mig. Jeg slap grebet i græsset og faldt skrigende baglæns ned ad skrænten.

48. TUMULT

Man taler om 'at skynde sig, som om man har det onde i hælene'. Og lige præcis det onde var, hvad jeg følte, jeg havde efter mig, da jeg spænede tilbage til huset.

Michaelis og jeg havde aftalt, at han skulle stille en stol på terrassen med ryggen fra huset, hvis der var kommet fremmede, mens jeg var væk. Men jeg ænsede ingenting, hverken hvordan stolene stod eller om der var mennesker, da jeg stakåndet kom tilbage til huset. Heldigvis var der ingen fremmede, og det tog Michaelis lang tid at få ud af mig, hvad jeg havde set.

Han så forskrækket ud, da han så mig komme farende med sår og rifter alle vegne, og da det gik op for ham, hvad det var jeg, mellem forsøgene på at genvinde vejret, fortalte, sagde han,

"vi må gøre noget med det samme, den døde skal begraves, ligesom ham, der blev fundet ved det udbrændte træ."

"Skal vi?," hviskede jeg forskrækket.

"Nej, nej, vi må lade patriarken afgøre det, han er den øverste på Megisti Lavra, han skal tage stilling til, hvad der skal ske. Jeg er nødt til at tage tilbage til klostret med det samme."

"Jeg går med," sagde jeg, fast besluttet på ikke at tilbringe et minut alene i huset, så tæt på den døde.

"Halløj," hørte vi i det samme en glad stemme råbe ude fra terrassen. Som et refleks røg jeg ned under ottomanen, og Michaelis greb ud efter det første det bedste, han kunne bruge som våben. Det var vasen med blomster, der stod på bordet.

Men det var fader Theodoro, der pludselig stod smilende i stuen og støttede sig til sin høje vandrestav. Kattene gned sig op af hans sorte kjortel, som var støvet efter den lange rejse. Stakkels fader Theodoro. Han kom hjem efter sin lange rejse til en masse problemer.

I løbet af få timer var huset fuldt af munke fra Megisti Lavra og fra skiten Agias Annis. Nyheden havde bredt sig som en løbeild. Klostrets patriark var kommet og sammen med ham andre af klostrets overhoveder.

Fader Theodoro måtte, naturligvis uden at røbe mig, fortælle om fundet af den døde, som ganske rigtigt viste sig at være en tysk soldat.

Den døde soldat blev hentet op, fader Illias blev tilkaldt og mente, at soldaten havde brækket halsen ved faldet fra klipperne. Liget blev lagt på en båre og ført til Megisti Lavra. Og lige så pludseligt fader Theodoros blev fyldt af mennesker, lige så pludseligt forsvandt de igen. Tilbage var fader Theodoro, Michaelis og en munk fra Agias Annis, som tilfældigt var kommet forbi midt i al virakken, men langt om længe gik han også, og Michaelis kunne hente mig ud fra brændeskuret.

Fra brændeskuret, som lå øverst på grunden, havde jeg et godt overblik, og kunne gennem en sprække følge med i hvad der skete. Der var tæpper at sidde på, og jeg havde vand med, men alligevel var jeg træt og stiv i benene, da Michaelis hentede mig ud. På Athos lærte jeg at vente, og hvad ordet tålmodighed betyder.

Om aftenen kunne vi endelig sætte os til bords og spise maden, Michaelis havde lavet. Fader Theodoro roste det hele og skænkede Retsina, som han havde hjembragt fra Karies. Han tog sine læsebriller på, og jeg hentede et kort over Athos, han havde haft med i sin vadsæk. Han bredte kortet ud på bordet og begyndte at fortælle om sin rejse.

"Jeg vandrede først til Megisti Lavra, hvor jeg hilste på gode venner. Så mødtes jeg med fader Alekos, og sammen med andre af klostrets ældste munke begav vi os af sted mod Karies. Vi sejlede langs kysten til klostret Stavronikita, hvor en delegation af munkene slog følge med os ind over land til Karies.

I Karies mødte vi andre munke fra klostrene, og vi blev orienteret om situationen her på Athos. På mødet kom det frem, at der på øverste plan har været forhandlet med tyskerne om lov til at anlægge en base og opføre en generatorstation ved Kap Akrothos."

Michaelis skulle til at sige noget, men fader Theodoro løftede hånden; "vent et øjeblik Michaelis," sagde han og smilte. Jeg syntes, at han så bedrøvet ud, men jeg vidste ikke, om han var træt efter rejsen, eller om han virkelig var ked af det.

"Efter mange og lange overvejelser," fortsatte fader Theodoro, "har man indvilliget i tyskernes ønske."

Jeg kiggede bestyrtet på fader Theodoro. Hans vindbidte og solbrændte hud så gusten gul ud og med brillerne på næsen, var han pludselig blevet meget gammel.

"Men hvorfor!" udbrød Michaelis vredt.

Fader Theodoro sad stille og kiggede ned foran sig.

"Tja, hvorfor," gentog han lidt efter, "for at vi her på Athos kan være i fred. Og for at vi kan få lov til at beholde de kostbarheder, der findes på vores klostre. Vi har den ortodokse kirkes største samling af kunstværker og relikvier, en udplyndring ville få katastrofale følger."

"Hvilke?" hvæsede Michaelis, han var sprunget op stod ved vinduet og hvilede panden imod det kolde glas. Jeg kunne se, at han forsøgte at beherske sig.

"Vi tillader de forbrydere, som hærger Europa, som slår uskyldige mennesker ihjel og ødelægger, hvor de kommer frem, at være her på Athos. Mens nazisterne har invaderet vores familier i Grækenland, lader vi dem uden videre etablere en base, og herfra kan de så være med til at undertrygge og holde Grækenland besat. Vi kollaborerer, vi samarbejder med fjenden, det er hvad vi gør."

"Der er ikke givet tilladelse til andet end at opføre en mindre base og en generatorstation…," forsøgte fader Theodoro.

"Ikke andet," afbrød Michaelis ham, "ikke andet!?"

"Michaelis, lad nu ikke dette blive til en strid mellem dig og mig. Du skal vide, at jeg har nøjagtig samme indstilling til det som du. Jeg var med til at protesterede kraftigt imod denne beslutning, som altså allerede var truffet. Man vejede hensynet til klostrene højere og gav tilladelsen. Ingen har sagt, at vi behøver at yde nogen anden støtte til tyskerne, og hvad området her gælder, behøver vi vel overhovedet ikke at få noget med dem at gøre."

"Vi har allerede haft én af dem på besøg," sagde Michaelis. Han stillede sig bag fader Theodoro og kiggede over hans skuldre ned på kortet. "Hvor befinder de sig helt nøjagtigt?"

Fader Theodoro viste på kortet, hvor den tyske base ville blive etableret; "sådan cirka her."

"Det er ikke engang 10 km. herfra," råbte Michaelis.

Jeg havde forholdt mig fuldstændig tavs, mens samtalen stod på. Jeg var bange, og jeg følte endnu engang, at hele min tilværelse faldt sammen omkring mig. Skulle jeg igen flygte ud blandt fremmede, og ikke vide, om de var venner eller fjender? Ville vi få de samme tilstande her på Athos, som der havde været i Thessaloniki? Ville tyskerne en dag hente mig og bringe mig til én af de lejre for jøder, som vi havde hørt om? Jeg hviskede stille en bøn, jeg var på nippet til at græde. Hele scenen med Maria og hendes familie, som brutalt blev ført væk, stod igen så klart for mig.

Fader Theodoro gik over til mig og lagde en hånd på skulderen af mig. Jeg kunne mærke en svagt sitren i hånden, og tænkte, at han var træt og mærket af de sidste dages oplevelser.

"Du skal ikke være nervøs Daniel, du bliver her i huset, og vi skal nok passe på, at ingen finder dig. Hvis du blev opdaget, ville det være et spørgsmål mellem mig og patriarken, og aldrig et spørgsmål mellem dig og dem. For dem vil du blot være en græsk-ortodoks novice. Vi må være endnu mere forsigtige nu end tidligere, og skulle ulykken ske, og nogen opdager dig, er du…, lad mig se, lad os kalde dig Mikis, min nevø fra Thessaloniki, som skal indskrives på akademiet. Det vil måske virke lidt mærkeligt, men det kan godt forklares."

Michaelis gik tilbage til klostret senere på aftenen. Han gik i mørket, uden at tænde den lille olielampe, som han plejede at bære om aftenen. Han var stille og spekulativ. Før han gik, trak han mig til side og hviskede; "der vil ikke ske dig noget, stol på det, Daniel." Så gav han mig hånden og forsvandt.

Få dage efter, så vi tyske skibe langs Athos kyst. Som store grå snegle gled de forbi huset. Vi stod sammen med Michaelis, da de første skibe kom sejlende og trak et spor af terror efter sig.

Tyskerne etablerede en base få kilometer fra Theodoros hus, ved Athoshalvøens yderste punkt Kap Akrothos. Der var tyskere på Athos, med mine landsmænds tilladelse og kirkens velsignelse.

49. NAZISTER PÅ ATHOS

De råd, Maria havde givet mig, var gode, og jeg opdagede, hvor let det egentlig var at følge dyrenes veksler og holde mig væk fra stierne, hvor det ikke kun var munke jeg kunne møde, men altså også tyske soldater.

Vi var ikke vant til at få besøg, men ved den mindste lyd var jeg alligevel ovre i brændeskuret eller gemte mig på mit værelse. Til sidst var jeg så nervøs over hele tiden at skulle holde øje med stien til huset, at fader Theodoro sagde, "stakkels ven, du er jo som et jaget vildt, det må vi finde en løsning på." Han gik ud på sit værksted, og jeg hørte ham save og banke hele eftermiddagen. Han havde forbudt mig at gå derud, for det han lavede skulle være en overraskelse. Til sidst kom han fornøjet og viste mig en meget smuk havelåge.

"Jamen, vi har jo ikke indhegnet haven," sagde jeg forundret.

"Det er lige meget, nu viser vi, at vi har lukket vores hjem for nazisterne."

Jeg hjalp ham med at sætte lågen op på stien et stykke fra huset, og sammen fandt vi nogle gamle gedebjælder, som jeg bandt på, så de ringlede, når man åbnede og lukkede lågen. Når folk kom på besøg, advarede klokkerne os om, at fremmede var på vej.

Michaelis fandt ideen mægtig god.

"Jeg fløjter sådan her," sagde han og piftede et højt pift, "når klokkerne bimler, og det fløjter, så ved I, at det er mig." Han piftede igen højt og skingert.

Det varme vejr fortsatte og udover et par enkelte skybrud, så var det lunt helt ind i december. I fader Theodoros hus havde vi intet set til tyskerne, og livet gik sin stille gang. Når Theodoro ikke bad, tænkte, spiste eller sov, sad han ude på værkstedet og malede ikoner. Jeg var ofte derude sammen med ham. Jeg malede ikke ikoner - naturligvis ikke - men billeder af dyr, jeg havde set på mine ture, eller steder, som jeg havde affotograferet i hovedet.

"Vis mig dit hus i Thessaloniki," sagde Theodoro, og jeg tegnede et billede af huset til ham. Det stod underligt nok helt tydeligt for mig. Jeg ville have tegnet min familie på billedet, de skulle stå udenfor huset. Far med sin kippah og sit bedste tøj, mor med det blomstrede sjal, far havde givet hende, og min søster med sin dukke 'Ubbe'. Men det gjorde alt for ondt at tænke på dem, så jeg nøjedes med huset.

Vi havde ikke mærket noget til tyskerne, udover at vi havde set et par af deres skibe langt fra kysten. Fader Theodoro havde alligevel forbudt mig at gå for langt væk fra huset, men han havde ikke sagt, hvor langt. Langt, tænkte jeg, må være så langt som til Megisti Lavra eller Agias Annis, og der havde jeg alligevel ingen planer om at gå hen.

En dag gik jeg ned til kysten, jeg stak hænderne ned i vandet og mærkede, at det var blevet meget koldere, end sidst jeg var der. Følelsen af det kølige vand mod hænderne var rart. Jeg havde længe villet undersøge den mærkelige tingest, som jeg havde opdaget og var kommet til at puffe ned på det dybe vand. Mon den lå der endnu? Jeg fandt stedet igen og kravlede ud på klipperne. Det var svært at se noget nede i vandet udover bølgende søgræs, der sad limet til klipperne, men pludselig opdagede jeg tingesten. Den var der endnu.

Jeg fandt en god lang kæp. Med den i hånden måtte det være muligt at få genstanden op. Jeg baksede og lirkede, og pludselig var det, som om tingen gav efter og kom fri af klipperne. Nu måtte jeg næsten kunne nå den med kæppen, hvis jeg lagde mig fladt ned og strakte mig, så lang jeg var.

En bølge skvulpede op i hovedet på mig, og mit ene ærme blev vådt. Jeg strakte mig endnu længere og kunne nu nå genstanden med kæppen. Forsigtigt fik jeg den halet op imod mig, men lige som jeg troede, at jeg havde den, faldt den fra mig og lagde sig på en sten endnu længere nede.

De små bølger gennemblødte min kutte og min bluse, men jeg var efterhånden ligeglad med, at tøjet blev vådt. Jeg kunne vel nå at hænge det til tørre og tage noget andet på, inden Theodoro havde hvilet færdigt. Til sidst lå jeg med hovedet og hele overkroppen under vandet og rodede med kæppen, så trak jeg vejret dybt ind, lod mig glide ned fra klipperne og dykkede langs kanten ned under overfladen. Genstanden lå halvanden meter nede, den havde sat sig fast igen, den var tung, men jeg fik den lirket fri, og med et prust kom jeg op til overfladen med den i hænderne.

Det var ikke så mærkeligt, at den havde været svær at få op. Fri af vandet føltes den endnu tungere, og der sad tang på den, men jeg kunne tydeligt se, hvad det var. Det var en næsten sort og temmelig rusten revolver, der havde ligget nede mellem klipperne.

Det besværlige arbejde havde fået mig til at glemme tid og sted, og pludselig opdagede jeg, at en enorm båd havde rundet kysten mindre end 100 meter fra mig. Jeg lod mig glide tilbage ned i vandet og dykkede. Skjult af klipperne steg jeg op og kiggede frem.

Båden var stor og af grå stål. Det var uden tvivl et krigsskib. Jeg holdt revolveren frem for mig, jeg anede ikke, hvordan jeg skulle bruge den. Den var medtaget af opholdet i vandet, og måske kunne den slet ikke skyde.

Først da båden havde rundet det næste skær, vovede jeg mig op. Det var hundekoldt og med klaprende tænder og det våde tøj slaskende omkring mig, kravlede jeg op af vandet og løb tilbage mod huset.

I huset var alt stadig stille. Fra Theodoros værelse hørte jeg en svag snorken. Jeg hængte tøjet til tørre et stykke fra huset og gemte revolveren ude i brændeskuret, hvor jeg også havde en lille æske med min kniv, en tørret buket oleander og Marias konkylier.

Da fader Theodoro kom ud fra sit værelse, sad jeg på terrassen med Lava på skødet, som om intet var hændt.

"Åh Daniel," sukkede fader Theodoro, "du ville vel ikke være så god at gå ned og snitte nogle kviste rosmarin. Du kan tage den lille urtekniv i køkkenet, men pas på, det er et helt lille våben."

Så gik han ud i køkkenet og begyndte at skramle med gryderne. Fader Theodoro ville lave fyldte peberfrugter og omelet til aftensmad.

50. VI SPILLER BACKGAMMON

Det regnede. Store sorte skyer trak ind fra vest og sendte litervis af vand ned i hovedet på os. Vandtankene blev fyldt i løbet af få dage, brønden løb over, og tagets utætheder fyldte spand på spand i stuen og i Theodoros værelse. Vi tændte op i ovnen og pakkede os i uldtrøjer og ekstra tæpper om natten.

En eftermiddag holdt taget ikke længere. Kaskader af vand stod ned i stuen, og fader Theodoro tog store gummistøvler på og ville op og reparere det. Forsynet med ekstra tegl kravlede vi op på taget, og jeg hjalp ham med arbejdet. Der var flere stykker tegl, der var gået itu, men efter flere timer i den silende regn, var skaderne udbedret, og vi kunne kravle ned igen og ind i den varme stue. Kattene kiggede dovent på os fra deres kurv ved ovnen. Theodoro lagde mere brænde på ilden og snart buldrede det lystigt i den gamle ovn.

"Se så," sagde han glad, "ikke en dråbe mere."

Michaelis så vi ikke noget til de næste dage. Regnen holdt alle inde. Jeg blev også inde og løb højest over til brændeskuret for at hente brænde og se på revolveren. Den lå i nogle gamle klude, og når jeg kiggede på den, syntes jeg, at den havde onde øjne.

Jeg kedede mig. Der var ikke flere motiver at male i mit hoved, og jeg havde for længst læst alle bøgerne, selv de nye Theodoro havde taget hjem. Regnen fortsatte, og jeg drev rundt i huset, fra køkkenet til stuen, til værkstedet, til stuen, fra stuen til mit værelse og tilbage til køkkenet, ind i stuen og ud i værkstedet. Theodoro forsøgte at underholde mig. Han fortalte mig om sine rejser og om solsystemet og stjernebillederne – nogen kendte jeg allerede, han lavede risklatkager og han viste mig, hvordan man binder forskellige knob, men når han var på sit værelse for at bede, kedede jeg mig igen.

"Backgammon!" råbte han med et en morgen, hvor regnen igen silede ned. Vi havde spist i stilhed, og hans pludselige udbrud fik mig til at tabe den honningmad, jeg sad med, af bar forskrækkelse.

"Kan du spille Backgammon?" spurgte han.

Jeg rystede på hovedet.

"Så skal jeg lære dig det. Kom, vi må først ud i værkstedet og lave et spil."

Hele formiddagen brugte vi på at lave spillet. Fader Theodoro lavede træpladen og malede den med røde og hvide aflange trekanter. Imens savede jeg runde brikker ud af nogle tykke grene og sleb dem, så de blev glatte og fine. Bagefter malede jeg dem hvide eller røde. Terningerne skar Theodoro ud af træ og malede prikker på med sort maling.

Backgammonspillet blev sat til at tørre inde ved ovnen, og resten af dagen sad jeg og ventede på, at det skulle blive tørt nok til et spil, men først dagen efter var brikkerne tørre, og ud på eftermiddagen var fader Theodoro langt om længe færdig med sine gøremål. De første spil vandt fader Theodoro, men det ottende vandt jeg. Vi spillede til det blev mørkt, og fader Theodoro skulle lave vores mad. Efter at have spist trak han sig tilbage, og jeg sad længe og spillede alene. Jeg gik fra den ene side af bordet til den anden og lod som om, jeg var to spillere i en svær kamp.

Regnen fortsatte de næste dage og gav os rig mulighed for at spille. Så satte kulden ind. En morgen vågnede jeg kold og frysende og opdagede, at tæpperne var gledet ned på gulvet. Med klaprende tænder løb jeg ind i stuen for at tænde op i ovnen, og opdagede, at fader Theodoro allerede havde fyldt den med brænde, som knitrede lystigt i dens store runde mave. Han var i gang med at lave frugtsuppe ude i køkkenet, og da han så, hvor jeg frøs sagde han; "tag godt med tøj på, det har sneet i løbet af natten, og alt er hvidt udenfor."

Jeg slog skodderne til side. Aldrig har jeg set noget så eventyrligt. Udenfor var alt dækket af sne, selv krukkerne med de visne krydderurter stod hvidpudrede. Jeg tog alt mit tøj på, to par bukser, det korteste par inderst, tre bluser, to trøjer, min kutte og en af fader Theodoros gamle jakker. Mine gode støvler, som jeg havde haft på, da jeg kom til Athos, var jeg for længst vokset fra. Jeg havde et par af Michaelis aflagte, men de var ikke til vinterbrug, og man kunne slet ikke have tykke sokker i dem, men det var de eneste, jeg havde..

Med hue, halstørklæde og fader Theodoros store luffer løb jeg ud i sneen. Det var koldt, men jeg ænsede slet ikke kulden. Jeg smagte på den hvide sne. Den smagte underlig flad, slet ikke som regnvand. Jeg krammede bolde i hænderne og sendte dem mod mål, jeg udså mig i træer og buske.

Hele verden var som forandret på denne ene nat. Så ren, så fin. Nogle pinjetræer stod indkapslet i is. Når det blæste, ringlede det fra grenene som fra tusindvis af små klokker. En rosenbusks røde hyben og tornefyldte grene sad som var de indstøbt i glas.

Jeg pustede ud og opdagede, at der kom 'røg' ud af munden på mig, en lille gren var min 'cigaret'. Jeg opdagede for sent nogle grene under sneen, og faldt så lang jeg var, men den bløde sne tog imod mig, så jeg ikke slog mig. Hele området var et eventyr.

Det var vinter på Athos. Jeg havde aldrig før oplevet den rigtige vinter med sne, som min bedstefar kendte den fra Danmark, og jeg havde aldrig forestillet mig, at den kunne være så dejlig. Jeg blev ude i sneen i lang tid, men til sidst kunne jeg ikke holde varmen længere, og med blå fingre og næse og ømme fødder gik jeg ind i huset, hvor Theodoro havde frugtsuppen parat.

Sneen blev liggende, og vandet i brønden frøs til is. Det var aldrig sket før, og i stedet for brøndvandet måtte vi smelte sneen. Jeg kurede ned ad skråningerne udenfor huset og kom ind med jord og grus på tøjet og i håret, så fader Theodoro beordrede mig i bad. Det tog lang tid at fylde gryden over ildstedet i køkkenet med sne, og når sneen smeltede, var der næsten ingenting tilbage.

Da vandet var godt varmt, hældte vi det op i husets træbadekar, som Theodoro havde stillet ved brændeovnen. Det alt for varme vand blev lige tilpas, efter at jeg havde kommet istapper ned i det.

Theodoro gav mig en stor svamp.

"Den er hentet op fra havets bund udenfor øen Kalymnos," sagde han og hældte salt i vandet.

"Nu må du sidde og bløde op, og bagefter kan du vaske dit hår med denne her sæbe," han rakte mig et stort stykke grønt sæbe, "pas på, du ikke får det i øjnene."

Vandet var varmt og rart. I mit hjem i Thessaloniki brød jeg mig ikke om de ugentlige badeture. Når min mor skrubbede mig, så jeg til sidst sad krebserød med sæbe i øjne og mund, men her var det rart. Her stolede Theodoro på, at jeg kunne klare mig selv, og så gennem fingre med, at jeg ikke altid fik vasket al skidtet væk bag ørerne.

Theodoro kom ud fra sit værelse. Han havde en stor bog under armen.

"Jeg tænkte," sagde han, "at du efter badet ville være interesseret i, at vi læste engelsk."

"Jah," råbte jeg, for jeg havde altid gerne villet lære at tale et fremmed sprog. I mit hjem talte vi jiddisch, med Theodoro og Michaelis talte jeg græsk, min bedstefar havde lært mig at sige lidt på dansk; 'goddag', 'farvel', 'jeg hedder Daniel', og 'hvad er klokken?' men engelsk ville være et helt nyt sprog.

"Men bliv nu først færdig med dit bad."

"Jamen, vandet er alligevel ved at være koldt," sagde jeg og greb ud efter håndklædet, der hang på en stol ved ovnen og var dejligt varmt.

Fader Theodoro ville gå i køkkenet for at lave kaffe, og passerede på vejen mit tøj, som jeg havde lagt på bordet. Nedenunder stod de udtrådte støvler.

"Jamen, det var dog grusomt," udbrød han, "er det dit vinterfodtøj?" Han samlede støvlerne op og kiggede med rynket pande på dem, "de er vist ikke til andet end møddingen." Så gik hovedrystende tilbage til sit værelse med mine støvler i hånden. Mens jeg tørrede mig og klædte mig på, kunne jeg høre ham rumstere. Langt om længe kom han ud igen, denne gang med et par sorte støvler strakt frem foran sig.

"Jeg mente det jo nok," sagde han glad, "de er fra London og jeg havde dem på, dengang jeg kom til Athos, men de er stadigvæk gode. Se hvor tykke sålerne er, og selv snørebåndene er stærke." Han rakte støvlerne til mig og sagde, "prøv om de passer."

Med ekstra strømper og en filtsål sad støvlerne perfekt. De gik helt op over vristen og knirkede, når jeg gik.

"De er syet i England," sagde Theodoro.

"Hello," sagde jeg ned mod fødderne og hoppede rundt i stuen. Det var flotte støvler.

Vi læste engelsk, jeg skulle lære et helt nyt alfabet, og fader Theodoro fortalte mig om England og London. Da han til sidst lukkede bogen og sagde, nu var det nok for i dag, blev jeg siddende lidt og tænkte på alt det, han havde fortalt mig.

"Hvorfor blev du ikke i England?" spurgte jeg ham.

Han tænkte sig længe om, så sagde han; "fordi jeg længtes hjem efter de blomstrende mandeltræer, mimosernes duft, den friske rosmarin på skrænterne mod havet og efterårets storme. Havet, solen, lyset og duftene. Jeg længtes hjem efter alt det, jeg kender og har så kært. Vores hjemland tager vi som en selvfølge, og vi værdsætter det først, når vi er adskilt. I England havde jeg mange venner, men følte mig ind imellem forfærdelig ensom. Her bor jeg alene, men jeg er tryg og omgivet af alt det, jeg holder af. Lige gyldigt hvor du kommer til at bo, bærer du altid dit hjemland med dig, og du kommer til at længes tilbage. Når det til sidst gør for ondt, er det tid at tage hjem. Jeg søgte mit hjem på Athos, her er jeg nærmere Gud, og her har jeg fundet roen, her kommer jeg nok til at tilbringe min alderdom, og en skønne dag dø."

Jeg kom til at tænke på min familie, og med et følte jeg mig frygtelig ked af det. Jeg bøjede hovedet og græd. Theodoro lagde sine hænder på mine skuldre og sagde stille, "dit folk har søgt i så forfærdelig mange år."

"Men vil vi nogensinde finde hjem, vil vi nogensinde finde den ro, du taler om?"

Theodoro svarede ikke. Han klappede mine skuldre blidt og gik tilbage til værelset. Lidt efter kom han ud med nogle stearinlys i hænderne.

"Jeg ved, at I fejrer Channukha," sagde han og lagde lysene ned foran mig. Jeg tørrede øjnene. Der var otte lys i alt, otte lys til den ottearmede stage.

"I morgen må du lave en stage ude på værkstedet," sagde han. "Du må aldrig glemme, hvem du er, heller ikke mens du er her på Athos. Vi må holde stagen skjult, men du skal følge din tro og følge dit folks traditioner. Kun sådan bliver du stærk og kan klare dig igennem de problemer, der vil møde dig her i livet."

"Tak," hviskede jeg og tørrede øjnene med det ene ærme. Så huskede jeg støvlerne og kiggede ned på dem, "og tak for støvlerne, det bliver de bedste støvler, jeg nogensinde har haft."

51. FOTOGRAFIET

Jeg har prøvet vintrene i bjergene i Albanien, og jeg vidste ikke, at der var noget, det kunne slå dem. Men det er der. Vintrene i Sverige!

Sergei og jeg havde fået et godt værelse, det bedste tror jeg næsten, for vi havde udsigt ned til søen, hvor vi løb på skøjter, og så havde vi nok den største af alle ovnene på hotellet, i hvert fald af ovnene på værelserne, for de hvide porcelænsovne i spisestuen og dagligstuen var større.

Jeg var begyndt i den danske skole i Lund, som lige var blevet lavet for os flygtningebørn, og Sergei kom sammen med en masse andre børn i noget, de kaldte 'kindergarten'. Det var lidt underligt ikke at have ham hængende på benet længere. Når jeg hentede ham på vej hjem fra skolen, sad han for det meste sammen med børnehavelæreren og hjalp hende med at lægge breve i kuverter, skære brød ud til eftermiddagsmælken eller skovle sne væk fra indgangen. Han legede ikke rigtigt med de andre børn, selvom han så ud til gerne at ville. Når de sagde noget til ham, svarede han dem ikke, men gentog det, de havde sagt, så godt han kunne. 'Idiot' råbte han fornøjet en dag, jeg kom efter ham.

Jeg var glad for skolen, selvom jeg nok var den, der kunne mindst i min klasse. Jeg skulle først lære et nyt sprog, som var en blanding af både svensk og dansk og tysk, for der var også tysksprogede børn i klassen. Men min lærer sagde, at jeg nok skulle få det lært alt sammen. Den første dag i skolen fik jeg tre hæfter med hvidt linjeret papir og brunt omslag. Udenpå skrev jeg mit navn; Nadia Maria Cantor. Det var min mors pigenavn, for jeg ville ikke hedde det samme som Zoran. Nadia Maria Cantor, Lund, Sverige, det var mig. Jeg fik også blyanter og en bog med nogle ret barnlige tegninger og navne ud for hver enkelt. Hus, bil, glas. Jeg puttede det ned i Marias skuldertaske, jeg var én af de eneste, der havde sådan en rigtig skoletaske.

Vi havde aldrig haft så meget tykt tøj på, og vi tog altid huer og vanter på, når vi gik ud, for ellers frøs man frygteligt. Hotellet var stort og hvidmalet, der var varmt inden døre, også selvom det sneede og blæste udenfor. Især blæsten var kold.

Det var sjovt at løbe på skøjter, men også svært. Jeg havde fået nogle skøjter til at spænde på mine støvler, og Sergei havde også prøvet, men han faldt og slog sig, så han ville hellere bare glide på isen, men jeg kunne lave ottetaller, og jeg trænede også med baglænsløb.

Der var ikke andre rom end os. De fleste af hotellets beboere var danske jøder eller politiske flygtninge fra Danmark og Tyskland, men der var også et par polakker, folk der var flygtet fra Polen via Bornholm ligesom os. Vi fik god mad, jeg tror aldrig jeg har fået så god mad som i Sverige, men den rå fisk i en stærk marinade kunne jeg ikke lide. Sergei derimod, han spiste det hele, og hvis ikke jeg kunne finde ham, var han for det meste løbet ned i køkkenet, hvor han stod og så kokken lave mad. Nogle gange hjalp han med at dække bord, og han blev hurtigt køkkendamernes favorit; 'Snäll pojke', sagde de og uglede kærligt hans stride uregerlige hår.

Han var forsvundet den dag, hvor jeg pludselig hørte violinspil nede fra dagligstuen. Der var nogen, der spillede Beethoven næsten fejlfrit. Jeg lagde mit stilehæfte væk, 'en hest, en hund, en bil, en mand, en kvinde', måtte vente.

Dagligstuen var tom, på nær en ældre skaldet mand, der sad ved klaveret og akkompagnerede en ung sorthåret kvinde på violin. Den gamle stoppede spillet, sagde noget til kvinden og begyndte forfra. Det gentog sig flere gange, indtil kvinden stoppede og rystede på hovedet. 'Kom så, prøv engang', sagde mandens mimik, men kvinden havde fået nok. Hun nærmest smed violinen ned i dens åbne kasse, som lå på et af de små borde, vi plejede at sidde og drikke te ved om aftenen.

Jeg så først Sergei, da han hoppede ned fra én af de dybe lænestolene, man næsten forsvandt i, og langsomt gik hen mod violinen. Han blev stående ved bordet og betragtede den forelsket, men han rørte den ikke. Den gamle mand drøftede åbenbart takterne med kvinden, for han gentog nogle bestemte passager på klaveret igen og igen. Kvinden rystede opgivende på hovedet. Der kom en flok børn løbende ind i stuen sammen med to af centrets medarbejdere. De havde været ude i sneen, for deres kinder var røde, og de trak et koldt friskt pust ind i den varme stue. Der blev tysset på dem, og de satte sig ned ved pejsen og strakte deres kolde hænder frem mod den knitrende ild. Bare jeg kunne tale med dem, så kunne jeg måske få en veninde eller en ven, ligesom jeg havde haft Maria eller Daniel... Nej, nok ikke Daniel, hvad var han for en ven?

Jeg var så optaget af dem ved pejsen, at jeg glemte Sergei, men pludselig hørte jeg ham. Ingen andre end Sergei kunne lave sådan et nummer. Nøjagtigt det stykke, som kvinden havde haft problemer med, stod han nu dybt koncentreret og spillede fejlfrit.

Alle tav, kvinden kiggede måbende på ham, så gik hun hen, rev violinen fra ham, stak ham en knaldende lussing og marcherede med den åbne taske og violinen under armen ud af stuen. Den ældre mand hastede bagefter hende, men i døren vendte han sig mod mig og sagde bukkende; 'entschuldigung, entschuldigung.'

Sergei stod tavs med store forbavsede øjne og en kind, der blev mere og mere rød.

"Spille?", sagde han spørgende.

"Vist ikke lige nu," svarede jeg ham.

Om aftenen kom den ældre mand hen til os. Sergei og jeg sad for os selv, som vi plejede og kiggede på nogen af de andre, der var i gang med én eller anden form for spørgeleg. En dame valgte numre i en pose og råbte dem op. Spillerne havde plader med tal, og det gjaldt om at have de rigtige numre. De så ud til at more sig. Den skaldede havde en præst med, og først forstod jeg ikke, hvorfor han kom med en præst, indtil præsten begyndte at tale på en besynderligt gammeldags græsk.

Hr. Altermann, som den skaldede hed, var frygtelig ked af det lille intermezzo i dag. Jeg forstod ikke 'intermezzo', men jeg forstod, at han var ked af det, og jeg regnede med, at det var på grund af lussingen. Hans elev frøken Hannah kunne være lidt uligevægtig, når det ikke gik, som hun ønskede det, men hun var under stort pres, for hun skulle spille for en forsamling på en skole i morgen.

'Det skulle han ikke tænke på', sagde jeg, 'det var bare Sergei, der holdt så meget af at spille, og da han så violinen, blev han så glad'. Det forstod både hr. Altermann og præsten godt, og præsten oversatte, 'at det ville der bestemt blive gjort noget ved, og Sergei nok skulle komme til at spille'.

Jeg kiggede mig omkring efter Sergei, han var forsvundet fra sin plads, og jeg opdagede ham stå ved siden af damen med numrene og begejstret abe efter hendes opråben med en underlig stemme. Folk tyssede, og til sidst blev han venligt, men bestemt smidt ned på sin plads igen.

Jeg fortalte præsten, hvad doktoren havde sagt, om at Sergei burde komme til en læge og få undersøgt ørerne.

"Det er vi klar over," svarede han.

Jeg tænkte på, hvem vi var, men det viste sig, at præsten havde talt med ledelsen af centret, og at det allerede var aftalt, at Sergei skulle til en ørelæge.

"Han er bange for læger," sagde jeg.

"Nå," sagde præsten, "lægen vil jo bare hjælpe."

"Ikke hver gang," sagde jeg, men det overhørte præsten, eller også forstod han det ikke.

Jeg fulgte Sergei op til ørelægen. Det sneede igen, og det knirkede, når vi gik på den nyfaldne sne, som endnu ikke var skovlet væk fra fortovene. Sergei løb i forvejen og fangede snefnug. Jeg havde ikke fortalt ham, at vi skulle til lægen, kun at vi skulle hen og tale med nogle rare mennesker.

Lægens konsultation lå i stueetagen i et gammelt rødt træhus. Venteværelset var stort og lyst med lyse træmøbler, og der sad en dame med runde briller bag en skranke, og skrev på en maskine og talte i telefon. Hun havde hvid kittel på, og bare synet af kitlen fik det til at gibbe i Sergei. Hun smilte til os, kiggede i sine papirer og sagde 'Sergei Cantor'. Jeg havde også givet Sergei mors pigenavn. Vi skulle sidde og vente, og så ville vi blive kaldt ind.

Der var kommet en del mennesker før os, så jeg regnede med, at vi skulle vente længe. Jeg havde Marias skuldertaske med, og i den havde jeg lagt papir og farveblyanter til Sergei og en bog til mig selv. Bogen var på svensk, og den handlede om en prinsesse. Den var lidt svær, men om aftenen, når jeg læste op for Sergei, og der var noget, jeg ikke kunne forstå, digtede jeg bare noget selv.

Der sad en gammel mand og en gammel kone ved siden af os. De sad stille med hinanden i hånden. Kvinden sagde noget til manden, som jeg ikke forstod, men pludselig hørte jeg ham sige nogle ord på græsk. Jeg lyttede, men de talte igen det underlige sprog. Så fik jeg en ide, og jeg sagde på græsk; "Sergei tegn et billede fra Grækenland." Jeg vidste, at han hverken kunne høre eller forstå det, men det fik manden og konen til at vende sig om.

"Taler I græsk?" spurgte de i munden på hinanden.

Endelig nogen jeg kunne tale ordentlig med, og ikke bare enkelte ord og nik og fagter med armene, og stå og grine dumt.

"Ja," sagde jeg udtrykkeligt, "vi taler græsk begge to."

I det samme blev de kaldt ind til lægen.

"Hvor bor I?" spurgte manden.

"På hotellet."

"Er der andre grækere."

"Nej," sagde jeg, han så skuffet ud.

"Vi venter på jer, vi venter, til I har været inde."

Sergei blev kigget i ørerne, i øjnene og i halsen. Lægen var dansk, han kiggede på Sergeis papirer med navn og billedet, hvor Sergei sad og kiggede forundret på fotografen. Han havde aldrig prøvet at blive fotograferet før.

Lægen spurgte som doktoren i Polen, om Sergei havde været ude for fald eller slag, og jeg forklarede ham, så godt jeg kunne, at han havde fået mange slag.

Sergei holdt mig om fast benet, mens lægen undersøgte ham, så lægen måtte sidde på hug på gulvet. Det virkede meget akavet.

'Vi begynder med nogle dråber, som din bror skal have i ørerne to gange om dagen', viste lægen mig, 'men måske skal din bror opereres'. Han ville dryppe Sergeis ører, men det fik han ikke lov til. Sergei slog med hovedet, som om han var en vild hest, og lægen endte med selv at blive fedtet ind i væsken.

"Jeg gør det selv senere," sagde jeg til lægen.

Ude hos damen med skrivemaskinen skulle vi bede om en ny tid om to uger.

Den gamle mand og kone, sad, som de havde sagt, og ventede på os i venteværelset. Vi fulgtes med dem ud på gaden, hvor det var holdt op med at sne. Jeg gav Sergei hans hue på.

"Er I virkelig fra Grækenland?" spurgte kvinden.

"Ja, det var det sidste land før det her," sagde jeg.

De inviterede os på chokolade på et fornemt konditori, og vi fik lov til at vælge en kage med flødeskum hver. Sergei havde aldrig prøvet at være på konditori før, men det havde jeg - engang med mor.

'Vi har boet i Danmark nogle år forklarede kvinden, men før det boede vi i Grækenland, der er ingen andre grækere her, så det er rart at høre lidt hjemmefra'.

Jeg smilte, hvad kunne jeg fortælle 'hjemmefra', jeg var ikke engang rigtig græker.

"Vi er rom," sagde jeg, "vi kommer fra en masse steder på Balkan, men vi har boet meget i Grækenland. Det vil sige vores mor var ungarer, ungarsk jøde."

De nikkede forstående.

"Jamen, det kunne næsten ikke være værre i disse tider," sagde manden så.

Og der i det fine konditori med guldspejle på væggene og hvide duge på bordene, sad vi og drak varm chokolade og spiste søde kager med syltetøj og kridhvid flødeskum, mens det begyndte at sne igen udenfor, og vi talte om Grækenland og varmen, det azurblå hav og de grønne skrænter med vilde liljer, om saftige abrikoser og sorte kirsebær. Hyrdernes kald på gederne, og de hvidkalkede kapeller. Æslernes skryden og tomaterne, der smagte af sukker. Lige der var Sverige Balkan.

"Vi havde en stor familie," sagde kvinden, men et hurtigt blik på manden fik hende til at tie stille. "Vi ved ikke, hvad der er sket med dem. Det gør ondt at tale om det," hviskede hun.

Klokken var fire, og det var allerede mørkt. Jeg opdagede, at vi havde glemt Sergeis halstørklæde henne hos lægen, men der var lukket, og fru Itkin foreslog, at vi gik med dem hjem på deres logi og lånte et halstørklæde af dem. De boede ikke så langt fra konditoriet, og så slap Sergei for at gå den lange vej tilbage til hotellet uden halstørklæde.

Hr. og fru Itkin havde et pænt værelse i en stor lejlighed, hvor der boede andre flygtninge, de fleste fra Danmark. Maden blev lavet i det store køkken på et enormt brændekomfur og et enkelt lille badeværelse med et højt siddebadekar var til fælles brug.

"Vi har været meget heldige," sagde fru Itkin, "da vi kom fra Grækenland boede vi hos min mands søster i København, men her i efteråret ændrede den tyske besættelsesmagt indstilling til os jøder, og vi måtte flygte ud af landet. De fleste er kommet til Sverige."

Hun ledte efter halstørklædet i en høj kommode af blankt træ.

"Jeg mente, at det lå her," sagde hun, "lad mig nu se." Hun kiggede alle fire skuffer igennem. "Nej vent lidt..." Så gik hun hen til et stort skab, der stod op ad væggen ved siden af døren og åbnede lågerne til skabet, der hang en mørk kjole og et enkelt sæt tøj derinde. "Ja, vi fik ikke så meget med," sagde hun med et smil, "men det halstørklæde...", hun gik tilbage til kommoden og igen tilbage til skabet. Småpludrende med sig selv ledte hun efter halstørklædet.

Hr. Itkin og Sergei var faldet i snak med nogen inde i spisestuen, hvor der var ved at blive dækket op til aftensmaden.

Jeg stod ved kommoden og så på fru Itkin lede.

"Men ellers klarer vi det til i morgen," sagde jeg, " Sergei kan bare låne mit, og jeg kan hente hans i morgen, når lægen åbner."

"Nej, uha da, I må ikke forkøle jer, det må altså være her et sted."

Udover kommoden og det tomme skab stod der en seng, et lille bord og to vakkelvorne stole i værelse. Der var ingen nips eller pynt, men mine øjne faldt på en række fotos, der var klistret op på pap og sat på rad og række ovenpå kommoden. Jeg kiggede på personerne på billederne. Smilende mennesker i pænt mørkt tøj. Det måtte være den store familie. Der var et af hr. og fru Itkin, og på et foto, hvor der var malet en sirlig guldramme på pappet omkring billedet, var de sammen med en yngre mand og kvinde, en dreng og et lille barn. Barnet havde en fin hvid kjole på, og moderen, der holdt det, var meget smuk med tykt sort hår bundet op på hovedet. De smilte alle sammen. Jeg stirrede på de mennesker, mon de var døde nu, endt i en lejr, som den Sergei og jeg havde været i?

"Jamen, her er det minsandten," sagde fru Itkin i det samme.

Jeg vendte mig mod hende, men min opmærksomhed var stadig fanget af billederne på kommoden, især det, hvor der var malet en guldramme på pappet. For drengen, der smilte til mig fra fotoet, var Daniel.

52. CHANNUKHA

I december fejrer vi Channukha, lysfesten, til minde om, at det jødiske folk for mere end 2000 år siden kunne genindføre gudstjenesterne i templet i Jerusalem. Festen varer i otte dage, og hver aften tænder vi et nyt lys i den ottearmede stage.

Vores stage i Thessaloniki var af messing. Den stage, jeg lavede på Theodoros værksted, var af træ. Theodoro fortalte, hvad jeg skulle gøre, men det var mig, der skar og sleb træet. Til sidst var stagen flot, og lysene sad fast og lige i den. I en forhøjning i midten placerede jeg et niende lys. Det var hjælpelyset til at tænde de andre otte med.

Michaelis kom på besøg den første aften, hvor jeg skulle tænde et lys. Jeg havde ventet på ham hver eneste dag, for at vise ham revolveren og vores backgammonspil. Han kom vandrende gennem sneen, og da klokkerne endelig bimlede på lågen, kiggede jeg spændt over mod stien, hvor han lidt efter fløjtede sit signal.

Til Channukha giver vi hinanden gaver, når det første lys bliver tændt, så til fader Theodoro indrammede jeg et billede, jeg havde malet af huset, og til Michaelis skar jeg et nyt skaft til den økse, jeg havde set ham bruge, når han hjalp fader Theodoro med at hugge brænde. De blev begge meget glade for gaverne.

"Daniel har lavet kartoffelpandekager," sagde Theodoro.

"Det er en tradition at spise kartoffelpandekager til Channukha."

Da Theodoro trak sig tilbage til sit værelse, og Michaelis skulle gå tilbage til klostret, fortalte jeg ham om krigsskibet, jeg havde set, og revolveren, jeg havde fundet i vandet.

Han gik med mig over i brændeskuret, hvor våbenet stadig lå gemt. Lyset fra hans olielampe flakkede og kastede uhyggelige skygger på væggen. Han så meget alvorlig ud, da han forsigtigt løftede revolveren op og kiggede på den.

"Du må passe meget godt på," sagde han, "den kan være afsikret og måske gå af."

Jeg pakkede revolveren ind i kludene igen og lagde den tilbage i gemmestedet.

"Lad den hellere ligge, og lad være med at kigge på den eller tage den op. Den burde slet ikke være her, det er alt for farligt, sæt nu nogen finder den."

Michaelis var meget tankefuld, da han gik tilbage til klostret. I månelyset kunne jeg se skæret fra olielampen, da han forsvandt mellem de sneklædte træer.

Der var stille på Theodoros værelse, men i en sprække i døren, sivede lyset ud. Han ville sidde i bøn de næste timer, vidste jeg, så jeg lagde mere brænde på ilden og gik ind til mig selv.

I stagen, som jeg havde stillet på sengebordet, tændte jeg på ny det første lys. Channukha. For nogle år siden havde vi siddet sammen med bedstefar og bedstemor og set det første lys blive tændt. Jeg fik gaver, bedstefar og bedstemor gav mig en fyldepen. Gad vide om min familie fejrede lysfesten, gad vide hvor, og mon de tænkte på mig, som jeg nu tænkte på dem? Så mange spørgsmål. Ville de nogensinde blive besvaret?

53. ALBANEREN

"Stockholm," udbrød hr. Itkin overrasket, "det er jo langt væk!"

"Det er desværre den eneste mulighed, for at få drengen opereret."

Sergei sad med sin violin og havde kun øje for den. Han havde taget den op af tasken og holdt den parat mod kinden, som om han bare ventede på et tegn til at begynde at spille. Men det var en øreoperation, vi talte om nu, en operation som måske kunne skaffe ham hørelsen tilbage - eller helt fratage ham den.

"Sergeis hørelse er væsentligt nedsat, men der er en chance for, at han kan få den tilbage", oversatte hr. Itkin, "men I vil altså være nødt til at tage til Stockholm."

Jeg vidste ikke, hvor Stockholm lå, men jeg vidste, at det var Sveriges hovedstad, og at det var langt fra Lund.

"Det vil nok være bedst, at få det overstået hurtigst muligt, tror du ikke?" spurgte han mig.

Jeg nikkede, men jeg mente ikke, at Sergei syntes det samme.

"Vi kan godt betale," sagde jeg og tænkte på brochen.

"Det behøver I ikke at spekulere på nu," sagde lægen.

Om aftenen fik Sergei sin første lektion af hr. Altermann.

"Fabelagtigt," sagde han, "et stort talent! Er det efter forældrene?"

"Vores mor," svarede jeg, jeg fortalte ikke, at jeg også spillede. Det ville nok være for svært at skaffe to violiner. Sergeis violin havde vi været heldig at låne af én af de andre beboere i hr. og fru Itkins lejlighed.

"Har han nogensinde spillet i orkester... optrådt?"

Jeg mumlede noget til svar, som Altermann overhørte det, og jeg efterlod Sergei med sin musik hos ham. Mit hoved gjorde ondt, og jeg trængte til at hvile mig lidt. Sergei ville sikkert gå ned i køkkenet, når han var færdig med at spille. Det var på den tid, aftensmaden blev tilberedt.

Der sad et par piger i sofaen i hallen. De var i gang med at bytte glansbilleder. Sådan nogen havde jeg aldrig haft, og de billeder, pigerne sad med, var store og flotte med roser og glimmer på.

"Hejsan," sagde jeg, og satte mig i sofaen ved siden af dem, "får jag titta?" Det var første gang, jeg sagde noget på svensk. Det lød lidt underligt. De kiggede på mig og trak glansbillederne væk fra mig. De havde nok ikke forstået mit svenske, så jeg viste med hånden, om jeg måtte se med. Det gav heller ingen reaktion. Så bøjede den ene af pigerne sig frem mod mig og hviskede noget.

"Undskyld, hvad siger du?"

Hun hviskede igen, og nu hørte jeg det helt tydeligt.

"Sigøjnertøs".

På værelset lagde jeg mig på sengen og græd. Jeg kunne klare alle angrebene fra mine fjender, men ikke fra dem, jeg troede var mine venner. Var det sådan de så mig? I den uldne sweater og den kradsende læggede nederdel, de tykke strømper og snørestøvlerne. Når jeg kom trampende med hue på og stramme fletninger. 'Sigøjnertøs!'

Hvis jeg klippede mit hår kort og fik rettet krøllerne ud, og plukkede øjenbrynene, som jeg havde set nogle svenske damer fik gjort på en salon i byen. Og hvis jeg fandt en bluse, som var ensfarvet og ikke så spraglet, som den jeg havde på, hvis jeg nu ikke larmede, men gik stille og aldrig sagde noget og ikke forsøgte at komme i kontakt med de andre. Måske kunne jeg også begynde at ryge… og… Nej, vent nu lidt… Jeg satte mig op i sengen, vel ville jeg ej! Hvis de havde noget imod 'sigøjnertøser', så dem om det. Hvorfor skulle jeg lave om på mig selv? Der var ikke noget galt med mig! De var selv 'jødetøser', og det var der vel heller ikke noget galt i. Vi var i samme båd. Det havde taget mig næsten 16 år, at blive til den jeg var, og det ville tage 16 år at lave om på det. Hvorfor skulle jeg det? Det var dem, der havde et problem, ikke mig.

Hr. Altermann havde arrangeret, at Sergei skulle spille i opholdsstuen efter middagen. Han ville have ham til at spille nogle lette stykker, stykker for børn, men Sergei kørte løs som han plejede, og ligegyldig hvad han fik besked på, spillede han det, han selv syntes.

Han stod med drømmende øjne og spillede Bach og Beethoven. "Bravo," råbte kokken, som var kommet med til koncerten sammen med damerne fra køkkenet. Han havde en fortid som pianist på en variete, så han vidste godt, hvad det drejede sig om.

"Han har talang," hviskede han til mig midt i 'Måneskinssonaten'.

Pigen, der havde kaldt mig 'sigøjnertøs', sad mellem sine forældre og kiggede surt på mig. Forældrene så ud til at nyde musikken, og efter koncerten vinkede de til mig.

Sergei fik stående applaus, og kokken kunne slet ikke stoppe. 'En maestro!', råbte han, mens Sergei upåvirket pakkede sin violin ned i kassen og marcherede ud af stuen i retning af køkkenet.

Jeg havde fået udleveret en storblomstret bluse i røde nuancer fra tøjlageret og et tørklæde i samme røde farve. Det havde jeg viklet om mit løsthængende hår og bundet i en sløjfe i siden. Hvis de ville have sigøjner, skulle de få sigøjner.

Hr. og fru Itkin var inviteret med til koncerten. Jeg havde fortalt dem om Daniel, og de var blevet vores reservebedsteforældre. Daniels far og mor havde de intet hørt fra, men de var med sikkerhed ikke nået til Danmark. Hr. og fru Itkin ville forsøge at sende et brev til Daniel, sagde de, men vi tvivlede alle på, om det nogensinde ville nå frem.

"Bare det at vide, at han er i live, vores lille Daniel," sagde fru Itkin og pudsede næse, "du aner ikke, hvor det har glædet os at høre".

"Jo," sagde jeg, det mente jeg godt, at jeg forstod. Min egen bedstemor var nok død nu, hun havde været skrap, og hun havde villet gifte mig bort mig, men hun var trods alt min bedstemor.

Da jeg dagen efter gik til skole, kom de to piger med glansbillederne op på siden af mig. Måske ville de alligevel snakke med mig.

"Er din bror idiot?" spurgte den ene mig.

Jeg pegede op på mine ører og rystede på hovedet, som for at sige, at han havde problemer med hørelsen.

"Hun forstår ingenting," sagde den anden pige, "de er begge to idioter."

I det samme skråede en mand over gaden og kom hen imod os. For sent opdagede jeg, at det var albaneren. Jeg kiggede ned på fortovet og håbede, at han bare ville gå forbi os, men han stoppede op og hev en nusset papirlap op af lommen.

"Kender I dem her?" spurgte han på gebrokkent engelsk.

Jeg stirrede ned i fortovet.

"Nej," sagde pigerne, og skulle til at gå videre.

"Hvad med dig?" spurgte han mig. Jeg skævede til papiret. Med blæk, der var flydt en smule ud, var der skrevet tre navne; Zoran Gagina, Maria Gagina og Sergei Gagina.

Før jeg kunne nå at svare, havde den ene pige sagt; "Hende får du ikke noget ud af, hun er idiot."

"Nå," brummede albaneren og pakkede papiret sammen.

Hvad ville han os, og hvorfor fulgte han efter os? Jeg vidste, at nazisterne havde spioner ude blandt flygtningene. Var han spion? Det kunne ikke gå hurtigt nok for os at komme nord på til Stockholm.

54. STOCKHOLM

Skrigene vækker mig, som så ofte før. Gurglende vandhaner, der aldrig kommer vand fra. Sergeis mund er fuld af skummende blod, og jeg løber ned ad trapper, som ikke er der. Jeg kalder; 'Sergei, Sergei!' men han forsvinder hele tiden fra mig. 'Aldrig tro på andre mennesker, aldrig tro på andre mennesker', siger bedstemor, 'de vil dig intet godt'. Store tomme rum med trange senge. Og sulten! Men maden har ingen smag, og vandet læsker ikke. Skrigene og de underlige gurglende lyde, der kommer fra mig, men ikke er mig, det er dem, der vækker mig, og så Sergei, der står og rusker i mig.

"Tog," sagde han og strålede.

"Ja," jeg var stadig forskrækket og forvirret, "i dag tog."

Vi skulle til Stockholm, og det eneste, Sergei vidste, var, at vi skulle køre i tog. Hvordan kunne jeg fortælle ham, at han skulle på hospitalet og opereres, han der var som en skræmt dyr, hver gang han så en hvid kittel.

Daniels bedstefar og bedstemor fulgte os til toget. Jeg havde lånt en lille kuffert af dem, hvor jeg havde alle vores ting i, men jeg havde også Marias skuldertaske med mine skolebøger i, og Sergei bar på sin violinkasse.

Vi kom til at sidde i kupe med en ung mor og hendes to små lyshårede tvillingedrenge. Sergei sad ved vinduet, og drengene, der sad overfor ham, kiggede på ham, som om de aldrig havde set noget lignende. Bare de ville lade være med at stirre sådan, tænkte jeg, og i det samme sagde moderen noget til dem, og de kravlede ned fra sædet og kom over til os med en pose bolcher. Hvide og røde stribede bolcher som smagte af pebermynte.

"Polkagrise", sagde moderen smilende.

"Polkagrise", sagde Sergei med sin hæse stemme, og drengene fnisede.

Jeg blev så flov, hvorfor skulle han altid være så underlig, men i det samme jeg havde tænkt det, blev jeg ked af det.

"Violin?" spurgte moderen og pegede på Sergeis violinkasse.

Jeg nikkede, og pegede på Sergei.

"Åh, hvor dygtig!", sagde hun og smilede, og jeg kunne se, at hun fortalte drengene, at Sergei spillede på violin. Det fik dem til at glo endnu mere, men Sergei lod sig ikke mærke af det, han var så vant til at folk stirrede på ham.

Toget sneglede sig igennem de snedækkede skove. En mand i uniform skulle se vores billetter, og da Sergei og jeg så ham, gav det et gib i os begge. Men han var flink, og han snakkede lidt med damen med drengene, og hun fortalte ham, at Sergei spillede på violinen.

"Åh," sagde han også, "hvor dygtig", og så stillede han sig op, som om han spillede violin og nynnede en dramatisk og sørgelig vise, og vi grinte alle sammen.

Nogle stationer senere skulle moderen og drengene af.   "Mormor og morfar," sagde hun og pegede ud på perronen, hvor en gammel mand og kone stod og ventede med en stor krøllet hund i snor. Jeg hjalp hende ud med taskerne, og hun takkede og smilte. Da vores tog kørte videre, vinkede de alle sammen til os.

"Polkagris!" råbte Sergei, "polkagris!"

Jeg tog ham op på skødet og gav ham et kys på kinder, som stadig var klistret efter bolchet.

"Du er en underlig én, men jeg elsker dig."

"Jah!" sagde han med den største selvfølgelighed.

Vi kørte igennem skov, og vi spiste vores medbragte mad, som fru Itkin havde smurt til os. Vi kørte gennem skov, og Sergei sad og tegnede, mens jeg læste lektier, og vi kørte igennem mere skov, da jeg faldt i søvn med fødderne oppe på Sergeis bænk og stilehæftet i skødet. Jeg vågnede på et tidspunkt, da toget var stoppet ved en sø. Det holdt stille, mens nogle mennesker steg på og kørte lidt efter. Der var ingen, der kom ind i vores kupe, så jeg lagde mig på min bænk og faldt rigtigt i søvn.

Jeg vågnede ved, at Sergei sad og sagde nogle underlige rallende lyde, jeg sprang forskrækket op og så, hvad det var, han var blevet bange for. Toget holdt på en station og udenfor på perronen vrimlede det med tyske soldater!

En masse forvirrede tanker fløj gennem mit hoved. Hvad var det nu, hvorfor var her tyske soldater? Jeg tænker på flugt, men hvor skulle vi flygte hen?

Da jeg havde overvundet den første forskrækkelse og var helt vågen, gik jeg ud på gangen i toget. Der var ingen soldater at se om bord på vores tog, det så ud, som om de var med et andet tog, der holdt på den modsatte side af perronen, og det så ikke ud til at være et passagertog.

Jeg satte mig ind i kupeen igen. Sergei havde gjort sig helt lille og sat sig længst væk fra vinduet. Vi ventede i evigheder, sådan føltes det i hvert fald. Pludselig gik vores dør op, og en mand og en kvinde i elegant tøj kom ind og satte sig overfor hinanden. De nikkede til os, men sad ellers tavse. Togene holdt stadig stille på perronen. 'Kør nu for pokker', tænkte jeg, men intet skete. Udenfor blev der råbt på tysk, og det gav et spjæt i kvinden. Manden satte sig ved siden af hende, og lagde sin arm om hende. Han havde en lille kontormappe med, men ellers ingen bagage. De skulle nok ikke så langt.

Et spørgsmål brændte i min hals.

"Hvorfor tyskere?, spurgte jeg parret.

Manden rystede på hovedet og sagde 'nej, nej, danskere'.

Det forstod jeg ikke, jeg kunne jo høre, at det var tysk, de råbte.

"Nej," sagde jeg og pegede ud af vinduet, "hvorfor tyskere derude?"

"Åh, javel," sagde manden og smilte nervøst, "tyskere tilbage til Tyskland fra Finland.

"Gennem Sverige?"

"Ja," sagde han, "tyske soldater hjem gennem Sverige. Slut nu, ikke flere tyske soldater i Sverige."

Kvinden begyndte at græde, og han rettede sin opmærksomhed mod hende. Han sad med benene overkors, og jeg opdagede, at han ikke havde strømper på i de sorte sko, det virkede underligt til det fine jakkesæt og den noble blå frakke.

Endelig langt om længe gav det et ryk i toget, og det kørte nogle få meter, vi åndede lettet op, men så stoppede det igen og holdt stille. Efter nogen ventetid gav det igen et ryk i toget, og det satte sig langsomt i bevægelse. Jeg sad og kiggede ned i min bog og opdagede pludselig Sergei, som var sprunget op på sædet og havde åbnet vinduet, så den kolde luft slog ind i kupeen. Inden jeg fik hevet ham ned fra sædet, nåede han at råbe; 'Mischlinge Mischlinge', til tyskerne på perronen. De nærmeste vendte sig om, en enkelt hilste med en stram heilen, så forsvandt vores tog i en sky af røg og damp.

Stockholm. Vi havde fået nøjagtige instrukser af Sergeis ørelæge om, præcis hvilken sporvogn vi skulle tage, hvor vi skulle stå af, og ad hvilke veje vi skulle gå. Jeg havde mønter parat i en lille pung, og når vi kom til sygehuset, skulle vi bede om at tale med dr. Lorenz.

Fortumlede, efter den lange rejse, stod vi på perronen på Stokholms centralstation med vores tasker og uglede hår.

'Kom her', sagde jeg til Sergei, og glattede hans hår, det blev det ikke bedre af. Det strittede til alle sider som en tyk fuglerede. Jeg forsøgte også at stramme elastikken på min hestehale, men det hjalp heller ikke meget.

Hånd i hånd gik vi fra banegården ud på en plads, hvor der holdt busser og sporvogne. Vi fandt den sporvogn, vi skulle med og spurgte billettøren; 'Karolinska Sjukhuset?'

Han nikkede, og jeg gav ham de mønter, jeg havde i pungen.

"Nej, nej," sagde han, "alt for meget," og gav mig størstedelen tilbage sammen med to billetter.

Solen skinnede, og jeg syntes at Stockholm var en meget køn by. Der var masser af vand og nogle høje flotte huse. Folk på gaden gik som i Lund, fredeligt omkring, mens andre så ud til at have travlt. Sergei fik øje på en stor båd, og råbte begejstret op, men bare synet af vandet og båden gav mig kvalme. Godt vi ikke skulle sejle.

"Nästa gång, Karolinska Sjukhuset," råbte billettøren.

Jeg greb Sergeis hånd og trak ham med hen mod døren. Jeg havde en forudanelse af, at det her godt kunne blive svært.

"Kom Sergei, nu skal du bare se," sagde jeg nok lidt for friskt.

Han anede straks uråd og satte bremserne i.

"Kom nu!"

Billettøren hjalp mig med at bære en skrigende Sergei ned på sporvognsperronen, og vi var lige ved at glemme hans violin, hvilket fik ham til at skrige endnu højere.

"Kom nu, Sergei, der sker virkelig ikke noget, folk tror jo, at jeg har stjålet dig."

Jeg fik ham efter mange overtalelser og lovning på både bolcher og kager til at gå med mig op til døren på den store bygning.

"Se," sagde jeg begejstret, da vi trådte indenfor i ankomsthallen, hvor det vrimlede med mennesker i civilt, "der sker ingenting".

Der sad en dame bag en skranke, hvor man kunne tale ind gennem et hul i glasset. Hun sad hævet fra Sergeis synsvinkel, så han ikke kunne se hendes hvide kittel.

"Dr. Lorenz," sagde jeg.

Hun nikkede og drejede på en telefon.

"Øjeblik".

Vi satte os og ventede, men efter kort tid kom der en høj mørkhåret læge ned ad trappen.

"Maria og Sergei?" sagde han smilende.

Da Sergei så lægen i sin hvide kittel, sprang han ned fra stolen og pilede ud ad døren. På et øjeblik var han forsvundet i Stockholms mylder.

Jeg følte min mave, mit luftrør, mit hjerte og alle mine årer slynge sig sammen i én enorm knude. Jeg havde aldrig i mit liv ikke vidst, hvor Sergei var. Lige fra han var lille bitte, var han mit ansvar. Da mor forsvandt, var det mig, der passede ham, vaskede ham, madede ham, lagde ham i seng om aftenen, fortalte ham historier og sang for ham. Det var mig, der vækkede ham om morgenen, legede med ham og plejede de sår og buler, som Zoran gav ham. Nu var han væk. Han talte ikke rent, og han talte slet ikke svensk. Ingen ville kunne forstå ham, de ville som de fleste tro, at han var idiot, og de ville ikke vide, at han var et vidunderbarn, som hr. Altermann og Regine havde kaldt ham. Han ville bare være en lille halvdøv idiot, som løb rundt i aflagt tøj, der ikke passede, i en fremmed by, i et fremmed land, indtil nogen skubbede ham i vandet, han blev kørt over af en bil eller døde af sult. Jeg følte mig komplet magtesløs.

Dr. Lorenz så forskrækket ud, "Åh, nej", sagde han og greb fat i reverset på sin kittel, "Åh nej!" han nikkede forstående. Han tog kitlen af og sagde; "kom!".

Vi efterlod taskerne hos damen bag skranken og gik ud af hospitalet. Hvor skulle vi lede? Jeg kendte ikke Stockholm, og Sergei kunne være løbet i alle retninger. Det var ved at blive mørkt, bilerne havde tændt lygterne, og i vinduerne skinnede lysene fra de tændte lamper i lejlighederne. Vi ledte sammen i tavshed i området omkring hospitalet, men på nær stockholmerne, der hastede hjem fra arbejde eller butikkerne, luftede deres hunde eller gik med deres børn, var der ingen at se, og ingen Sergei.

"Politiet", sagde lægen, "vi må kontakte politiet".

"Uniformer," sagde jeg, "vær venlig ingen uniformer".

Dr. Lorenz nikkede, han forstod.

Da han lidt efter stod i hallen på hospitalet og ringede til politiet, fik jeg en ide. Jeg tog Sergeis violin. Modsat meget andet, som for det meste var nusset og fedtet, holdt han altid sin violin fuldkommen ren, og brugte lang tid på at pudse den med en tør klud. Violinen skinnede.

Jeg gik udenfor og stemte den og spillede 'kuk kuk'. Jeg spillede den samme melodi igen og igen, nogle forbipasserende mennesker stillede sig op og lyttede, og nogle smed småmønter hen til mig. Efterhånden havde der samlet sig en lille gruppe omkring mig, og det lod ikke til, at det generede dem, at jeg gentog den samme melodi.

Jeg spillede den tre, fire, fem gange, til sidst holdt jeg op med at tælle, men da jeg havde stået i meget lang tid, og kulden bed i mine fingre og mine fødder og løb ned ad ryggen på mig, så jeg Sergei komme op ad trappen til hospitalet. Han masede sig igennem mængden og gik stille hen og tog med sin venstre arm fast omkring mit højre ben.

Jeg kunne ikke holde tårerne tilbage, men jeg blev ved med at spille, til jeg mærkede, at hans greb slappedes.

'Aldrig mere Sergei, aldrig mere', tænkte jeg.

55. BREVET FRA MICHAELIS

Vinteren fortsatte. Sneen blev afløst af regn, der blev til is, som siden igen dækkedes af sne. Med de nye støvler frøs jeg aldrig om fødderne, og ekstra trøjer og flere par bukser holdt kroppen varm. Værre var det for Theodoro. Han blev forkølet og måtte holde sengen i flere dage.

Jeg forsøgte, så godt jeg kunne, at lave mad til ham, men det så ikke altid lige vellykket ud. Det kneb også med appetitten, om det så var på grund af forkølelsen eller min mad.

Han så nu altid glad ud, når jeg kom med kaffe til ham eller te af tørrede melisseblade, brød med honning og en ouzo. Michaelis bragte mad fra klostret, hvor de vidste, at Theodoro lå syg. Der var lagt lidt ekstra god feta, en krukke honning og en flaske ouzo ned i kurven til ham.

Michaelis havde forandret sig. Jeg fik ham med til et spil backgammon, men han sad og tænkte på alt muligt andet, og jeg vandt stort over ham. Han var slet ikke, som han plejede.

Theodoro hvilede sig det meste af dagen, han kom sjældent udenfor sit værelse. Jeg havde svært ved at få tiden til at gå, og Michaelis korte besøg var ikke videre opmuntrende. Han var stille og virkede trykket af noget, men hvad vidste jeg ikke.

Da Theodoro igen kom til kræfter, var al sneen smeltet og havde givet plads til forårets første små blomster. På de sydvendte skråninger stod gule primula side om side med lilla violer. Jeg plukkede en buket til bordet og gik hele vejen hjem med den under næsen. Den duftede så sødt, og jeg kom til at tænke på Maria. Hvor var hun nu? Søde Maria med de glade øjne og det krøllede hår. Maria, som altid fandt en vej, Maria som var min skytsengel og havde hjulpet mig, nok mere end jeg havde været klar over, og meget mere, end jeg havde nået at takke hende for. Jeg havde stadig det frygtelige billede stående så klart i min erindring, af hende da hun sejlede væk i båden med sin bedstemor og lillebror og de roende munke i deres brune dragter. 'Lad Maria klare sig, lad Maria klare sig', tænkte jeg, 'lad Maria finde sin vej'.

De mange bække rislede af sted med fornyet kraft. Sneen, som havde ligget på Athosbjerget, smeltede og strømmede ned mod havet. De udtørrede bække fik nyt liv og gik over deres bredder. Jeg sendte små træstykker med vandet, og som miniatureskibe skød de af sted for lidt efter at løbe på grund eller forsvinde i brusende strømhvirvler.

Theodoro sad på terrassen med et ternet tæppe om sig og nød den første milde luft. Allerede i slutningen af februar sprang mandeltræerne ud, fulgt af abrikostræet ved gavlen. Blomsternes søde dufte blandende sig med duften fra den fugtige jord og det spirende græs.

Vi skiftede jorden i krukkerne på terrassen og såede basilikum i dem, og efter en uge kom de første små lyse spirer op af den rødbrune muld. Snart blomstrede tusinder af påskeliljer på skrænterne, og løvtræerne foldede deres papirtynde grønne blade ud. I buskene byggede spurvene reder og snart efter lå der grågrønne æg i dem. Det var forår på Athos, og jeg forstod, hvad Theodoro havde ment med, at længes hjem, søge freden og være nærmere Gud.

Forårets komme så ud til at gå hen over hovedet på Michaelis. Han var stadig den gode ven, man kunne snakke med og stole på, og som altid var villig til at give en hjælpende hånd, men han havde ændret sig i løbet af vinteren, og var som en gammel spekulativ mand. Nøjagtig som min far havde været det før vores flugt fra Thessaloniki.

En eftermiddag fandt jeg en rævegrav, og i lang tid sad jeg helt stille og så de små hvalpe tumle sig i solen. Jeg glemte alt om tiden og opdagede pludseligt, at solen var ved at forsvinde. Jeg skyndte mig hjem og regnede med, at fader Theodoro var i gang med aftensmaden, men i stedet så jeg ham sidde på verandaen fordybet i tanker. Det var let at se på ham, at der var noget galt, og jeg forstod hurtigt, at det gjaldt Michaelis.

Michaelis havde været på besøg, mens jeg sad ved rævegraven. Han var blevet længe, for at hilse på mig, men da mørket var ved at falde på, måtte han tilbage til klostret.

Theodoro fortalte mig, at Michaelis havde fået et brev fra sin familie i Thessaloniki, og at brevet havde gjort ham meget ked af det. Michaelis' søster var gift med en læge, og de har tre små børn. Svogeren var, som Theodoro udtrykte det, en retfærdighedssøgende mand, og tyskernes og italienernes invasion havde fået ham til at støtte den græske modstandsbevægelse, EAM, som kæmpede for at befri landet for besættelsestropperne.

En aften havde svogeren været ude for at se til nogle patienter, og mens han var væk, kom en gruppe tyske soldater til huset. Michaelis søster havde fortalt, at manden ikke var der, men de havde insisteret på at komme ind og havde endevendt hans lægekonsultation. Her havde de fundet breve, hvor EAMs navn var nævnt, og de havde sat svogeren i forbindelse med modstandsbevægelsen.

Da svogeren kom hjem sent på aftenen, tog de ham med, og Michaelis søster hørte intet fra ham i mange dage. Til sidst gik hun til det tyske hovedkvarter i byen og bad om at få lov til at se sin mand. Ingen kendte nu noget til ham.

Der gik endnu mange dage, og Michaelis søster var ved at opgive håbet om at se sin mand i live igen. Men en dag kom der en hyrde til huset og fortalte, at han nogle uger forinden havde fundet en hårdt såret person, der lå ved en bæk. Han havde båret manden til sin hytte, renset hans sår og givet ham brød opløst i lun gedemælk. Da manden, som altså var Michaelis svoger, var blevet nogenlunde frisk, havde han bedt hyrden om at give sin familie besked om, at han var i live, men at han måtte væk fra Thessaloniki.

Michaelis søster havde ikke set sin mand, men vidste igennem nogle venner, at han var kommet op i bjergene nær Janina ved den albanske grænse, og her levede han sammen med en gruppe partisanere. Søsteren fik hjælp fra familien, men havde svært ved at klare sig.

Michaelis havde fortalt alt dette til fader Theodoro og havde bedt om hans råd.

"Og hvad rådede du ham til," spurgte jeg med bange anelser.

"Jeg rådede ham til…, jeg sagde til ham…, at han…, at han skulle bruge sin sunde fornuft og følge sit hjerte."

Michaelis havde været hos Theodoro, den dag jeg sad ved rævegraven og så rævehvalpene tage deres kluntede skridt ud i solen. Hvalpene og hele forårets eksplosion af farver, dufte, varme og fuglesang gjorde mig så glad, så jeg en kort overgang glemte krigen, og hvor meget jeg savnede min familie. Jeg havde sådan en fornemmelse inde i mig af, at alt nok skulle blive godt igen. Brevet fra Michaelis' søster, gjorde mig forskrækket, men sådan lige her og nu, var der jo intet, der havde ændret sig for os - for mig.

Og da jeg derfor nogle dage efter igen gik til rævegraven og igen glemte alt om tid og sted, havde jeg aldrig forestillet mig det chok, jeg fik, da jeg om aftenen sad ved måltidet sammen med Theodoro.

Som altid ved måltiderne var Theodoro stille og spiste sin lille portion mad uden afbrydelse. På klostrene spiste man også uden at snakke sammen. I stedet blev der læst op af bibelen under måltiderne, og munkene måtte ved fortællingens slutning også være færdige med at spise.

"Michaelis var her, mens du var væk," sagde han pludselig.

Jeg kiggede op; "det var da en skam," sagde jeg og gnavede videre på en lidt tør humpel brød, "jeg ville gerne have vist ham en rævegrav med unger, som jeg har fundet." Jeg havde heller ikke fortalt fader Theodoro om graven endnu, og jeg havde troet, at han ville vise større interesse.

"Han har lagt et brev til dig, Daniel, jeg synes, at du skal læse det i fred og ro, men jeg ved, at det vil gøre dig ked af det, så jeg vil fortælle dig noget med det samme." Han rømmede sig og kiggede ned i bordet. "Michaelis forlader Athos."

Jeg så forskrækket på fader Theodoro; "hvorfor?"

"Læs først brevet, så taler vi om det bagefter."

Han gav mig et sammenfoldet stykke papir med et rødt bånd om. Det var hvidt og meget stift og føltes ruet imellem fingrene. Jeg gik ud på verandaen, hvis Michaelis havde skrevet, at han forlod os, ville jeg sidde et sted, hvor ingen kunne se mig, jeg følte allerede klumpen i halsen, og tårerne sved i øjnene.

Solen sendte sine sidste stråler ned på nogle mørkerøde valmuer, som stod på vestsiden af huset, jeg satte mig på en sten ved blomsterne og brød båndet om brevet. Med sirlig skrift havde Michaelis skrevet.

'Kære Daniel

Vi må ind imellem træffe nogle beslutninger, som vi føler svære. For mig har det valg, jeg nu har truffet, været svært, men alligevel også uendeligt let. I over

11 år har jeg opholdt mig på Athos, først som novice på Akademiet og siden på Megisti Lavra. Jeg har levet et liv med Gud, jeg har bedt og fulgt klostrets skrevne og uskrevne regler. Mens jeg har siddet i fred og bedt, mens jeg har studeret de hellige skrifter, passet klostrets urtehave og udført mine gerninger ved messerne, mens jeg har hentet vand ved brønden, stillet min sult og slukket min tørst, og mens mit største problem har været, når brændet var for vådt, eller når brønden frøs til is, er en stor del af Europa blevet ødelagt af krigen, og mennesker ydmyget og dræbt. Jeg har følt mig splittet, Daniel, mellem mit kald som munk og mit kald - eller min pligt, om du vil det - som menneske. Jeg bad fader Theodoro fortælle dig om min søsters og svogers skæbne. Det er især det, at krigen med et kom så tæt på min egen person, der har fået mig til at tænke anderledes, fået mig til at tænke udover min egen eksistens. Du har fortalt os om din families flugt og lidelser, men du var jo her i sikkerhed og krigen så langt borte, at jeg havde svært ved rigtig at forstå dens gru.

Min svogers flugt, min søsters sorg - alt det er også mit liv, alt det er også mit ansvar og min sorg, og jeg spurgte mig selv, hvad kan jeg udrette her på Athos, hvad kan jeg gøre for at hjælpe og yde mit bidrag til at bekæmpe nazister og fascister? Og jeg konkluderede; intet.

Du husker naturligvis den tyske desertør. Husker du også den mystiske døde, der blev fundet ved det brændende træ? I dag ved jeg, at han også var tysk desertør, en trist skæbne også for ham, som vist bare var en ung mand, der forlod hæren, fordi han ikke ville slå uskyldige mennesker ihjel. Jeg ved det, fordi en munk fra Megisti Lavra i vinter, mens sneen lå højest, fandt endnu en forkommen tysk desertør i en æselstald, vi bruger om sommeren, og hvor vi opbevarer ekstra hø til vinteren. Han gik til laden for at hente hø og fandt her den forkomne soldat. Munken bragte soldaten til klostret, hvor han i største hemmelighed er blevet plejet. Kun få har kendt til hans eksistens, men det gik ikke bedre end at rygtet spredtes og endda nåede andre klostre. For at undgå problemer for klostrene på Athos er det nu besluttet, at soldaten skal udleveres til tyskerne!

Daniel, at udlevere den unge desertør til tyskerne vil være det samme som at udlevere et lam til en ulv. Desertering straffes med døden, soldaten vil øjeblikkelig blive skudt. En munk fra det bulgarske kloster herude har oversat, hvad den unge tysker har fortalt, og de var åbenbart fire unge mænd, der en nat stak af sammen. De sprang fra et tysk marinefartøj og svømmede i land. Én var ved at drukne, fordi han ikke kunne svømme, en anden tabte sine få ejendele, da de skulle kravle op på nogle klipper. I et uvejr kom de væk fra hinanden. Denne soldat vandrede rundt i flere dage, han spiste, hvad han fandt af rødder og frugter og stjal sig også til mad fra nogle huse. Måske var det ham, og ikke den døde soldat du fandt, vi havde på besøg i fader Theodoros hus.

Til sidst blev han syg og søgte ly i æselstalden, hvor han senere blev fundet. Han er 21 år, som jeg, og han var i gang med en uddannelse som ingeniør, da han blev taget til hæren. Hans to brødre kæmpede i Polen og blev dræbt. Hans mor er på trods af dårligt helbred blevet sat til at sy uniformer sammen med bedstemoderen, som er over 70 år. Hans far, som før var ingeniør ved jernbanerne, laver nu endeløse brede veje, så nazisternes tanks kan komme hurtigt fra den ene ende af Tyskland til den anden. Han har berettet om grusomheder i Europa, han har set sult og angsten i børnenes øjne, og han har set hele byer blive udslettet. Han ville ikke længere støtte et styre uden et menneskeligt ansigt, og nu Daniel, vil vi sende ham tilbage til det, han flygtede fra.

De sidste måneder har jeg spekuleret over, hvad jeg skulle gøre, og jeg har truffet den beslutning, at jeg må forlade Athos, at jeg må slutte mig til de mænd og kvinder, som kæmper mod fascisterne. I nat tager jeg med to andre munke fra Megisti Lavra mod Thessaloniki, og vi tager den unge tysker med os. Hvad der senere skal ske ham, ved jeg ikke, men overlade ham til tyskerne, kan vi ikke. I Thessaloniki slutter vi os til modstandsbevægelsen. Kun få fortrolige kender til vores plan, men vi håber, at Patriarken vil forstå vores handling, og vide, at vi skaffer klostret af med et problem, som har optaget og splittet brødrene.

Tiden er knap, jeg har megen forberedelse at gøre endnu. Du skal vide, Daniel, at jeg kommer til at savne dig og vores venskab, men at jeg en dag vender tilbage, og når jeg gør, er det for at fortælle dig, at krigen er slut, og at du nu kan blive forenet med din familie.

Jeg vil bede for dig og fader Theodoro.

Din ven Michaelis.'

235

Jeg sad længe og stirrede på papiret med de sorte bogstaver, der flød ud i hinanden og til sidst blev til utydelige tegn på det hvide papir.

Michaelis rejste fra os, ja, måske var han allerede rejst! Det var timer siden, han havde afleveret brevet. Jeg tørrede øjnene, det hjalp ham ikke, at jeg sad og tudede, så sprang jeg op og løb over til brændeskuret. I gemmestedet lå revolveren pakket ind i sine klude. Michaelis kunne beskytte sig med den, hvis han blev stoppet af fjender, eller hvis nu tyskeren viste sig at være en stikker.

Hvis Michaelis gik mod Ouranopolis i aften, ville jeg måske kunne møde ham på stien nord for Megisti Lavra og give ham revolveren. Et håb, om at se min ven bare én gang mere, begyndte at spire i mig.

56. DELEGATION I NATTEN

Det var måske en vanvittig beslutning, jeg havde taget, men jeg spekulerede ikke videre over den. Nu var det sådan, og det kunne ikke ændres. Med revolveren indenfor blusen, løb jeg på den ujævne sti, fast besluttet på at se min ven en sidste gang og give ham revolveren. Jeg vidste ikke, hvornår de ville tage af sted fra Megisti Lavra, men jeg gik ud fra, at det måtte ske straks det blev mørkt.

De ville gå nord på et stykke langs kysten og så krydse halvøen til den vestlige kyst for at komme til Ouranopolis.

Jeg passerede Megisti Lavra og løb et stykke videre ad den brede sti. Vejen delte sig pludselig, og da jeg ikke vidste, hvilken én af de to stier, Michaelis ville vælge, mente jeg, at det nok måtte være et godt sted at sidde og vente. Jeg kravlede væk fra stien og gemte mig bag nogle små buske. Det var en lun aften, der var ingen måne, men himlen var overstrøget med stjerner.

Mine ben begyndte at sove, og jeg flyttede mig lidt, så jeg kom til at sidde mere bekvemt. Hvis jeg bare kunne gå med Michaelis og slutte mig til modstandsbevægelsen. Vi kunne slå tyskerne ihjel. Så kom jeg til at tænke på det, Michaelis havde skrevet om den tyske desertør, at han netop havde deserteret, fordi han ikke ville slå ihjel. Ham kunne jeg da ikke slå ihjel, selvom han var tysker. Jeg kom også til at tænke på hans familie, de to brødre, som var dræbt og den gamle bedstemor, som syede uniformer. Min egen bedstemor var gammel, og hun havde gigt i fingrene. Måske ville jeg ikke slå alle tyskere ihjel, kun de onde. Under alle omstændigheder ville jeg gerne følge med Michaelis og gøre noget, hjælpe ham, gøre en forskel fra det ingenting, jeg gjorde nu.

Der sad nogle ugler i træerne ovenover mig, sikkert unger. Med et satte de alle sammen i med et større orkester. Jeg fik et chok. Sådan blev de ved i lang tid, sad bare og skreg på en underlig uhyggelig måde.

"Skrid, flyv jeres vej," hviskede jeg, men de fortsatte bare. Pludselig tav de og sad helt stille, og stilheden efter al spektaklet virkede næsten endnu mere uhyggelig.

"Det var ikke sådan ment," hviskede jeg, "snak I bare videre." Men uglerne forblev tavse. Jeg spidsede ører ved en lyd, jeg ikke havde hørt tidligere. En underlig skraben, som om noget stødte mod stenene på stien, som fodtrin. Jeg holdt vejret, kiggede ud i mørket og lyttede. Lys dansede længere nede ad stien. Det lignede ildfluer, som langsomt kom nærmere. Mon det kunne være Michaelis og hans venner?

Lysene nærmede sig. Det var afgjort mennesker, der kom gående på stien, men der var mange, ikke bare tre, som Michaels havde sagt, at de ville være. Snarere ti, måske tolv personer med sorte cylinderhatte på hovederne og alle var klædt i sorte munkekutter, som var bundet op om hofterne, så benene var frie, og munkene lettere kunne bevæge sig.

De gik rask til, det måtte være unge mænd. Det var umuligt at skille nogen ud fra de andre i den sorte procession, og jeg var bange for, at Michaelis ikke var iblandt dem. Jeg så ingen soldat med uniform imellem dem, og forvirret blev jeg siddende uden at sige en lyd. Hvis nu det var Michaelis? Så tæt på skulle jeg se min ven en sidste gang, uden at sige farvel eller ønske ham held og lykke.

Det måtte briste eller bære. Hvis ikke det var Michaelis, kunne jeg stikke af. Jeg kunne løbe hurtigt og forsvinde ind imellem træerne længere henne ad stien. Som Maria ville jeg finde en vej, der hvor ingen fandtes.

Den sidste munk havde passeret mig. Det var sidste chance, jeg sprang ned fra klipperne og sagde ud i mørket; "Michaelis, Michaelis."

Skikkelserne stoppede op. De vendte sig imod mig, men blev stående. Ingen sagde noget, alt var fuldkomment stille, selv cikaderne tav. Jeg knugede revolveren ind mod maven, parat til at stikke af. De mørke skikkelser blev stående, og jeg følte, at vi stod sådan i minutter, tavse uden at bevæge os. Så pludselig hørte jeg en lavmælt, men velkendt stemme;

"Mikis, er det dig?"

"Ja," svarede jeg, han havde brugt det navn, vi havde aftalt, og ikke mit jødiske navn.

En person skilte sig ud fra flokken og kom hen imod mig.

Han gentog navnet, "Mikis?".

"Ja," sagde jeg, "det er mig."

Han kom helt hen til mig.

"Tag mig med," hviskede jeg, "jeg vil kæmpe sammen med jer."

Han lagde sin hånd på min skulder.

"Nej," sagde han, "du er for ung, og du skal blive her og passe på vores fælles ven, alt andet er for farligt. Men jeg kommer tilbage en dag, det lover jeg."

"I er mange?" hviskede jeg.

"Flere brødre sluttede sig til os, de yngste og stærkeste."

"Og tyskeren, er han med?"

"Ja, han er med os."

"Forklædt som munk?"

"Ja, men vi må videre nu, vi skal nå langt allerede i nat." " T a g denne her," hviskede jeg og rakte revolveren hen til ham.

Han lyste med lygten, så stod han tænksom et stykke tid.

"Det vil være for farligt," sagde han så, "som vi rejser nu, er vi en delegation fra Athos på vej mod klostrene i Meteora, inde i landet. Hvis vi bliver stoppet og undersøgt, og man finder våben, vil det skabe problemer. Tag det med tilbage og gem det langt væk." Han vendte sig bort og kaldte ud i mørket, "Ivan!"

Der kom en person hen imod os.

"Ivan, bed Martin om at komme herhen."

Munken vendte sig og gik tilbage til flokken. Lidt efter kom han sammen med endnu en person hen til os. Det måtte være tyskeren med det navn. Jeg havde forestillet mig en høj lyshåret person, men denne mand var ikke så høj og havde mørkt hår. Han lignede en af de andre munke, men visheden om, at han var tysk, fik ham til at virke uhyggelig i det flakkende lys.

Michaelis bad bulgareren om at sige til Martin, at han skulle sørge for, at våbnet ikke var farligt. Tyskeren tog revolveren og kiggede på den, så smilte han og sagde; "Ein Luger" og noget mere til bulgareren.

"Han siger, at han tabte et våben magen til dette, da han kravlede i land på klipperne."

Jeg stivnede, så kunne det faktisk godt være hans revolver. Ville han nu kræve våbnet tilbage og bruge det imod Michaelis og de andre brødre?

"Det er fundet i havet," sagde Michaelis og bulgareren oversatte. Tyskeren lagde våbnet tilbage i Michaelis hænder og sagde noget til bulgareren.

"Det er ikke farligt," oversatte bulgareren, "der er ingen ammunition i det, og det er formodentligt ødelagt af vandet."

Tyskeren talte smilende til mig og uglede mit hår venligt. " H a n siger, at du en dag, når krigen er slut, kan hænge det op på væggen som et krigsbytte, grækerne stjal fra tyskerne."

Tyskeren vendte sig om og gik hen mod de andre munke. 'Han skulle bare lige vide', tænkte jeg.

"Mikis, vi må gå nu," sagde Michaelis, "pas godt på dig selv og vores fælles ven."

Han nævnte ikke Theodoros navn. Vi omfavnede hinanden. "Held og lykke," hviskede jeg, "og pas godt på."

"Det lover jeg. Vi ses igen."

Han slog korsets tegn og hviskede et stille 'kyrie eleison' så gik han tilbage til de andre munke. Lydløst satte gruppen sig i bevægelse, og snart var de sorte skikkelser opslugt af mørket.

57. I AM A MAN

"Se her en gang," forsøgte fader Theodoro; "I am a boy, ikke? I am a man, you are a boy, it is a coffeepot, we are sitting, you are outside, they are walking".

Både fader Theodoro og jeg var kede af, at Michaelis var rejst, men vi forsøgte at holde modet oppe, og jeg terpede engelsk.

"I am a boy, you are a man, I am not a man".

"No, not yet".

"Hvad?"

"Not yet, betyder ikke endnu. Du er ikke en mand endnu."

"Hvis jeg havde været, kunne jeg så have taget med Michaelis?"

"Nej! Der er en årsag til, at din familie flygtede…, men se nu her; hello, my name is Theodoro, what is your name?"

"Coffeepot."

"Du er umulig i dag, timen er ovre."

"Tror du, at de er nået til Thessaloniki nu?"

"Tja, lad mig se, det er fire dage siden, de tog fra Megisti Lavra, så det må de være."

"Tror du, at Michaelis skriver?"

"Giv det tid, min ven, han vil have meget at gøre, førend han har mulighed for at skrive, og brevene er længe om at nå herud, meget længe, hvis de da overhovedet kommer frem."

Jeg opgav ikke håbet om brev fra Michaelis. Mine daglige spørgsmål, mit daglige plageri, fik til sidst Theodoro til at vandre den lange støvede vej til Megisti Lavra, for at høre, om der skulle ligge post til ham. Det gjorde der; et brev fra hans familie, men intet fra Michaelis.

Brevet fra Theodoros familie i Athen havde været længe undervejs. Jeg havde aldrig tænkt på, at Theodoro havde familie, men det havde han naturligvis, han havde en søster og to brødre. Theodoro var ældst, og mens de to brødre havde uddannet sig som lærer og apoteker, havde han som ung haft eventyrblod i sig og var rejst ud i verden som sømand.

"Har du ingen tatoveringer," spurgte jeg ham friskt, "eller ørenring?"

Han smilte, "eller en pige i hver en havn? Nej, men jeg kom hertil sammen med én, der havde fået den tvehovedede ørn tatoveret på håndleddet."

Brevet fra familien fortalte om Athens ødelæggelse. Grækenlands hovedstad, som på få år var vokset fra at være en landsby til en storby, og som nu lå i ruiner. Familien boede lidt udenfor Athen og var endnu ikke så hårdt ramt som dem i byen, hvor der var mangel på mad, medicin og brænde, og mange gik på det sorte marked og måtte betale en hel månedsløn for et måltid mad til familien. De yngste børn var sendt til familie på landet for i det mindste at få nok at spise.

Tyskerne havde strammet grebet om byerne, og der var hungersnød blandt beboerne, men på landet var det endnu ikke nået så vidt. I Athen levede folk på gaden i ruinerne af det, der engang var deres hjem. Der var tyske og italienske soldater overalt. Der lød skud i gaderne, når mørket brød frem, og om morgenen kunne man se blodspor efter nattens opgør. Folk var bange, og kongen og regeringen var flygtet ud af landet. Der var dannet modstandshære, som holdt til i bjergene, men der var ikke megen hjælp at hente fra de allierede tropper.

"Skrækkeligt, skrækkeligt!" sagde fader Theodoro, og gik ind til sig selv. Han tilbragte nu så megen tid med bøn, at jeg kun sjældent så ham. Han gik næsten hver dag til et af Agias Annis små kapeller, der lå nogle kilometer væk, og ellers blev han på sit værelse. Når han gik til kapellet, skete det altid inden solen var oppe, for at undgå den værste varme. De dage, hvor jeg først stod op hen på formiddagen, var han som regel kommet tilbage igen, men efter et stille morgenmåltid trak han sig tilbage til sig værelse, og jeg bød ensomheden velkommen.

Efter det milde forår, kom sommervarmen bragende. Solen skinnede dagen lang fra en klar blå himmel. Vi lukkede skodderne til, for at holde den værste varme ude.

Kun ganske få gange ringede klokkerne på lågen. Jeg skyndte mig at gemme mig og sad så og håbede på, at det måtte være nyt fra Michaelis. Men hver gang blev jeg skuffet. Det var enten munke fra skiten, som ville hilse på Theodoro eller munke fra Megisti Lavra, som bragte varer eller skulle hente en færdiggjort ikon.

Der var ingen spejle i Theodoros hus, men fra vandspejlet i havet, havde jeg set et ansigt, jeg næsten ikke genkendte. Jeg vidste, at jeg var vokset, siden jeg kom til Athos, en hel del endda. Det tøj, jeg havde haft på, da jeg kom, var alt for småt nu. Det, der ikke var blevet ødelagt af saltvandet, lignede børnetøj.

Da jeg kom til Athos, var jeg 14 år, nu fyldte jeg snart 17. Næsten tre år havde jeg opholdt mig hos Theodoro. Udover at min krop ændrede sig, lød min stemme også underlig. I begyndelsen troede jeg, at jeg var hæs, og at det måske var halsbetændelse. Men selvom jeg rømmede mig og drak varm saft, blev der ved med at komme underlige lyde fra min mund, når jeg ville sige noget. Jeg måtte stoppe op midt i en sang, når der i stedet for et ord kom et kvæk ud af munden, og hvis jeg skulle fortælle Theodoro noget, lød det som om jeg talte ned i en kande.

Jeg rømmede og rømmede mig, men det fortsatte. Til sidst sad jeg bare stille, nervøs for hvad der ville komme ud af munden på mig af underlige lyde.

"Du er så stille i dag," sagde Theodoro.

"Der er noget galt med min hals, tror jeg."

"Har du ondt?"

"Næh, men det siger mærkeligt, når jeg taler."

Han kiggede på mig, så smilte han.

"Det er helt normalt, din stemme er gået i overgang, du er ved at blive en mand, stemmen forandrer sig og bliver mørkere."

"I am a man!"

"No, not yet, men du er ved at blive det."

"Kan jeg så følge efter Michaelis."

"Når du er gammel nok, er krigen forhåbentlig for længst forbi."

58. MENDELSSOHN IGEN

Der er biler på vejene og udstillinger i butikkernes vinduer. På hylder er der varer og der dufter af brød fra bagerens udsalg. I et. I et hvidt hus i nr. 56 på Katarina Bangatan boede Sergei og jeg hos Mariann, der arbejdede på hospitalet. Vi havde fået et hjørne af hendes dagligstue, og selv sov hun i et lille værelse, hvor der lige præcis var plads til en seng og et skab. Vi havde en rar seng, et lille bord og pæne blomstrede gardiner for vinduet. Der hang et krusefiks på væggen, og hver gang jeg kom ind i stuen, hilste jeg på Jesus, men jeg brød mig ikke om, at han altid hang på det kors, så nogen gange lagde jeg ham på bordet.

Mariann lånte mig en oval ramme, og i den havde jeg placeret billedet af mor. Jeg havde også lagt æsken med brochen på bordet og stillet en krukke med en lyserød pelargonie, som vores nabokone fru Larsson, havde givet mig. Hun havde alle vindueskarmene i lejligheden fyldt med lerpotter med pelargonier, som hun skulle have med på landet til sommer. Nu stod de og blomstrede i hendes stuer på Søder Malm.

Sergei havde dekoreret en sten med farver, den havde jeg også lagt på bordet sammen med en skål fuld af perler, som jeg havde fået til at lave armbånd af. Tasken med vores tøj lå under sengen, og når jeg kiggede mig omkring i stuen, var jeg glad for vores lille ø. Det havde jeg vænnet mig til, fra jeg var helt lille. Hver gang vi kom til et nyt sted, lavede jeg en ø, med min soveplads og de ting jeg holdt af. På den måde følte jeg mig altid hjemme, selv de mest fremmede steder.

Jeg har aldrig vidst, at en vinter kan vare så længe, som den gør i Sverige. Først i marts måned forsvandt sneen, og jeg tænkte, at nu blev det vel endelig forår, men i april kom sneen igen. Den blev der ikke så længe, men alligevel længe nok til at vi fortsatte med at kælke ned ad bakkerne i parken ved kirken, og stå på skøjter på den lille sø. I løbet af vinteren var havnen frosset til, så man kunne gå på isen og krydse fra den ene bred til den anden. I solskin var det en dejlig tur, som Mariann havde taget os med på en søndag eftermiddag, inden det blev mørkt, for det bliver det tidligt om vinteren i Sverige.

Jeg var begyndt at gå i en skole på Södermalm, og Sergei gik i en børnehave, der lå lidt derfra. Vi fulgtes ad, og én gang om ugen tog vi til sygehuset, hvor han blev undersøgt og behandlet. Dr. Lorenz forsøgte først at behandle hans ører med dråber, men det hjalp ikke, så en operation var uundgåelig.

"Ellers kan vi risikere, at Sergei mister hørelsen helt," sagde han.

Jeg vil ikke sige, at Sergei havde vænnet sig til at komme på hospitalet, eller at han nød det, men han accepterede det, og hver gang vi gik derfra, gav dr. Lorenz ham en mønt til at købe boller hos bageren for. Sergei købte to boller uden rosiner, og gav mig den ene.

Men foråret kom trods alt. Langt om længe var al sneen væk, og birketræerne sprang ud med bittesmå lysegrønne blade. Vi var i maj måned, og dagene var lange. Solen gik sent ned, nætterne var lyse. Mariann tog os med rundt i Stockholm og viste os Gamla Stan og det store slot, og en lørdag tog hun os med ud til sine forældre i Skærgården, vi fik lov til at se på, da deres hest fødte et lille føl.

"Maria skal hun hedde," sagde Marianns far, hr. Persson, "det er et fint navn til et fint lille hoppeføl."

Der var en gris med unger, og jeg foreslog Sergei, at én af ungerne skulle hedde Sergei, og det ville han gerne have.

Vi fik også lov til at komme med ud at fiske. Hr. Persson fangede to ørreder og Sergei fangede en lille bitte én, som vi smed ud igen. Om aftenen lavede vi bål og grillede fiskene, og Sergei faldt i søvn på skødet af Marianns mor, efter at han havde spist resten af de syltede pærer fra sommeren før.

Vi sov i et værelse oppe på loftet i smalle senge med halmmadrasser og tunge dyner med stribet betræk.

"Du ligner en polkagris", sagde jeg til Sergei, om morgenen da vi vågnede, og han grinede og kom på sine bare fødder over og gav mig et kram.

Fru Persson tog mål af Sergei og mig, og så fandt hun noget blåt bomuldsstof, som hun ville sy sommertøj til os af. Næste gang vi sås, var det nok færdigt.

Om eftermiddagen tog vi tilbage til Stockholm. Vi sejlede med en lille færge og kørte med to busser, først da klokken var otte, nåede vi trætte tilbage til byen. Der var mange mennesker, der havde været på landet. Folk havde kurve med, stoppet med pølser og skinker og glas med frugt, store brød og sukkerkringler. Vi havde også fået en kurv. Der var marmelade og brød, nogle pølser, en kogt kylling og et stykke postej.

Vi skulle vente på en sporvogn for at komme til Katarina Bangsgatan, og vi ventede en evighed. Der kom flere sporvogne, men ikke med det rigtige nummer, de kørte alle mulige andre steder hen, og Sergei hang tungere og tungere på mit ben.

Endelig langt om længe kom vores sporvogn, og vi kom ombord. Jeg var lige ved at få et par tomme sæder til os, men jeg rejste mig for to damer, som sagde; 'tack snälla' til mig. Mens sporvognen raslede af sted, holdt vi fast i, hvad vi kunne samtidig med, at Mariann måtte passe på kurven med al den gode mad i.

"Hvor mange stoppesteder endnu?" spurgte jeg hende.

"Fem," sagde hun.

Sergei viste mig fem fingre, han havde lært at tælle, om en måned fyldte han syv, han bruge begge hænder for at få fingre nok til sine egne år, når nogen spurgte ham.

Jeg stod, så jeg kunne se dørene gå op, og folk stige ud og ind. Der blev en ledig plads, og den fik Mariann, så hun kunne sidde med Sergei på skødet og kurven ved sine fødder. Tre stoppesteder, før vi skulle af, stod en mand af sporvognen. Han var alene, men der var en del, der skulle af samme sted, så det tog lidt tid, førend han kom ned på gaden. I et ganske kort øjeblik, vendte han ansigtet i min retning, og jeg følte en isnende kulde løbe mig ned ad ryggen. Den krogede næse, de høje tindinger og det sorte halvlange hår. Det kunne ikke være ham…? jo… og dog, jeg var ikke sikker, men jeg måtte undersøge det. Det lignede albaneren, og hvis det var, var han fulgt efter os til Stockholm.

Det var en pludselig indskydelse, der fik mig til at følge efter ham, og da den sidste person i køen, var ved at stige af, hviskede jeg til Mariann, 'jeg kommer senere, der er lige noget, jeg skal undersøge'.

Jeg hørte hendes indvendinger, lige inden jeg sprang ned på perronen, og dørene smækkede i bag mig.

Først kunne jeg ikke få øje på ham i mængden, men så opdagede jeg ham skrå over gaden og fortsætte på den modsatte side af vejen. På afstand fulgte jeg efter ham. Han stoppede op ved en butik, der stadig havde åbent, men det så ud som om han ombestemte sig, for lidt efter gik han videre. Han forlod den brede vej og gik ned ad en smal gyde. Jeg kunne stadig se ham i den lyse aften. Han drejede til venstre og kom hen til indgangen af en lille park, som jeg aldrig havde set før, selv om vi ikke kunne være så langt fra Katarina Bangatan. Der var ingen mennesker i parken på denne tid, og der så mørkt ud derinde med de store træer. Han gik på stien, og jeg valgte min egen sti, og passede på ikke at træde på visne grene. Han ville kunne høre dem, hvis de knækkede.

Han gik ned til en lille sø, satte sig på en bænk og rullede en cigaret. Han ansigt blev oplyst i et kort øjeblik, da han tændte den. Jeg var ikke i tvivl nu, det var albaneren.

Han røg sin cigaret, smed skoddet i gruset og trådte det ud med et 'rutsch', så rejste han sig og gik videre ind i parken. Et par ænder skræppede op, og jeg hørte et eller andet dyr plumpe i vandet tæt ved. Albaneren gik midt på vejen, han var ikke bange for noget.

Han fortsatte rundt om søen, så drejede han ad en mindre sti og kom tilbage ud på gaden igen, han fortsatte sin vandring, som om han ikke havde noget egentligt mål, og til sidst stod vi udenfor Katarina Bangatan nr. 56. Jeg kunne se, at Mariann og Sergei var kommet hjem, for der var tændt lys oppe i lejligheden på tredje sal. Albaneren så ikke ud til at bekymre sig om adressen, mon han vidste, at vi boede der?

Han fulgte grønningen mellem de to rækker huse et lille stykke, så drejede han og skråede over et torv. Han gik til han kom til Vitabergsparken og i et elegant hus, der lå med udsigt over parken, gik han ind.

Jeg sneg mig efter ham og jeg hørte ham åbne og lukke døren til nr.48. '48', tænkte jeg, 'nummer 48'. Jeg ville komme tilbage, når det blev lyst og se om, jeg kunne finde ud af, hvem der boede i ejendommen.

Dagen efter løb jeg løb hen til ejendommen igen. I solen var huset endnu mere elegant, end jeg huskede det. Der var lyserøde knopper på et æbletræ i haven, og der stod et væld af blomstrende liljer i den lille græsplæne. En bred granittrappe førte op til et vindfang og en stor mørk egetræsdør. Der var en skinnende blank messingholder, hvor der var sat skilte ind med navne, skrevet med sirlig håndskrift ud for hver etage. Det var svenske navne, og ingen sagde mig noget. På første sal boede en sagfører Smith, på anden sal en generalkonsul Öhrn, på fjerde boede en Jönsson og på femte en Asker. På tredje sal var der intet skilt.

Mens jeg var i gang med at læse skiltene, gik døren pludselig op, og der stod en ung pige i sort kjole og hvidt forklæde. Hun bar en kurv på armen.

"Goddag," sagde hun, "søger du nogen?"

"Øh, nej," skyndte jeg mig at sige.

Da hun ville gå forbi mig, begyndte en violin at spille. Vi gik begge to et par skridt tilbage og kiggede op.

"Tredje sal," sagde hun og rystede på hovedet, "og altid den samme melodi." Man skulle ikke tro, at hun kunne andre."

Jeg lyttede, og jeg var ikke i tvivl. Det var Mendelssohn, det nummer, som den gamle i Stettin havde spillet. Jeg vidste dengang, at jeg havde hørt det nummer før, mange gange før. Nu lød det igen, gennem et åbent vindue fra tredje sal, spillet på nøjagtig den måde, som min mor spillede det, dengang hun var hos os.

59. KAROLINSKA SYGEHUS

'I må ikke gøre ham ondt', hviskede jeg, 'der må ikke ske ham noget'. Jeg gentog ordene igen og igen.

Det store tomme rum med de kalkhvide vægge, gulve af skakternet linoleum. 'I må ikke gøre ham ondt, der må ikke ske ham noget'.

De havde kørt ham ned til operation tidligt om morgenen. Jeg gik i skole, som jeg plejede, men jeg kunne slet ikke koncentrere mig. Til sidst sagde min lærer, at jeg godt måtte gå hjem, men det gjorde jeg ikke, jeg tog ud til hospitalet, og på vejen købte jeg en bamse til Sergei, for sådan én havde han aldrig haft.

Der var en sygeplejerske, der sagde, at det var gået godt, men at Sergei ikke måtte få besøg førend i morgen. Han var ved at vågne efter operationen, og så skulle han hvile sig.

Det var dr. Lorenz, der havde hentet Sergei. Han kom i sin bil, og han sad i køkkenet og drak kaffe hos Mariann, da vi vågnede. Sergei var gået ud i køkkenet, som han gjorde hver morgen efter et glas mælk, men han kom løbende ind til mig, bleg og forskrækket, så jeg troede, at han havde slået sig. Men det var kun fordi, han havde set lægen.

Da de kørte af sted sammen, havde jeg det, som da de hentede ham i Belzec. Da han skulle undersøges af lægerne, og det bagefter blødte fra hans ører. Men da han kørte af sted med dr. Lorenz, sad han bare helt stille og tårerne trillede ned ad hans små kinder, og jeg følte, at jeg sendte ham tilbage til Belzec.

Nu lå han på opvågningsstuen, og jeg måtte ikke se ham. Mon han vidste, at jeg var der? I det store tomme rum med de hvide vægge, mon han vidste, at jeg ventede på ham?

"Jamen Maria dog, sidder du her helt alene?"

Dr. Lorenz kom gående sammen med en anden læge.

"Har du hilst på din bror?"

Jeg rystede på hovedet.

"Han har det godt, men han er meget træt, det er helt almindeligt, vil du hilse på ham?"

Jeg nikkede; "de sagde, at jeg ikke måtte se ham."

"Et lille øjeblik går nok, kom du med mig".

Jeg fulgte efter lægen ned ad de lange gange. I et rum med tre senge sad en sygeplejerske og holdt vagt. I den ene seng lå en gammel mand, i den anden en ung kvinde, og i den tredje seng var det eneste, jeg kunne se, en enorm bandage, der lå på hovedpuden. Men under bandagen skimtede jeg Sergeis lille blege ansigt. Han sov fredeligt.

"Han har det fint, og han har været meget dygtig," sagde dr. Lorenz, "der går lidt tid, inden han vågner, men i morgen kan du besøge ham rigtigt".

"Må jeg give ham den her", spurgte jeg og holdt pakken med bamsen op.

"Ja, sæt den i fodenden, så ser han den, når han vågner".

Jeg talte timerne, til jeg kunne komme tilbage til hospitalet og besøge Sergei. Jeg pjækkede fra skole, og da klokken var otte, stod jeg udenfor Karolinska Sjukhuset og ventede på at komme ind. Den lille æske med hesteskobrochen lå i min lomme, den ville jeg bruge som betaling for Sergeis behandling.

"Der er ikke besøgstid endnu," sagde en vagt i døren, "du må komme igen mellem klokken 15 og klokken 17."

"Jamen, jeg skal besøge min lillebror."

"Det kan godt være, men det skal ske mellem klokken 15 og klokken 17."

"Han er ikke vant til at være alene," forsøgte jeg.

"Mellem klokken 15 og klokken 17."

Han var hverken til at hugge eller stikke i, gad vide om han kunne sige meget andet. 'Vil du have nogen tæv?' 'Mellem klokken 15 og klokken 17'. Der var lang tid, til klokken var tre. Jeg satte mig ned og ventede på bænk. Det var syv timer! Der kom nogle sygeplejersker gående i deres uniformer. Nogen gik ind ad hovedindgangen, men jeg opdagede at de fleste gik langs bygningen og forsvandt om bag ved. Der var måske andre indgange?

Jeg fulgte med et par sygeplejersker om til bagindgangen.

"Hejsan," sagde de, og den ene holdt endda døren for mig, for der var ganske rigtigt en indgang. Nu var jeg kommet indenfor, det havde været let nok, så gjaldt det bare om at finde Sergei.

Jeg anede ikke, hvor jeg var, eller hvordan jeg skulle finde ham. Og hvor skulle jeg begynde at lede? Gangene var alle sammen ens, lange og hvide. Jeg bankede på nogle døre, og stak hovedet ind. Et sted lå der seks gamle mænd på en stue, et andet en enlig kvinde og en tredje dør førte mig ud i et rum med en masse vaske, hvor der lugtede underligt.

"Jeg sagde mellem klokken 15 og 17," var der pludselig nogen, der råbte bagved mig.

Åh nej, det var vagten, hvad lavede han der, burde han ikke stå ved døren? Men det gjorde han i hvert fald ikke nu, han kom løbende hen imod mig, som om han havde opdaget en farlig forbryder. Jeg løb tilbage, hvor jeg var kommet fra og smuttede ned ad en trappe, som førte til kælderen.

Jeg kunne høre vagten pruste bag ved mig, da han sprang efter mig ned ad trappen, men jeg smuttede ind ad en dør og stod pludselig i et bælgmørkt rum. Det var ikke til at se en hånd for sig, og jeg kunne ikke gemme mig nogen steder, hvis vagten åbnede døren og tændte lys, ville han finde mig med det samme, men heldigvis hørte jeg ham løbe forbi udenfor. Jeg blev stående i lang tid og ventede, til jeg turde kigge ud. Et par lamper med svage pærer oplyste gangen med et dunkelt lys. Der var ingen at se. Jeg vovede mig ud, men jeg turde ikke gå tilbage ad den samme trappe, så jeg fortsatte i samme retning, som vagten var løbet. Gangen delte sig, og der stødte andre gange til. Det var et helt net af brede og smalle gange, der løb under hospitalet. Alle dunkelt oplyst og med en underlig indelukket lugt. Gad vide hvor de førte hen?

I en bred korridor opdagede jeg tre elevatorer, der holdt med lukkede døre. Jeg havde aldrig prøvet at køre i elevator før, men jeg regnede med, at de kunne bringe mig væk fra kælderen. Jeg trykkede på alle tre knapper, og der lød en buldren et sted oppe i bygningen. Én efter én standsede elevatorerne i kælderen, og med en hvinen fra hængslerne gik gitrene op. Der kom ingen ud, så jeg steg ind i den midterste og kiggede på numrene for etagerne. Sergei, hvor var det han lå? Det var jo opvågning, men hvor var det, vi havde været til alle undersøgelserne? På første sal eller anden?

Jeg prøvede at trykke første sal, men der standsede elevatoren i et køkken. En stor tyk dame med blå kittel og hvid kappe på hovedet kiggede vredt på mig, da døren gik op. Hun kom hen imod elevatoren, mens hun pegede ad mig med en enorm suppeske og sagde noget, som jeg heldigvis ikke forstod. Jeg nåede lige at trykke på knappen med anden sal, døren gik i, og væk var hun. Hun lignede én, der kunne finde på at smide mig i gryden.

Anden sal så mere rigtig ud. Der var i hvert fald folk i hvide kitler, og to mænd kom bærende på en båre med en kvinde på. Der hang skilte på væggen, og et af dem viste vej til øre- næse og halsafdelingen. Det måtte da være der, han var.

Der var ingen, der råbte efter mig, og ingen der spurgte, hvad jeg lavede udenfor besøgstiden. Der var endda en ung sygeplejerske, som viste mig hen til Sergeis seng. Han var anbragt på en stue sammen med tre mænd og en anden dreng. Han sad og spiste grød, da jeg kom, og bamsen havde han pakket ud og sat ved siden af sig. Han lignede en lille krigsinvalid med den store bandage om hovedet, og først så ham mig slet ikke, så optaget var han af maden. Troede jeg.

"Sergei," sagde jeg, da jeg stod helt henne ved sengen, men han spiste ufortrødent videre.

"Sergei," forsøgte jeg lidt højere.

"Han kan ikke høre noget," råbte manden, der lå i sengen ved siden af, han havde en meget stor og skæv næse, "han er døv."

Var operationen mislykket? Havde den taget resten af hans hørelse? I det samme kiggede Sergei på mig med øjne, der tydeligt sagde, 'det skulle du ikke have gjort', så koncentrerede han sig om sin grød og sin bamse.

Jeg satte mig på sengekanten, det var næsten ikke til at bære. Sæt nu operationen gik galt, så var det min skyld. Hvis han mistede hørelsen for altid, var det min skyld.

Vi sad sådan ved siden af hinanden i lang tid, uden at nogen af os sagde noget. Drengen, der lå i sengen overfor, kom over og stod og kiggede på os.

"Mandlerne", råbte manden med den skæve næse, og pegede på drengen.

Drengen så ud, som om han godt kunne have spist noget at Sergeis grød. "Han må ikke spise mad, kun kolde drikke", underrettede næsen mig om.

"Hvad ligger De her for," spurgte jeg ham.

"Ørebetændelse," råbte han, "meget smertefuldt".

Sergei var færdig med sin grød og rakte mig skålen. Helt ignorere mig ville han alligevel ikke. I det samme gik døren op og et hold læger og to sygeplejersker, den ene ældre og med et meget strengt udtryk, kom marcherende ind. Doktor Lorenz var iblandt dem.

"Stuegang," sagde den stramt udseende, og henvendt mod mig sagde hun; "Besøgstid mellem klokken 15 og klokken 17."

'Gad vide om hun er gift med vagten?' for det gennem hovedet på mig.

"Jamen, det er jo Maria," sagde doktor Lorenz smilende og kom her til mig og gav mig hånden, "goddag Maria, sig mig, har du sovet her i nat?"

Jeg rystede smilende på hovedet.

Doktor Lorenz henvendte sig til den ældste af lægerne og fortalte ham vist om operationen og en masse, jeg ikke forstod så godt, men jeg hørte ordet kz-lejr. Lægen nikkede, så kiggede han på Sergei, som veg så langt væk fra ham, han overhovedet kunne.

Holdet gik videre til de andre senge, og jeg satte mig hos Sergei igen. Da de var ved at være færdige med stuegangen, kom jeg i tanke om brochen, som jeg havde liggende i min lomme. Mon ikke, det var det rigtige tidspunkt nu, at betale for operationen? 'Ingen varer uden betaling', plejede bedstemor altid at sige, når vi solgte på markederne.

"Dr. Lorenz", sagde jeg, og gik hen til ham. "Jeg vil gerne betale for operationen nu."

Han kiggede spørgende på mig

Jeg holdt æsken op mod ham. "Jeg tror nok, at den er en del værd."

Han åbnede æsken og kiggede på brochen. Så smilte han og rystede på hovedet.

"Her skal du ikke betale," sagde han. "Gem du den godt væk, I kan få brug for den senere." Så forsvandt han ud ad døren sammen med de andre læger og sygeplejersker.

Jeg blev hos Sergei, lige indtil besøgstiden startede. Jeg havde fået lov til at køre ham en tur i en kørestol, og han sad stadig i den og vinkede, da jeg gik.

Nede i ankomsthallen passerede jeg vagten, som kiggede vredt på mig fra sin stol.

"Stuegang fra klokken 15 til klokken 17," sagde jeg og nejede, idet jeg gik forbi ham.

Han sprang op, men i det samme vrimlede det ind med besøgende, og jeg smuttede ud ad døren, lige inden han fik slået en klo i mig.

Folk kom imod mig med gaver og blomsterbuketter. Nogen så glade ud, andre var tavse og forknytte. Mon Sergei ville komme til at høre normalt igen. Dr. Lorenz havde sagt, at der kunne gå et stykke tid, inden vi fik det at vide.

Jeg havde min nye blå kjole på, den som Marianns mor havde syet til mig. Den var med lange ærmer, for folk gloede altid på vores nummer på armen, og den var kommet med posten dagen før. Når Sergei skulle hjem fra hospitalet, skulle han have et par blå korte bukser og en hvid skjorte på. Det var det flotteste tøj, vi nogensinde havde haft, og vi kom til at se meget svenske ud, syntes jeg. Jeg gik og tænkte på de bukser, jeg havde snuppet til Sergei i Thessaloniki. Det føltes som om det var flere år siden, at den tykke dreng lukkede os inde i skuret og ville sætte ild til os. Der var sket så meget siden da, og nu gik jeg her og følte mig næsten som enhver anden svensker i min blå kjole, for når jeg kiggede mig omkring var ikke alle svenskere lyshårede og blåøjede, der var mange med brunt hår som mit, og nogen endda med sort hår og mørke øjne.

Lige udenfor hospitalet var nogle mennesker stoppet op, og stod og talte lavmælt sammen. En gammel mand stod i midten af dem støttet til en ung kvinde og tørrede sine øjne. Jeg gik forbi dem, og idet jeg passerede dem, så jeg ud ad øjenkrogene et par, der kom gående imod mig. Jeg kom til at støde til kvinden med min skuldertaske, så jeg sagde 'undskyld' og gik videre. Parret reagerede ikke. Kvinden hang på mandens arm, hun var høj og rank, klædt i en sort dragt, men hun gik, som om hun havde smerter. Jeg kunne ikke lade være med at vende mig og kigge efter dem. Der var noget helt specielt over dem. De skilte sig ud, og jeg ved ikke, om det var på grund af deres højtidelige påklædning, deres ranke holdning eller kvindens lysblonde hår, der var holdt sammen i nakken med et særpræget sølvspænde med perlemor.

De fulgte de andre mennesker ind i hospitalets forhal, og jeg kunne ikke lade være med at følge efter dem. Jeg stod på afstand og så, at kvinden snakkede med damen i glaslugen. Hun pegede og kvinden nikkede. Da hun vendte sig om, så jeg, at hun var meget smuk, men også meget bleg med store bedrøvede øjne. Hun sagde noget til manden, og han gav hende sin arm, så hun kunne støtte sig til ham. De gik næsten lige forbi mig, og da de var ud for mig, vendte manden sig mod mig, og jeg troede at jeg skulle besvime. Det var Albaneren!

Jeg gik baglæns et par skridt, så drejede jeg rundt og styrtede ud ad døren. Jeg løb, alt hvad jeg kunne, sprang det første stoppested over, og stoppede først da jeg var sikker på, at ingen fulgte efter mig. Jeg nåede sporvognen lige inden den satte i gang. 'Hurtigere, hurtigere', tænkte jeg, men det virkede, som om sporvognen bare havde tænkt at snegle sig af sted i den lune eftermiddag.

Så slog en frygtelig tanke ned i mig. Hvad nu, hvis Albaneren fandt Sergei! Det var åbenbart både Zoran og Sergei og mig, han var ude efter. Mon han var tysk stikker, jeg havde hørt, at de fandtes, at de kom med flygtningene og blandede sig med dem, og rapporterede hjem til Tyskland, hvem der var flygtet. Men hvorfor havde han så været i Thessaloniki, og hvorfor havde han været på Athos? Hvorfor fulgte han efter os, var det en tilfældighed, eller var vi så vigtige? Og hvem var vi så vigtige for?

Jeg sprang af sporvognen, mens den endnu var i fart og spænede tilbage mod hospitalet. Albaneren måtte for alt i verden ikke få fat på Sergei.

Vagten skulle til at råbe efter mig at besøgstiden var ovre, da jeg forpustet løb forbi ham. Jeg kunne mærke, at Marianns aflagte hvide sommersko gnavede mig i hælene, men tanken om at Albaneren ville stjæle Sergei, fik mig til at glemme smerten.

Hvorfor samtlige mennesker på hospitalet absolut skulle gå ned ad trappen, ved jeg ikke, men det føltes sådan, da jeg masede mig forbi op til etagen, hvor øreafdelingen lå. Først kunne jeg ikke få øje på Sergei, han var ikke på sin stue, men så så jeg en sygeplejerske komme kørende med ham.

Han sad stadig i kørestolen, og det så ud, som om hun havde kørt ham en lille tur for hans fornøjelses skyld. Han havde bamsen med. Gudskelov var der ikke sket ham noget.

"Maria!"

Jeg vendte mig om. Dr. Lorenz kom smilende imod mig, men lige bag ved ham opdagede jeg Albaneren og kvinden i den sorte dragt. Jeg hørte ikke mere. Jeg styrtede hen til Sergei, tog fat i kørestolen, vendte den og spænede ned ad gangen. Dr. Lorenz råbte efter mig. Var han i ledtog med dem?

Sergei sad og hvinede af fryd, 'hurtigere, hurtigere', råbte han. Jeg drejede skarpt til højre, og fik øje på en næsten tom elevator, som jeg kørte Sergei ind i, lige som dørene skulle til at lukke.

En sygeplejerske kiggede strengt på mig.

"Det er ikke en legeplads," sagde hun vredt.

Elevatoren kørte først til stuen, der stod de andre passagerer af, og så fortsatte den ned i kælderen. Der stod vi ud, og jeg skubbede Sergei ned ad de lange gange. Jeg anede ikke, hvor vi var, men når bare vi var langt væk fra Albaneren, var det godt.

De mørke gange var kølige, og der løb endeløse rækker af gurglende rør oppe under lofterne. Pludselig hørte jeg stemmer, og jeg var sikker på, at jeg hørte nogen kalde mit navn. Jeg åbnede en dør og kørte Sergei ind i et mørkt rum. Der lød fodtrin på den anden side af døren.

'Shh', hviskede jeg til Sergei og klappede ham på hovedet på den underlige stive bandage. Jeg havde glemt, at han var indbundet og slet ikke kunne høre mig, men han sad helt stille.

Vi blev stående i det mørke rum i lang tid, til jeg forsigtigt turde linde på døren og kigge ud på gangen. Der var ingen at se.

Jeg fik bakset kørestolen ud, og kørte den ad nogle andre og endnu mørkere gange. Der var stille, de havde åbenbart opgivet forfølgelsen. Vi kunne ikke blive i kælderen, vi måtte op og væk fra hospitalet.

Gangen svingede skarpt, den var smallere end de andre, men måske førte den til en opgang i sidefløjen, som den jeg var kommet ind ad sammen med sygeplejerskerne? Endnu et skarpt sving, og så pludselig stod han foran os.

Han rakte hænderne ud mod os.

"Maria! Maria vent!"

Han gik langsomt hen imod os.

"Maria vent, jeg gør jer ikke noget ondt".

Han talte rom, og det forvirrede mig. Han var kun nogle meter fra os, og jeg ville ikke kunne nå at vende kørestolen og få Sergei med mig. Jeg kom i tanke om diamantbrochen, jeg havde i lommen, og greb efter den lille æske og smed den i hovedet på ham. Den faldt på gulvet og åbnede sig, så brochen trillede klirrende ud. Så hev jeg Sergei op af kørestolen, og med al min kraft skubbede jeg stolen hen mod Albaneren. Den kørte ind i væggen og væltede foran ham. Men han kom ikke efter os, som jeg havde troet, han ville, i stedet bøjede han sig og samlede brochen op.

Bag os hørte jeg Albaneren udstøde et halvkvalt skrig, men jeg hørte ikke mere, jeg flåede Sergei med mig, og vi løb, alt hvad vi kunne tilbage ad de lange gange, indtil vi kom til en bred trappeopgang, der førte os op til stueetagen. Gennem en svingdør var vi tilbage i den store hall. Selvom Sergei så underlig ud med hovedet indbundet i den enorme hvide bandage, var der ingen, der lagde mærke til os. Der var andre mennesker med arme og ben og hoveder med bandager om.

Albaneren kunne komme efter os, hvert øjeblik det skulle være, med mindre han var tilfreds med den kostbare broche. Men hvor skulle vi gå hen? Hjem til Mariann kunne vi ikke tage, der ville dr. Lorenz finde os, og jeg kendte jo ikke andre. Måske kunne vi tage ud til Marianns forældre eller tilbage til Lund? Og hvad med Sergeis behandling? Hvis han ikke fik den rigtige behandling, hjalp operationen måske slet ikke, ja, måske blev det hele bare værre?

Én ting var sikkert, vi måtte først forbi vagten, måske havde han fået at vide, at han skulle holde øje med os, og at vi ikke måtte slippe ud af hospitalet, men han stod og talte alvorligt med to ældre damer. Han forklarede og pegede. Vi kunne måske nok komme forbi ham nu, hvor han var optaget af damerne, men i det samme så jeg dr. Lorenz stå udenfor på trappen, ham kunne vi ikke uden videre smutte forbi.

Jeg greb efter Sergeis hånd, han havde lige stået ved siden af mig, men nu var han gået et par skridt væk fra mig og stod og stirrede på et eller andet inde midt i hallen.

"Kom nu, Sergei!"

Han rørte sig ikke, men blev stående helt forstenet.

Jeg fik fat i kraven på hans natskjorte, men så opdagede jeg, hvad det var, han havde stirret på. Det var kvinden, der havde fulgtes med Albaneren. Hun stod midt i hallen og lignede én, der havde set to spøgelser.

"Mor," sagde han stille og spørgende, han vidste jo ikke, hvad det ord betød, "Mor."

Hun kom hen imod os. Det var som i en drøm, som om hun langsomt svævede over gulvet. Hun smilte et lille forsigtigt smil, et smil fuld af smerte. Jeg kendte det smil, men det var så længe siden, jeg havde set det, og jeg havde opgivet nogensinde at skulle se det igen. Hun rakte hænderne ud imod os, og som var hun blevet overvældet af en pludselig træthed, blev hun stående. Så faldt hun på knæ på gulvet, og Sergei løb hen til hende.

Det var sekunder, måske minutter, men tiden stod stille på Karolinska Sygehus den eftermiddag i sensommeren 1944. Vi sad på gulvet i den store ankomsthal og holdt om hinanden, og ingen af os sagde noget, for intet sprogs ord rakte, til det vi følte.

60. THEODOROS URANSAGELIGE VEJE

Jeg kastede mig med en påtaget stor interesse over forskellige opgaver. Jeg måtte have tiden til at gå, først savnet af mine forældre, så Maria og nu Michaelis fik dagene til at føles meget lange. Når jeg havde læst og lavet mine lektier, gik jeg i gang med at kalke huset og male vinduerne. Theodoro kalkede den side af huset, som man kunne se fra stien, mens jeg tog mig af resten. Til sidst stod det lille hus skinnende hvidt med mørkegrønne vinduer og skodder. Theodoro skaffede tegl, og jeg hjalp ham i de tidlige morgentimer med at udskifte de værste af teglene og lægge nye på.

Hvad skulle jeg så finde på? Jeg bad om lov til at kalke væggene indvendigt og male døre og vinduer. Theodoro var kun glad for, at jeg forskønnede huset, så han skaffede mere kalk og mere maling, og jeg malede fra tidlig morgen, til jeg ikke længere kunne se, hvor jeg strøg malingen.

Men så kedede jeg mig igen. Theodoro skar træplader og viste mig, hvordan jeg med sikker hånd skulle lægge oliemaling på. Små billeder af landskaber stod efterhånden overalt på hans værksted. Så malede jeg Theodoro. Det var let at få ham til at sidde model, for jeg bad ham bare om at sidde og tænke. Jeg malede hans profil, mens han kiggede skråt ned foran sig. Hans næse blev for stor og øjnene for indfaldne, men han hjalp mig med at ændre, og til sidst var jeg næsten tilfreds med resultatet.

"Det er godt," sagde han, "men jeg ser gammel ud, er mit hår virkelig blevet så gråt?"

Efter en hel formiddag på værkstedet kunne jeg ikke længere sidde stille, jeg måtte ud, og hvis jeg kunne se mit snit til det, løb jeg ned og badede. Jeg holdt mig fra Marias strand, men jeg havde fundet mit eget faste sted, hvor jeg sprang fra klipperne ned i vandet. Jeg var nødt til at kravle det sidste stykke vej, så når jeg kom til stedet, var jeg varm og træt. Så var det befriende at flå det varme sorte tøj af og dykke ned i det svalende salte vand. Jeg tror, Theodoro havde en mistanke om mine vandture, men han sagde ikke noget og spurgte aldrig.

At bade, og i det hele taget at vise sin krop, var absolut ikke tilladt på Athos. Man viste ikke engang ben, og under arbejdet i haverne eller på bygningerne blev skørtet af kjortlen højst bundet op på hofterne, så de lange bukser, man bar inden under kom til syne. Ingen nøgne lægge, ingen nøgne ankler. Men jeg var overbevist om, at ingen kunne se mig, da min strand lå gemt af klipper og var næsten umulig at komme frem til, så jeg smed tøjet og hoppede i med stor fryd.

Jeg lavede udspringskonkurrencer og kravlede længere og længere op på klipperne. En meter, to meter, tre meter, fem meter over vandet. Til sidste målte jeg næsten otte meter, men da jeg sprang og ramte vandoverfladen, var det som at få et ordentligt klask bag i. Bagefter nøjedes jeg med at springe fra fem meter og så prøve både at springe på benene og på hovedet.

Jeg havde lavet mit hidtil bedste spring. Det var på hovedet og gik lige ned med strakt krop. Jeg røg et godt stykke ned under overfladen og svømmede under vandet ud og væk fra klipperne så langt, jeg kunne holde vejret.

Jeg følte mig så sikker på, at ingen kunne se mig inde fra land, at jeg havde glemt, at nogen kunne komme fra vandsiden. Der var jævnligt små både, som sejlede langs kysten. Det var for det meste klostrenes fiskerbåde eller både med folk, som skulle fra et kloster til et andet, og så en gang imellem et af tyskernes skibe.

Jeg pustede ud og steg gispende op til overfladen. For sent opdagede jeg en lille robåd, der med seje åretag skød frem bag klipperne. Jeg dykkede ned under vandet og svømmede ind mod bredden igen. Vandet var blikstille, og mit hoved ville være synligt som en flydende bold på dets overflade. Bag klipperne kiggede jeg frem og så, at roeren var en yngre munk med brun arbejdsklædning på, måske en fisker. Den unge munk så stor og stærk ud og roede godt til.

Så opdagede jeg, at der i bådens forstavn sad en person mere. En ældre munk som sad vendt fra den roende og kiggede fremad. Jeg tørrede øjnene for saltvandet og kiggede ekstra godt efter. Den gamle havde, som alle andre munke, sort klædning og hat på. Det var for det meste umuligt at skille munkene ud fra hinanden, men der var noget bekendt over denne munk. Da han et øjeblik tog hatten af og tørrede panden med et stort hvidt lommetørklæde, var jeg ikke i tvivl. Det var fader Theodoro, som sad i båden.

61. GROTTEN

Hvordan skulle jeg kunne sige til Theodoro, at jeg havde set ham i båden? Hvis jeg gjorde, ville han spørge, hvad jeg lavede så langt væk fra huset, og han ville under alle omstændigheder kunne regne ud, at jeg badede. Så jeg sagde ikke noget, og Theodoro fortalte ikke noget. Han var væk, da jeg kom tilbage til huset, og han kom først hjem ud på aftenen. Han virkede oprevet, men også træt. Han spiste lidt linsesuppe og en frisk abrikos, så trak han sig tilbage til sit værelse. Jeg kunne høre ham trave frem og tilbage bag døren, men lidt efter var der stille, og jeg kunne høre en svag snorken fra værelset.

Da jeg stod op næste morgen, var fader Theodoro væk. Jeg regnede med, at han var gået til et af kapellerne, som han plejede, men det undrede mig, at han først kom tilbage ud på eftermiddagen, og så træt og støvet ud, som om han havde gået langt.

De følgende dage oplevede jeg den samme forstemthed hos Theodoro, som jeg havde mærket hos Michaelis. Når vi sad og sludrede efter et måltid, var han mere fåmælt, end han plejede at være. Jeg forsøgte at opmuntre ham og spørge om forskellige ting, han var venlig, som han plejede, men jeg fik kun få og korte svar. Jeg nævnte aldrig, at jeg havde set ham i båden. Til sidst opgav jeg og tav som han.

Fader Theodoro var efterhånden sjældent på sit værksted, han forsvandt jævnligt på kortere eller længere ture. Han var optaget af et eller andet, men hvad anede jeg ikke, og det virkede ikke, som om han var interesseret i at indvi mig i sine gøremål.

En eftermiddag kom han hjem bærende på en kasse. Kassen var ikke særlig stor, men på den måde han bar den, kunne jeg se, at den var tung. Han satte kassen ind på sit værelse, og talte ikke om den.

"Jeg var ved Agias Annis," sagde han henkastet til mig og satte en lille kurv på køkkenbordet. Jeg var i færd med at skære tomater.

"Det er en fisker fra skiten, som gav mig en kurv fuld af kalamaris."

Jeg kiggede ned i kurven med de små blæksprutter. Fiskeren havde heldigvis renset dem, men jeg hentede vand fra brønden og skyllede dem, og et par stykker gav jeg til kattene, som sad og kiggede sultent op på køkkenbordet.

Theodoro tilberedte blæksprutterne med hvidløg, urter og vin, og vi spiste dem med hvide bønner og tomatsalat. Han skænkede en gylden Retsina, et glas til ham og et lille et til mig.

"Denne vin," sagde han og holdt glasset op, så solens strålende spillede i den ravfarvede væske, "er lavet på klostret Simonos Petras, dens lige findes ikke på hele Athos. Prøv og smag. Fantastisk ikke sandt!"

Jeg tog en lille mundfuld, vinen var stærk og krydret. Om det var vinen eller måske kassen, som Theodoro havde bragt hjem, ved jeg ikke, men den aften var han, som han plejede at være, og jeg kunne endda få ham til at spille backgammon med mig efter maden. Ud på aftenen trak han sig som altid tilbage til sit værelse, men i lang tid kunne jeg høre ham rumstere med et eller andet derinde.

Det hændte nu oftere, at der kom folk til Theodoros hus. Måske var det en form for rastløshed, der fik munkene til at begive sig af sted på besøg til de andre klostre, skiterne eller de enligt boende.

Krigen havde fået mange til at tage fra byerne til Athos og søge om optagelse på klostrene. 'Det er ikke alle, der ønsker at komme nærmere Gud, snarere nærmere gryderne', blev der hvisket. Mange forældre sendte deres drenge til akademiet på halvøen, for at de skulle undgå kaos og hungersnød, som hærgede i Grækenland og hele Balkan.

Havelågens klokker bimlede nu jævnligt, og forsynet med en bog tog jeg flugten til brændeskuret eller bare væk fra huset mod havet eller op ad de skovklædte skråninger. Den tiltagende trafik på stierne gjorde det sværere for mig at bevæge mig så frit som før, og selv på de små stier mødte jeg folk. Men iført min novicekåbe og med mit lange hår knyttet i nakken, skilte jeg mig ikke længere ud fra Athos' andre beboere. Hvis jeg mødte nogen på min vej, var jeg bare en ung munk på vandring. Jeg slog korsets tegn, som de, og hilste høfligt med et 'kyrie eleison'.

I min seng om aftenen forsøgte jeg at huske mine jødiske bønner og genskabe mig billeder af min familie og vores venner fra synagogen i Thessaloniki, for til trods for mit græsk-ortodokse ydre var jeg stadigvæk 'jødedrengen Daniel'.

Theodoro fortalte mig en aften om, hvor vigtigt det var, at jeg hver aften repeterede, hvem jeg var, og hvorfra jeg kom.

"Vi har alle sammen behov for at høre til et sted," sagde han. "Dit folks historie går årtusinder tilbage, tænk altid på det. Tænk på din familie, Daniel, de tænker på dig."

Og han spurgte mig ud om min far og mor og søster, om bedstefar og bedstemor, og om min familie i Danmark, som han var sikker på, mindede meget om de mennesker, han havde mødt i London.

"Sner det meget de steder?" spurgte jeg ham.

Og han sagde, at det nok ikke sneede så meget i London, men måske mere i Danmark. Og jeg kunne huske, at min bedstefar havde fortalt, at man på rigtig kolde vinterdage kunne gå på den frosne is over havet til et land, som hed Sverige.

Vi snakkede om min familie, som om de levede, og som om jeg snart skulle se dem. Jeg savnede dem så frygteligt meget, men jeg kunne mærke, at det gik lettere for mig at tale om dem. Maria derimod talte vi sjældent om. Jeg blev altid frygtelig genert, hvis Theodoro nævnte hende, så det holdt han op med. Men jeg tænkte meget på hende, når jeg var alene. Hun var den fineste pige, jeg nogensinde havde mødt, og når jeg tænkte efter, også den eneste.

De fremmede, der kom til Theodoros hus, bragte nyt om krigen. En munk kom med en løbeseddel, som var udgivet af den græske modstandsbevægelse. Løbesedlen var over to måneder gammel, men en nyhed for os. Da vi læste om hungersnød, ydmygelser og drab, forstod vi hvilke grusomheder, vi var forskånet for på Athos, og jeg tænkte på Michaelis, og hvordan han klarede sig.

Løbesedlen gjorde et stort indtryk på Theodoro, og længe efter, at han havde læst den, var han vred og ophidset.

"Jeg har gennemlevet én krig," sagde han, "og så kort tid efter kommer der en ny. Er der ingen, der bliver klogere. Den her krig er endnu mere grusom end den første. Det er jo fuldstændig forrykt, det der foregår."

"Var du da soldat?" spurgte jeg ham.

"Ja," sagde han, "da jeg var i England, meldte jeg mig som frivillig. Jeg blev såret af en granat i Frankrig, og da jeg var rask igen, var krigen næsten ovre."

Jeg læste løbesedlen, mens jeg sad i brændeskuret, og den gjorde mig så gal, at jeg tog den tyske soldats revolver frem og overvejede, om jeg på en eller anden måde kunne melde mig til modstandskampen.

En vrede, jeg aldrig tidligere havde følt, voksede i mig. Jeg var rasende. Til sidst kunne jeg slet ikke få luft i det lille skur, det føltes, som om jeg var ved at sprænges. Jeg mavede mig ud gennem lemmen, som vendte mod skoven og sprang af sted. Jeg løb i lang tid uden at ænse, hvor jeg var, og fuldstændig ligeglad med om nogen så mig.

Stien førte mig først væk fra kysten til et sted, jeg aldrig havde været før. Jeg løb og løb uden at ænse, hvor jeg var. Det føltes som om mine lunger var ved at sprænges, og til sidst havde jeg sidestik og måtte stoppe. Jeg var kommet tilbage til kysten, og jeg måtte kravle fra klippefremspring til klippefremspring for at komme videre.

Jeg var helt nede ved i vandkanten, og over mig rejste der sig en vældig klippevæg. Stadig ligeglad med om nogen kunne se mig, begyndte jeg at kravle opad. Jeg havde taget mine støvler af og bundet dem over skulderen, men skørterne generede mig, så jeg bandt dem op med snorene i taljen.

Med benene fri og på bare fødder var det ikke svært at klatre. Jeg holdt fast i klipper, i totter af tørt græs og småbuske og bevægede mig langsomt op ad den grå klippevæg. Et godt stykke over mig opdagede jeg pludselig noget, der lignede åbningen til en grotte. Gad vide, hvad der var i den grotte? Klippen blev stejlere, jo længere jeg kom op, og klippestykkerne, jeg klamrede mig til, blev skarpere og sværere at holde fast i. Det gik næsten lodret ned, der hvor jeg hang, men jeg var nået til et punkt, hvor jeg ikke turde kravle tilbage igen. Så jeg fortsatte, mens småsten og klippestykker faldt i dybet under mig og ramte vandet med et klask.

Langt om længe nåede jeg grottens kant og krøb ind. Der var lavt i åbningen, men i mørket fornemmede jeg, at grotten fortsatte videre indad. Jeg kravlede på alle fire, hvor der var lavest, og jeg følte mig frem med hænder og fødder. Nogle steder var grotten bred og ret rummelig, andre steder snævrede den ind til en smal korridor, bælgmørk og klam med en underlig muggen lugt.

Jeg mavede mig fremad og stødte hovedet flere gange. Et sted blev jeg bange for, at grotten endte blindt, men så pludselig kunne jeg skimte glimt af lys bag nogle klippefremspring. Forsigtigt mavede jeg mig frem mod lyset. Først troede jeg, at jeg var nået til grottens udgang, og det var sollyset, jeg så, men lyset virkede diffust og blafrende, det kunne ikke komme udefra.

Jeg sneg mig langsomt nærmere, og bag en klippevæg, viste der sig pludseligt et lille rum. Rummet var oplyst af olielamper, og lyset fra lamperne spillede i guldet på ikoner, der hang overalt. Der stod et bord med et gråt klæde over, og på bordet lå der stumper af stearinlys, som et par mus var i gang med at fortære.

Der var en underlig ram lugt i rummet. Mon jeg var kommet ind i et ligkapel, eller havde jeg fundet en hemmelig indgang til et kloster?

Der måtte være mennesker i nærheden, men alt var tyst, på nær musenes rumsteren på bordet. Jeg strakte mig for bedre at kunne se, og selvom jeg nok vidste, at jeg burde vende om, var jeg for nysgerrig. Jeg måtte simpelthen vide, hvad der var i grotten, og i øvrigt ville det være alt for risikabelt at klatre tilbage ned ad den lodrette væg. Jeg var nødt til at passere rummet for at finde en anden vej ud.

Lige i det jeg ville snige mig igennem rummet, mærkede jeg en hånd på min skulder. Jeg vendte mig forskrækket om og så ind i ansigtet på et besynderligt væsen med et gustent gult ansigt, der mere lignede en dødsmaske end en levende person. Jeg gav et skrig fra mig, tumlede baglæns og landede på ryggen ovenpå nogle skarpe sten. Væsenet overfor mig udstødte et højt og skingert hyl, slap sit greb og veg selv forskrækket tilbage.

62. EREMITTEN

Det var ikke et spøgelse, men en gammel munk, der havde overrasket mig. I det svage lysskær så hans magre, blege ansigt ud som et dødningehoved. Han sagde ingenting, men kikkede bare på mig med blodskudte, rindende øjne. Jeg sagde mit græske navn og begyndte en længere smøre om, at jeg var elev på akademiet i Karies. Mens jeg var midt i en sætning, vendte han sig bort og gik.

Den gamle var højere end jeg. Han var tynd og virkede egentlig temmelig adræt. Jeg overvejede et kort øjeblik, om jeg skulle forsøge at tage flugten og finde tilbage, hvor jeg kom fra, men pludselig dukkede han op igen gennem en anden af rummets indgange. Jeg kunne lugte ham på lang afstand, en væmmelig lugt af snavs.

Nu ænsede han mig ikke, men stod med kroppen vendt mod bordet og ikonerne. Han messede nogle uforståelige lyde og kastede hovedet frem og tilbage. Ind imellem steg hans stemme, og lydene blev til pibende skrig, mens hovedkastene blev vildere og vildere. Musene på bordet spiste uanfægtet videre af stearinen. Jeg stod som forstenet og betragtede dette gale spil.

Så tav han og vendte sig om imod mig. Jeg sad stadigvæk i stendyngen og turde ikke bevæge mig. Munken løftede højre hånd hen imod mig og slog fingrene ind mod håndfladen, som om han vinkede mig hen til sig. Jeg kom øm efter faldet på benene og fulgte efter ham videre ind i grotten.

Til min overraskelse opdagede jeg, at grotten fortsatte, og at vi efter endnu en korridor kom ind i et rum, der så ud til at være den gamles soveværelse. I et hjørne af rummet lå der en skæv madras og nogle fedtede tæpper. I et andet stod et par skåle, en bliktallerken og et krus. Der lugtede værre i dette rum, end i det jeg anså for at være kapellet. Til min rædsel så jeg en stor fed rotte, der var i færd med at spise levninger fra en af skålene. Den gamle lod ikke til at ænse den.

Munken lod mig igen forstå, at jeg skulle følge ham. Vi kom videre ind i en ny korridor og derfra ind i et stort hvælvet rum, hvor lyset udefra strømmede ind. Vi stod ved grottens udgang.

Jeg gik hen til kanten og så ud. Et enestående smukt landskab, lå for mine fødder. Hævet adskillige meter over jorden, så jeg ned over en grøn dal omgivet af skovklædte skråninger. Gennem dalen løb et udtørret flodleje, i det fjerne kunne jeg skimte et klosters røde tegltage, og bag det rejste Athosbjerget sig majestætisk. Det hellige bjerg. Jeg stod dybt benovet og så mod bjerget. Hvor ofte havde jeg ikke drømt om at se det, og nu lå det foran mig, som om det var et smukt billede i en opslået bog.

Munken stod bag mig. Han smaskede fornøjet og grinte skingert, så tog han mig i armen og førte mig helt hen til kanten af grotten. Først blev jeg bange for, at han ville skubbe mig ud og veg et skridt tilbage, usikker på hvad han havde tænkt sig. Jeg følte mig ikke helt tryg ved ham, men den gamle greb et tov og begyndte at hale i det.

Tovet var gjort fast til et spil over grottens åbning. Munken halede godt til, og med et kom en stor flettet kurv til syne. Den gamle fik bakset kurven ind over kanten til grotten, og med den vinkende hånd bad han mig komme nærmere og stige ned i kurven.

"Skal jeg sidde i kurven?," spurgte jeg forskrækket.

Der kom intet svar, men jeg vidste, at det var det, han ville have, og jeg turde ikke andet end at adlyde. Jeg havde hørt om klostrene i Meteora, der lå som hele fæstningsværker på stejle klipper. Den eneste mulige måde for munkene at komme til og fra disse klostre på var i store flettede kurve.

Jeg kunne ikke komme tilbage ad den vej, jeg var kommet, og jeg kunne i hvert fald ikke komme derfra ved at kravle ned ad den lodrette klippevæg, hvor vi stod. Den eneste måde, at komme væk fra grotten og munken på, var ved at kravle op i kurven, og lade munken fire mig ned.

Hvis jeg sad sammenkrøbet, kunne jeg lige præcis være i kurven. Da jeg havde anbragt mig, forsvandt munken ind i grotten igen, men kom lidt efter tilbage med en gammel ramponeret blikspand. Han gav mig spanden og gjorde en bevægelse med hånden, som om han drak.

"Vand, skal jeg hente vand?" spurgte jeg.

Den gamle nikkede og grinte et tandløst grin, jeg opdagede, at han kun havde et par sorte hjørnetænder tilbage i munden. Det grå skæg var langt og tyndt, det sparsomme hår var rødligt. På hans holdning kunne jeg se, at han som ung måtte have været en temmelig høj og rank mand.

Munken fløjtede nu tre lange toner. Han nikkede til mig, og jeg gjorde det efter. Han nikkede igen, gav mig spanden og skubbede kurven ud over kanten. Den knagede og bragede, og jeg bad til, at bunden ikke skulle gå ud af den.

Jeg hang i luften i en gammel slidt kurv, jeg klamrede mig fast til dens kant, og turde ikke kigge ned. Visheden om at hænge 30 meter over jorden i en flettet kurv gav mig kvalme. I korte ryk firede den gamle mig langsomt nedad. Jeg så klippevæggen passere stødvis forbi, den var helt glat, uden fremspring, buske eller andet, jeg kunne gribe fat i, hvis jeg havde forsøgt at klatre ned.

Kurven stødte med et bump mod jorden, og jeg kravlede med rystende ben ud af den. Lettet skyndte jeg mig derfra, men kom i tanke om vandet. Der løb en lille bæk nedenfor klipperne, hvor jeg fyldte spanden, bar den tilbage til kurven og fløjtede, som munken havde gjort. Langsomt bevægede kurven sig opad igen med den vandet. Jeg fulgte den med øjnene og så den blive hevet ind i grotten højt over mig.

Jeg måtte se at komme tilbage til fader Theodoros hus, men da jeg havde gået et lille stykke, hørte jeg pludselig nogen synge, og jeg nåede lige akkurat at gemme mig bag nogle buske, inden en ung munk passerede tæt forbi mig på stien. I armene bar han en sæk, og på ryggen havde han et knippe brænde. Han gik i retning af grotten. Jeg vendte om og fulgte efter ham.

Munken standsede under grotten. Han lagde nakken tilbage og fløjtede tre lange fløjt. Intet skete, og han gentog fløjtene nogle gange.

Med et kom kurven ud over grottens kant, og blev langsomt firet nedad. Munken lagde sækken og brændet ned i kurven, så tog han den samme zinkspand, som jeg kort forinden havde fyldt, gik til bækken, fyldte spanden og stillede den ned i kurven. Han fløjtede, og kurven forsvandt opad. Da han havde forvisset sig om, at kurven var inde i grotten, vendte han sig og forsvandt syngende tilbage ad den samme vej, han var kommet.

Efter en times vandring var jeg i et område, jeg kendte igen. Stien førte mig igennem en lille lund af hvid- og rosa blomstrende oleanderbuske. Den søde duft fik mig til at tænke på Maria, og jeg plukkede en lille gren af. Maria, hvor var hun nu?

Der var ikke så langt hjem nu, jeg satte mig og hvilte mig lidt.

Løbeseddel havde jeg stadig i lommen, det var den, der havde gjort mig så vred. Maria kunne lige så godt som mine forældre være endt i de lejre, der havde stået omtalt på sedlen. Maria, der altid gjorde én så glad og varm om hjertet. Maria, der gik sine egne veje og sagde, at vi alle sammen var alene. Ligesom eremitten var det, ligesom jeg var det, og fader Theodoro var det.

Pludselig følte jeg mig frygtelig ensom og meget ked af det. Den gamle munk, der havde levet så usselt i den klamme grotte. Havde han ingen familie, ingen der elskede ham? Og Maria, hvem passede på hende? Jeg lænede mig tilbage, kiggede op i himlen og så skyerne, der gled forbi som små totter uld. Lyset var skarpt, solen blinkede bag løvet på buskene. Min øjne fyldtes med tårer, men jeg lod dem komme. Det var længe siden, jeg sidste havde grædt, og her var der ingen, der så det.

Jeg snusede til blomsterne og lod tårerne løbe. Far og mor og Eva, hvor var de nu? Og Maria med sjalet om håret og fader Theodoros rosenkrans om halsen?

63. EKSPLOSIONEN

Huset var tomt, hverken fader Theodoro eller gæsterne var at se nogle steder. Jeg var ikke sulten, men jeg tog agurk, tomater og oliven på en tallerken og satte mig til at vente på Theodoro. Da jeg havde siddet et stykke tid, spiste jeg alene. Det var begyndt at regne, så jeg lukkede vinduerne og slog skodderne for. Vi var kun i september, men de første efterårsstorme var allerede over os og havde rusket æblerne af træerne.

Vinden tog til, jeg kunne høre abrikostræets grene slå mod skodderne til mit værelse, jeg kunne ikke forestille mig, at Theodoro ville gå hjem i det vejr. Han overnattede nok i Agias Annis eller måske på Megisti Lavra. Det gjorde han ind imellem, og så kunne han deltage i messerne. Så jeg gik lidt skuffet i seng, ærgerlig over at jeg ikke kunne komme til at fortælle ham om den gamle i grotten.

Ud på natten vågnede jeg ved, at kattene mjavede uroligt. Regnen var holdt op, og vinden løjet af. Månen og stjernerne var gemt bag skyerne, der var bælgmørkt udenfor.

Et par af krukkerne på terrassen var væltet. Jeg rejste dem og stod i mørket og forsøgte, om jeg kunne se havet, men uanset hvor meget jeg anstrengte mig, var alt sort. Jeg skulle til at gå ind i huset igen, da der pludselig lød et brag bag skrænterne længere nede ad kysten. Det blev fulgt af et kraftigt lysglimt, og i et nu var himlen og omgivelserne farvet orangerødt. Så lød endnu et brag, og igen lyste himlen op bag skrænterne.

Få minutter efter var jeg på vej mod kysten. Det orange lys havde aftaget, nu var der kun et svagt skær på himlen, som fra en brand. Jeg var sikker på, at det kom fra den tyske lejr længere oppe ad kysten.

Det vrimlede med tyske soldater ved basen med generatorstationen. Gemt bag nogle klipper et stykke over lejren, kunne jeg i skæret fra branden se dem løbe forvirret rundt imellem hinanden. Jeg havde aldrig turde nærme mig området, og jeg blev forskrækket over at se, hvor mange soldater der faktisk var. Fjenden var så tæt på, og krigen var pludselig blevet nærværende. Det her var fjendeland.

Hvad mon havde forårsaget eksplosionen og branden? Mon det kunne være sabotage? Havde modstanden også rejst sig her på Athos?

Og hvis den havde, hvem var så sabotørerne? Jeg jublede stille, det var modigt gjort.

Soldaterne fik slukket branden. Det var nogle huse eller barakker, der var brændt, der var ikke meget andet end murbrokker og rygende forkullet træ tilbage. Forestillingen var forbi, og det var ved at lysne, jeg turde ikke blive længere. Nu håbede jeg, at Theodoro var kommet tilbage, så jeg både kunne fortælle ham om oplevelsen i grotten, og det der var sket her ved den tyske lejr. Måske ville det endda glæde ham at høre om eksplosionen.

64. HVOR ER FADER THEODORO?

Den tynde hinde om valnødder er bitter og væmmelig, men hvis man forsigtigt piller den af i små bidder, er der den hvide sprøde nød tilbage, som smager sødt og frisk. Nøddernes yderste grønne skaller havde allerede farvet mine hænder brune. Jeg slog skallerne i stykker mellem to sten, og spiste med stort velbehag fra årets første valnøddehøst. Jeg var gået ud for at se efter Theodoro, og havde samlet en hel kurvfuld nødder. Det var allerede middag, gad vide hvor han blev af?

Jeg var lige i nærheden af huset, da jeg pludselig hørte klokkerne på lågen. 'Endelig', tænkte jeg, og skyndte mig det sidste stykke op til huset uden at lytte efter Theodoros 'det er bare mig-fløjt'.

Uforsigtigt hoppede jeg fra klipperne for at skyde genvej, og netop som jeg sprang, så jeg ryggen af en flok soldater på vej ind i huset. Jeg lod mig falde og blev liggende uden at turde trække vejret. Soldaterne rumsterede derinde, og et øjeblik efter kom de ud med den kasse, Theodoro få dage forinden havde haft med hjem. De var fem, men så opdagede en sjette person. Det var dværgen, den lille munk, der havde fanget Marias lillebror. Hvad i alverden lavede han sammen med dem?

Brændeskuret var ikke langt fra stedet, hvor jeg lå skjult, hvis soldaterne fandt revolveren og løbesedlen, for slet ikke at tale om min ottearmede lysestage, som jeg også gemte der, kunne det få frygtelige følger for Theodoro. Jeg måtte have fat på de tre ting hurtigst muligt.

Skjult af nogle stikkende buske mavede jeg mig over til skuret og kom uden problemer ind gennem lemmen. Jeg fandt revolveren og sedlen og gemte dem på maven. Stagen og lysene brækkede jeg i stykker og smed ind mellem brændet. Nu gjaldt det virkelig om at komme væk. En jødisk dreng med en tysk revolver!

Da jeg lige akkurat var kommet væk fra skuret og i sikkerhed mellem brombærkrattet i skoven, så jeg et par af soldaterne med dværgen forrest gå over til brændeskuret. Jeg hørte dem larme med brændet derinde, men lidt efter kom de tomhændede ud, og jeg åndede lettet op.

Efter forfærdelig lang tid, forsvandt de igen. Der måtte være sket Theodoro noget, og de kunne måske føre mig til ham. Soldaterne marcherede med dværgen trippende efter dem. I dagslyset kunne jeg se, at generatorstationen var brændt ned til grunden, og at en del af de andre bygninger også var brændt. Nogle soldater var i gang med at fjerne murbrokker og forkullede brædder, andre sad i skyggen af træerne og så ud til at holde hvil. Én af de soldater, som havde været oppe ved vores hus, bar Theodoros kasse ind i den bygning, der så mindst beskadiget ud. Dværgen fulgte med.

I lang tid skete der ingenting, men pludselig gik døren op med et brag. Der kom en soldat ud, og han råbte meget vredt til den gruppe, der sad og holdt hvil. Soldaterne sprang op og løb over til et hus, der mest lignede et bådehus. Lidt efter kom de tilbage sammen med to andre soldater, som slæbte en sort bylt imellem sig. De tabte den midtvejs mellem de to bygninger, soldaten fra huset råbte igen, og de bøjede sig ned og skubbede til de sorte klude på jorden.

Pludselig kunne jeg se, at kludene bevægede sig. Det var et menneske, der langsomt og besværet forsøgte at rejse sig. Først på knæ, men så med støtte fra en af soldaterne, kom personen op at stå.

Som i smerte gik manden foroverbøjet mellem de fire soldater. Han var barhovedet. En lang grå pisk hang ned ad ryggen på ham. På det sorte tøj og den lange grå fletning, kunne jeg se, at det måtte være en ældre munk, soldaterne førte frem imellem sig. Men de var ikke særlig venlige ved ham, tværtimod skubbede de ham ret brutalt fremad, det så ækelt ud, og jeg havde lyst til at råbe til dem, at de skulle holde op.

Ved bygningen stoppede den lille procession. Munken støttede sig til det ødelagte gelænder, medens han langsomt slæbte sig op til døren. Øverst oppe stoppede han og vendte sig langsomt om. Han skyggede for øjnene mod solen, men han havde front mod mig, og jeg fik et chok. Munken på trappen var fader Theodoro.

De havde taget Theodoro, og de havde hans kasse. Theodoro havde været soldat i den engelske hær under første verdenskrig. Han havde engang sagt, at han var blevet såret af en granat. Forstod han sig mon på sabotage?

Brik for brik faldt et frygteligt puslespil på plads for mig. Tyskerne havde fanget en sabotør, tyskerne henrettede sabotører. Var Theodoro kommet til skade ved eksplosionen, eller havde de mishandlet ham?

Soldaterne sad i små grupper under træernes skygge. Enkelte var fortsat i gang med at rydde op, men alt i alt virkede stemningen på pladsen sløv, næsten fredsommelig. Tiden sneglede sig af sted, uden at der skete noget. Solen brændte, fuglene tav. Jeg stirrede på bygningen, hvor jeg vidste, at Theodoro var.

Der sad en lille øgle, stille som en statue, på klippen ved siden af mig og gloede.

"Skrid!" hviskede jeg arrigt, men så kom jeg til at tænke på Marias ord, om fuglene i træerne og øglerne i sprækkerne. "Undskyld, bliv bare Maria," nu følte mig ikke helt så alene længere.

Endelig langt om længe gik døren op, og der kom to soldater ud, mellem sig holdt de Theodoro, så hans fødder slæbte hen ad jorden. Jeg bed mig i underlæben for ikke at skrige. Hvad havde de gjort ved ham? Var han død?

De slæbte ham tilbage til bådehuset, og efterlod ham der. Der var åbenbart ingen der holdt vagt, for jeg kunne hverken se soldater ved bådehuset eller både på vandet. Mon det kunne lade sig gøre at komme i kontakt med ham, måske fra vandsiden? Det var et forsøg værd.

Jeg løb langs kysten væk fra lejren, sneg mig ned til vandet, og gemte revolveren sammen med mit tøj og mine sko. Lydløst gled jeg i vandet fra klipperne og svømmede tilbage mod lejren. Da jeg kunne se bådehuset, fyldte jeg lungerne med luft og dykkede.

Med lange dybe tag skød jeg gennem det kølige vand. Jeg lukkede luft ud lidt ad gangen og svømmede, det bedste jeg kunne. Mine lunger var ved at sprænges, og det dunkede i mit hoved. Til sidst kunne jeg ikke holde vejret længere, men et lille stykke foran mig fik jeg øje på pælene udenfor bådehuset. Med to tag og den sidste luft, jeg havde i mig, skød jeg op til overfladen.

Bådehusets port var åben, og inde i huset lå der en gammel robåd. Årerne var stillet op ad væggen, og båden var trukket på land. For at få båden ud i vandet skulle man løsne dens tøjer og rulle den over nogle kraftige pæle. Jeg skubbede forsigtigt til den, den var tung og lod sig ikke rokke.

Jeg så mig omkring i det dunkle rum, hvor mon de opbevarede Theodoro? Det eneste i huset var båden, årerne og noget tovværk og lyden af vandets konstante klukken mod stenene.

Jeg frøs, mine tænder klaprede, måske af spænding, måske af kulde, men jeg skulle finde Theodoro. Længst fra vandet var der en væg af ru brædder, og pludselig opdagede jeg en dør i væggen. Den måtte føre ind til det rum, hvor fiskegrejet blev opbevaret. Jeg listede mig over og forsøgte forsigtigt at få døren op, men den gav sig ikke en centimeter. Der sad en lås og en kæde for, men jeg opdagede et løst bræt i væggen, og fik det forsigtigt lirket fri.

Der kom en sprække, som lige akkurat gjorde det muligt for mig at se ind i rummet, men der var helt mørkt derinde. Jeg ventede, til mine øjne havde vænnet sig til mørket, og i en smal lysstribe fra et tilskoddet vindue fik jeg øje på et menneske, der lå sammenkrøbet på nogle sække. Nu kunne jeg også høre en ganske svag stønnen.

"Theodoro," hviskede jeg, "Theodoro, det er mig..."

Der var stille. Jeg forsøgte igen, men fik intet svar, ingen reaktion, ingen bevægelse. Var han død? Havde tysker slået Theodoro ihjel! Så pludselig hørte jeg en svag stemme.

"Mikis...?"

"Ja, Theodoro, hvordan har du det?"

"Jeg lever."

Ordene kom langsomt.

"Hvad er der sket?"

"... En masse..."

"Hvad skal der ske?"

".... hør nu på mig. Du må ikke være her. Det er for farligt, hører du!" Han var stille i lang tid, men fortsatte så med endnu svagere stemme end før. "Gå til Megisti Lavra og spørg efter fader Nicolaos. Fortæl, at jeg har sendt dig. Han vil tage sig af dig. Når krigen er slut, vil du kunne finde dine forældre. Men gå nu. Tænk ikke på mig, lov mig det. Jeg klarer mig. Gå til Megisti Lavra med det samme. Spørg ikke mere, men gå... jeg beder dig, gå..."

Jeg stod stille længe, tusind tanker for gennem mit hoved, jeg kunne da ikke efterlade Theodoro hos tyskerne! "Theodoro, hviskede jeg, "du er min bedste ven."

Men inde fra det mørke rum kom der intet svar.

65. LIGE VED OG NÆSTEN

Jeg gled tilbage i vandet, dykkede under og svømmede hen til mit tøj. Jeg havde en plan, og jeg havde ingen tid at spilde. Denne gang måtte jeg ikke komme for sent.

Tøjet klistrede til min våde krop, jeg stoppede revolveren ned på maven. Våbnet gav mig en underlig tryghed, selvom jeg ikke anede, hvordan jeg skulle bruge det.

Jeg løb tilbage mod huset fast besluttet på, at jeg kunne hjælpe fader Theodoro. Jeg gennemgik min plan i hovedet igen og igen, og var så optaget af mine tanker, at jeg slet ikke tænkte på, hvor farligt det var at være så tæt på den tyske lejr. Solen bagte og de afsvedne urter på skråningerne duftede stærkt. Stien var smal, og der var høje klipper på begge sider. Flere steder måtte jeg dukke mig for pludselige skarpe klippefremspring, så jeg løb foroverbøjet, så hurtigt den ujævne vej tillod. Jeg måtte hjælpe Theodoro!

For sent opdagede jeg de to tyske soldater, der kom imod mig. Vi stødte næsten sammen på den smalle sti.

"Goddag," stammede jeg, bøjede hovedet og ville løbe forbi dem, men den ene soldat, en mindre mørkhåret fyr, greb fat i min arm, og stoppede mig.

"Gå med fred," hviskede jeg, og forsøgte igen at smutte forbi dem. Jeg kunne mærke revolveren mod min mave. Hvis de opdagede den, var jeg færdig, og så ville der heller ikke være nogen til at hjælpe fader Theodoro.

Begge soldater var bevæbnet med geværer, og den mørkhårede puffede mig tilbage ad stien, så jeg til sidst væltede ind mod nogle klipper og slog mit hoved. Han sagde et eller andet, som jeg ikke forstod, men det var åbenbart morsomt, for den anden, som var høj og ranglet, begyndte at grine. Den mørkhårede blev ved med at skubbe til mig, så jeg faldt over i klipperne, og jeg kunne mærke, at jeg var ved at tabe revolveren, der stadig sad i bukselinningen. Jeg holdt krampagtigt på den uden på blusen, mens jeg forsøgte at afværge soldatens skubben.

Til sidst kunne jeg ikke holde fast på revolveren mere. Den faldt ned på stien foran mig med en klingende metallisk lyd. Vi stirrede alle tre på den i nogle sekunder, så sprang jeg frem, samlede den op og stod med den fægtende i luften.

Soldaterne greb efter deres geværer, lagde an og sigtede, og jeg vidste, hvilken fare jeg havde bragt mig selv i. De var jo ikke klar over, at revolveren var defekt og ikke kunne skyde.

Ingen af os sagde noget. Jeg stod lammet af skræk. Jeg var sikker på, at mit sidste minut var kommet, og tænkte, 'nu skyder de, nu dør jeg'. De ville skyde mig ned uden at vide, hvem jeg var. De ville tro, at jeg var en omstrejfende dreng, måske ville de forbinde mig med eksplosionen ved lejren, men de ville aldrig få at vide, hvem jeg var. I et splitsekund huskede jeg, hvad fader Theodoro havde sagt til mig om aldrig at glemme, hvem jeg var, hvem mit folk var, hvor jeg hørte til, og jeg tænkte på Marias ord om, at vi altid er alene. Jeg ventede på skuddet, og jeg ventede på at dø, og jeg gav mig til at synge.

Med et huskede jeg ordene fra en jiddisch børnesang, som min mor havde lært mig, og jeg sang. Det rungede mellem klipperne. 'Skyd mig, nu I ved, hvem jeg er', tænkte jeg, og jeg sang højere og højere. Jeg faldt ned på knæ, men fortsatte min sang. Jeg kiggede stift på de to soldater, og jeg mærkede, at tårerne løb ned ad mine kinder.

"Jude," hørte jeg dem råbe, men jeg fortsatte min sang. Ja, 'jude'. Det forbudte ord 'jude, jude jude'.

Pludselig lød der et øredøvende brag fra et af geværerne. Jeg mærkede noget strejfe min ene kind og ventede på smerten. Jeg vidste, at jeg skulle død, men intet skete. Så pludselig sank den høje soldat sammen foran mig, og jeg opdagede, at det blødte kraftigt fra hans ene øje. Han faldt forover og jeg nåede lige at springe før han ramte mig. Han blev liggende helt stille.

Den mørkhårede soldat kiggede på sin kammerat, så kiggede han forvirret på mig. Han havde skudt efter mig, men kuglen havde blot strejfet mig. Den havde ramt klipperne bag mig, rikochetteret og ramt kammeraten.

Soldaten tog ladegreb igen og sigtede på mig. Jeg var holdt op med at synge, men hviskede, "jeg skød ikke, jeg skød ikke din ven." Jeg lukkede øjnene og ventede igen at høre et skud. Jeg følte, at jeg ventede i evigheder. Men i stedet for et skud, hørte jeg en hvislen og et dybt suk.

Jeg turde ikke åbne øjnene, 'så skyd da', tænkte jeg, og ventede igen på at mærke smerte, men der skete ingenting.

Da jeg åbnede mine øjne, så jeg soldaten tabe sit gevær og gribe om en pil, som sad dybt i hans bryst. Så faldt også han forover og blev liggende livløs ved siden af kammeraten.

Jeg kiggede mig forvirret omkring. Der var ingen at se på stien, solen blændede mig, men i et kort sekund anede jeg silhuetten af et menneske, en mand i mørkt tøj mellem klipperne højt over mig.

Skuddet fra geværet kunne høres viden om, måske helt ned i den tyske lejr. Det var med at komme væk i en fart, så jeg samlede min revolver op, sprang over de døde kroppe og løb, alt hvad jeg kunne tilbage mod Theodoros hus.

Da jeg stakåndet nåede huset, så jeg til min rædsel, at mine bukser var oversprøjtet med de døde soldaters blod.

66. PLANEN

Vi havde ikke mange ting i huset, men vi havde det altid pænt og ordentligt. Nu så der forfærdeligt ud. Alt var endevendt, selv krukkerne med basilikum havde de smadret, så der var potteskår og jord alle vegne. Jeg var først bange for, at der var sket Lava og Snip noget, men de dukkede heldigvis op nede fra haven.

Jeg stoppede mine bukser i brændeovnen, lagde en masse kvas ved og satte ild til. De brændte hurtigt, og kvaset var tørt og afgav ikke for megen røg.

Det var gået hårdest ud over Theodoros værelse. Alt lå og flød. Jeg havde aldrig rigtigt været inde på hans værelse, og jeg følte at det privat og forkert at vade rundt derinde, men nu var jeg nødt til det. Jeg fandt hans gamle vadsæk og pakkede tøj og lagde tæpper, og hvad jeg kunne finde af mad ude i køkkenet, ned i den. På værkstedet hentede jeg snor og en stor tang. Så stillede jeg mad til kattene på terrassen og låste døren.

"Jeg kommer snart igen," hviskede jeg til dem, men de ænsede mig ikke, de var i fuld gang med maden.

'For jer er livet let', tænkte jeg.

Det var næsten mørkt, da jeg forlod huset. Tunge skyer hang i horisonten mod nordvest, og snart ville de være inde over Athos. Jeg vandrede vejen tilbage langs kysten, drejede ind i landet og fulgte det udtørrede flodleje, til jeg kom til klipperne, som jeg dagen i forvejen var blevet firet ned fra. Jeg gemte vadsækken, og lagde min kutte og hat. Under kutten havde jeg som altid sorte bukser og en sort bluse på.

De blygrå skyer hang lavt, men det var ikke begyndt at regne endnu. Skyerne dækkede for månen og stjernerne og indhyllede området i sort mørke. Selvom jeg havde vænnet mig til at gå i mørke, måtte jeg famle mig tilbage til kysten. Jeg var bange for at passere stedet, hvor de døde soldater lå og fandt en anden vej.

Det kolde sorte vand lukkede sig omkring mig. Om livet havde jeg bundet tangen fra Theodoros værksted. Luften var kølig, så vandet føltes lunt. Jeg svømmede det bedste jeg kunne. Der var mørkt i lejren, men fra nogle bål kunne jeg skimte, at der var slået telte op, i stedet for de huse, der var brændt. Det var sent, og jeg håbede, at soldaterne var gået til ro for natten.

Da jeg var nået næsten hen til bådehuset, begyndte regnen. Først dryppede det lidt, så tog regnen til og faldt med store tunge dråber. Overalt omkring mig trommede dråberne mod vandoverfladen og lavede en infernalsk larm. Jeg dykkede og svømmede det sidste stykke under vandet.

Porten til bådehuset stod stadig åben, og da jeg havde sikret mig, at der ikke var vagter i nærheden, kravlede jeg op fra vandet, og løb derind. Ved højvande kunne vandet trænge helt op til huset, så båden var bundet med et tykt tov til et øje i væggen. Jeg fik løsnet knuden, smidt rebet op i båden og lagde de tunge årer op i gaflerne. Så skubbede jeg med al min kraft båden op på de runde pæle, og fik den trillet hen mod vandet. Regnens trommen mod taget overdøvede bådens skurren mod pælene i sandet. Båden var tung, og pælene blev hele tiden skubbet skævt eller ind under den. Jeg måtte løbe fra side til side og sikre mig, at pælene lå lige, men langt om længe havde jeg fået skubbet båden gennem sandet og ned i vandet.

Uden for bådehuset var der bygget en lille mole af store sten. Jeg fortøjede båden til den og sneg mig tilbage til bådehuset. I mørket famlede jeg mig op til døren, jeg stødte på sten og slog min fod, men til sidst stod jeg ved døren og med den tunge tangforsøgte jeg at få kæden bidt over. Jeg kunne mærke låsen, men der var noget galt! Døren var ikke låst, jeg kunne uden videre skubbe den op, og da jeg undersøgte rummet, var det tomt. Theodoro var væk!

Jeg anede ikke mine levende råd. Hvad skulle jeg nu gøre? Var Theodoro død? Havde de skudt ham, mens jeg var tilbage i huset? Skulle jeg være blevet hos ham? Jeg satte mig med ryggen mod den ru trævæg. Jeg rystede af kulde og afmagt. Var Theodoro død?

Pludselig hørte jeg stemmer udenfor bådehuset, jeg for forskrækket op og tabte tangen, der klirrende faldt ned på stenene. Jeg kunne ikke nå at samle den op, men det lykkedes mig at springe i dækning bag nogle tønder, lige som døren til bådehuset blev åbnet.

Der kom fire soldater ind, den ene holdt en olielampe, som kastede nogle uhyggelige deforme skygger på bådehusets vægge, de tre andre bar på en bylt, der ikke så ud til at volde dem noget videre besvær. De gik hen mod døren til rummet, åbnede den, og mens soldaten med lampen blev stående udenfor, gik de andre ind. De kom hurtigt tilbage, lukkede døren og låste den med kæden og hængelåsen.

Ingen af dem så knibtangen, som jeg havde tabt, men pludselig opdagede de, at båden var væk, og det skabte lang tids tumult, indtil de fandt den forsvarligt tøjret lige udenfor. Måske var det regnen, der gjorde, at de ikke brugte tid på at få den tilbage i bådehuset.

Soldaterne forsvandt igen, og jeg turde komme frem fra mit skjul, men så opdagede jeg til min rædsel, at tangen ikke længere lå, der hvor jeg havde tabt den. Havde soldaterne alligevel fundet den? Jeg følte med hænderne i mørket, og en splint fra træet borede sig ind under min negl. Jeg gav et lille ærgerligt skrig fra mig. Jeg fik splinten ud, men det blødte kraftigt, og det gjorde ondt, der hvor den havde siddet. Tiden gik, den dyrebare tid, soldaterne kunne komme tilbage hvert øjeblik, det skulle være. Måske kom de i tanke om, at båden ikke havde ligget ved molen, sidst de var i bådehuset, måske kom de tilbage efter Theodoro. Hvis det da var ham, de havde båret ind?

Jeg ledte videre efter tangen, og pludselig opdagede jeg den, kilet ned mellem nogle sten. Det var holdt op med at regne, og jeg følte, at den pludselige stilhed fik alt, hvad jeg gjorde til at larme. Selv mine tænders klapren lød hult rungende i det mørke, kolde bådehus.

Det var umuligt at bide kæden over med tangen, jeg havde fejlvurderet den og huskede den meget tyndere, end den var. Jeg stod med en fjollet lille knibtang og ville bide en tyk jernkæde over. Hvad i alverden havde jeg tænkt på? Hængelåsen kunne jeg heller ikke rokke. Den var ny og kraftig. Kæden gik gennem fire øjer, to på hver side af døren og karmen. Jeg forsøgte at hive et øje ud med tangen, men tangen var selv for lille, til at kunne klare det.

Regnen tog til igen, jeg bemærkede det først, da et lyn flænsede himlen efterfulgt af et enormt brag. Det havde slået ned i nærheden. Larmen fra regnen og tordenen gav mig en ide. Hvis ikke tangen kunne gøre værket, kunne en sten måske. Jeg løb ud af huset hen ved molen og fandt en stor sten, som lå godt i hånden. Med den begyndte jeg at hamre på de to nederste øjer.

'Regn, storm, lyn og torden', tænkte jeg, 'larm alt det I vil', og jeg hamrede som en gal. Langt om længe gav det ene øje sig og faldt ned på jorden. Det andet tog lidt længere tid, men til sidst røg det samme vej, og jeg kunne få skubbet døren op præcis så meget, at jeg kunne mase mig igennem.

Der var stille i rummet, uhyggeligt stille. Var jeg alligevel kommet for sent?

"Theodoro, Theodoro, det er mig," sagde jeg, så højt jeg turde.

Der kom ikke en lyd, men jeg fornemmede, at noget bevægede sig et sted i mørket. "Theodoro."

Jeg trådte et par skridt ind i rummet og var ved at snuble over en rulle tov; "Theodoro."

Bagerst inde, på nogle gamle sække fandt jeg fader Theodoro. Først troede jeg, at han var død, hans hånd var så kold, men så hørte jeg, at han trak vejret i små korte stød.

"Theodoro, jeg er kommet for at hente dig."

Der kom intet svar.

"Theodoro, jeg går ikke uden dig."

Han rørte på sig, løftede den ene hånd, tog fat om mit håndled og gav det et svagt klem.

"Jeg har en båd," sagde jeg, "hvis bare du har kræfter til at komme på benene, kan jeg få dig væk herfra."

Han hviskede noget, men jeg kunne ikke høre ham, han stemme var alt for svag og kunne ikke overdøve regnen. Jeg bøjede mig ind over ham.

"Svært... bevæge... mig."

"Theodoro, jeg har mad og vand, og et gemmested til os, hvis du bare kan komme op. Jeg hjælper dig."

"... ikke være her... gå... kloster."

"Nej, ikke uden dig, kom nu," hviskede jeg og trak ham forsigtigt op at sidde, men han var som en bylt tøj, der hele tiden gled ned igen.

Efter meget besvær og mange hvil fik jeg langt om længe Theodoro på benene. Han støttede sig til mig, og jeg nærmest bar ham hen mod døren. Han var ingen stor og kraftig mand, men han vejede alligevel godt til, som han hang der på min skulder. Nu skulle jeg have ham igennem den smalle åbning, og jeg pressede døren op, så langt jeg kunne, samtidig med at jeg støttede ham og fik os begge to igennem åbningen.

I regnen og mørket famlede jeg mig ned mod vandet med Theodoro hængende på min højre side. Han var meget svag, og det sidste stykke måtte jeg bære ham.

Jeg fik ham anbragt akavet i båden, og skubbet den væk fra stenene, det sidste stykke ud i vandet. Tordenen rumlede i det fjerne. Da båden var kommet så langt ud i vandet, at det nåede mig til brystet, kravlede jeg op og greb årerne. Theodoro lå stadig som en bylt henover nogle tværbrædder.

Havet var stille, der var ingen bølger, men jeg asede med årerne. Jeg havde kun prøvet at ro nogle få gange før, og det var svært. Såret efter splinten var brudt op, og mens jeg roede kunne jeg se sort blod dryppe ned på bunden af båden. Men det var ligegyldigt, nu gjaldt det om at få Theodoro i sikkerhed.

Da vi var et stykke fra lejren, holdt jeg en lille pause, jeg kunne mærke, at jeg havde fået vabler i hænderne. Jeg forsøgte at kalde på Theodoro, men han lå stadig livløs, jeg havde slet ikke set ham bevæge sig. * Lad ham leve, gode gud lad ham leve', bad jeg.

Langt om længe nåede vi stedet, hvor jeg havde lagt mit tøj. Det var drivvådt, men jeg kunne nå det fra båden, og efter at have fået det klamme våde tøj på, roede jeg videre op langs kysten.

Båden skød langsomt fremad, jeg var træt, og mine hænder gjorde mere og mere ondt. Theodoro sagde stadig ingen ting, og på et tidspunkt blev jeg alvorligt bange for, at han var virkelig død; men så så jeg, at han bevægede sig en smule og gjorde et forsøg på at sætte sig op.

Jeg havde svært ved at orientere mig i mørket og roede ind et sted, hvor jeg troede, at jeg flodmundingen lå. Det var ikke det rigtige sted og efter at have forsøgt at komme ind flere steder, roede jeg til sidst ind og vadede i land, heldigvis ikke så langt fra bestemmelsesstedet. Båden trak jeg efter mig, til den stødte mod bunden.

Theodoro var stadigvæk for svag til at gå. Jeg måtte bære ham i land, og jeg satte ham forsigtigt ned, så han hvilede op ad et træ. Båden gav jeg et kraftigt skub ud i vandet, og håbede at den ville flyde med strømmen, så tyskerne ikke kunne spore os til flodmundingen. Jeg var glad for, at jeg havde bragt oppakningen i sikkerhed, inden jeg hentede Theodoro. Han var så dårlig, at han måtte støtte sig til mig det sidste stykke vej. Han sagde ikke et ord, og jeg kunne fornemme, at han gjorde et ihærdigt forsøg på at være mig til så lidt besvær som muligt. Jeg masede af sted med ham på den våde sti i silende regn. Hvis tyskerne havde opdaget at fader Theodoro var væk havde de måske allerede sat en eftersøgning i gang.

Langt om længe nåede vi foden af klipperne. Regnen var stilnet af, og månen kom til syne bag skyerne som en stor rund grapefrugt. Jeg anbragte Theodoro på nogle klipper under et træ, over mig kunne jeg skimte den mørke indgang til eremittens grotte. Mit hjerte bankede under det våde tøj. Jeg tog en dyb indånding og fløjtede de tre signaler. Der skete ingen ting, jeg ventede og fløjtede igen, men der kom stadig ingen reaktion oppe fra grottens åbning. Modet sank i livet på mig, hvad nu hvis…? men så pludselig hørte jeg højt over mig en hvinende lyd af tovværk, der gled over et spil, og som en silhuet i mørket, så jeg omridset af en kurv, der langsomt blev firet ned imod mig.

67. NYT FRA MICHAELIS

Theodoro havde høj feber. Han lå i flere dage bare sløvt hen, talte i vildelse og kunne intet spise. Han var slemt forslået, og jeg blev meget forskrækket, da jeg første gang så ham i lyset fra en lampe. Hans øjne var hævede og med blåsorte ringe omkring. Han havde en flænge i panden, og et stort sår i baghovedet.

Jeg ved ikke, hvad den gamle munk tænkte, da han hejste kurven med Theodoro op. Det var svært i det hele taget at få Theodoro proppet ned i den. Anden gang jeg fløjtede, kom kurven tom tilbage, så jeg selv kunne kravle i den og stige til vejrs med tøjet og provianten.

Munken så på mig uden at sige et ord. Jeg forsøgte at forklare ham noget med, at vi var faret vild, men midt i min historie vendte han sig bort og gik. Lidt efter havde han redt et tørt leje af gamle sække og tæpper til Theodoro og stillet en olielampe hen ved siden af.

Jeg lagde brænde på bålet og kogte sæbevand til at vaske Theodoros sår. Jeg hjalp ham af med det våde tøj og gav ham hans hvide natskjorte på, så lagde han sig og blev liggende i flere dage uden meget andet end at drikke lidt suppe. Jeg var selv blevet forkølet, og når jeg ikke hjalp Theodoro eller kogte suppe og melissethe til ham, lå jeg og sov, eller sad i grottens åbning og kiggede ud over dalen. Jeg så ingen tyskere. Hvis de ledte efter os, håbede jeg, at de fandt båden og troede, at vi var druknet.

Munken fik mad, vand og brænde op engang imellem. For ikke at lægge ham til last, spiste vi kun af den mad, jeg havde taget med fra huset. Han lod os være i fred, og det virkede ikke, som om han var os uvenligt stemt, men på den anden side talte han heller ikke til os. Han tilbragte dagene i stilhed med bøn og hvile.

Med den sovende Theodoro og den tavse munk, begyndte jeg at kede mig frygteligt. Jeg savnede mine ture, mine bøger, arbejdet i værkstedet og Theodoros og mine samtaler. Maden var ved at slippe op, og efter dagevis i stilhed og uden at kunne bevæge mig meget andet end gennem grottens smalle korridorer, bad jeg munken om at hejse mig ned.

Det var en befrielse at komme væk fra grotten. De mørke gange, lugten af røgelse og lugten fra toiletspanden, snavset, musene og spindelvævene gav mig efterhånden kuldegysning.

Efter en lang periode med regn og storm var septemberhimlen nu igen blå og luften mild. Jeg havde før badet i oktober, nogle gange så langt hen som i slutningen af november, men min forkølelse var ikke helt forsvundet, så jeg måtte vente med at bade. Et bad havde eller været tiltrængt, jeg følte mig ret beskidt. Jeg kom til at grine ad mig selv, for nogle år siden ville jeg have elsket slet ikke at komme i bad.

Det føltes godt igen at være ude i det fri. Over alt blomstrede små cyklamen alpevioler, og over mig hørte jeg ørnenes skrig. En stor havørn svævede hen over dalens træklædte skråninger ned mod havet, mon det var min ven fra tidligere, der var tilbage?

Vi havde næste spist hele forrådet og ville snart komme til at mangle mad, så jeg fik en ide, at jeg ville samle svampe. Der groede store flotte rørhatte i en lille løvskov et stykke fra huset. Hvis jeg gik tilbage, kunne jeg se om der stadigvæk var nogen svampe og om der var grøntsager i urtehaven.

Huset lå, som jeg havde forladt det. Det undrede mig, at det ikke var blevet endevendt af tyskerne igen. Kattene kom mig i møde, de plejede at lægge dagens fangst af mus til parade på terrassen, men nu havde de selv måttet spise dem, når der ikke var andet, der bød sig.

Bag terrassedørens skodder opdagede jeg, at der var sat et brev fast. Det var stilet til Theodoro og stemplet i Thessaloniki i juli måned 1944, altså for over 2 måneder siden. Jeg puttede det i lommen. Hvem mon det var fra? Michaelis måske? Gid det var.

Jeg så mig lidt omkring i det rodede hus og kom i tanke om nogle dåser risdolmer, som Theodoro havde stillet i skabet i stuen. De var trillet hen under ottomanen, jeg lagde dem ned i svampekurven, som jeg fandt på sin krog i køkkenet.

På Theodoros værelse hentede jeg en varm trøje. Ingen kunne vide, hvor længe vi skulle blive hos munken, og efterårsmånederne - for slet ikke at tale om vintermånederne, kunne være kolde på Athos.

I urtehaven var der stadig auberginer og courgetter tilbage, jeg gravede også et par kartoffelplanter og nogle løg op.

Så kom jeg i tanke om kattene, som ikke længere havde mulighed for på kølige aftener at ligge i stolen ved ovnen og varme sig. De måtte leve et friluftsliv, men en lun kurv kunne jeg lave til dem. Jeg tømte brændekurven og forede den med sække og en gammel pude. Så stillede jeg den i brændeskuret og lavede et stort nummer ud af at vise dem, hvor blødt og behageligt de ville komme til at ligge. Lava skred med løftet hale ud ad skuret med det samme han så kurven, og Snip gjorde mange krumspring for at komme ud af den hurtigst muligt. Til sidste opgav jeg, hvis ikke de ville have det godt, så dem om det.

'Vi ses. Jeg kommer snart igen.'

Med svampekurven over armen gik jeg af sted, men kattene fulgte efter mig.

'Gå nu hjem, I kan jo ikke komme med.'

Ved skoven med rørhattene var de der stadig, og da jeg satte mig for at samle svampe, gned Lava sig op ad mig og spandt stille.

'Gå nu tilbage, I er jo alt for langt hjemmefra.'

Men kattene var lige i hælene på mig, og da jeg blev hejst op i grotten sammen med dem, kiggede den gamle munk bare på dem uden at sige et ord.

Theodoro var kommet sig så meget, at han takkede ja til en tallerken med stegte svampe og nudler, og jeg var i fuldt sving med at snitte svampe, da jeg pludselig kom i tanke om brevet.

"Der lå for resten et brev til dig ved huset," sagde jeg, og rakte det til ham.

Et brev!" Han tog det og kiggede undersøgende på det.

"Det er fra Thessaloniki," sagde jeg spændt, "det kunne jo være fra Michaelis."

"Vær venlig at læse det for mig," sagde han, "jeg har mistet mine briller."

Jeg flåede ivrigt brevet op og så, at det virkelig var fra Michaelis, dateret 8. juli l944. Mit hjerte begyndte at hamre af spænding.

"Hvad skriver han? Skynd dig at læse det."

Jeg rykkede nærmere olielampen og holdt brevet tættere til lyset. Jeg måtte læse det højt tre gange. Theodoro stoppede mig nogle gange og bad mig om at gentage specielt vigtige eller glædelige passager.

Michaelis var kommet godt til sin familie i Thessaloniki. Han sluttet sig til sin svoger og den gruppe af EAM, den nationalistiske befrielsesfront, som svogeren tilhørte. De opholdt sig i lejre i bjergene nord for Thessaloniki, som medlemmer af en af befrielsesfrontens hærenheder ELAS. Alle de unge munke og selv den tyske soldat, som Michaelis havde forladt Athos med, havde sluttet sig til ELAS. Der var kampe, og Michaelis havde sammen med en gruppe på i alt fem mand udført sabotageopgaver mod forskellige tyske enheder og lejre.

'I starten slog tyskerne tifold igen, og ofte gik deres hævnaktioner ud over civilbefolkningen. Nu virker de udmattede. Måske kan vi snart se en ende på denne meningsløse krig. Jeg sender jer de bedste hilsener. Jeg ved, at vi ses igen, forhåbentligt snart.

Jeres ven Michaelis.'

Brevet gjorde os virkelig glade, og jeg ville gerne fortælle munken de gode nyheder, men da jeg begyndte at fortælle ham om brevet, stod han bare og skulede til mig med sammenknebne øjne. Pludselig lavede han en frygtelig grimasse, hvor han i et smil eller en hvæsen trak læberne tilbage og blottede sine få brune ormædte tænder, så gik uden at sige et ord. Kort efter hørte jeg ham synge inde i det lille kapel. En høj skinger sang i afvekslende hurtigt og drævende tempo. Ord og lyde flød sammen og blev til en kakofoni, mislyde som sammen dannede en uhyggelig disharmoni.

Theodoro lyttede til den djævelske sang med rynkede øjenbryn.

"Hvad synger han?" spurgte jeg forskrækket.

"Det er en passage, han bliver ved med at gentage, men ordene er hverken latinske eller græske. Det er lyde, som intet betyder."

"Tror du, han er gal?"

"Mange års ensomhed og isolation har gjort ham sær, han har mistet sproget. Jeg kender til eremitterne her på Athos, men jeg havde aldrig før mødt en. De lever flere steder i huler og grotter som denne her. Nogle bor på klostrene om vinteren. Andre lever isoleret året rundt, men får mad, vand og brænde fra klostrene."

"Hvorfor lever han sådan?"

"Eremitterne mener, at de på denne måde kommer nærmere Gud uden forstyrrelser udefra, de er helliget deres tro og deres bøn døgnet rundt. Jeg tror nu også, at jeg ville blive lidt skør, hvis jeg levede sådan" sagde Theodoro og rystede eftertænksomt på hovedet.

"Du har jo Lava og Snip og mig."

Theodoro nikkede smilende, "ja, I holder mig i gang… uden at drive mig til vanvid."

"Munken, han har været rødhåret, har han ikke?", fortsatte jeg, "og hvorfor har han en lille pose bundet i en snor om halsen?"

"Han er kretiner. Posen indeholder jord fra Kreta. Den er tegn på, at han en dag vil vende tilbage."

"Tror du, han gør det?"

"Han har glemt sit sprog. Måske har han også glemt sin ø og sit folk."

Jeg var træt, og jeg lagde mig på den seng, som jeg havde redt så behageligt som muligt i nærheden af bålet. Kattene rullede sig sammen ved siden af mig. Theodoro trak vejret tungt, han sov allerede. I kapellet steg og faldt tonerne i munkens uhyggelige messe.

68. PÅ ROV

Theodoro kom sig langsomt. Jeg havde fortalt ham om alle mine oplevelser, men vi havde ikke talt så meget om, hvorfor han var blevet taget til fange af tyskerne. Det var som om, han ikke ville tale om det. Vi kunne ikke tage hjem eller søge tilflugt i et af klostrene, vi var nødt til at blive i grotten hos munken, hvad enten vi eller han brød os om det.

Theodoro var stadig for svag til at forlade stedet selv for en kort tur, men jeg kunne heldigvis blive hejst ned, både for at hente vand, tømme toiletspanden og for at drive lidt omkring.

På en af mine ture vendte jeg igen tilbage til vores hus. Jeg fandt sæbe og håndklæder og mere tøj. Nu kunne jeg vaske i bækken og hænge tøjet til tørre oppe i grotten. Jeg fandt også Theodoros reservebriller. Den ene stang var knækket, så han måtte bruge dem som lorgnetter. Jeg pakkede røgelse, og en bibel og nogle bøger, og jeg fandt også en rosenkrans af grønne sten, for den orangefarvede, Theodoro altid gik med, den Maria havde haft, var blevet væk under opholdet hos tyskerne.

Til mig selv hentede jeg malergrej og min dolk til at snitte træ med, et par tykke sokker, en hue og handsker. Efteråret ventede lige om hjørnet.

Vi havde ikke mere mad. Udover løg og et kæmpe græskar var der ikke meget tilbage i urtehaven. Jeg havde tømt vores lagre af linser og tørrede bønner, og vi begyndte at sulte. Jeg måtte finde på en udvej, vi skulle jo have mad. Måske kunne jeg fiske, men jeg havde hverken snøre eller krog. Det slog mig pludselig, at jeg, da jeg sad ved den tyske lejr, havde set nogle soldater bære dåser og andre forsyninger fra et lille aflåst hus bagest i lejren. Man kunne ikke se huset fra lejren, og måske var det muligt at komme ubemærket hen til det, men spørgsmålet var så, om jeg kunne komme ind i det.

Længe inden det blev lyst, fik jeg munken til at hejse mig ned. Fader Theodoro sov, og jeg mente, at det var bedst ikke at vække ham og fortælle om min plan. Der var ingen måne, men en stjernevrimmel, som gjorde natten lys. Havet var stille, små bølger slog mod bredden, og oppe i bakkerne kunne jeg høre en ræv glamme. Det var køligt, men jeg gik til og frøs ikke, jeg kendte efterhånden stierne og vidste, hvor jeg skulle tage mig i agt for løse sten. Lige inden daggry nåede jeg lejren.

Der var ikke liv i lejren endnu, jeg havde regnet med, at der var vagter, men jeg så ingen. Forsyningshuset lå, som jeg huskede det, et stykke fra lejren i skjul bag nogle træer. Det var ikke svært at komme hen til det, og jeg skulle lige præcis til at løbe det sidste stykke hen til huset, da jeg hørte skridt. Jeg dukkede mig, og fra mit skjul så jeg en mand komme gående med en kurv over armen. Han havde grå bukser og skjorte på, og fra hans bælte hang et hvidt klæde. Det måtte være lejrens kok. Han låste sig ind i huset, og der gik ikke lang tid, førend han kom ud igen med æg og dåser i kurven. Under armen holdt han et stort brød. Han låste døren efter sig og gik fløjtende lige forbi mig.

Æg og brød! Uhm, det var længe siden, vi havde fået omelet, min mave begyndte at skrige; 'mad, mad, mad'. Tænk hvis jeg kunne lave rigtig mad til os i dag, men jeg måtte handle hurtigt, inden hele lejren vågnede. Det var for risikabelt at forsøge at komme ind samme vej som kokken, der måtte være en anden vej. Jeg sneg mig om bag huset og undersøgte, om det var muligt at komme ind fra den side. Der var to vinduer, men begge var tilskoddet og boltet, det var umuligt at komme ind den vej.

Så opdagede jeg en lem med en hængelås. Låsen og slåen så gamle og rustne ud. Det var nok umuligt at få låsen op, men hængslet til slåen var så tæret, og træet omkring det så råddent, at det ikke kunne være den store sag at pille det ud af træet og åbne lemmen. Det gik i første forsøg, og med bankende hjerte kravlede jeg ind i huset og lukkede forsigtigt lemmen efter mig. Der var buldermørkt derinde, men der duftede vidunderligt af mad, og efterhånden som mine øjne vænnede sig til mørket, kunne jeg skimte store brød i kurve, stabler af dåser og bakker med æg. Der var sække med tørrede bønner og linser, mel, sukker og en kasse med tomater og en med auberginer. Jeg var lige ved at råbe af lykke og fyldte hurtigt min mulepose med alle de gode sager, samtidig med at jeg var ved at blive kvalt i en tomat, som jeg grådigt havde stoppet i munden. Der lå sågar nogle flasker vin i en kasse, så jeg snuppede en flaske til fader Theodoro. De tørrede skinker og pølser, der hang under loftet, rørte jeg ikke, på Athos spiser man ikke kød.

Det lykkedes mig at komme ud af huset uden besvær, lukke lemmen og sætte slåen for, så ingen kunne se indbruddet, og læsset med de gode varer sneg jeg mig bort fra lejren. Jeg var ikke kommet langt fra huset, da et højt skrig fra oven fik mig til at dukke mig og springe i skjul bag nogle buske. I et kort sekund så jeg en rovfugl, der blev mobbet af nogle andre langt mindre fugle, men jeg nåede også at se et glimt af en person i mørkt tøj. Han stod bag nogle træer på klipperne over mig, og jeg tror, at han holdt øje med mig. Kun et glimt, så var han væk. Han var ikke soldat, det var jeg sikker på.

Jeg greb sækken og løb, så hurtigt jeg kunne for den tunge vægt. Forpustet nåede jeg tilbage til stien, og inden solen var på himlen, fløjtede jeg signalet, og kurven blev hejst ned til mig.

I den følgende tid blev vores måltider væsentligt forbedret, takket været den tyske lejr, men som fader Theodoro sagde, "Vi har intet at takke dem for, det er mad, de har stjålet fra græske bønder."

"På den måde kan man vel godt sige, at vi bare tager det tilbage, som tilhører os?"

"Ja, på én eller anden måde kan man vel godt sige noget i den retning," svarede Theodoro og nikkede til den vin, jeg var kommet hjem med fra mit første togt.

Jeg tog ikke mere, end vi kunne spise, og jeg tror ikke, at nogen bemærkede det. Der var aldrig vagter ved huset, og den fremmede på skråningen så jeg ikke igen.

Med forsyninger fra den tyske lejr levede vi udmærket. Vi delte vores mad med eremitten, som var glad for at få lidt varm mad som supplement til hans egne kolde og kedelige måltider. Min 17 års fødselsdag fejrede vi i grotten. Det var ikke nogen stor fest, og der var ingen gaver, men jeg sad og tænkte på, at den bedste gave, jeg kunne få – når nu min familie ikke var her, var, at fader Theodoro var i live og så ud til at være i bedring.

Theodoro indvilligede efterhånden i at lade sig hejse ned og gå en tur sammen med mig. Vi nærmede os oktober, og nogle af de løvfældende træer stod i flammende røde, orange og gule farver. Når vi sådan gik sammen, kunne jeg spørge ham om alt muligt, og en dag spurgte jeg ham, hvad der var sket ved eksplosionen. Han tøvede længe, men det var jeg vant til, så sagde han:

"Nogen gange løber iveren af med én, man glemmer sin hjerne og følger sit hjerte. Jeg ved ikke, hvad jeg tænkte på, men jeg tror, at jeg ville have gjort det samme igen. Det var nok magtesløsheden, der drev mig... og vreden. Ville du mene det uværdigt for en munk?" Han forventede ikke mit svar, før han fortsatte, "det ville mange mene, og det har bragt os i den her situation, hvor Michaelis kæmper, og vi andre bare ser på."

Jeg kunne mærke, at fader Theodoro på sin tøvende måde ikke brød sig om at tale om det.

"Mit ansvar for dig, burde have stoppet mig," sagde han, "og så var det dig, der reddede mig, det skammer jeg mig over."

"1:1," sagde jeg, "nu står vi lige."

Han rystede på hovedet; "Nej, 10:0… til dig, det du gjorde var meget farligt og heltemodigt, du brugte både din hjerne og dit hjerte."

Han lagde sin hånd på min skulder, og jeg opdagede for første gang, at jeg var vokset fra Theodoro, jeg var lidt højere end ham.

"Du er et godt menneske, Daniel, og du er klog. Jeg skylder dig mit liv, og det kan jeg ikke takke dig nok for, jeg er stolt over at kende dig."

Mine øjne var fyldt af tårer, og jeg kiggede febrilsk op i luften, for at de ikke skulle løbe over. Theodoro mærkede min forlegenhed, og vi fortsatte vores tur i tavshed.

Stien førte os gennem en skov, og pludselig stod vi for enden af dalen. Foran os knejsede Agion Oros - Det Hellige Bjerg.

"Det er flot, ikke! og næsten 2.000 meter højt," sagde Theodoro.

"Tror du, at man kan man komme derop nu," spurgte jeg, benovet over at være så tæt på det mægtige bjerg.

"Jo, der går stier, jeg har selv været deroppe for en del år siden, og der var det muligt at vandre helt op til toppen."

"Er det virkelig? Men er det ikke stejlt?"

"Nogle steder, men det kan godt lade sig gøre, selvom det er en hård tur at klatre derop.

"Jeg ville gerne prøve det," sagde jeg, "tror du, at jeg kunne?"

"Ja, sagtens, men om vinteren kan der være sne på toppen, der er bidende koldt, og så kan det være farligt at bevæge sig der op."

Jeg kunne ikke glemme det hellige bjerg. Det havde set så storslået ud, der i den sene efterårssol. Jeg forestillede mig det med sne på toppen.

Metervis af hvid sne. Tænk at komme helt der op, hvor man følte, at man stod oppe blandt stjernerne. Jeg måtte bestige Det Hellige Bjerg.

I grotten fortalte jeg Theodoro om mine planer.

"Jeg vil ikke opfordre dig til det, men på den anden side heller ikke fraråde dig den oplevelse. Der går stier, men ikke alle steder er der fremkommeligt. Du må kun gå om dagen. I mørket er bjerget alt for farligt. Du bør kunne nå toppen på en dag, hvis du starter meget tidligt, men du bliver nødt til at overnatte deroppe, og det kan være koldt. Du skal tage dig i agt for de vilde dyr og naturligvis for andre mennesker. Man kan aldrig vide."

69. AGION OROS

Theodoro accepterede altså min plan om at bestige Det Hellige Bjerg, og et par dage efter firede han mig ned fra grotten, længe inden det var blevet lyst. Jeg havde pakket vadsækken med varmt tøj, nogle tæpper og mad.

Han stod i grottens åbning og kiggede efter mig, da jeg drog af sted. Jeg vinkede til ham, jeg var så spændt på min tur, at jeg næsten ikke havde kunnet sove. Den kølige morgenluft var befriende frisk, og jeg følte en snert af noget, der lignede lykke. For første gang i meget lang tid, var jeg rigtig glad. Det var, lige som om der inde i mig var sket en forløsning. Som om de sidste års spekulationer langt om længe var bragt til ende. Jeg ved ikke, hvorfor jeg følte det sådan. I bund og grund vidste jeg ikke mere nu end for tre år siden. Om min familie levede, og om jeg nogensinde skulle møde dem igen.

Men lige der i morgengryet den oktoberdag på Athos følte jeg mig glad og afklaret. Selvfølgelig levede min familie, og selvfølgelig skulle vi ses igen. Jeg skulle også gense Michaelis, vi skulle fortælle hinanden om alt det, vi havde oplevet, og Maria ville sidde med sit sjal om håret og fortælle mig, hvor godt hun havde haft det. Jeg trak vejret dybt ind. Ah!

Men så kom den, den lille nagende stemme inde i mig, der sagde, at det slet ikke var så sikkert alt sammen. Måske var de døde. Jeg slog det væk, men stemmen blev ved. 'Hvad med de tyske udryddelseslejre, som vi havde hørt rygter om?' Ja, hvad med dem? Men stemmen behøvede ikke at svare, jeg så det tydeligt nok uden dens hjælpe. Far og mor og Eva, Maria og hendes familie, måske var de pint og havde sultet i det tyske lejre, til de var døden nær, måske var de slået ihjel i gaskamrene. Jeg lukkede øjnene, og slog det væk, jeg ville ikke tænke på det. Så onde kan ingen mennesker være, forsøgte jeg, men stemmen havde sået en snert af tvivl, der blev hængende i den klare kølige oktoberluft.

Jeg satte farten op, foran mig krydsede en lille flok hjorte stien, og en stor ræv kom løbende med en død rotte i munden. Da de opdagede mig, flygtede de skyndsomt ind i buskadset, men jeg tænkte på Maria igen, og på den skytsengel, hun havde sagt hun ville sende til mig.

Efter en times vandring begyndte opstigningen. Nogle steder måtte jeg kravle, andre steder var stien god og let fremkommelig. Jeg holdt hvil ved en kilde, og her som altid hang der drikkekar til de farende. En træslev, der var stukket ned mellem nogle sten. Der havde været mennesker før mig.

Brød, feta og tørrede tomater udgjorde morgenmanden og til dessert en skive tør tysk rosinkage. Efter et kort hvil fortsatte jeg turen, men jeg var hele tiden nødt til at stoppede op for at få vejret og nyde den enestående udsigt. Havet og dalen lå langt under mig, vejret var klart, og solen varmede, jeg havde aldrig været så højt oppe før. Det var varmt med den tykke kofte og tog den uldne bluse af, som jeg havde under den.

Stien bugtede sig op ad bjerget, nogle steder gik det stejlt op ad, andre steder var der plant og let at gå. Udenfor et lille kapel mødte jeg en delegation på otte munke. Jeg opdagede dem for sent og kunne ikke nå at gemme mig.

"Vær hilset," sagde jeg og bøjede hovedet.

"Gå med gud," svarede de.

"Gå med gud."

Det gik hurtigt, så var jeg videre, og de var fortsat uden mistanke. Jeg var blot en ung munk på vandring over Det Hellige Bjerg, måske fra et af klostrene på sydkysten til et kloster nordpå.

Solen stod højt på himlen nu, jeg krydsede den samme bæk flere gange og drak det klare, kolde vand. Der var ikke tid til at holde mange hvil, men flere steder gik det så stejlt opad, at jeg var nødt til at stoppe op for at få vejret. 'Du må ikke gå for stærk, du skal holde et adstadigt tempo', havde fader Theodoro rådet mig til.

Under mig lå havet, sletter og skove, men jeg var stadig langt fra toppen. Det gik kun langsomt opad, og jeg tænkte jeg på, hvordan der ville se ud på toppen. I min fantasi havde bjerge spidse toppe, som man kunne stå på. En, to højst tre personer ved siden af hinanden, gerne med et flag, som skulle stikkes i sneen og blive stående til evig tid. Det havde jeg set et billede af i en bog om folk, der havde besteget et af verdens højeste bjerge.

Jeg troede langt om længe, at jeg var nået toppen på Det Hellige Bjerg, men så opdagede jeg, at der var endnu en højderyg at nå og efter den endnu en. Jeg var så træt til sidst, at jeg var lige ved at give op, jeg havde ikke flere kræfter, og mine støvler gnavede mig, der måtte mindst være tyve vabler. Men pludselig var det, som om Maria stod der og rystede på hovedet af mig 'du har da vel ikke tænkt dig at give op, Daniel, tag dig dog sammen!'

Til sidst nåede jeg toppen, eller i hvert fald så langt op jeg kunne komme. For toppen var ikke en spids med et flag på, men et stort plateau med græs, buske og klipper. Udsigten deroppe fra var enestående, og i det fjerne skimtede jeg havet, netop som solen var ved at forsvinde. Jeg ville overnatte på toppen af bjerget, og vågne næste morgen og se hele Grækenland ligge under mig, badet i den opgående sol.

Det blæste svagt deroppe, men ud på aftenen løjede blæsten af. Jeg samlede nogle tørre kviste og grene fra buskene og i ly af klipperne tændte jeg et bål. Det gav en smule varme, men mest af alt gav det mig et indtryk af et tilhørssted. Ilden skabte et rum, og jeg var i rummet. Omkring mig var mørket, over mig stjernerne.

Jeg havde lavet et leje af tørt græs og lagt et uldent tæppe ovenpå, med alt mit tøj på og et andet tæppe ovenpå, kom jeg ikke til at fryse. Det var vindstille, og jeg lå og kiggede på stjernerne og følte, at jeg var så tæt på dem, at de kunne plukkes ned én ad gangen. Jeg var på toppen af verden, og med en god fornemmelse af at have besteget Agion Oros - Det Hellige Bjerg, faldt jeg i søvn.

Tidligt næste morgen vågnede jeg med et spjæt, der var noget, der skramlede ved siden af mit hoved. Jeg satte mig forskrækket op og nåede lige at se en ung ræv stikke af sted med min morgenmad. Sulten og gnaven pakkede jeg mine ting sammen, og gjorde mig parat til at tage af sted, men inden jeg gik, så jeg solen stå op. En stor orange ildkugle steg langsomt op af havet ude mod øst.

'Jeg hører hjemme her', tænkte jeg, 'hos solen og månen og stjernerne. Hvor jeg end havner, vil jeg altid have solen, månen og stjernerne med mig og minderne fra Athos.' I et lille klæde gemte jeg et par håndfulde af jorden fra bjerget. 'I tankerne kan jeg altid vende tilbage, når jeg vil', hviskede jeg, mens jeg skrabede lidt jord op og lagde det i klædet.

70. DEN FREMMEDE I SKOVEN

Nedturen begyndte uden problemer. Jeg fulgte stien, jeg kom op ad, men da den delte sig, kom jeg i tvivl, og jeg valgte den forkerte vej. Pludselig stod jeg inde i en mørk nåleskov, stien var væk, og skoven blev mere og mere ufremkommelig med væltede træer og sammenfiltret brombærkrat.

Det begyndte at dryppe, og snart silede regnen ned, jeg kiggede mig om efter skjul og opdagede en fordybning i skrænten over mig, der nærmest lignede indgangen til en kæmpe rævegrav. Det øsede ned, og det var på tide at komme i læ.

Nu sad jeg så her i regnen og anede ikke, hvor jeg befandt mig. Det blev snart mørkt, og jeg havde ikke noget mad. Theodoro ville blive nervøs, hvis jeg ikke dukkede op. Sikke et fjols jeg var, havde jeg virkelig ikke lært noget af alle mine ture, kunne jeg ikke engang finde tilbage ad den samme vej, som jeg var kommet ad. Jeg så Maria smile ad mig; 'Daniel, altså!'

Med et brag og noget der lød som et jordskred dumpede en stor skikkelse pludselig ned i hovedet på mig. Vi fik vist et chok begge to. Jeg sprang op, og i lang tid stod vi bare og stirrede på hinanden. Han var høj og lyshåret og havde lyst skæg, han var våd af regnen og bar et knippe brænde på ryggen. Det var ikke en munk, for hans tøj var meget anderledes, og han havde en dolk siddende i sit bælte og over venstre skulder hang en bue og en pilekogge.

Den lyshårede krængede brændet af sig, så greb han om buen med sin venstre hånd og strakte den højre hånd, en bred mørkebrun lap, frem mod mig; "Christian," sagde han og sendte mig et stort smil.

Tøvende tog jeg hans hånd og trykkede den, "Mikis," min stemme knækkede over, jeg rømmede mig og sagde højt; "Mikis".

Han kiggede spørgende på mig, "Mikis?" gentog han så og nikkede.

Fordybningen bag mig viste sig at gemme en behændigt camoufleret dør, hvor der på et net var sat visne blade og kviste, som fuldstændig skjulte indgangen. Ad døren kom man ind i et rum, stort nok til at to personer uden problemer kunne stå oprejst. Rummet var afstivet med granrafter og midt på gulvet stod en lidt primitiv ovn med en skorsten, som var ført ud af hulens loft. I et hjørne af rummet var der en seng lavet af granrafter og i et andet hjørne stod et bord med et vandfad og en kande. Der var også et lille hjemmelavet skab, og Christian bød mig at sidde på en stub, som var 'husets' eneste stol. Han tændte en olielampe, puttede brænde i ovnen, og snart var rummet lunt og hyggeligt.

Han kogte vand på ovnen og serverede en form for kaffe i en skåret kop.

"Tak," sagde jeg, "jeg kommer fra et af klostrene... øh... men jeg for vild."

Han kiggede på mig, så rystede han på hovedet og smilte. Måske var han døv. "Deutch," sagde han og kiggede spørgende på mig.

"Deutch?," sagde jeg forundret. Jeg forstod ikke rigtigt. Åh, deutch, nu forstod jeg, han talte tysk. Han var tysker!! Jeg stivnede. Jeg var landet i en tysk hule. Jeg rystede på hovedet, "No, no," og rejste mig for at gå, "Mikis," sagde jeg og pegede på mig selv, "munk... går nu... kloster." Jeg ved ikke, hvorfor jeg snakkede sådan noget barnesprog, men jeg håbede på, at han forstod mig.

"Bitte, warten Sie," han greb min arm.

Jeg forstod ingenting, men det eneste, jeg ville, var at komme ud af hulen og væk fra den tysker.

"English, you speak English?"

"Yes, yes," sagde jeg, måske lidt for overbevisende.

"Good!! Please," han pegede på stubben.

Jeg satte modvilligt, jeg forstod ingenting. Hvis han var tysker, hvad lavede han så her?

"Hungrig?" Han klappede sig på maven og nikkede.

Ja, jeg var sulten. Ræven havde spist min mad, og jeg havde ikke fået noget siden i går aftes. Han fandt nogle dåser i skabet.

"German camp," sagde han og smilte.

Jeg kunne genkende dåserne, de var magen til dem, jeg havde taget fra den tyske lejr.

"I see you there," sagde han og smilte, "Yes, I see you at German camp."

Jeg stirrede forskrækket på ham. Hvordan i alverden kunne han have set mig, jeg havde jo aldrig mødt nogen derovre. Så kom jeg i tanke om skikkelsen på skråningen, den første gang, jeg havde hentet mad i lejren.

"I go too and take food, like you. Good food," sagde han.

Han serverede bagte bønner i tomatsovs, sardiner og brød. Det smagte godt, og jeg huggede det i mig.

"I also shoot bird," sagde han, mens vi spiste og pegede på buen og pilene, som hang på væggen.

"And German soldier?" for det pludselig ud af mig.

Han tog olielampen, der stod imellem os, og holdt den op til mit ansigt.

"Yes, I knew it was you?"

Jeg nikkede. Nu forstod, hvad det var, der var sket, den dag jeg stod overfor de to tyske soldater. Den dag med revolveren. Det var Christian, der havde skudt med sin bue og pil og dræbt den anden soldat.

"I love my country, I hate war, I hate Hitler," sagde han.

Han fortalte, at han sammen med tre andre var flygtet, men at de var kommet bort fra hinanden i et uvejr.

Tre andre? spurgte jeg ham, men der var jo kun tre? Nej, sagde han, "Four, Hans, Peter, Martin and I".

Martin! Jeg kom i tanke om desertøren, som havde fulgt med Michaelis til Thessaloniki.

"Martin, I know Martin," sagde jeg til ham, og han så glad ud, da jeg fortalte ham, at Martin var i live. Og de to andre, ville han vide, men der måtte jeg fortælle ham, at de begge var døde.

Vores engelske var begrænset, og inden længe var især mit ordforråd brugt op. Christian tilbød mig at blive natten over, og han insisterede på, at jeg skulle sove i den primitive seng, mens han selv lavede sig et leje på gulvet. Mit våde tøj kunne hænge til tørre ved ovnen.

Jeg var træt efter den lange dag, og faldt hurtigt i søvn, men da jeg lå i sengen og hørte ildens dybe brummen i den lille tykmavede ovn, tænkte jeg på denne mystiske tysker, som nu to gange havde reddet mig, og den ene gang med sikkerhed mit liv.

Jeg vågnede ved duften af kaffe. Det var længe side, at Theodoro og jeg havde drukket kaffe. Christian var allerede oppe og havde skubbet døren til side, så lyset udefra trængte ind i den dunkle hule. Han havde fyldt varmt vand i vandfadet, og jeg vaskede mig og redte mit hår med en hjemmelavet kam.

Da jeg bøjede mig over vandfadet faldt mine øjne på en skål, der var skåret ud af et stykke træ. Der lå forskellige småting i den, sten, nogle skaller, en sjov kogle og nogle orangefarvede perler. Der var noget ved de perler. Først kom jeg til at tænke på Maria, den varme orange farve, og kæden hun havde haft om halsen. Perlekæden hun havde fundet, den ene perle med en blodrød åre i, fader Theodoros rosenkrans!

Jeg tog kæden op og vendte mig spørgende mod Christian. "Hvor?" spurgte jeg ham.

"German camp," svarede han. Vi kiggede på hinanden, og ingen af os sagde noget. Tusind tanker fløj gennem mit hoved. Hvis jeg fortalte, at det var Theodoros kæde, ville jeg røbe ham, og sagde Kristian noget, ville han måske også røbe Theodoro. Jeg lagde tøvende kæden tilbage i skålen, og vi talte ikke mere om den.

Kristian ville følge mig på vej, og efter at have drukket kaffen og spist brød med marmelade, viste han mig en anden af hulens udgange. "Det er som en rævegrav," sagde han, "med mange udgange. Mange fjender, mange flugtruter."

"Enemies," sagde jeg, og jeg følte mig pludselig så løgnagtig. Han havde hjulpet mig, vist mig sin hule og givet mig mad og husly. Jeg havde fortalt ham, at jeg hed Mikis og var munk. Det var jo løgn. Han havde delt sin hemmelighed med mig, vist mig tillid, og hvis han kendte fader Theodoros hemmelighed, havde han ikke røbet ham. Men jeg havde bare løjet for ham.

"I," begyndte jeg, "I am Daniel, no Mikis." Jeg klappede mig på brystet for at understrege, at det var mig, jeg talte om. Mit navn lød pludselig så fremmed for mig, det var flere år siden, jeg selv havde udtalt det. Der havde ikke været så mange, jeg kunne præsentere mig for. "I am Daniel, I am Jewish."

Jeg havde ventet en reaktion, måske endda vrede fra ham, men han kiggede bare på mig, smilte og nikkede; "No enemies, friends," sagde han, "no enemies."

Han fulgte mig et langt stykke vej, til jeg igen kunne se, hvor jeg var.

"Jeg klarer mig nok videre herfra", sagde jeg, "du behøver ikke at følge mig længere".

"Don't tell about me, please," sagde Christian, før vi skiltes. Jeg rystede på hovedet.

"And don't tell about me… secret" sagde jeg. Han smilte og gav mig hånden. Så vendte han sig og gik.

"Thank you," råbte jeg efter ham, "you saved my life… again."

Han slog ud med armen, som for at sige, 'tænk ikke på det'.

Jeg stod og så efter ham, da han gik tilbage mod skoven, i sit slidte tøj, med sin bue og sit pilekogger over venstre skulder. Ved skovbrynet vendte han sig om og vinkede. Han løftede sin bue over hovedet som en sidste hilsen, så forsvandt han ind mellem træerne.

Jeg var tilbage i grotten ud på aftenen. Theodoro havde siddet i to dage og ventet på mig, og han var glad, da han hørte min fløjten.

"Jeg ved ikke, om jeg kom nærmere Gud," sagde jeg til ham om aftenen, inden vi sov, "men jeg tror, at jeg kom nærmere til et eller andet."

Jeg holdt på hemmeligheden om Christian. Selvom jeg vidste, at den ville være velbevaret hos fader Theodoro, havde jeg givet Christian mit løfte.

"Uanset hvad," sagde fader Theodoro, "så vil du altid bevare Athos i dig."

71. FANGSTEN

I de følgende uger var jeg kun et par gange nede i den tyske lejr og hente mad. Der var stadig ingen vagt ved huset, men der var heller ikke så meget mad tilbage, for der var ikke kommet nye forsyninger. Kartofler, linser og nogle tørre uspiselige kiks var det eneste, der var tilbage. Jeg tænkte på, om Christian havde nok til at klare sig.

En morgen, hvor jeg igen håbede at finde lageret bugnende, var lejren tom. Først sneg jeg mig fra hus til hus, men til sidst gik jeg bare åbenlyst rundt og så mig omkring. Ikke et eneste menneske, kun en masse affald og nogle stinkende lokummer vidnede om, at der havde været folk i lejren.

I grotten gik vi en sultens tid i møde. Kattene kunne i det mindste fange deres egne mus, som der var nok af, munken fik sin mad fra klostret og spiste den selv, men Theodoro og jeg sultede. Jeg havde taget alt spiseligt fra vores hus og have, og samlet hver en spiselig svamp i miles omkreds. Jeg havde sågar dristet mig hen i et nærliggende klosters urtehave og stjålet runkne auberginer og noget kål.

"Det går ikke, det her," sagde Theodoro. "Du ender som tyv."

"Jeg er tyv," sagde jeg.

"Ja, men det kan vi ikke have. I morgen tager jeg af sted og beder om mad på et af klostrene.

"Det må du ikke gøre. Sæt, der er tyskere. Lad mig gå i stedet for."

"Dig i armene på tyskerne! Er du gal!"

"Jeg ligner en græsk novice, og selvom du ligner en munk, så er du eftersøgt, det er jeg ikke. Skriv en besked til den af munkene, du kender bedst og kan stole på, og bed om mad."

Theodoro overvejede i lang tid, og til sidst indvilligede han i at lade mig gå. Han skrev et brev og bad mig om at gå til klostret Dionysiou.

"Det må være det, der ligger tættest på, og der skal du spørge efter fader Sebastian. Han er engelsk, men han har tilbragt mange år på klostret. Han kom hertil som ung håndværker, og blev så begejstret for bygninger og deres kunstskatte. Han er en meget dygtig snedker og står for en stor del af vedligeholdelsen af Dionysiou. Jeg tror at du vil kunne lide ham."

Han satte min hat ordentlig på plads, "du sætter den altid for langt ned i panden eller om i nakken," sagde han, og bandt min flettede hårpisk op i en knold med et læderbånd, "du må se ordentlig ud og ikke ligne en vild."

Theodoro hejste mig ned. Jeg havde en stor sæk med, som jeg først ville fylde med brænde. Så kunne han hejse den op sammen med vandspanden. Lige da jeg havde sat den fyldte spand ned i kurven og skulle til at samle brænde, hørte jeg en stemme bag mig.

"Man skal nok på udflugt."

Jeg snurrede rundt og så dværgen stå nogle få meter fra mig.

"Ja," sagde jeg og forsøgte at lyde rolig.

Han kom hen imod, og da han var helt henne ved mig, kiggede han hoverende på mig, så greb han ned i sin lomme og hev et nusset papir op.

"Du skulle vel ikke kende til det her?"

"Hvad?" Jeg forsøgte at lyde så ligegyldig som muligt.

Han foldede papiret op, og med en snavset finger pegede han grinende på tegningen af en ung køn kvinde.

Det sortnede for mine øjne. Det var Maria, og tegningen jeg havde lavet til hende.

"Nå, det er måske alligevel noget du kender til? Jeg ved jo, at I var venner – du og den lille sigøjnertøs, som blev sendt herfra sammen med alle de andre tyveknægte. Jeg så jer jo sammen dengang, hvor jeg havde fanget hendes bror."

Jeg havde lyst til at slå ham, men jeg forsøgte at berolige mig, vendte mig om og begyndte at gå.

"Vil du ikke høre, hvor jeg fandt tegningen?" Han ventede ikke på svar. "I Theodoro Venizelos hjem."

Jeg reagerede først ikke på det, han sagde, jeg kendte ikke engang fader Theodoros efternavn, men pludselig slog det mig, at den lille munk, som jeg havde set i den tyske lejr, måske ledte efter Theodoro... for at overgive ham til tyskerne!"

Han stod og grinte ondskabsfuld, mens han foldede tegningen sammen.

"Hvad lavede den tegning mon der? Mon det er Theodoro Venizelos, der havde tegnet den? Nej… næppe, han er jo dygtig til ikoner, og det her…", han slog vredt på tegningen, "det er jo det rene makværk."

Mit hjerte arbejdede på højtryk. Hvordan skulle jeg slippe fra ham, uden han fattede mistanke til Theodoros gemmested?

"Men det der er interessant," fortsatte han, "det er forbindelsen mellem jer, for jeg så jo dig og sigøjnerne, du kendte dem, det skulle vel ikke være dig, der er kunstneren?" Han sagde kunstner med et arrigt fnys, "og dig der bor hos Venizelos? Når jeg tænker mig godt om, så så jeg engang en dreng ligge i grotterne ved Megisti Lavra, men han forsvandt, hvorfor mon han forsvandt? Hvad havde han at skjule?"

Jeg følte mig helt svimmel, den lille munk kunne røbe både fader Theodoros og min hemmelighed. Hvad i alverden skulle jeg gøre? Jeg skævede opad mod grottens åbning, men jeg kunne ikke se nogen deroppe. Det her måtte jeg klare selv.

"Skal jeg fortælle dig en hemmelighed?" prøvede jeg.

"Du har vist nok af dem."

"Skal jeg vise dig noget?"

Jeg tog vandspanden op af kurven, den skvulpede over, da jeg hev den over kanten, så lod jeg som om jeg ville give plads til munken, samtidig med at jeg samlede brændesækken op, som jeg havde smidt ved siden af kurven. Dværgen kom mistroisk nærmere.

"Dernede," sagde jeg, og pegede ned i bunden af kurven. Han kom endnu nærmere. "Dernede…" Han stod på tå for at kigge op over kanten af den høje kurv, og idet han var helt henne ved mig, tog jeg et fast tag i nakken og bagen på ham og smed ham på hovedet ned i kurven. Han nåede lige at sparke efter mig, inden jeg krængende sækken ned over ham og kurven, så vendte jeg kurven på hovedet og bandt sækken med båndet fra min fletning. Dværgen hylede og skreg.

"Stikker," råbte jeg vredt, "jeg drukner dig dit uhyre." Det var måske ikke særlig noviceagtigt, men det var, hvad jeg havde mest lyst til. Han havde været med til at sende Maria og hendes familie i armene på tyskerne, og nu var han ude efter Theodoro og mig.

Hvad i alverden skulle jeg gøre ved ham. Drukne ham kunne jeg selvfølgelig ikke. Jeg kunne fløjte på Theodoro og hejse dværgen halvvejs op, så kunne han hænge der, indtil vi fandt ud af, hvad vi skulle gøre. Men sæt nu munkene kom med mad til eremitten? Så ville de hejse ham ned, og han ville røbe Theodoro.

Nede i kurven begyndte dværgen at bede for sit liv. "Jeg røber jeg ikke til nogen, det lover jeg. Luk mig ud, her er væmmeligt. Jeg sparkede efter kurven uden at ramme den.

"Ti stille."

"Jeg fandt jo båden, den ligger lige ude ved kysten, så kunne jeg jo regne ud at Theodoro Venizelos flygtede hertil, hvis du slipper mig fri, lover jeg ikke at sige noget."

Båden! Havde båden røbet os? Men den havde jeg jo netop sendt til havs et godt stykke herfra, for at den ikke skulle vise tyskerne vej til os. Var den nu drevet tilbage?

Jeg lød ned til kysten, og båden lå der ganske rigtig helt inde ved bredden, og årene, som jeg havde lagt ned i den, var der også. Theodoro havde sagt, at jeg skulle følge kysten mod nord for at komme til klostret Dionysiou. Hvis jeg skulle følge kysten, kunne jeg jo lige så godt ro!

Den runde kurv var ikke så svær at rulle ned til båden, dværgen blev noget rundtosset, for det varede et stykke tid, inden han skreg og hvæsede igen. Han må også være blevet godt våd, for kurven var ikke sådan lige at få vippet op i båden, men til sidst lykkedes det mig. At han var i live, var jeg ikke i tvivl om, for da jeg spyttede i næverne og stævnede ud for kysten, velvidende at jeg skulle ro et godt stykke vej, begyndte han at hyle op igen.

Først ud på morgenen nåede jeg klostret. Det lå som om det var limet til klipperne højt hævet over havet et stykke fra kysten. Mine hænder var fulde af vabler, og jeg var tørstig og sulten. Båden og dværgen efterlod jeg ved en mole nedenfor klostret.

En ung munk førte mig til fader Sebastian. Han arbejdede på snedkerværkstedet, hvor han var i gang med at reparere et kæmpe stort skab i mørkt træ. Hans hår var tykt og stålgråt, og som alle andre munke havde han det flettet og knyttet i en sirlig knold i nakken. Han bar nogle runde små briller, som fik ham til at ligne en rar, gammel bedstefar. Øjnene var venlige, og da han så den unge munk og mig komme imod sig, lyste hele hans smalle vejrbidte ansigt op i et stort smil.

"Det er Mikis," sagde den unge munk, "han kommer med en hilsen til dig."

Sådan havde fader Theodoro foreslået, at jeg skulle sige.

"Til mig! jamen, hvem kan være så venlig at sende mig en hilsen?" Han talte med en sjov og hyggelig accent.

Den unge munk gik, og fader Sebastian lagde en hånd på min skulder og sagde:

"Hvad bringer dig her til Dionysiou, min søn?"

Jeg kiggede mig omkring, og hviskende: "Jeg har en hilsen til dig fra Fader Theodoro…, og så har jeg sådan set også en pakke."

"Theodoro! Lever han? Hvor i alverden befinder han sig, har han det godt?"

"Shhh," røg det ud af mig. "Læs først brevet, det giver svar på alle spørgsmål, men jo - han har det godt."

Fader Sebastian åbnede brevet og læste. Endnu engang lyste hans ansigt op i et varmt smil.

"Den gamle ræv, han narrede os alle. Men jeg vidste, det var ham, kunne genkende metoden fra vores tropper under Første Verdenskrig. Vi troede, at han var død, måske henrettet af tyskerne."

Han læste videre.

"Well," fortsatte han, "tyskerne er, Gud være os nådig, væk fra Athos, ja fra hele Grækenland. Der er fortsat krig i Europa, men i oktober trak de sig ud af Balkan."

"Er krigen slut?" gispede jeg.

"Ikke helt, men det lakker mod enden, og der er altså ikke længere tyskere på Athos. Så Theodoro kan komme frem fra sit skjul. Men hvad var det for en pakke, du talte om?"

Jeg fortalte ham om dværgen, og at jeg havde set ham sammen med tyskerne. Fader Sebastian fløjtede sagte.

"Det er Erasmus," han slog en høj latter op, "navnet betyder faktisk elskværdig, meget misvisende, han er eftersøgt, en væmmelig karl – bloody nasty, hvis du spørger mig. Ved du hvor han er."

Om jeg gjorde? Jeg kunne ånde lettet op, dværgen var eftersøgt for flere tyverier fra klostrene af meget sjældne og værdifulde ikoner, og så for at have samarbejdet med tyskerne.

"Et er at tåle dem, noget andet at arbejde sammen med dem," sagde fader Sebastian, "Men ham Theodoro," fader Sebastian sendte mig et stort smil, "han gjorde det, vi alle sammen drømte om. I say, such an old sport, well done indeed."

Kurven blev hentet op, og jeg så heldigvis ikke mere til dværgen Erasmus. Nu havde jeg også hørt rigeligt til ham, som han havde skældt ud og tryglet og bedt for sit liv hele vejen til Dionysiou.

Munkene blev kaldt til spisning, og fader Sebastian viste mig vej til spisesalen. Senere ville han skrive et svar til Theodoro, så jeg kunne bringe det til ham, inden det blev mørkt.

"Hvorfra kommer du i øvrigt, og hvorfra kender du Theodoro?", spurgte han mig.

"Åh, vi mødtes ved en tilfældighed," skyndte jeg mig at sige, og det så ud til at være svar nok for englænderen.

"Måske vil du nette dig før maden, det er der mulighed for derinde."

Det lød mere som et påbud end som et forslag. Så jeg gik pligtskyldigt ud til vaskene. Da jeg stod med sæbe og rindende vand, kom jeg til at smile. Den daglige hygiejne i grotten var ikke, det jeg var opdraget med, og jeg opdagede, at der var indgroet skidt på mine knoer. Jeg måtte skrubbe hænderne mindst fem gange, inden de var rene.

Mens jeg tørrede hænder og ansigt i et stort groft vævet håndklæde, kiggede jeg mig omkring. Ud af vinduet kunne jeg se klostrets gård. Der sad to munke og talte sammen på en bænk under et stort morbærtræ. Middagssolens stråler indhyllede dem i et varmt og venligt lys.

Jeg følte mig godt tilpas, det var egentligt rart at blive vasket. Jeg vendte mig for at gå, men fór forskrækket sammen, for gennem et vindue til højre for vaskene, havde en ung munk stået og gloet på mig. Jeg fik kun et glimt af ham, så var han væk. Det var ubehageligt at være blevet beluret og da jeg stak hovedet hen for at kigge efter ham gennem vinduet opdagede, at det, jeg havde troet var et vindue, var et spejl. Munken var mig selv.

Der var ingen spejle i Theodoros hus. Det var nogle år siden, jeg havde set mig selv i et spejl. Nu stod jeg og kiggede på et ansigt, som jeg ikke kendte. De blå øjne kunne jeg genkende, men der var fine små rynker omkring dem efter timerne i solen og vinden. Mit mørkebrune, bølgede hår var langt. Før havde jeg altid kæmpet med en lok, der røg ned i øjnene. Nu var den, med alt det andet, samlet i nakken i en stram knude. Min næse havde forandret sig. Den var lige, en smule kroget og en smule større, måske fordi mit ansigt var blevet smallere og mere markeret. Mine øjenbryn var let buskede, og så var der skægget. Et mørkt dunet skæg, som jeg syntes, fik mig til at se meget voksen ud. Jeg lod højre tommel- og pegefinger glide over skægget, og kom til at tænke på Michaelis, det var nøjagtigt sådan han altid gjorde.

Jeg stod i lang tid og kiggede mig i spejlet for at vænne mig til mit 'nye' ansigt. Det var underligt, jeg havde stadig billedet af mit ansigt, fra da vi forlod Thessaloniki. Billedet af en glad og problemfri 13 års dreng. Nu kiggede i stedet en voksen, lidt bedrøvet mand på mig fra spejlet. Gad vide om Maria ville synes om mit skæg?

72. FLERE LØGNE

Middagen bestod af linsesuppe, kogte bønner, stegte kartofler og små stegte fisk, druer og æbler. Jeg spiste, som om jeg ikke havde spist i dagevis, hvilket jeg på sin vis heller ikke rigtigt havde. Ind imellem måtte jeg holde en lille pause for at trække vejret, og for at de andre munke ikke skulle lægge for meget mærke til mig. Maden smagte fortræffeligt, og jeg tænkte på stakkels Theodoro, som ikke havde andet at spise end de ækle tørre tyske kiks.

Vi sad bænket ved lange borde, og under middagen læste en novice op. Da den unge munk sluttede læsningen, lagde alle munkene deres bestik. Middagen var ovre. Jeg nåede akkurat at proppe et stort stykke æble i munden, som jeg sad og forsøgte at få tygget, da fader Sebastian kom hen og lagde en hånd på min skulder.

"Jeg har skrevet et brev til Theodoro, og jeg er ved at få pakket en kurv med mad til jer, men førend du tager tilbage, vil vores patriark gerne hilse på dig. Hvis du vil være så rar at følge med mig."

Jeg forsøgte som en gal at få gjort kål på æblestykket. Det var for stort til at vende i munden, og jeg var ved at kvæles i det. Jeg nikkede sprutrød i hovedet, rejste mig og fulgte efter. Uden for spisesalen så jeg mit snit til at spytte det ud ad et åbentstående vindue.

Vi gik igennem klostrets lange tyste gange. På nær en enkelt gammel munk mødte vi ingen. Vi kom ud i en stor hall beklædt med mørkt træ, hvor en bred trappe førte os op til første sal og videre til anden sal. I loftet hang der enorme olielamper, som endnu ikke var tændt. Der, hvor lyset ikke trængte ind ad vinduerne, var der dunkelt, og der duftede af politur. Vi gik ad flere gange og kom omsider til en stor dør med et blankt håndtag. Fader Sebastian bankede på, og døren blev åbnet af en lille ældre mand med bittesmå runde briller siddende yderst på næsen. Han kiggede nærsynet på os og smilte. Jeg åndede lettet op. Hvis det var patriarken, klostrets øverste, kunne mødet ikke blive så slemt.

De to mænd talte hviskende til hinanden, og fader Sebastian og jeg blev bedt om at sætte os på et par umagelige stole og vente. Jeg kiggede diskret rundt i rummet. Der hang ikoner på alle væggene, og aldrig havde jeg set så smukke ikoner, det var som om væggene var beklædt med det pureste guld.

"På patriarkens kontor vil du se nogle endnu prægtigere ikoner," hviskede fader Sebastian, da han så mit nysgerrige blik fare rundt i lokalet. "Og fra balkonen er der en smuk udsigt. Gå bare derud."

En dør med et vindue i førte ud til en smal balkon. Jeg gik forsigtigt derud og hen til det vakkelvorne rækværk. Alt var lavet af træ, og lodret nede dybt under mig lå havet, glimtende i blå og sølv nuancer med kridhvide toppe på bølgerne. En fiskerbåd vuggede et stykke fra kysten. Det var blæst op, tunge mørke skyer trak ind fra vest.

Jeg hørte mit navn blive nævnt og skyndte mig ind igen. Fader Sebastian og jeg blev af den lille munk ført ind i et enormt rum. Med kun få centimeters mellemrum hang der ikoner af en utrolig skønhed, hvis guld reflekterede den sene efterårssol. Ved et stort mørkt blankpoleret mahognibord sad en mand iført munkenes obligatoriske sorte kutte. Hans mørke hår var samlet i en knude i nakken, og han bar briller med et bredt sort stel, der fik ham til at se dyster ud. Som han tronede der bag sit store skrivebord så han meget betydningsfuld ud, men han smilte venligt til os, og bad os med hånden at sætte os på to højryggede stole på den modsatte side af det store bord. Jeg kunne mærke mit hjerte slå oppe i halsen på mig.

Fader Sebastian og patriarken snakkede først lidt sammen om et skab, Sebastian arbejdede på lige nu, så kiggede patriarken på mig og sagde med en så alvorlig stemme, at det gibbede i mig.

"Jeg kan forstå, at du hedder Mikis, og at du ved, hvor fader Theodoro er?"

Hans stemme var dyb og venlig, men det var som om hans blik naglede mig fast til stolen.

"Jo," pippede jeg og min stemme knækkede over, og fik mig til at lyde som en forkølet høne, jeg rømmede mig, "øh, hmm hmm, Fader Theodoro kom til skade, og jeg har passet ham. Han har det godt igen, og han vender snart tilbage til sit hus."

Som fader Sebastian ville patriarken også vide, hvorfra jeg kendte Theodoro, hvor Theodoro befandt sig, hvordan han var kommet til skade og meget mere.

"Ja… øh," begyndte jeg nu med høj klar stemme, "Fader Theodoro er min fars barndomsven."

I det samme fik et vindpust fra det åbne vindue papirerne på patriarkens bord til at blæse på gulvet. Jeg sprang op og begyndte at samle de flyvende blade op. Det var en kærkommen lejlighed til at undgå at tale mere om, hvem jeg var, og hvorfra jeg kendte fader Theodoro.

Da jeg var færdig, satte jeg mig igen. Patriarken nikkede tak, og kiggede på mig med et blik der sagde, 'ja… og fortsæt.'

"Øh, min far gik ind i modstandsbevægelsen i krigens første år, og min mor valgte at sende mig herud til Athos." Idet jeg sagde 'Athos', var det som om himlens sluser åbnede sig, og regnen stod ned i stænger udenfor. 'Åh, nej' tænkte jeg, 'om lidt falder ikonerne med jomfru Maria og det lille Jesusbarn ned fra væggen, det her kommer jeg aldrig godt fra'. Jeg kunne høre min egen stemme, men vidste egentligt ikke, hvad det var for nogle historier, jeg sad og fortalte. Nu var jeg startet på dem, og jeg var nødt til at fuldføre dem.

Jeg hader løgne, og jeg hader løgnere, og jeg lovede mig selv, at jeg aldrig ville lyve mere. Måske troede patriarken på det, jeg fortalte, måske gjorde han ikke, og jeg åndede lettet op, da vi igen stod på den lange mørke gang. Udenfor øsede det ned, regnen slog mod vinduerne og lyn og torden ville ingen ende tage.

"Du kan ikke tage herfra i det vejr," sagde fader Sebastian, "du må vente til i morgen."

"Jamen, Theodoro venter mig tilbage i aften," forsøgte jeg.

"Hvis du tager af sted nu, når du måske aldrig tilbage til Theodoro. Bliv du hellere her i nat. I morgen tidlig efter fromesse kan du tage tilbage."

'Fromesse! Skal jeg nu også til fromesse. Det må være nok med, at jeg skal overnatte på klostret', tænkte jeg.

Fader Sebastian viste mig hen til klostrets gæsteafdeling. Flere tomandsstuer og større sovesale var stillet til rådighed for de mange munke, som året igennem besøgte Dionysiou.

"Du kan sove her i nat," sagde han, og viste mig ind på et værelse med to senge. "Der sover vist også en anden ung munk her, men det finder I nok ud af. Her ligger tæpper og et håndklæde. Når simantronen lyder, er der spisning." Han gik og overlod mig til mig selv.

Der stod en ovn i hjørnet af værelset. Den havde været tændt for nyligt, og der var stadig gløder i. Jeg lagde lidt mere brænde på, og snart brændte der en god ild.

Sengen føltes magelig. Hvornår havde jeg sidst ligget i en rigtig seng? Det var længe siden, og det skulle blive rart igen at strække sig på et blødt leje, efter alle nætterne på de gamle ulækre sække i hulen.

Jeg lagde mig på sengen uden at tage støvlerne af. Stakkels Theodoro, uden mad, alene i grotten med den sære munk. Det var altid noget, at kattene var der. Næste morgen ville jeg tage fra klostret så hurtigt som muligt, med kurven fuld af mad.

Der var sket så meget den forløbne dag, og maden, spændingen og varmen fra ovnen gjorde mig døsig, og snart faldt jeg i søvn i den bløde seng. Jeg drømte en underlig drøm om Theodoro og munken i grotten, de blev ved med at drøne op og ned i to kurve. Et elektrisk spil, med strøm fra generatorstationen, gjorde det muligt for de to at få kurvene til at køre med stor fart.

"Hvem er du, hvem er du?" En læspede stemme indgik først i drømmen, og det var den gale munk, der sagde det, men en rusken i min skulder, bragte mig brat ud af drømmen, netop som jeg med en kæmpe bue og nogle lange pile var ved at få standset kurvene ved simpelthen at skyde dem ned.

Jeg slog øjnene op og kiggede bestyrtet ind i ansigtet på en ung fedladen munk, som stod bøjet over mig. Jeg satte mig forvirret op og sagde mit græske navn.

"Øh... Mikis - og hvem er du?"

"Jeg hedder Alexandros," sagde han, "jeg sover der." Han pegede på den anden seng. Jeg nikkede og lagde mig ned igen.

"Du har støvler på," sagde han med forargelse i stemmen.

Stadig liggende, snørede jeg støvlerne op og sparkede dem af mig. De faldt til gulvet med to tunge bump.

"Sikke nogle gamle grimme støvler," grinede Alexandros.

Jeg svarede ham ikke.

"Hvor er du fra?" Han var åbenbart i snakkehumør.

"Thessaloniki."

"Og her på Athos?"

"Rundt omkring."

"Rundt omkring, det kan man da ikke bare være, med mindre man er sigøjner, hi hi hi hi." Han grinte med en enormt irriterende høj lys latter.

"Jeg har været flere forskellige steder, det er sådan en form for uddannelse, at se de forskellige steder på Athos."

"Jamen, går du ikke på Akademiet," blev han ved.

"Jeg siger jo, at jeg har været flere forskellige steder, og nu vil jeg gerne sove."

Jeg vendte mig bort fra ham, for at understrege, at jeg ikke ønskede at snakke med ham. Jeg brød mig ikke om, at han skulle spørge mig mere ud om klostrene på Athos, og på den måde finde ud af, at jeg faktisk kun kendte Megisti Lavra og Dionysiou.

Han nynnede fornøjet og rodede i en vadsæk ovre ved sin seng.

"Jeg er fra Athen, har du nogensinde været i Athen?"

Jeg ignorerede ham.

"Har du?" Han stod og ruskede i mig igen.

Jeg vendte mig hurtigt om, og kiggede vredt på ham. "Nej!"

"Har du aldrig været i Athen," spurgte han forarget.

"Ti stille, jeg sagde, at jeg gerne vil sove."

"Hvorfor har du aldrig været i Athen?"

"Hvorfor har du aldrig lært at holde mund?"

"Min far og mor har et stort hus i Athen nede ved havnen, min far har en stor forretning, der sælger alt muligt, som kommer med skibene."

Jeg svarede ikke.

"Min far er meget rig."

Jeg opgav at sove, satte mig op og lænede mig op ad væggen. Fra sengen kunne jeg se ud ad vinduet mod havet, som var i gråt oprør.

"Hvordan kan din far være rig, når der er krig? Er hans forretning ikke også blevet smadret?"

"Smadret, hvorfor det?" læspede Alexandros.

"Er butikkerne i Athen ikke også blevet smadret?" begyndte jeg, men tav hurtigt.

"Kun jødernes." Alexandros sagde det ord højt, jeg havde tænkt.

"Jamen, jeg troede, at folk sultede, at der ikke var mad nok, at der var hungersnød?"

"Ikke mad nok til alle måske, men der var jo også først italienerne og siden tyskerne."

"Solgte din far mad til nazisterne?" råbte jeg. Jeg sprang op og tog et par skridt over mod ham. Han var begyndt at rode i sin vadsæk igen.

"Jeg spurgte dig om noget," skreg jeg ned mod hans fede nakke, greb fat i ham og tvang ham til at se på mig, "solgte din far mad til nazisterne?"

Han vristede sig løs og gloede på mig. "De er der jo ikke længere, så det kan vel være lige meget."

Jeg følte en usigelig lyst til at banke ham sønder og sammen, men jeg besindede mig. Det ville helt sikkert skade både mig og Theodoro, hvis jeg kom op at slås. I stedet gik jeg hen til vinduet. Fiskerbåden var ved at lægge til nedenfor klostret. Et par munke sprang rundt på dækket. Der fløj skrigende måger rundt om båden, de slog ned i vandet og steg til vejrs igen med næbbene fyldt af fiskeaffald, som munkene havde kastet overbords.

"Nu kæmper folk bare mod hinanden, men der sker jo ikke noget her på Athos vel?" sagde han pludselig.

"Hvorfor kæmper folk imod hinanden?"

"Ved du overhovedet ingenting?"

Jeg svarede ham ikke, det var det samme, Maria havde spurgt mig om, 'ved du overhovedet ingenting?'.

"Hvem kæmper mod hvem?" Jeg gik faretruende hen mod ham igen.

"Folk fra ELAM og EAS, hvad ved jeg, jeg er også lige glad, ingen kan blive enige, min far siger, at det kan føre til borgerkrig."

"Borgerkrig?"

"Har du aldrig gået i skole? Når folk i samme land slås mod hinanden selvfølgelig." Hans stemme knækkede over, og han så ud, som om han skulle til at græde.

"Jeg ved godt, hvad borgerkrig er," sagde jeg og satte mig ned på sengen igen. I det samme slog simantronen, og det var tid til spisning.

73. EN LILLE HÆVN

Fader Sebastian havde fået samlet mad til Theodoro. Alt var pakket ned i en stor kurv.

"Du kan hente kurven i køkkenet efter spisning," sagde han til mig, da jeg kom ind i spisesalen.

"Har du mødt den anden unge munk? Jeg håber, at I finder godt ud af det med hinanden."

Jeg skar en syg grimasse, som skulle have lignet et smil, og mumlede noget til svar.

Heldigvis sad jeg et stykke fra Alexandros, men jeg kunne se ham skovle mad ind. Han hørte slet ikke efter oplæsningen. Det må jeg indrømme, at jeg heller ikke gjorde. Vi spiste tomatsuppe og stegte grøntsager, humus og friskbagt brød, og det smagte mig så godt, at da oplæsningen var slut, havde jeg længe været færdig med min store portion mad.

Der var et brev og et væld af gode ting i kurven, som jeg hentede i køkkenet. Tørrede nudler, linser, brød, feta, tomater, figner, yoghurt, honning, nødder, stegt fisk, sukker, salt og mandelkager. Fader Sebastian måtte have tryllet. Da jeg bar kurven ind på værelset, gjorde Alexandros store øjne.

"Hvad skal du med det?" spurgte han smiskende.

"Jeg skal have det med til en ven, der har været syg."

"Hvorfor det?"

"Fordi han er sulten, og fordi han har været syg begribeligvis."

"Jeg tager en figen."

"Nej, du gør ikke, hold dig væk."

"Jeg kan godt lide figner."

"Du har spist rigeligt, jeg lagde mærke til dig ved bordet."

Han fniste som en tøs. "Jeg lagde også mærke til dig, du åd som en gammel jøde. Har du aldrig spist ved et bord før? Du har suppe på hagen."

Jeg tog hurtigt hånden op til hagen. Der sad faktisk noget størknet suppe. 'Nu banker jeg ham altså', tænkte jeg.

"Giv mig nu en figen."

"Nej. Jeg skal tidligt af sted, og jeg vil gerne sove, hvis du vækker mig eller stjæler af kurven, smider jeg dig ud af vinduet." Jeg fortrød ordene i det samme, jeg havde sagt dem, det var nok ikke en munk værdig.

"Skal du ikke vaske dig? Du er en underlig munk."

"Jeg har en lang rejse foran mig i morgen tidlig," sagde jeg.

Alexandros sad med sin rosenkrans i gyldne glasperler. Han lod de farvede perler passere mellem sine fede blege fingre. Han virkede ikke videre fordybet i bøn, og jeg havde ham mere mistænkt for at sidde og tænke på fignerne i kurven.

Jeg tog min kutte og mine støvler og strømper af. Der var store huller i strømperne, og jeg fik øje på mine fødder, som var sortere end sorte. Det var næsten ikke til at se, at jeg havde taget strømperne af.

"Pyh, hvor du lugter," gispede Alexandros.

Jeg kunne godt selv lugte det, men jeg ignorerede ham. Jeg tog tøjet på igen og stak i støvlerne, jeg var vist nødt til at finde et sted, hvor jeg kunne bade og se, om jeg kunne få udleveret rent tøj.

Jeg fik lov til at tage tøj fra klostrets klæderum, og udså mig noget rent og helt tøj, der passede mig bedre end det gamle, der var alt for småt. I køkkenet fik jeg nogle spande kogende vand, som jeg med stort besvær slæbte ned til baderummet. Der hældte jeg det varme vand i et dybt kar, som jeg lige akkurat kunne sidde i. Vandet gik næsten op til hagen. Jeg vaskede min krop og hår med noget grøn sæbe, som sved i øjnene, og jeg sad længe i vandet og nød varmen. Da vandet blev koldt, stod jeg op og tørrede mig. Jeg lignede en afbleget sveske. Mit skæg var blevet langt, men stadig tyndt, og jeg trimmede det med en saks. Ren fra yderst til inderst følte jeg mig som et andet - og måske – bedre menneske.

Da jeg kom tilbage til værelset var både Alexandros og fignerne væk, men jeg var ligeglad, jeg lagde mig på sengen, strakte mig og følte igen, hvor godt det var at ligge mageligt i den gode seng. Jeg døsede og så munkens gullige spidse ansigt for mig, han grinte ad mig med høje skrigende lyde. Jeg var i hulen, Theodoro sad og spiste figner, munken var Alexandros, som pludselig sad i en båd og halede garn ind. Garnene var fulde af mennesker. Det var min familie, men de havde ingen ansigter. Alexandros smed dem ud i vandet igen, og mågerne tog dem. De skreg, jeg skreg, men min stemme var tavs, kun pibende lyde kom fra min strube, som fra munken i grotten.

"Sover du, sover du?"

"Hva'!!" Jeg satte mig forskrækket op og så igen Alexandros stå foran mig.

"Hvad vil du nu, er du rigtig klog, kan jeg ikke få lov til at sove?" brølede jeg.

Alexandros stod og spiste af et æble. "Du lå og tudede."

"Vel gjorde jeg ej."

"Jo, du gjorde. Har du badet?"

Brænd i helvedet, tænkte jeg, han drev mig til vanvid.

"Hjemme i Athen havde vi et rigtigt badeværelse med et stort kar. Vi havde tit middagsselskaber, jeg savner at spise kød, her lever man af fuglefrø, man bliver aldrig rigtig mæt. Hjemme i Athen fik vi steg, når der var gæster. Og jeg hentede også tit friske hummere fra havnen."

Vent lidt, der var noget, der ikke passede!

"Hvilken havn?" spurgte jeg ham.

"Havnen i Athen, selvfølgelig."

"Boede I lige ved den?"

"Ja, et par gader derfra, i et af de store huse, hvorfor det?"

"Fordi Athens havn hedder Piræus, og ligger langt fra byen Athen," sagde jeg, "du kommer fra Thessaloniki, det, du har fortalt, passer med Thessaloniki."

"Det kan vel være lige meget, hvor det var," sagde Alexandros, "men det var nu Athen."

Og som for at tale om noget mere muntert sagde han, "tyskerne hentede jøderne og sigøjnerne, jeg så det selv. De blev stuvet sammen og kørt væk, alle sammen."

Han grinte igen sit pigede fnis, fik æblet galt i halsen og var ved at kløjes i det.

"Hvor blev de kørt hen," hviskede jeg, jeg kunne næsten ikke få vejret af raseri.

"Det ved jeg ikke, min far sagde, at de kom i arbejdslejre i et andet land, dem der overlevede, hvad ved jeg? Jeg er også ligeglad."

Nu havde jeg virkelig lyst til at pande ham én. Men jeg vidste, at det ikke nyttede noget. Jeg ville få ballade, og balladen ville skade Theodoro. Jeg stirrede lang tid på Alexandros, som nu var færdig med æblet og kastede skroget ud ad vinduet.

"Hvad laver du i det hele taget her på Athos?" spurgte jeg ham.

"Min far og mor sendte mig herud på grund af noget med nogle sigøjnere."

"Hvad?" spurgte jeg indladende.

"Åh, ikke noget særligt, jeg gider ikke at tale om det, og jeg hader at være her."

'Det har du rigtig godt af', tænkte jeg, og redte min seng. Der var rent lagen og pudebetræk og nogle gode tæpper. En himmelsk seng, hvor jeg kunne få lov til at hvile mig helt til simantronen kaldte til fromesse.

Men tankerne kørte rundt i hovedet på mig. Jeg var for vred, til at kunne falde i søvn. Vores sidste dage i Thessaloniki kom glimtvis til mig. Min søster, min mor og min far. De stod tydeligt for mig i deres rejsetøj, kun deres ansigter var væk. Jeg forsøgte at genkalde mig deres ansigter, men jeg fandt dem ikke. Der var gået alt for lang tid. 'Hvis der sker mig noget, må du love mig, at hjælpe mor og passe godt på lillesøster', havde far sagt, da vi tog af sted. Ikke længe efter var vi skilt fra hinanden. Et øjebliks uforsigtighed, et øjebliks nysgerrighed og dumhed. Jeg var slynget overbord, og vi var væk fra hinanden. Jeg kunne ikke love noget som helst, jeg kunne ikke engang hjælpe min far. 'De kom i arbejdslejre i et andet land - dem der overlevede', var det det, Alexandros havde sagt? 'Dem der overlevede'. Og hvad var det for noget med sigøjnere? Det var da sigøjnere, der døde i mordbranden… var det ikke?

Hvor kom alt det had fra? Alexandros fars butik var blomstret op i samme by, som min bedstefars butik var blevet smadret. Og af hvem? Måske af drenge som Alexanders, dumme uvidende drenge.

Alexandros larmede rundt i værelset. Han skubbede sengen nærmere døren.

"Kan du ikke lade være med at larme sådan?"

Han skubbede den tilbage igen. Så tog han sin kutte af, sin bluse og sine bukser. Han var bleg og fed under tøjet. Han havde aldrig kendt til sult i sit liv. Han redte ikke sengen, men lagde sig på madrassen og tog lagnet og tæpperne hen over sig.

"Jeg kan ikke lide at ligge her, skal vi ikke bytte seng?" spurgte han.

"Nej."

Han lå og kastede sig rundt, vendte kroppen adskillige gange. Sengen knagede, som om den ville brase sammen under ham. Langt om længe var han stille.

Så hørte jeg ham pludselig fnise og sige; "en jødisk familie havde gemt sig hos en læge. Du skulle høre, hvordan de hylede, da de blev hentet."

Han pustede lampen ud, som stod ved siden af sengen, og lå og fniste i mørket. Lidt efter hørte jeg hans åndedræt blive tungt og regelmæssigt og snart sov han prustende.

Det var umuligt at sove, jeg var så vred, at jeg ikke kunne falde til ro, jeg kastede mig rundt i sengen, og kunne ikke finde hvile. Tankerne kørte rundt i hovedet på mig. 'Arbejdslejre, de der overlevede', kunne jeg dog bare få at vide, hvad der var sket med min familie.

Jeg må trods alt have blundet, for jeg vågnede med et sæt med en fornemmelse af, at nogen forsøgte at kvæle mig ved at presse sten mod min brystkasse, men der var ingen. Det var mørkt udenfor, der var med sikkerhed endnu ikke kaldt til fromesse. Men selvom jeg slet ikke følte mig udhvilet, havde jeg ikke lyst til at blive længere på klostret og deltage i fromessen, og i samme rum som Alexandros kunne jeg i hvert fald ikke sove.

Jeg stod op og tog mit tøj på i mørket. Den blege måne udenfor vinduet gav et svagt lys, og jeg vidste, hvor mine få ting lå. Alexandros lå og snorkede. I måneskinnets skygger så han endnu dummere ud. Hans tæpper var gledet af ham, og lå nede på gulvet. Der var koldt i værelset, ilden i ovnen var gået ud, men han så ikke ud til at fryse.

Med kurven over armen ville jeg liste ud ad værelset, men i døren stoppede jeg op og satte kurven fra mig igen. Jeg samlede mine egne tæpper sammen, i hulen kunne enten Theodoro eller munken få glæde af dem. Det regnede jeg ikke med, at klostret ville have noget imod. Så samlede jeg Alexandros tæpper samme og lagde dem over armen sammen med mine egne tæpper.

Jeg opdagede hans tøj, som han havde smidt på en stol. Under sengen, hvor han sov, stod hans taske, og jeg puttede hans sko og tæpperne ned i den. Så åbnede jeg vinduet og kastede tasken ud, dernæst fulgte hans tøj og sidst hans kutte, der som en stor sort, svævende fugl forsvandt under mig og blev opslugt af mørket.

Jeg var godt læsset, da jeg til fods forlod klostret Dionysiou og satte kursen mod grotten og Theodoro, den tavse munk og de to katte, Lava og Snip.

74. PÅ REJSE

'Erindringsløs og rolig og alene

Går jeg med skulderen mod det tomme rum,

Og byens tunge lyde stiger dæmpet

Og knuses hvidt og fint som bølgeskum

Jeg går på grænsen til det grænseløse,

Blandt tavse ting, men uden håb og frygt,

For aldrig har jeg været så alene

Og ingenting har været mig så trygt.'

Mor græder hele tiden. Hun vil helst sidde og holde om os, og når vi sidder sådan sammen, græder hun en trist, stille men udramatiske gråd.

I starten blev Sergei forskrækket, han var ikke vant til den slags uaktive følelsesudladninger, men efterhånden tog han bare mors hånd og sad sammen med hende. Dr. Lorenz siger, at det er alt det, hun har været igennem, der har sat sig fast, og at mor nok en dag bliver glad igen.

Vi boede på Søder Malm i den store lyse lejlighed, som mor havde lånt af en professor fra konservatoriet. Det var det flotteste sted, Sergei og jeg nogensinde havde boet. Mors onkel Max var der ind imellem sammen med os, men han rejste også meget. I starten havde jeg svært ved at vænne mig til ham, jeg havde levet med ham som fjende de sidste fem år, fra dengang vi mistede mor. Max var vores mormors bror, og han svor på hendes dødsleje, at han ville bringe os tilbage. Det var efter mor kom hjem til Budapest, da hun havde mistet den lille pige, hun bar på, og mistet os.

'Albaneren' havde Zoran kaldt Max, skønt han var ungarer, men første gang, vi så Max, var i Albanien. Han var kommet for at tale med Zoran, og samme aften gav Zoran ordre til, at lejren skulle rømmes, og vi vendte aldrig mere tilbage til Albanien. Vi flakkede omkring i Grækenland med afstikkere over den bulgarske grænse, så længe det var muligt. Og Max fulgte efter os, parat til at hente Sergei og mig, så snart han kunne.

"Jeg kunne ikke bare tage jer, vel, jeg var nødt til at vente på, at Zoran gav op," sagde han.

"Vidste Zoran, at mor levede?" spurgte jeg Max.

"Ja, Zoran vidste det, og Zorans mor, din bedstemor vidste det, men ikke andre".

"Heller ikke Ania?"

"Nej."

"Hvorfor måtte vi ikke vide, at mor levede?"

"Fordi Zoran praktisk taget slog hende ihjel."

Jeg huskede så tydeligt den frygtelige dag, hvor Zoran var fuld og slog mor, så hun faldt om, og der var blod ned ad benene på hende, og jeg løb fra hus til hus for at få hjælp, men dørene blev smækket i for næsen af mig.

"I var sigøjnere," brummede Max, "derfor".

"Men hvem hjalp hende så?"

Din bedstemor hjalp hende, og bagefter bad hun nogle zigøjnere fra en anden klan tage sig af hende, hun kom tilbage til jeres mormor, da hun var rask igen."

"Tilbage til Budapest?"

"Ja, tilbage til Budapest."

"Hvorfor fortalte bedstemor det aldrig til os?"

"Fordi hun var bange for Zoran, alle var bange for Zoran."

"Men ikke du?"

"Nej, for jeg kendte Zorans hemmelighed, det gjorde ham svag, og han vidste, at jeg ville få ham en dag. Derfor flygtede han og tog jer med.

"Er bedstemor død," spurgte jeg, bange for svaret, bange for et ja og bange for et nej.

"Ja, din bedstemor er død, alle fra jeres båd er døde."

"Hvordan kan du vide det så sikkert?"

"De kom til Auschwitz."

"Og vi… vi kom til Belzec."

"Ja, men det stod ikke i min magt at ændre. Jeg betalte soldaten mange penge for at lade jer slippe, men han kunne kun love at sende jer to med et andet tog end det til Auschwitz. Men at toget gik til Belzec, det vidste han ikke."

"Og du, hvor kom du hen?"

"En ungarsk munk sendte man ingen steder hen."

"Jo," det slog mig pludselig, "til Athos?"

"Ja, men jeg kom for sent, I var væk."

"Jeg så dig."

"Men alligevel kom du ikke til mig?"

"Du var Albaneren, du var jo fjenden, så jeg flygtede."

"Og nu sidder vi her i Stockholm," sagde Max og rystede på hovedet, "det har været en lang rejse igennem Europa."

Han havde rullet en cigaret og tændte den. Idet han strøg tændstikken kom tatoveringen på hans højre håndled med den tvehovedede ørn til syne.

"Jeres spor forsvandt i Belzec," fortsatte han, "Men I var ikke tabt, husker du soldaten, der bød jer et hindbærbolche?"

Jeg tænkte mig længe om, Belzec føltes som mange år siden og alligevel tæt på.

"Ja, men det var ikke dig."

Max smilte, "nej, selvom kirken har venner mange steder, kom I selv væk derfra, og I klarede jer i Stettin og videre til Danmark og Sverige. Det var dygtigt gjort."

"Der var jo folk, der hjalp os," sagde jeg

Max smilte, han skoddede sin cigaret, lod den sidste røg sive mod loftet og kiggede på mig.

"Din mormor ville sige, at du har arvet alt det bedste fra dine forældre, deres styrke, deres stolthed, deres glæde og deres stædighed."

"Jamen…," begyndte jeg.

Han afbrød mig.

"og nu vil du, stædig som du er, sige, at din mor græder hele tiden, og din far slog jer, men det var ikke altid sådan. De elskede hinanden. Deres familier var rasende over deres kærlighed, en sigøjner, som skulle være leder af en stor klan og en halvt jødisk, ungarsk kvinde, der var i gang med en konservatorieuddannelse. Så de løb væk og fik dig. Zoran blev udstødt af klanen, og din mor turde ikke komme tilbage til Budapest, din morfar var en streng mand. Zoran begyndte at drikke, og når han var fuld, kunne han ikke styre sit temperament."

Jo, tak, det huskede jeg kun alt for godt.

"Man skal holde sig for blommesnaps, og…" han hostede, "i øvrigt også de her."

Han havde tændt sig endnu én af de små hjemmerullede cigaretter.

"Jeg troede ikke, at munke røg?" sagde jeg.

"Jeg lærte det på havet, sømænd ryger eller tygger skrå."

"Her i Sverige tager de snus, og de skrår også."

"Her er også så meget vand," lo Max.

"Men, hvorfor græder mor hele tiden?"

"Det var efter hun mistede barnet og blev skilt fra jer. Hun var meget syg, og i lang tid levede hun i uvished om jer, du var knapt 10 år, og Sergei godt et år, da I kom fra hinanden."

"Bliver hun rask igen?"

"Ja," sagde Max bestemt, "jeg husker hende så tydeligt, fra hun var en ung pige. Jeg besøgte dem ofte i Budapest, du minder meget om hende. Nu har hun brug for ro og for at vide, at I har det godt."

Jeg kom efterhånden til at holde af Max. Han skabte en god stemning, og når han var hos os, havde han ofte lidt rigtig kaffe, te og en gang imellem endda chokolade med. Han kunne også få mor til at le, og han vidste så meget. Jeg kunne spørge ham om situationen i Europa, om krigen, om tyskerne, om østfronten, og om der snart blev fred. Max svarede, og han forklarede, så det var let at forstå. Tyskernes udryddelseslejre kunne han bare ikke give en god forklaring på. 'Det er onde menneskers onde lejre', sagde han.

Men et spørgsmål havde jeg endnu ikke turde stille, det var om brochen. Jeg vidste, at han opbevarede den på sit værelse. En dag jeg bankede på, lagde han den hurtigt ned i æsken og gemte den i en skuffe i bordet. Da jeg spurgte, om han kom ind til maden, jeg netop havde stillet på bordet, så jeg, at han tørrede sine øjne. Den gamle Mendelssohn i Stettin havde været Isabells onkel, men hvad med Max? Jeg havde stadigvæk mange spørgsmål at stille Max. Han virkede så stærk og usårlig, men hvad var det med den broche? Det brændte jeg for at få at vide.

På konservatoriet i Stockholm ønskede man at høre Sergei spille, rygterne om hans evner var nået så vidt, og Sergei var lykkelig for at stå med en violin igen. Forbindingen var blevet taget af, og på hospitalet sagde de, at han med sikkerhed havde fået hørelsen tilbage på venstre øre, men det var stadigvæk tvivlsomt med højre. Under alle omstændigheder var hans hørelse væsentligt forbedret, selvom han stadig lod som ingenting, hvis man bad ham om noget.

'Sergei, ryd op på dit værelse', ingen reaktion. 'Sergei, kom og hjælp med at skrælle kartofler', ingen reaktion. 'Sergei, der står en kop varm chokolade til dig ude i køkkenet', og pist sad det lille bæst ude på køkkenbænken og drak chokolade.

På konservatoriet stillede de Sergei op på et bord, som om han var en anden præmiehund. Langt om længe havde han fået en violin i den rigtige størrelse. Han spillede fabelagtigt, på gehør og efter hukommelse, og efter koncerten kom der en mand hen til os, og priste Sergei i høje toner. Manden, der talte gebrokkent svensk, præsenterede sig som musikkender og immigrant, han havde briller i guldindfatning og en irriterende lang pandelok, som han hele tiden strøg tilbage med et kast med hovedet. Det fik én uvilkårligt til at følge bevægelsen med øjnene. Min mor sagde ikke meget, så det var mig, der måtte svare på alle hans spørgsmål. Til sidst var manden løbet tør for spørgsmål, og afrundende spurgte han mig – sikkert af ren og skær høflighed, om jeg så også spillede, nu min lillebror var så god.

'jo', sagde jeg, 'det gør jeg da'.

'Nå, men det er jo også altid godt at have en hobby', svarede han, strøg pandelokken væk og gik.

Jo, tænkte jeg og huskede bedstemors terperi, så vi kunne tjene penge, og huskede orkestret i Belzec af radmagre, sultne, skaldede, lusebefængte og snavsede, angstlugtende unge piger, og koncerterne i Marias store hus, hvor der duftede af steg og tung parfume. Jo, det er godt at have en hobby, og hvad mon de to tyske piger lavede nu? Mon Maria var sammen med sin ven, og mon forældrene var blevet vrede over hendes lille nummer? Sikkert ikke, livet så let ud for Maria og hendes lillesøster Sarah i det store hvide hus.

Jeg havde tænkt meget på bedstemor, Zorans mor. Hendes evindelige brokkeri, når jeg ikke øvede på violinen. Hun var ikke selv musikalsk, men hun gik meget op i, at jeg øvede mig. Havde hun set det som en chance for mig at slippe væk, som en chance for Sergei og mig at komme væk for Zoran? Jeg valgte at tænke på det på den måde, og så gjorde det ikke så ondt, at hun havde skjult for mig, at mor levede. Hun havde jo hjulpet mor, måske var det endda hendes skyld, at mor overlevede. 'Jeg fødte en engel og ammede en djævel', hviskede hun om Zoran, engang han igen var fuld og helt umulig. Hun var ikke religiøs, men jeg så hende tænde et lys i en lille kirke i Grækenland, det var kort efter mor forsvandt. Måske var det for mor?

Der er ingen tvivl om Sergeis evner. Professoren på akademiet tager ham som elev, og han lærer ham noder. Han skal øve hjemme, det kan han godt lide, og mor får den ide, at vi alle tre skal spille sammen. Jeg låner en violin, men jeg bryder mig ikke om den. Der er et eller andet ved den, som jeg ikke kan lide. Den ligger ikke godt, faconen er forkert, eller jeg ved ikke, hvad det er.

Vi står i spisestuen henne ved karnappen og solen skinner ind ad de store vinduer og spiller i de mangefarvede hyacintglas i vindueskarmen. Mor ser glad ud. Hun har taget en rubinrød bluse på, der står så smukt til hendes gyldne hår. Det er rart at se hende i andet end sort. Hun retter kærligt på Sergei, han stemmer sit instrument, så siger hun; "Jamen Maria, hvad med dig, du stemmer slet ikke, er du ikke glad for violinen?"

"Jo," siger jeg og begynder at stemme, men violinen føles stadigvæk akavet.

"Jeg har fundet denne her lille sang, den er svensk, og den tænkte jeg, at vi måske kunne starte med."

Mor taler romani til os, hun siger nogle ord forkert, men det er også mange år siden, hun sidst har talt sproget. Hun sætter nodeblade på vores stativer, så sætter hun sin violin til kinden og spiller den korte melodi for os.

"Skal vi prøve?" spørger hun glad.

Sergei står parat. De kigger på mig.

"Er der noget galt?"

Jeg ryster på hovedet.

De starter, men jeg er ikke med.

"Maria?" siger mor tøvende.

Jeg kigger på hende, og mine øjne er fulde af tårer. Det er ikke mor jeg ser, men Biljana og Regine og Nomi og alle de andre piger, der forsvandt, mens vi spillede for de elegante gæster i det store hvide hus.

Jeg kan ikke spille, jeg kommer aldrig mere til at spille igen.

"Undskyld, mor," hvisker jeg, så går jeg ud i entreen og henter min frakke og løber ned ad trappen. Jeg ved, at mor og Sergei står og kigger efter mig fra karnappen i spisestuen, men jeg vender mig ikke om og vinker, som jeg plejer, jeg løber over i Vitabergsparken og sætter mig på en bænk og græder. Jeg gemmer ansigtet, for jeg synes, at det er flovt at græde.

"Er der noget galt?"

Han taler et underligt svensk, jeg ryster bare på hovedet, jeg ville ikke have, at nogen skal se mig græde.

"Er du sikker på, at der ikke er noget galt?"

Han rører let min arm og stikker et stort hvidt lommetørklæde ned til mig. Jeg tager det og snøvler et 'tak'.

Han har sat sig med en bog ved siden af mig, og jeg vender mig en smule fra ham og tørrer mine øjne, men tårerne bliver ved med at løbe. Til sidst falder jeg til ro. Lommetørklædet er helt vådt. Jeg vil have at han skal gå, men han bliver siddende uden at sige noget. Efter et stykke tid rejser han sig, og siger farvel, og jeg opdager, at han ved siden af mig på bænken har lagt en lap papir under en sten. Det er et vers, han har revet ud af bogen. Verset er ikke på svensk, men et sprog der ligner det, og nederst har han med blyant skrevet, 'med hilsen fra din danske ven, der også er på rejse'.

75. HJEMME IGEN

Theodoro og jeg tog afsked med munken i grotten. Vi efterlod en del af maden og de ekstra tæpper til ham. Han virkede lige så upåvirket, da vi tog af sted, som da vi ankom. Vi ryddede op efter os, jeg var nede med affald flere gange, og til sidst blev Theodoro hejst ned med kattene i favnen.

Han satte en besked fast på kurven.

"Munken er alt for svag til at klare endnu en vinter i grotten," sagde han, "de bør tage ham hjem på klostret."

"Tror du, at han vil det?"

"Ja, måske, jeg tror efterhånden ikke, han er klar over særligt meget. Mens du var væk, besvimede han et par gange, han trænger til ordentlig pleje og omsorg."

Da vi var kommet et stykke fra grotten, kiggede jeg en sidste gang op mod dens åbning, og der så jeg den gamle munk stå og kigge efter os. Jeg vinkede op til ham, men han forsvandt uden at besvare min hilsen.

Vi fandt huset koldt og klamt, snavset og rodet.

"Åh nej da," sagde Theodoro forfærdet.

Der var ikke så meget der var ødelagt, og vi fik hurtigt ryddet op og tændt i ovnen og komfuret. Snart var der igen hyggeligt og rart i vores hjem. Vi lavede timianthe og stegte små pandekager med korender.

Brevet fra fader Sebastian havde blandt meget andet handlet om tilstanden på Athos og i resten af Grækenland. Nazisterne havde virkelig forladt landet og var trukket mod vest.

Theodoro fandt en flaske særlig god Ouzo frem, som han havde haft gemt godt til netop denne lejlighed, og vi skålede for freden. Jeg vil ikke sige, at jeg var begyndt at kunne lide Ouzo, men det gled lettere ned, end da jeg kom til Athos og allerførste gang blev budt et glas af den stærke annisdrik.

Ønsket om at finde min familie blussede op med fornyet kraft, og Theodoro kom med et forslag.

"Jeg tror, at det går den rigtige vej nu," sagde han, "men jeg tror også, at du er nødt til at vente lidt endnu. Du ved ikke, hvor din familie er, og der er fortsat krig i Nord- og Centraleuropa, hvis de er der, har du stadig ingen mulighed for at få kontakt med dem."

Jeg måtte altså igen væbne mig med tålmodighed. Vinteren var for alvor over os og bragte frost og lidt sne med sig. Theodoro skaffede flere engelske bøger, bl.a. en kogebog, og jeg blev efterhånden ganske god til sproget. I vores køkken forsøgte jeg at lave en pie af grøntsager. Theodoro sagde, at den faktisk smagte, som da han havde været i England, jeg tror, at det var en kompliment. Jeg øvede sprog nogle timer dagligt og hjalp Theodoro på værkstedet.

Når vi malede, snakkede vi ind imellem om de ikoner, som jeg havde set på patriarkens kontor på Dionysiou.

"De ikoner hører til blandt de prægtigste, der nogensinde er malet," sagde Theodoro frydefuldt. "De er lavet af en græsk munk, som boede på Athos for tre hundrede år siden. Deres lige findes ikke."

"Du er da ellers ret god," sagde jeg.

"Mange tak, men jeg har lang vej endnu."

Ved juletid tog Theodoro til Megisti Lavra for at deltage i messerne. Jeg lavede en ny stage og fandt lyserester frem og fejrede i stilhed Channuhka.

Kulden fortog sig, sneen på det hellige bjerg smeltede og fyldte nok engang floderne og vandløbene. En solskinsdag gik jeg helt op til den kretensiske munks grotte, men kurven og hejseværket var væk. Jeg håbede, at munkene havde hentet den gamle hjem til klostret.

Floden, som løb nedenfor grotten, brusede frisk af sted, og dalen var dækket af gule og hvide narcisser. To hærfugle dansede en dramatisk parringsdans. Foråret var endnu engang kommet til Athos.

Vi ventede på nyt fra Michaelis, men hørte intet. I vores stille sind frygtede vi det værste, men når vi talte om ham, talte vi, som om vi var sikre på, at han snart kom tilbage.

"Når Michaelis kommer, skal jeg vise ham det her billede," ville jeg sige, eller; "gad vide om Michaelis kan høre, at jeg er blevet bedre til engelsk?"

Og Theodoro kunne finde på at sige; "hvis vi alle tre hjælpes ad, tror jeg, at vi kan klare at få skiftet de tegl ud, som er blevet ødelagt i løbet af vinteren."

En dag havde Theodoro en avis med fra Megisti Lavra. Den var en måned gammel og beskrev, udover hvad vi allerede vidste, ligeledes problemer mellem de højre- og venstreorienterede fløje i landet.

"Først må vi kæmpe mod udefrakommende fjender, siden mod os selv. Får dette vanvid dog aldrig en ende," sukkede han.

Tanker om min familie begyndte igen at gøre mig rastløs. Jeg længtes så frygteligt efter dem, men jeg havde også behov for at vide, om de levede eller var døde, jeg ville have besked, så jeg var i stand til at glæde mig eller sørge.

"Jeg går en tur," råbte jeg til Theodoro, som var i gang med at bage brød med oliven i.

"Jamen god tur," svarede han over skulderen, mens han skubbede en stor plade med brød ind i ovnen, "kom snart igen, jeg fik friske fisk og en flaske vin med hjem fra Agias Annis."

Uden at Theodoro så det, greb jeg et håndklæde, som hang henne ved ovnen. Jeg havde pludselig fået sådan lyst til en dukkert.

I lang tid stod jeg og kiggede ned i vandet. Det var helt klart, og på bunden kunne jeg se en stor fisk, som stod fuldstændig stille i vandet, kun dens hale bugtede sig langsomt frem og tilbage. I et nu skød den frem mod et usynligt mål og var væk.

Jeg rakte hånden ned mod vandet, da den ramte overfladen skabte den uorden og bevægelser og dannede små ringe, der blev til større og igen større ringe. Vandet var iskoldt, men det så så tiltrækkende og friskt ud, at jeg simpelthen måtte have en svømmetur. Årets første. Jeg lagde mit tøj på en sten og sprang på hovedet i. Der gik et gys igennem mig, da jeg ramte overfladen, og den pludselig afkøling føltes som et slag mod hovedet og kroppen. Vi var i april, og selvom solen skinnede hver dag, havde den ikke haft kraft nok til at varme vandet op.

Jeg tog hurtigt nogle svømmetag, dykkede ned, kom op til overfladen med et gisp, vendte rundt og satte kursen mod bredden igen. Jeg crawlede med ansigtet under vandoverfladen. Inde på klipperne så jeg søpindsvin, jeg dykkede ned, pirkede lidt til dem og steg hurtigt op igen. Jeg frøs, så tænderne klaprede i munden på mig og rakte armene op for at gribe efter klipperne og trække mig på land. I det samme kom et par stærke hænder imod mig, greb mine og hjalp mig uden besvær op af vandet.

"Her din vandhund, skynd dig at tørre dig, inden du bliver syg."

Jeg tog imod håndklædet, der blev rakt mig, tørrede øjnene og så Michaelis stå foran mig.

"Jeg tænkte nok, at jeg kunne finde dig her," sagde han grinende, "selv om du er temmelig svær at kende igen. Du er jo vokset, jeg tror faktisk, at du er højere end mig nu. Skynd dig i tøjet, og lad os komme tilbage til Theodoro."

76. AFSKED

Krigen havde forandret Michaelis. Hans ansigt var markeret, næsen fremstående, øjnene klarere og ikke så drømmende som før, og han kiggede direkte på os, når han talte eller lyttede. Han var slank og bredskuldret. Han virkede rolig, ind imellem tænksom, og han valgte sine ord med større omhu og var ikke så fremstormende som tidligere. På en måde, syntes jeg, at han virkede meget ældre end sine 24 år.

Han forklarede os om forholdene i landet. Først om problemerne, som italienerne havde skabt, siden om tyskerne. Han fortalte os om hungersnøden, som havde hærget og drevet folk til forfærdelige ugerninger; "selv familie og venner kunne folk ikke længere stole på", sagde han.

Han fortalte om sabotagehandlinger og om tyskernes gengældelser. "For hver af deres, skød de ti af vores. Og nu kæmper vi imod hinanden, det græske folk er splittet, det ser ikke godt, vi har ikke fred endnu i Grækenland."

Michaelis gik i almindeligt tøj, og han boede ikke på Megisti Lavra, men hos os. Vi redte en seng til ham på stuens ottoman, som vi havde gjort før, men ottomanen var efterhånden så gammel og vakkelvorn, at han i løbet af natten flyttede puder og tæpper ned på gulvet i nærheden af ovnen, for nætterne var stadig kolde.

Jeg fik lokket Michaelis med ud på en svømmetur. Vandet virkede ikke helt så koldt, som første gang, jeg var i, men Michaelis kom hurtigt op igen.

"Kom nu op din viking," råbte han med klaprende tænder, "det er alt for koldt endnu."

Vi sad og så solnedgangen, og talte om alt det, vi havde oplevet, siden han rejste. Jeg havde en pose mandler med, som vi delte. Nødderne var søde og knasende.

"Hvorfor går du ikke i din munkeklædning mere," spurgte jeg ham, jeg havde selv min på, og følte det helt forkert, at det var mig og ikke ham, der bar den sorte kutte.

"Jeg er ikke kommet til Athos for at blive her. Jeg tager tilbage til

Thessaloniki, og derfra til Athen. Jeg vil uddanne mig til læge, min svoger vil hjælpe mig."

"Til læge," sagde jeg, fuld af beundring.

"Tja," sagde Michaelis, "nu må jeg først se, om jeg kan klare det, men min svogers arbejde med at forbinde og kurere de sårede partisaner, gav mig virkelig lyst til at lave det samme. Jeg hjalp ham faktisk en gang med at amputere et ben med koldbrand, og jeg besvimede kun én gang."

"Hvornår tager du så tilbage?"

"Måske om en måneds tid, jeg vil først hjælpe Theodoro med huset, taget skal renoveres. Når jeg tager tilbage, kunne vi følges ad, og så kunne vi prøve at finde din familie."

"Hvordan det?" spurgte jeg glad og overrasket.

"Vi starter med at opsøge den fisker, som I sejlede med fra Ouranopolis, og så søger vi igennem Røde Kors."

"Røde Kors?" Jeg følte mig, som altid, frygtelig uvidende.

"Ja, det er en hjælpeorganisation, som blandt andet arbejder med at genforene familier, som er blevet skilt fra hinanden under krigen."

"Hvordan i alverden...?" Jeg kunne slet ikke forestille mig, hvordan det kunne lade sig gøre.

"Der findes postvæsen, der findes telegrafer og telefoner," sagde Michaelis, "vi tager til Røde Kors i Thessaloniki og giver dem dit navn og dine forældres navne. Navnene kommer i et kartotek under savnede personer og sendes ud i verden til andre Røde Kors kontorer, i Danmark eller hvor din familie nu kan være. Hos Røde kors i Danmark kigger de så på listerne over folk, der savner familiemedlemmer, og måske finder de din families navne."

Jeg var målløs, jeg havde slet ikke forestillet mig, at sådan noget kunne lade sig gøre. Jeg ved ikke, hvad jeg havde tænkt mig, måske at tage til Limnos og spørge efter dem der, og hvis nogen sagde, at de var taget videre derfra til Athen, ville jeg tage til Athen, og måske ville jeg en dag finde dem i København eller måske Amerika. Men det gav mig et håb om at få nyt at høre om min familie, og måske hurtigere end jeg først havde frygtet.

I den følgende måned arbejdede vi på Theodoros tag. Vi fik tegl fra et nærliggende klosters teglværk, og teglene blev fragtet på æsel- og muldyrryg. Hele taget var så dårligt, at alt skulle skiftes ud, og vi satte nye vindskeder på samtidig.

Først havde vi ellers håbet på, at det var nok at udskifte nogle få tegl, men da Michaelis havde været oppe og kigge nøje på taget, sagde han; 'Alt skal væk'.

Vi arbejde godt sammen, med Theodoro på jorden, og Michaelis og jeg på taget. Vi lavede et hejseværk, i stil med det vi havde set ved grotten hos den kretensiske munk.

Varmen tog til, jo længere hen mod sommeren vi kom, så vi arbejdede i morgen- og eftermiddagstimerne. Midt på dagen gik jeg ned og badede. Michaelis gik med nogle gange, men ellers tog han til et af Agias Annis kapeller for at bede, han havde ikke lagt sit liv som munk helt bag sig.

I de timer, jeg havde for mig selv, tænkte jeg på, hvad fremtiden mon ville bringe. Jeg var både spændt og bange. For selvom jeg holdt meget af livet på Athos, og især var glad for, at Michaelis var kommet tilbage, kunne jeg fornemme, at min tid i munkerepublikken var ved at være slut. Jeg brændte efter vished om min familie. Uanset hvad der var sket med mine forældre og min søster, vidste jeg, at mine bedsteforældre var kommet til Danmark, men da tyskerne besatte landet, måtte de være flygtet. Hvis de altså havde nået at flygte? Jeg følte en stadig stigende utålmodighed gære i mig, som om en del af mig allerede havde forladt Athos, og jeg var godt klar over, at når jeg først var taget derfra, ville jeg aldrig kunne vende tilbage.

Theodoro bemærkede min melankoli og sagde: "Jeg ved, at du længes efter din familie. Michaelis vil hjælpe dig med at lede. Så snart vi er færdige med taget, tager I af sted."

Vores arbejde skred godt fremad, og en skønne dag lagde vi det sidste tegl på plads. Taget på det hvide hus lyste nu klart rustrødt i solen.

"Tak," sagde fader Theodoro, "det er godt arbejde, I har udført."

Et par dage efter tog Michaelis og jeg afsked med fader Theodoro. Han gav mig to ikoner i afskedsgave.

"På gensyn, skriv snart og held og lykke," sagde han.

Jeg kunne ikke sige noget. På én gang var jeg spændt og glad, meget ked af det og forfærdelig bange. Livet hos Theodoro havde for det meste været trygt og næsten forudsigeligt, nu vidste jeg intet om, hvad fremtiden ville bringe. Vi omfavnede hinanden længe.

"Tak," snøftede jeg, "tak for alt."

Michaelis var gået lidt i forvejen. Jeg fulgte efter ham, men vendte mig om mod Theodoro og løftede hånden til en sidste hilsen.

Den gamle munk stod og tørrede sine øjne med et stort hvidt lommetørklæde, mens Lava og Snip smøg sig omkring ham. Når livet husket i glimtvise billeder, er det det billede, jeg har af fader Theodoro. Theodoro og de to katte i solen foran det hvide hus med de grønne vinduer og det rustrøde tag.

Michaelis og jeg vandrede lang tid i stilhed. Vi var begge optaget af vore egne tanker, men jeg fornemmede hele tiden, at Michaelis skævede til mig, og ind imellem spurgte han; "går det?"

Jeg husker egentlig ikke så meget fra turen, jeg var bedrøvet over at skulle tage afsked med Theodoro, men samtidig var jeg spændt på, hvad mit gensyn med Thessaloniki ville bringe.

Vi valgte den gængse rute over Athos halvøen, den de fleste munke benyttede mod Karies og havnebyen Dafni. Vejen var god, vi gik godt til og mødte mange andre munke på turen. I Dafni forhørte vi os om båd mod Ouranopolis. 'Den går i dag', var svaret, og vi løb ned til kajen, tids nok til at springe ombord på den lille færge, inden den blæste til afgang.

Vi måtte klemme os sammen med de mange andre munke på dækket. Folkene på båden var i gang med at laste. Nogle var matroser, der var ansat på bådene og bar blå arbejdsdragter, andre var munke, der gav en hjælpende hånd med.

"Vi var vist heldige," sagde Michaelis, "de sejler ikke så ofte." Han vendte sig mod en høj lyshåret matros og råbte:

"Hvor ofte sejler I egentlig?" Matrosen reagerede ikke, og Michaelis prøvede igen.

"Han er døvstum," var der en anden matros, der råbte tilbage, "men vi sejler et par gange om ugen."

"Efter hvilken kalender?" spurgte jeg Michaelis, "jeres eller vores?"

Han skulle lige til at spørge, så brast vi begge i latter.

Den døvstumme matros kom imod os med en stor kasse på skulderen. Jeg ville give plads for ham på det trange dæk, og da jeg trådte tilbage, mødtes vore øjne, og jeg så, at det var Christian.

"Christian," hviskede jeg overrasket. Han kiggede på mig, smilte kort og blinkede. Så forsvandt han mellem de mange sortklædte munke.

Jeg fortalte ikke Michaelis om Christian. Christian skulle have lov til at leve i fred med sin hemmelighed. Som tysk desertør ville han hverken være velkommen i sit fædreland eller i Grækenland. Men jeg håbede, at han en dag igen kunne få et liv, og få lov til at være den han var, for han var en god mand.

Vi stod ved rælingen og kiggede ind mod munkerepublikken. Båden sejlede et stykke langs med kysten, og vi passerede klostre, som flere steder hang, som var de klistret fast til klipperne, så stævnede vi ud og satte kursen mod nord mod Ouranopolis. Det sidste jeg så af munkerepublikken var Agion Oros - Det Hellige Bjerg, der langsomt forsvandt i varmedisen.

I Ouranopolis fandt vi fiskeren, der havde sejlet min familie og vores venner.

"Er det dig, dreng?" sagde han, "og du er i live! Vi ledte efter dig som vanvittige, sejlede op og ned langs kysten i timevis og skreg os hæse. Til sidst måtte vi tage videre, men mange dage efter sejlede jeg i området, for at se om jeg kunne finde dig. Din familie kom til Limnos, men der er de nok ikke blevet, for kort tid efter rykkede tyskerne ind på øen. Din far snakkede noget om at tage til Athen og forsøge at komme ud af landet, men dine forældre så ud, som om de havde opgivet alt, efter at have mistet dig. Jeg ved ikke, hvor de er nu, men jeg håber, at du finder dem."

Det gav mig ikke meget nyt. Hvis de var taget fra Limnos, hvor var de så taget hen? De havde ikke mange penge, hvordan skulle de betale for at komme videre først til Athen og så ud af landet?

Michaelis mærkede min skuffelse.

"Vi prøver hos Røde Kors," sagde han opmuntrende, "vi må se, hvad de kan hjælpe med."

Fiskeren kaldte på sin søn Yannis, som skulle med ham ud og fiske.

"Yannis er vist på din alder."

Jeg nikkede, "ja, vi mødtes den aften, hvor vi skulle sejle fra Ouranopolis. Han gav mig en lille træbåd, som han havde snittet. Båden havde jeg i hånden, da jeg faldt over bord. Jeg mistede den i bølgerne."

77. TILBAGE TIL BELZEC

Mor og jeg gik sammen ned til politiet for at få vores lommepenge. To gange om ugen fik mor 10 svenske kroner, og fordi vi boede for os selv og skulle klare os med mad og varme og andre fornødenheder, fik vi også penge til det.

Jeg kunne mærke på mor, at hun følte det ydmygende, at skulle bede om penge. Hendes barndomshjem var velhavende, morfar var sagfører, og selv da hun giftede sig med Zoran, havde hun haft en vis status. I mine første leveår levede vi godt. Zoran havde høj social status, og vi manglede aldrig noget. Det var i starten, senere gik alt galt.

Og nu måtte vi stå sammen med en masse andre og tigge almisser, syntes mor, og det værste var, når nogen opførte sig uforskammet og utaknemligt. Det var som om nogle mennesker ikke kunne se, at det var Hitlers skyld, at vi stod der og ikke den svenske politimand, der netop den dag foretog udbetalingerne.

Det var en broget samling mennesker, de fleste var danske jøder, men der var, som i Lund, også danske modstandsfolk og flygtninge fra andre dele af Europa. Et ældre jødisk ægtepar beklagede sig over maden, de fik. Det fik en mand, der sagde, at han var kommunist, til at råbe, at de skulle skamme sig, de kunne bare skrubbe tilbage til Tyskland, krigen var jo slut. En tyk kvinde blandede sig i diskussionen og fortalte ham, at han skulle holde sin mund, for deres nerver var tyndslidte. Mor blev mere og mere bleg, og hviskede til mig; "kan vi ikke komme igen en anden gang?"

Vi blev stående, pengene havde vi brug for, og jeg var begyndt at overveje, om jeg ikke kunne få et job, måske havde de brug for en servitrice eller én til at hjælpe på hospitalet. Jeg havde allerede talt lidt med Mariann om det.

Der var kommet brev fra Daniels bedsteforældre. De var på vej tilbage til Danmark, og de ville gøre alt, hvad de kunne, for at finde frem til Daniel. Skulle de hilse fra mig? Men jeg kunne ikke glemme det bedstemor havde sagt om, at han havde forrådt os.

Nu var den tykke dame ved at komme op at slås med kommunisten. 'Russerne er ikke meget bedre', råbte hun, 'hvad laver de for eksempel på

Bornholm?'

"Ser livet lidt kønnere ud i dag?", var der pludselig en dansk stemme bag mig, der spurgte. Det var manden, der havde efterladt digtet til mig i parken.

"Jo, tak meget bedre," smilte jeg, "jeg har jo for resten stadigvæk Deres lommetørklæde, men jeg har vasket og strøget det."

Han smilte.

"Behold De bare det, De er ung, de får nok brug for det igen."

Jeg præsenterede min mor for ham, og han sagde, at han hed Johannes Rasmussen. Han var også på vej tilbage til Danmark, nu havde han været i Sverige siden efteråret 1943, og det var længe nok, mente han.

"Jeg måtte gå under jorden, efter nogle sabotagehandlinger, og så kom jeg til Sverige. Nu skal jeg tilbage, men jeg tror, at mit værelse i Fiolstræde er lejet ud igen, og arbejdet på avisen har jeg nok heller ikke mere, men mine gamle forældre i Lyngby, de er der da heldigvis endnu."

Vi fik vores penge, og Johannes Rasmussen spurgte, om han måtte have lov til at invitere på en kop rigtig kaffe? Mor så træt ud, og jeg frygtede, at hun ville takke nej, men heldigvis så hun ud til at live lidt op, og hun sagde smilende 'ja tak'.

Han kendte et lille hyggeligt konditori ovre i Gamla Stan, og vi spadserede derover. Jeg tænkte på, at jeg skulle have taget min blå kjole på, nu vi blev inviteret ud, og ikke de stribede bukser, jeg selv havde syet på Marianns symaskine af et dynebetræk. Mor var tilbage i det sorte, selvom det var en dejlig sommerdag, hun havde haft det skidt den seneste tid. Det var lige som om, freden ikke var nået til hende endnu.

Servitricen kom ned til vores bord, og jeg fik lov til at bestille, 'tre kopper kaffe og tre stykker sandkage, mange tak'.

"Du taler virkelig godt svensk," sagde Johannes.

Jeg kunne mærke, at jeg rødmede, og det irriterede mig. Tidligere havde jeg aldrig rødmet, når jeg sloges med drengene, men det her var jo også noget andet.

Jeg fortalte ham mine planer om at få et arbejde, om han troede, at det var svært her i Sverige, eller om det måske var lettere i Danmark. Han sagde, at han bedre kunne forestille sig, at jeg ville være nyttig med de sprog, jeg kunne.

"Hvad mener De?" spurgte jeg.

"Jo, jeg ved, at de allierede tropper har brug for translatører til arbejdet i lejrene i Tyskland og Polen... Hvis De altså tror, at de kan klare at komme tilbage?"

Hvor vidste han det fra, tænkte jeg, men i det samme kom jeg til at tænke på, at jeg i varmen havde rullet ærmerne på min skjortebluse op.

"Ja, undskyld," sagde han, "jeg kunne ikke undgå at bemærke det."

Han havde set tatoveringen fra Belzec.

Sergei indhentede alle de år, hvor han ikke havde haft noget sprog. Nu talte han konstant, når han altså ikke spillede. Han talte volapyk, en blanding af svensk, romani og ungarsk iblandet lidt danske ord, fordi én af hans lærere på konservatoriet var dansk. Han var en rod, men en sød og morsom lille rod, som havde let ved at få venner både blandt børn og voksne.

Jeg følte mig tryg ved at efterlade mor og Sergei sammen i Stockholm, selvom jeg tydeligt kunne mærke mors angst for at give slip på mig igen. Nu var det hende og ikke længere Sergei, der havde armen om mig, og holdt sig fast.

Max havde skaffet mig ind som translatør hos de allierede tropper. Både mit romani og mit ungarske var nyttigt for dem. Min kontrakt lød på tre måneder. 'jeg er nok hjemme inden jul', trøstede jeg mor.

"Du må regne med, at der er slemt, der hvor du kommer hen, sagde Max til mig, "er du sikker på at du kan klare det min pige?"

"Denne gang kan jeg forlade det, når jeg vil," sagde jeg, "jo jeg kan godt klare det."

Jeg deltog i optagelsesprøverne i København. Jeg fulgtes med Johannes til Danmark, og han kom og sagde farvel, da jeg stod parat i min uniform sammen med et hold andre piger, der også skulle af sted som translatører.

Et par af pigerne så vældig smarte ud, med opsat hår, make up og neglelak. De havde rigtige nylonstrømper på, og selvom vi havde ens uniformer, så deres meget fiksere ud på dem.

"Vi har ændret lidt," sagde hende, der hed Ruth og tændte en cigaret, "hvilket sprog er dine?"

"Romani og ungarsk," svarede jeg.

"Hvad er romani?"

"Sigøjnersprog."

"Guuuud er der også behov for sigøjnersprog, det er jo nærmest cirkussprog," hun slog en høj latter op, og hendes veninde Helle, der havde sådan en svungen lok ned i panden, som dækkede det ene øje, lo også.

Dem talte jeg ikke så meget med, men mange af de andre piger var rigtig flinke, og især én der hed Agnete, blev jeg gode venner med. Hendes sprog var tysk.

"Min mor er schweizer," sagde hun undskyldende.

Vi kørte i busser gennem et sønderbombet Tyskland, hvor folk stod langs vejene og falbød deres få ejendele for lidt penge til at købe mad for. Jeg havde troet, at jeg ville føle foragt, men jeg følte faktisk kun sorg og medlidenhed.

De amerikanske og engelske soldater var flinke mod os. Vi blev budt til dans i deres messer, og Ruth og Helle fik hurtigt et par amerikanske kærester.

Der var ikke brug for mig i Tyskland, men derimod i Polen, hvor lejrene for sigøjnerne og de ungarske jøder lå.

Den samme armod mødte os i Polen. Jeg tænkte på Lea og Joseph, lægen der havde hjulpet og Isabells onkel. Mon de havde klaret krigen, sulten og ydmygelserne?

Der var noget specielt over de soldater, der var ude i lejrene og rydde op. Man så dem aldrig grine, de havde en underlig gusten farve og sorte ringe om øjnene. De så værst ud i Polen, og selvom de ikke talte til os unge piger om deres arbejde, vidste vi godt… eller troede vi godt, at vi vidste, hvad de oplevede. Men det gjorde vi langtfra, erfarede jeg, da jeg selv blev sat i gang med at tolke for fangerne, der havde overlevet lejrene.

Meget af det fangerne fortalte, var det samme, som vi havde oplevet i Belzec, men det var underligt at høre andre fortælle om det, og det var ikke rart, at få det så tæt på igen. Da Sergei og jeg var der, gjaldt det om at overleve hver eneste dag, få så meget mad som muligt, spille så godt som muligt, ikke skille sig ud, ikke blive syg.

Fangerne var vasket og havde fået rent tøj på, men der var en helt speciel lugt ved dem, som jeg kendte så godt. Var det sæben, lusepulveret, eller bare sulten og fordærvet, de lugtede af? Nærværet var en anden sag, nogen var skræmte og turde ikke kigge os i øjnene. De sad afværgende, som om vi ville slå dem. Andre satte sig helt hen til os, nogen endda op på skødet af os, og holdt om os. De sagde de underligste ting og virkede fra forstanden.

"De er dybt traumatiserede," sagde en skrap hollandsk sygeplejerske, "vi kan slet ikke forestille os, hvad de har været igennem."

"Nej," sagde jeg bare, og tænkte på bedstemor og Django og Cora, det var her, de var endt, og de var ikke blandt de overlevne.

Fangerne skulle registreres. De skulle opgive navn, fødested, alder, seneste civile bopæl, uddannelse og arbejde. De blev undersøgt af læger, og som med Sergei så jeg deres frygt for de hvide kitler. Jeg fortalte det til en dansk læge, jeg tolkede for, og han sagde 'smart set', tog kitlen af og arbejdede i skjorteærmer. Det hjalp, og han kunne bedre tale med patienterne.

Jeg havde været en måned i Auschwitz, da jeg fik at vide, at jeg skulle videre til Lublin. Først overvejede jeg, at bede mig fri, men efter at have tænkt mig om, skønnede jeg, at det måske ville være rigtigt at tage tilbage. Tage afsked med Belzec, ikke kun lejren, men med den tid og de piger jeg havde levet der sammen med. Samtidig tænkte jeg lidt på min navnesøster Maria, jeg ville gerne møde hende og på sin vis takke hende, for det hun havde gjort. Når alt kom til alt, havde hun vel reddet vores liv.

Det var over to år siden, at Sergei og jeg blev kørt til stationen i Lublin og sat på toget mod Stettin. En regnfuld forårsaften lige før påske, da vi havde spillet i det store hus. Og Maria og Sara kørte med den bil, vi skulle have været med, tilbage til lejren. Nu var jeg i den forhadte lejr igen. Den var rømmet i foråret 1943, lige før vi tog derfra, den var lukket og ødelagt, men jeg fornemmede stadigvæk dens gru, da jeg gik gennem de lige tyske stier mellem de grå barakker. Der var ikke så sterilt længere, som der var dengang, hvor alt var fejet og revet. Nu lå der skrammel alle vegne, det der kunne bruges var taget, og det der kunne ødelægges, ødelagt.

Jeg fandt resterne af vores barak, og jeg fandt de navne, vi havde skrevet med kul på trævæggen længst væk fra døren. Nu stod der hundredvis af andre navne, men mit og Sergeis navne var der stadig; 'Maria og Serah'. Jeg havde forsøgt at skrive navnet som en blanding af Sergei og Sarah. Regine, Biljana, Nomi, Hannah, Irina, Natascha...

'Når vinteren kommer, henter de resten til brænde', tænkte jeg, 'brænd det hele, brænd i helvedet'.

Jeg ledte efter kendte ansigter, blandt dem jeg tolkede for, men jeg fandt ingen, alle var væk. Ind imellem syntes jeg, at jeg kunne genkende nogle træk i et af de afmagrede ansigter, men det var hver gang blot en illusion, og ingen ville kendes ved mig.

Tanken om, hvordan det var gået Maria og Sarah blev ved med at komme tilbage til mig. Officererne og vi translatører boede på et af Lublins bedre hoteller, som nu var delvis bombet i stykker, andre boede i en lejr, der hurtigt var blevet slået op på en grønning i udkanten af byen. På én af mine få fridage spurgte jeg en engelsk officer, om jeg kunne få lov til at tage ud til det hvide hus.

Det er jo sturmbannführer Eigers villa, sagde han, huset ligger der endnu, men det er tomt.

"Er han taget til fange?" spurgte jeg dumt, selvfølgelig var han da det.

"Nej, han er død, han døde for nogle år siden, han og konen. Der har været kontorer derude siden hen."

"Åh, nej, men hvad med børnene?"

"Var der børn? Det ved jeg ikke noget om."

Officeren ville gerne give mig et lift derud, hvis det betød meget for mig. 'Det gjorde det', sagde jeg, 'jeg kendte børnene'.

Den åbne Jeep hoppede og dansede, da vi kørte ad den hullede allé op mod huset. Jeg huskede det som stort og smukt og hvidt, men nu lå det ramponeret med ituslåede ruder i de ellers så smukke palævinduer. Alléens træer var fældet, og parken var et tilgroet vildnis.

"Intet er, som vi husker det," sagde englænderen, han havde ikke spurgt, hvorfra jeg kendte stedet, men han havde sikkert set i min personalemappe, inden vi kørte derud.

"Må jeg gå lidt rundt alene?" spurgte jeg ham.

"Ja, der er ingen derinde."

Mod haven så huset endnu værre ud end fra alléen. Alle ruderne og dørene var slået i stykker, og der lå glasskår alle vegne. En enkelt gul rose blomstrede stædigt i en masse ukrudt. Jeg duftede til den, den duftede sødt. En lille bitte smule som duften havde været i vaskerummet, sødt og rent. Stenene fra den store terrasse var brudt op, og det så ud som om de var brugt til kasteskyts mod huset. De lå hulter til bulter, men gyngen hang der underligt nok endnu, men kun i den ene snor.

Mine sandaler knasede mod glasskårene, og jeg passede på ikke at skære mig, da jeg fra haven nærmede mig huset. Jeg kiggede forsigtigt ind ad én af de høje franske døre. Indenfor var der tomt, på nær en væltet kontorstol og et skrivebord, der manglede benene. Alle de smukke møbler, alle malerierne, de høje vaser og de flotte lysekroner var væk. Jeg stod i spisestuen, hvor vi havde siddet og spillet, og med lukkede øjne kunne jeg næsten fornemme stemmerne, duftene og den moderne musik, der havde lydt, sidste gang Sergei og jeg var i huset.

Jeg for sammen ved et højt skingert skrig, som brutalt vækkede mig, og bragte mig to år frem, og tilbage til nutiden. Kvinden kom løbede imod mig, vild i øjnene, og hun blev ved med at skrige det frygtelige skrig, hun greb fat i mine skuldre og ruskede mig hårdt, mens hun skreg højere og højere; 'Maria, Maria, Maria'. Så faldt hun hulkende sammen for mine fødder.

Jeg gik baglæns væk fra hende, hen mod terrassedøren for at komme ud af huset så hurtigt som muligt. Jeg skar min fod, og ville fjerne en stor glassplint, som havde sat sig fast i hælen på min ene sandal. Kvinden lå stadig hulkende på gulvet, da en ældre mand kom haltende ind: "Entschuldigung," sagde han forpustet og tørrede sig over sit svedige ansigt med hånden.

Pludselig kunne jeg genkende dem. Det var Marias bedsteforældre, dem hun og Sarah skulle have været på ferie hos i Stettin.

Jeg blev på én gang både forskrækket og glad for at se dem. De måtte

347

da kunne sige, hvordan Maria havde det, hvor hun var, om vi måske kunne mødes?

"Maria og Sarah?" spurgte jeg forsigtigt, men det fik kvinden til at skrige igen.

"Gå," sagde manden, "gå Deres vej."

"Men hvor er de?" spurgte jeg.

Han rystede vredt på hovedet samtidig med, at han forsøgte at løfte sin kone op fra gulvet.

"Har Maria det godt?"

"Forsvind," brølede han, "fatter De ingenting, alle er døde. Maria og Sarah døde i lejren, vores søn og svigerdatter skød sig her i dette forbandede hus." Han rystede over hele kroppen, så fortsatte han lidt roligere, "vær nu venlig at gå, min kone har dårlige nerver…, det er alt det, der skete, det var for meget for hende. De døde i lejren, de døde i Belzec. Hvad skulle de to dumme, dumme piger også der?"

78. HOS RØDE KORS

"Pas på!"

Michaelis nåede akkurat at skubbe mig til side, inden en lastbil ramte mig. Jeg kiggede mig forskrækket omkring. Der var et vrimmel af mennesker, lastvogne og æselkærrer på vejen.

"Du er vist ikke vant til bylivet," lo han.

Vi passerede boder med frugt og grønt.

"Der er ved at komme varer tilbage på markedet," sagde han glad, "men priserne er tårnhøje. Tyskerne tog, hvad der var, landdistrikterne har de efterladt fuldstændig ødelagte, der bliver meget at bygge op igen."

I slagternes gade hang der store parterede okse- og fårekroppe. Lugten var kvalmende i varmen, og der svirrede spyfluer alle vegne.

"Det er egentligt nogle år siden, jeg sidst har spist kød," sagde jeg.

"Har du savnet det?"

"Næ, overhovedet ikke, men jeg savner en is."

"En is! Kom, så går vi ind og får en is."

Vi gik ind på en café, hvor de lavede isdesserter. Jeg fik en skål med vanille-, chokolade- og nougatis. Det smagte himmelsk, og var alt for hurtigt spist.

"Røde Kors kontoret ligger bag markedspladsen," sagde Michaelis, "vi går forbi bagefter."

Jeg sad og skrabede den sidste is op fra skålen, "kan vi bare gå derhen?"

"Ja, der er åbent hver dag."

Jeg havde forestillet mig et stort hvidt kontor med en mand bag et skrivebord, som ville skrive alt ned, hvad jeg havde at fortælle. I stedet kom Michaelis og jeg til at stå bagerst i en meget lang kø. Vores mod sank med solen. Den dag nåede vi slet ikke ind, før kontoret lukkede.

Jeg var blevet godt modtaget i Michaelis' hjem. Det lå lidt udenfor byen i et pænt kvarter med små huse og velholdte haver, i modsat retning af mit eget kvarter. Området var ikke så ødelagt, som mange af Thessalonikis andre kvarterer var.

Michaelis far, som var lærer, fortalte, at der var store områder af Thessaloniki, der var ødelagt.

"Desværre er det gået hårdt ud over det smukke jødiske kvarter," sagde han, "det var godt, at din familie kom væk."

Den følgende morgen var Michaelis og jeg tidligt oppe. Ved solopgang var vi nede ved Røde Kors kontoret, men der havde allerede samlet sig mange mennesker, og i løbet af kort tid var der lige så mange, som dagen i forvejen. Folk stod, sad eller lå alle vegne. Nogle sov, andre sad apatisk ventende. Et lille barn græd og blev tysset på af sin mor. En gammel mand hostede og hakkede og til sidst vendte en kvinde sig vredt om at sagde 'shh!' til ham. Alle var nervøse og håbede på hjælp fra Røde Kors, hjælp til mad, et sted at sove, til at finde bortkomne slægtninge her eller i udlandet, lidt penge eller måske bare lidt trøst.

"Du behøver ikke at stå og vente sammen med mig Michaelis," sagde jeg.

"Selvfølgelig bliver jeg."

Jeg var glad for, at Michaelis blev, jeg havde sådan en underlig spændt fornemmelse i maven, og jeg vidste ikke, om det var et godt eller dårligt varsel.

Klokken ni åbnede kontoret og langsomt rykkede vi fremad i køen. Michaelis mor havde givet os saftflasker og spinatbrød, feta og tomater med. Vi delte maden med en ung mor og hendes to små børn. Børnene slugte maden. 'Tyg nu ordentligt', sagde moderen til drengen, men han så ikke ud til at smage, på det han spiste. Lidt efter fik han ondt i maven og begyndte at græde.

"Vi har ikke spist så godt længe," sagde moderen til os, "nu håber vi, at Røde Kors kan hjælpe os med et sted at sove. Vi kommer fra Larissa oppe nord på, men der er tilstandene endnu værre."

Langt om længe blev det vores tur, vi blev vist ind i et lille køligt og mørkt kontor. 'Bortkomne' stod der på døren. Jeg havde kvalme og hovedpine.

"God morgen, hvad kan jeg hjælpe Dem med," spurgte en ung

sygeplejerske i hvid uniform. Hun smilte til os, og jeg følte mig pludselig sikker på, at hun vidste, hvor mine forældre var.

"Øh, jo, øh... det er altså min ven her," sagde Michaelis og virkede helt genert.

Jeg skulle fortælle mit navn, mine forældres navne og min søsters navn. Vores gamle adresse i Thessaloniki, hvor vi var blevet væk fra hinanden, og hvor mine forældre havde været på vej hen. Sygeplejersken skrev ned, hvad jeg fortalte.

"Kan du fortælle mig, hvordan dine forældre ser ud?"

Jeg tænkte mig om; "øh... ja, altså vi har alle sammen mørkt hår, min mors er langt og krøllet, men det er altid sat op i nakken, min fars hår er kort og tæt. Min far har skæg og, og..." Jeg kiggede ned på bordet foran mig og mine øjne fyldtes med tårer. "Min far har skæg og..." Billedet af Theodoro kom hele tiden til mig. Hans altid smilende ansigt, brune hud og det grå hår knyttet i nakken. Jeg forsøgte at skubbe billedet fra mig og genkalde mig billedet af min far, men det var væk. Jeg kunne ikke længere huske min families ansigter.

"Jeg, jeg kan ikke rigtig huske det...," hviskede jeg.

Michaelis lagde en hånd på min skulder, "det kommer nok igen, skal du se."

Sygeplejersken gik ud for at se efter, om hun kunne finde nogle oplysninger i arkivet. Vi ventede spændt i lang tid. Endelig kom hun tilbage, og da jeg så hendes ansigtsudtryk, vidste jeg, at det ikke var lykkedes.

"Desværre, der er ikke noget, der passer, men de oplysninger du har givet mig, sender vi til Det International Røde Kors kontor i Schweiz sammen med oplysningerne om dig selv. Men du må nok væbne dig med tålmodighed. Det kan tage lang tid, inden vi finder frem til noget. Mange familier er blevet væk fra hinanden. Kom herind en gang imellem. Køen er lang, men hvis du kommer tidligt på morgenen, kommer du ikke til at vente så længe."

"Vi ventede i seks timer, selv om vi var her før solopgang," sagde Michaelis.

"Åh, det gør mig ondt, men når du kommer herned, så spørg i døren, om der er besked til dig. Spørg efter søster Katharina, og finder jeg noget om din familie, lægger jeg en seddel hos portneren. Kom herned igen om en uge."

En uge, en hel uge, inden jeg overhovedet kunne komme igen og forhøre mig! Vi snakkede ikke meget på vejen hjem til Michaelis.

"Din bedstefar og bedstemor, hvor var det, de kom hen?"

"Til Danmark, til min bedstefars søster," sagde jeg.

"Har du hendes adresse?"

"Nej, et eller andet sted i København, vist nok, jeg aner ikke engang hvor det er," vrissede jeg, og fortrød med det samme.

"Det er en start, hende må vi da kunne finde frem til. Der er sikkert en dansk ambassade, vi kan skrive til, og måske ved de endda også, hvor dine forældre er," sagde Michaelis opmuntrende, "jeg er sikker på, at vi nok skal finde din familie, måske ikke lige med det samme, men hvis vi har tålmodighed og arbejder hårdt, så tror jeg, at vi finder dem."

Vi stod i den bagende sol, og mit hoved var ved at eksplodere. Hvor lå den danske ambassade? Jeg orkede ikke engang at spørge.

Michaelis blev ved.

"Vi skriver til den danske ambassade med det samme, og du kan bare gå ned på Røde Kors kontoret, så ofte du vil. Hvem ved, måske er der nyt allerede i morgen, og så er det da dumt at vente en uge. Vi skal nok finde din familie. De leder helt sikkert også efter dig."

"Nej, for de tror jo, at jeg er druknet," sagde jeg, og følte igen tårerne presse på.

Michaelis skrev til den danske repræsentation i Athen. Han skrev til det internationale Røde Kors kontor i Schweiz, til den græske regering, og jeg ved ikke hvem. Han virkede så optimistisk, at hans humør til sidst også smittede af på mig. Jeg gik dagligt til Røde Kors kontoret og spurgte om besked fra søster Katharina, men jeg fik altid det samme svar, 'intet nyt'.

Jeg mødte Michaelis på en café. Vi sludrede om hans ansøgning til universitet. Da jeg kom ind på caféen, sad han og læste i en avis. Han lagde den væk, da han så mig.

"Er der noget nyt?" spurgte jeg ham.

"Nåh, ikke noget rigtigt." Han rejste sig for at hente kaffe, og mens han var væk, kiggede jeg avisen igennem. Der var en artikel om forholdene i Tyskland. Landet var bombet sønder og sammen. Folk var hjemløse, der var elendige forhold, sygdom og hungersnød. Jeg faldt over en notits om, at de allierede styrker havde åbnet massegrave med lig. I Polen og Tyskland, overalt dukkede grave op i forbindelse med store lejre, som tyskerne havde kaldt koncentrationslejre. Grave med jødiske mænd og kvinder og børn. Jeg var fuldstændig rystet, rygterne havde talt sandt. De lejre fandtes virkelig.

"Kendte du noget til det her?" spurgte jeg ham, da han kom tilbage med kaffen.

"Nåh, vi har jo hørt om det tidligere."

"jamen det er jo vanvid?" råbte jeg.

"Ja, og det ville jeg forskåne dig for," sagde han roligt og stillede de to kopper kaffe på bordet.

"Forskåne mig... men det vedrører jo i høj grad mig... mit folk."

"Jeg ved det godt, og måske netop derfor. Jeg synes, at du har så meget at spekulere på lige nu."

"Min familie kan meget vel være endt sådan et sted, og så vil du forskåne mig. Jeg rejste mig... det er jo fuldstændigt omsonst, at jeg går til Røde Kors hver dag. De er jo døde alle sammen!"

"Nej, svarede han roligt, "jeg tror ikke, at din familie er endt i en sådan lejr, og vi skal fortsætte med at lede efter dem. Da I tog af sted, var det ikke helt for sent endnu at komme ud af Grækenland. Vi ved fra fiskeren, at din familie kom til Limnos. Vi må tro, at de også er kommet videre derfra, du må ikke opgive, Daniel, hører du!"

Jeg satte mig ned igen, jeg havde en følelse af, at nogen var ved at kvæle mig, et tyndt stramt bånd var lagt om min hals. "Undskyld," sagde jeg.

"Du skal ikke undskylde. Det er svært for dig, det ved jeg godt, men du må bare ikke opgive håbet om at finde din familie."

79. DET JØDISKE KVARTER

Jeg drev omkring i Thessalonikis gader og lod tilfældighederne føre mig rundt, fulgte strømmen, fulgte gadesælgernes råb, en æselkærre, et avisbud.

Ubevidst nærmede jeg mig mit gamle kvarter - det jødiske kvarter. En dag faldt jeg i snak med et par unge piger, som var på vej til eftermiddagsmesse. Det var nu mest mig, der snakkede. På nær Michaelis mor og søster og søster Katarina, var den sidste pige, jeg havde talt med, Maria, og før Maria, havde jeg mest syntes, at piger var irriterende.

Jeg ævlede løs, spurgte dem om de gik i skole, spurgte til vejret, om priser på brød, spurgte om, i hvilket kvarter de boede. De kiggede genert ned for sig, som var de usikre på hvert skridt de tog, og svarede mig med korte sætninger eller med fnisende 'ja' og 'nej'. Til sidst stod vi udenfor kirken. De spurgte, om jeg også skulle til messe, og virkede mistroiske, da jeg svarede nej.

Lettede over at være sluppet af med mig forsvandt de op ad trappen til kirken. Jeg hørte sang derindefra og tænkte igen på fader Theodoro.

Samme morgen havde jeg igen været på Røde Kors kontoret, men der var stadig 'intet nyt'. Jeg havde været i Thessaloniki i godt to måneder nu. Krigen var slut, der var fred i Europa, men i Grækenland spirede nye problemer. På de faldefærdige og ødelagte huse var der malet slagord, og der var kampe mellem de socialistiske og de højreorienterede grupper.

Uden for kirken opdagede jeg, at jeg var faret vild. I min iver efter at snakke med de unge piger var jeg kommet ind i et kvarter, jeg ikke kendte. Jeg drev videre med strømmen, og opdagede pludselig nogle bygninger, som jeg syntes, at jeg havde set for år tilbage. I et af husene havde der vist boet en læge, som min mor havde opsøgt, engang min søster var syg. Jeg vidste, at huset lå tæt på vores kvarter.

Nogle gader derfra så jeg en cafe, hvor min far plejede at drikke kaffe, og lidt derfra lå en gade, jeg kendte godt. Det var begyndelsen af mine bedsteforældres gade. Jeg fulgte den, og pludselig var jeg i det jødiske kvarter. Husene lå mørke, forladte og spøgelsesagtige. Ingen stemmer, ingen mennesker, ingen legende børn i haverne. Bydelen lå spøgelsesagtig, plyndret og skændet.

Husenes skodder og døre var fjernet, sikkert brugt som brænde i de kolde vintre, haverne var groet til. Min bedstefars hus var fuldstændig smadret, der havde været sat ild til det, og murene stod som en tom krakeleret skal om et sort indre.

Der, hvor vores synagoge havde ligget, lå murbrokker og forkullet træ hulter til bulter. 'Hvorfor var der ingen, der stoppede det her?' tænkte jeg. 'Det her kan ikke kun være få gale menneskers værk, der har været mange om det'.

Jeg gik igennem min barndoms elskede gader og stræder, men fandt ingen steder glæde ved gensynet. Til sidst stod jeg foran det, der havde været mit hjem. Lågen, haven og huset.

Vi havde haft fersken- og appelsintræer i forhaven. Træerne var fældet, vinduer, døre og skodder var væk. Huset kiggede på mig med sorte døde øjne. Hvad mon det havde været vidne til?

Jeg åbnede lågen, den peb på sine rustne hængsler, og gik ind. Min mor havde været så stolt over sine pelargonier og de velduftende hvide trompetblomster, som voksede på husets sydside. Nu var her kun afsvedet ukrudt.

Huset var tomt, alle møbler og lamper var stjålet, ikke et eneste nips var efterladt, selv tapetet var revet ned fra væggene. Der var intet efterladt af den lykkelige tid, vi havde haft sammen. En grå skurvet kat forsvandt skyndsomt, da jeg gik igennem det, der engang havde været spisestuen. Her havde vi spist mange måltider. Vi havde spist de usyrede brød til påske og kartoffelpandekager til Channuhka. I det tidlige forår havde min fætter David og jeg været klædt ud til Purimfesten og jublende løbet rundt om bordet med skralder for at overdøve de voksne, hvis de havde nævnt den onde Haman. Haman, som i bibelen ville udrydde alle jøder. Vi havde tydeligvis ikke fået skræmt ham væk.

Der var koldt i det døde hus, jeg frøs og gik udenfor, satte mig på trappen, tænkte på at græde, men kunne ikke. Smerten var for stor. Hvorfor al denne ondskab? Jeg forstod det ikke. Vi havde levet i fred med byen, dens andre indbyggere og med hinanden. Vi havde ikke skadet nogen, mest af alt havde vi villet passe os selv. Måske var det derfor? Vi havde holdt os for meget for os selv. Det havde ført til uvidenhed, som havde ført til usikkerhed og siden til had. Jeg lagde min kind mod husets ødelagte mur. Der var stille i det døde kvarter, selv cikaderne tav.

80. GAMMELT FJENDSKAB

Rastløsheden, min gamle følgesvend, drev med mig rundt i gaderne. Der var ikke nyt hos Røde Kors, og der kom ingen svar på de breve, Michaelis skrev.

Michaelis fulgte med mig til mit gamle hjem, og jeg kunne se på ham, at han blev chokeret, men igen forsøgte han, så godt han kunne, at opmuntre mig.

"Jeg tror godt, at vi kunne sætte det i stand. Vi lavede jo et ret godt arbejde med Theodoros tag. Jeg kender en murer, som måske kunne hjælp."

"Hvordan i alverden skulle jeg kunne betale nogen for at restaurere huset?" spurgte jeg

"Vi hjælpes ad."

Thessaloniki var større end jeg huskede den. 'Bar mizva, ha, jeg var en snottet unge, var jeg', tænkte jeg. Størrelsen på min verden gik præcis til bedstefars butik, der måtte jeg gå hen og ikke længere, selvom jeg selvfølgelig nogen gange snød mig længere væk, som dengang jeg løb ned til affaldspladsen, dengang med branden. Det var ligesom dengang det hele startede, alt det onde, eller også forstod jeg det bare ikke før da.

Der var små fiskerbåde ude på vandet og mågerne fløj skrigende omkring. I havnen lå der udenlandske skibe, jeg kiggede på deres flag, hvordan mon det danske så ud? En æselkærre kom skramlende forbi, der sad en gammel mand med en masse bylter bag på ladet. Sikkert endnu en hjemløs, når det blev vinter, blev det koldt for alle de stakler. Jeg vidste, at jeg var heldig at have Michaelis og hans søde familie. Men værdsatte jeg det? Viste jeg, at jeg værdsatte dem? Hvor var min taknemmelighed? Jeg gik bare rundt og klynkede som et skvat.

Der lå en sten på kajen, jeg sparkede den vredt i vandet, så drev jeg videre op i gaderne bag havnen og kom til et meget rigt kvarter. Der lå store flotte huse, og i haverne gik der gartnere rundt og vandede roser og liljer. Et enkelt sted var der skrevet med sort på en gul væg, at socialismen ville sejre. En mand i plettet arbejdstøj var i gang med at male det over, men den sorte farve skinnede igennem, uanset hvor mange lag, han gav det.

I et af husene blev en dør smækket i, men straks åbnet igen, og en skinger kvindestemme råbte: "Kom tilbage, du blev bedt om noget!"

Fodtrin knasede i det tørre grus og pludselig stod han foran mig, federe end sidst jeg havde set ham, i en kridhvid skjorte og sorte bukser, Alexandros!

"Davs," smiskede han, som om jeg var en kær, gammel ven.

Jeg stirrede vanvittigt på ham, det var lige det, jeg manglede, jeg så stjerner for øjnene. Uden min kutte og min hat kunne jeg vel godt tillade mig at tæske ham.

"Hvorfor er du ikke på Athos?" spurgte han mig, "du er jo slet ikke munk. Blev du også sendt væk?"

"Blev du?"

"Nej, nej, jeg spurgte dig først."

Fint, tænkte jeg, Theodoro havde ladet et ord falde, og Alexandros var sendt hjem.

Jeg vendte mig fra ham, og begyndte at gå, men han fulgte efter mig. Kvinden i huset havde åbenbart opgivet ham.

"Hvorfor har du den grimme hestehale, når du ikke er munk længere?"

"Skrid."

Men han blev ved med at følge efter mig. Hvor skulle jeg gå hen? Jeg ville ikke have, at han så mig ved Røde Kors eller i det jødiske kvarter.

"Vær venlig at gå, Alexandros, vi har ikke noget at tale om." Og hvis ikke du går nu, banker jeg dig, tænkte jeg videre.

"Jeg har set dig før," sagde han pludselig

Det gav et spjæt i mig. Selv efter de mange år i skjul på Athos havde jeg aldrig vænnet mig til, at jeg ikke måtte være, den jeg var.

Jeg satte mig på kanten af et af de store vandtrug, som æseldriverne plejede at vande æslerne ved. Skulle jeg spørge ham om hvor? Det var nok bedre at lade være, men Alexandros brændte for at fortælle mig det.

"Nede ved sigøjnerne, du stod og kaldte på 'Faaar.'"

Han vrængede ordet ud.

"Du kaldte på din 'jødefar.'"

Jeg ville have samtalen hen på et andet emne og spurgte ham, hvorfor han selv var nede ved sigøjnerne.

Han så helt fornøjet ud ved spørgsmålet, endelig talte jeg til ham.

"Ha, ha," sagde han, "det kunne du lide at vide."

"Det var vel ikke tilfældigvis dig, der satte ild til deres hus?"

Han smilte, "og hvis det var, jødesmovs, hvad så?"

Pludselig stod de der alle sammen på den ellers mennesketomme plads. Fader Theodoro, Michaelis, min far og mor, selv mine bedsteforældre, og de råbte alle sammen; 'lad være Daniel, han er det ikke værd, lad være...'.

Med et brøl sprang jeg op, og greb Alexandros om halsen. Jeg væltede ham bagover ned i vandtruget, og ved faldet slog han sit hoved. Jeg hørte klonket mod stenkanten. Først troede jeg, at han var død eller besvimet, men så begyndte han at sprælle og pruste.

"Hjælp, hjælp," skreg han, når han fik munden over vandet, ellers kom der bare bobler ud i det grumsede vand.

Jeg holdt hans hoved under vandet, og undgik hans sparkende fødder og fægtende arme. Det sortnede for mine øjne. Var det ham, der havde sat ild til huset? Marias families hus.

Der lød nogle gisp fra Alexandros, så lå han stille. Jeg trak hans hoved op af vandet, men han begyndte med det samme at sparke og slå, så jeg dykkede det under vandet igen. Gentagne gange dykkede jeg hans hoved, og hver gang det kom over vandet, sparkede han og slog fra sig.

Som i en tåge kom hun imod mig. Hun var i en mørk uniform, hendes hår var kort, ingen blomster, hun var vokset, hun var en ung kvinde nu, og hun så alvorligt på mig.

"Nej, Daniel, det nytter ikke noget."

Var det en drøm, en fantasi, var jeg ved at blive gal?

"Du fjerner ikke ondt med ondt."

"Maria!"

Jeg slap mit greb i Alexandros, og mærkede næsten i samme sekund et kraftigt slag mod mit baghoved. Med et dumt grin på læberne faldt jeg forover mod hende.

81. GENSYN

Max siger, at det ikke er min skyld. Det er Hitlers skyld, sturmbahnführerens skyld, tyske Marias egen skyld, det er alle andres skyld, ikke min. Men jeg kan ikke se det. Det er min skyld og ingen andres.

Maria siger han: "De to børn blev ofre i Hitlers og deres fars og alle andre onde menneskers onde lejre." Men jeg kan stadigvæk ikke se det.

Max henter mig fra Lublin. Jeg bliver løst af kontrakten.

"De må meget undskylde," siger jeg grædende til officeren, der mener, at det er helt forståeligt. Max har talt med ham. Men jeg føler alligevel, at jeg svigter.

Max skulle videre til Grækenland, og jeg bad om, jeg måtte følge med. Hans arbejde forstod jeg ikke helt, kun at han rejste meget og blev brugt af de allierede tropper til forhandlinger.

"Ens opgaver blev meget anderledes under krigen," sagde han.

"Hvad lavede du før," spurgte jeg ham.

"Sømand, munk, siden læste jeg og blev jurist i udenrigstjenesten."

Jeg smilte ad ham.

"Der er også lidt rom i dig."

"Det er der i os alle – forhåbentlig," svarede han.

"Må jeg komme med til Grækenland," spurgte jeg ham, "der er noget, jeg gerne vil have ordnet i Thessaloniki."

"Hvis du fortæller mig, hvad det er."

Det gjorde jeg.

Han blev hentet af politiet, den tykke dreng, der havde dræbt min faster Ania og hendes græske mand Nicos og deres lille datter Elani, og havde forsøgt at brænde Sergei og mig inde i vaskehuset.

Der var en farlig ballade, hans mor skreg, og hans far råbte, at han havde forbindelser på højeste sted. Forstod de da slet ikke, hvad deres søn havde gjort?

Daniel fik hjernerystelse, men han blev så glad, da jeg fortalte ham, om hans bedsteforældre. De var tilbage i Danmark og boede i deres egen lejlighed i Borgergade inde midt i København.

"Borgergade," sagde Daniel, "hvad betyder det?"

Jeg fortalte ham det.

"Du ved meget mere om mit andet fædreland, end jeg gør," sagde han, "du må fortælle mig noget mere, hvordan siger man for eksempel goddag på dansk?"

Jeg sagde det på svensk, for det var jeg bedst til, men der var jo ikke den store forskel.

Han lå i sin seng i vennen Michaelis hjem. Jeg havde tit set Michaelis på Athos, men det fortalte jeg ham ikke. Han kendte mig ikke, og han vidste ikke, at det var mig, der havde lagt blomsterstien hen til Daniel, da han lå syg i klostrets have.

"Holder du aldrig op med at slå dit hoved?" spurgte jeg ham.

Han kiggede på mig med rynkede bryn.

"Ja, da jeg så dig allerførste gang, havde du også slået hovedet."

Han gjorde sig skeløjet, for at vise at han havde taget skade.

"Under sengen," sagde han, "ligger der en vadsæk, er du ikke sød at tage den?"

Han tog en rulle papir op og foldede forsigtigt rullen ud. Det var en kultegning af en lille pige med blomster i håret. Jeg kiggede længe på den, "det er jo mig."

"Ja," sagde han, "jeg ville have givet dig den, den dag i blev hentet af munkene, men jeg kom for sent. Så du mig ikke?"

Jeg svarede ham ikke, selvfølge havde jeg set ham. Han stod oppe på bakken og råbte, men der var al den ballade med Zoran og pludselig kom munkene.

"Så var det ikke dig, der røbede os?"

Han sendte mig et blik, der sagde, 'hvordan i alverden kan du tro det'?

"Nej," sagde han bestemt.

Nyheden om Daniels bedsteforældre havde gjort alle i huset meget glade.

"Der kan du se," sagde Michaelis, "dine bedsteforældre har det godt, så skal vi bare finde dine forældre og lillesøster." Han sagde det, som om det var den letteste sag i verden. "Vi ved, at de kom godt til Limnos, men vi ved ikke, hvor tog hen derfra."

Jeg stivnede, han havde sagt Limnos, og jeg kom til at tænke på båden med de døde flygtninge. Var der børn imellem? Zoran havde sagt, at sørøverne dræbte mændene og tog kvinder og børn med som slaver. Var det sådan, det var gået Daniels familie? Jeg svor, at jeg aldrig ville fortælle ham, hvad jeg havde set i spøgelsesbåden, 'den fordømte båd', som bedstemor havde kaldt den.

"Vil du hente din far hjem, Maria?" spurgte Michaelis mig, da vi sad i stuen og drak the. Det var en hyggelig stue med mørke nypolerede møbler. Der duftede af møbelpolish. Michaelis søster kom ind med et fad søde kager med lyserød glasur.

"Nej," sagde jeg. "Hvor er hjem? Hvor ville Zorans hjem være? Vi efterlod ham i vigen, det bad vi munkene om at få lov til. Hver gang jeg er på en strand, vil jeg tænke på ham, og kun huske det gode. For det var der også."

"Vi var rystet og flove over den behandling, I fik," sagde Michaelis, "det var ikke kirken værdigt, at behandle mennesker sådan."

"Zoran var ikke troende."

"Det retfærdiggør stadig ikke kirkens handling," svarede han lidt vredt, men han fortsatte hurtigt, "du må undskylde, men denne her krig stiller så mange spørgsmål, den giver én en masse tvivl, meget af det jeg troede så fast på før, det tvivler jeg på nu. Blandt andet kirken." Han lo kort, "og det efter 10 år som munk."

"Intet er sort eller hvidt," brød Michaelis mor ind, selv den frygtelige dreng Alexandros er elsket af sine forældre."

"De er vist også de eneste, der kan elske ham," mumlede Michaelis, mens hans søster skænkede mere the op i de hvide tynde porcelænskopper.

"Jeg ville være meget glad," sagde Daniel, "hvis du en dag har lyst til at se mit gamle hus, oppe i det jødiske kvarter. Michaelis og jeg har talt om at sætte det i stand, så kunne det stå parat, når far og mor kommer hjem."

"Det vil jeg meget gerne," sagde jeg interesseret, og forsøgte at slå billedet ud af hovedet af de døde i bådens lastrum.

82. TRÆDUKKEN

"Intet nyt?"

"Nej."

"Vi prøver konsulatet igen." Michaelis så bekymret på mig, "er der overhovedet ingen her i byen, som kender din familie?"

"Alle er væk."

Hver morgen samme rutine. Røde Kors kontoret og derfra ned til mit gamle hjem, hvor jeg bare sad og drømte om, hvordan jeg kunne sætte huset i stand. Nogle gange havde jeg min skitseblok med og fordrev tiden med at tegne detaljer fra huset, haven, gaden eller måske en kat i en solstråle. Maria havde været med mig nede og se huset, men det virkede ikke, som om hun følte sig tilpas dernede, hun tog hurtigt tilbage til sit pensionat, og det gjorde mig lidt ked af det.

Vi var i midten af august 1945. I middagstimerne søgte alle skygge væk fra varmen.

Jeg havde mad og vand med, og jeg sad med min skitseblok i min families have og tegnede nogle røde blomster, som voksede op ad husets afskallede væg. Kontrasten mellem de farvestrålende blomster og den grå mur var fin, men svær at få ordentlig ned på papiret. Jeg sad lang tid og kæmpede med skitsen og var ikke helt tilfreds.

Der havde heller ikke denne dag været nyt på Røde Kors kontoret. En meddelelse, som jeg efterhånden lyttede til uden synderlig reaktion, 'intet nyt', 'tak, på gensyn'.

Jeg havde problemer med den ene af blomsterne. Blomsten var i knop, på vej til at folde sig ud, og den var svær at tegne. En kurve drillede mig, hvortil går runding på en appelsin, et æble eller en blomsterknop? Til sidst blev jeg træt af motivet - og af mig selv, jeg var ikke god i dag. Det var ved at være skumring, og jeg pakkede mine ting sammen for at gå min vej.

Jeg havde slet ikke været oppe ved huset i dag, for jeg havde været så ivrig efter at komme i gang med motivet. Nede fra havelågen kiggede jeg op mod indgangen. Der lå noget på trappen, på det øverste trin. Der var vel næppe nogen, der havde glemt noget der, her kom jo ikke andre end mig, med mindre Michaelis eller måske Maria havde været forbi tidligere i dag.

Jeg kom bort fra, hvad det kunne være, da jeg hørte Marias stemme. Jeg tænkte stadig på den, som tusind glasklokker i en mild brise, men nu også med en snert af bekymring.

"Daniel?"

Hun havde ferskner med, som vi spiste med saften løbende ned ad armene.

"Har du været her tidligere?" spurgte jeg.

"Nej ikke i dag, hvis det er det, du mener. Hvorfor?"

"Det så bare ud, som om der havde været nogen oppe ved huset."

"Jamen så lad os da se efter," sagde hun, sprang op og kastede ferskenstenen langt fra sig. I et par spring var hun oppe ved døren.

Jeg hørte hende give et kort skrig fra sig, og da jeg kom op, stod hun forstenet og kiggede på noget, der lignede nogle gamle røde klude. Langsomt bøjede jeg mig over tingen. På det øverste trin sad en lille trædukke. Dens kjole var rød og nusset, dens ansigt hvidt og groft.

"Det er Elanis dukke," sagde hun chokeret, "jeg lavede den til hende."

Jeg kunne ikke få mig selv til at fortælle hende, at jeg havde samlet den op ved branden og givet den til Eva. Det var Evas 'Ubbe', den jeg havde forsøgt den dag i stormen på båden ud for Athos.

83. SPEJLBILLEDET

Den næste dag var jeg allerede ved huset fra tidlig morgen. Dukken var et tegn en besked, men om hvad og fra hvem?

Michaelis mor havde givet mig mad, vand og et tæppe med, og jeg satte mig i en god krog i haven, fast besluttet på at vente, til der skete noget. Timerne gik. Solen stod højt på himlen, men alt var stille, end ikke et firben havde forvildet sig ind i haven. Solen gjorde mig døsig. Jeg må være faldet i søvn, for jeg for sammen, da jeg pludselig hørte havelågens hængsler pibe. Jeg sprang op, men så intet andet end lågen, der langsomt svingede tilbage på sin vante plads, skæv og uden slå. En hund eller kat havde sikkert skubbet til den. Michaelis og Maria ville kalde, hvis de kom forbi. Jeg lyttede længe, men hørte intet.

Mine ben sov, og jeg strakte dem ud foran mig. Det hjalp ikke, så jeg rejste mig og gik lidt omkring. Pludselig opdagede jeg, at hoveddøren stod åben. Jeg gik nærmere, jo den var åbnet og stod på klem, den havde helt sikkert været lukket, da jeg kom.

Den gamle mand støttede sig op ad vindueskarmen i det der engang var vores dagligstue. Han måtte have siddet der et stykke tid, for han sad sammenfalden og hvilede sig med lukkede øjne. Jeg ville gå min vej igen uden at vække ham, måske var han en hjemløs, som havde søgt et sted for natten, men der var noget ved ham, som fik mig til at blive. Selvom hans tøj så fattigt ud, var hans grå skæg og gråsprængte hår nyklippet og velsoigneret. Han så ikke græsk ud, skønt håret sikkert engang havde været mørkt og tæt. Han bevægede sig lidt, lod sin højre hånd løbe ned over ansigtet, som for at tørre det. Han kiggede op og fik øje på mig, jeg havde trædukken i armene.

"Undskyld," sagde han, "jeg så Dem ikke." Han rejste sig, og da han stod foran mig, så jeg, at han var yngre, end jeg først havde antaget. Han var høj og slank, men ikke så høj som jeg. I et kort sekund kiggede han undrende på mig. Hans øjne var blå. Jeg så mit eget ansigt i hans. Øjnene, næsen, munden. Det var min far.

84. KONCERTEN

Der er en summen som omkring et bistade i Tivolis koncertsal. Folk i festtøj spiser kanapéer og drikker champagne af høje glas. Vi har hørt, at der er flere prominente gæster, ministre, ambassadører, selv kongen og hans familie kommer. Min far og jeg har lejet smokinger, min mor har syet en smuk smaragdgrøn kjole til sig selv, og Eva har fået en kjole i lyserød brokade fra en fin forretning. Vi er inviteret som solistens gæster, og vi har glædet os meget længe til denne aften.

Mange af gæsterne ser ud, som om de har prøvet det før, og de kender hinanden. De hilser hjerteligt og siger, 'Guud hvor morsomt', men der er også mange, der står stille og føler sig en smule beklemte i deres lejede smokinger. Lige som os.

4.maj 1955, vi fejrer 10 års dagen for krigens afslutning, og den store tavse skare er folk, der overlevede nazisternes udryddelseslejre. Jøder, politiske modstandere, modstandsfolk og solisten, som er sigøjner. Han skal opføre Mendelssohns violinkoncert i e-mol, bagefter skal han spille Beethoven og sidst Carl Nielsen. Min mor har læst programmet så mange gange, at hun kan det udenad.

Klokken ringer tre gange, og som travle myrer myldrer vi spændte ind i den store sal, der er udsmykket med store blomsteropsatser i gule nuancer. Eva kigger sig benovet omkring. Hun er en køn teenager, der er begyndt i gymnasiet på Zahles Pigeskole, så hun cykler ind fra vores rækkehus i Lyngby. Hun kigger på mig med strålende øjne; "ih, hvor er her flot!"

Vi har fået de yderste pladser til venstre på tredje række.

"Men der er jo fem pladser?" siger min far.

"Ikke den yderste," siger jeg, "de fire næste."

Vi sætter os, og ud ad øjenkrogen kan jeg se min mor åbne sin lille selskabstaske og finde et broderet lommetørklæde frem. Hun lægger sin hånd på min fars arm.

Lyset dæmpes, 'shhh' lyder det alle vegne.

Lige ud for vores række bliver en dør åbnet og en kvinde i sort enkel kjole smutter ind og sætter sig på den yderste plads ved siden af mig. Så går tæppet, og oppe på scenen sidder et stort orkester alle klædt i sort, mændene i kjolesæt og kvinderne i elegante sorte kjoler.

'Shh'.

Folk begynder at klappe, for dirigenten er kommet på scenen og sammen med ham kommer en høj flot ung mand, der bærer en lysebrun skinnende violin og bue i sin højre hånd. Der lyder et suk fra min søster og alle de andre unge kvinder i salen.

Jeg kigger kort og spørgende på Maria, "Sergei?" og hun nikker med et lille smil. Jeg kan se, at hun er nervøs.

Sergei bukker kort, lægger violinen til kinden. Der er fuldstændig stille i den store sal. Han fanger dirigentens øjne, nikker... og begynder at spille.

Der går et sus igennem publikum, jeg får gåsehud på armene. Min mor tørrer sig om øjnene med sit lommetørklæde, min far lukker sine øjne og klapper hendes hånd.

Sergei kigger op mod loftet og spiller, han er i en anden verden, og han tager os med derop. Orkestret falder ind. Maria griber min hånd, på hendes bryst kan jeg ane lynene fra en diamantbroche, formet som en hestesko.

Det er Marias broche. Der var to brocher, givet til to kusiner, Marias mor og onkel Max's datter Isabell. Pengene fra brochen hjalp Marias mor til Sverige, Isabell og hendes lille familie nåede aldrig derop. Men Maria har fået brochen af onkel Max, og hun bærer den ved alle Sergeis koncerter, som en lykkeamulet og til minde om alle dem, der døde.

Dem, 'der ikke fandt en vej' vil hun sige. Men, hun siger det ikke så let, som hun sagde engang, da hun var en lille spinkel brunøjet pige, jeg forelskede mig i på Athos, munkerepublikken i Halkidiki, kirkens hellige sted, hvor både hun og jeg var forment adgang, fordi jeg er jøde, og hun er kvinde, men hvor folk som fader Theodoro og Michaelis, trodsede deres tro og fulgte deres hjerter, og gav os lov at være.

Krig sætter spor, og for os, der overlevede, og kom videre, blev livet aldrig det samme, men jeg ved, at jeg i forhold til Maria og mange, mange andre, levede et forkælet og beskyttet liv på Athos.

Mine forældre fandt et skjulested hos en venlig fiskerfamilie på Limnos. De tog aldrig derfra, men levede alle årene få hundrede kilometer fra, hvor jeg opholdt mig. Vores venner fra Thessaloniki, sejlede videre derfra, men de forsvandt - måske på havet - og blev aldrig fundet.

Michaelis aflagde sit lægeløfte sidste år, og jeg selv går på Polyteknisk Læreanstalt udenfor København, hvis alt går vel bliver jeg ingeniør til næste år. Takket være fader Theodoros terperi har det ikke været så svært for mig at tage de eksaminer, jeg skulle, for at blive optaget. Maria passer sin mor i Stockholm og følger sin lillebror til koncerter rundt i verden.

'Men Daniel, mens Sergei gik på Julliard i USA, lærte jeg mig engelsk', siger hun til mig, når jeg spørger hende om, hvornår hun genoptager violinspillet eller tager én af de uddannelser, hun er så selvskreven til.

Og fader Theodoro, hvad med ham? Han flyttede til Thessaloniki, fik et lille hvidt hus med grønne skodder og rødt tag til sig og sine to katte og begyndte som lærer på samme skole som Michaelis far. 'Men han får nok ikke lov til at undervise i fysik og sprængstoffer', skrev Michaelis til mig.

Sidste år, da Michaelis blev læge, tog jeg toget til Athen for at fejre ham, og vi tog sammen med hans kone Catharina og deres lille søn op til hans forældre i Thessaloniki og besøgte også fader Theodoro, som nu var pensioneret. Det var et vidunderligt gensyn.

Siden tog jeg tilbage til Ouranopolis og mødtes med fiskeren Yannis Papapetrou. Yannis båd var nymalet og skinnede hvidt i solen. Jeg bad ham om at sejle mig tilbage til Athos, ikke helt dertil, måtte jeg skynde mig at sige, men på afstand. Jeg følte mig lidt som tyven, der vender tilbage til gerningsstedet.

Da det første kloster kom os i møde, overvejede jeg at bede ham vende båden. Majestætisk lå det med det hellige bjerg bag sig. Vi rundede kap Pines og kap Akrothos og foran os lå det mægtigste af alle klostre, Megisti Lavra.

Jeg var tilbage, Yannis slukkede motoren og lod mig sidde i fred. 300 meter er det tætteste, jeg må komme den hellige halvø, fordi jeg er jøde.

Mine år på Athos gav mig bagage i rygsækken, gav mig mere viden, end nogen skole nogensinde har givet mig. Opholdet gav mig venskaber, det lærte mig tolerance og forståelse, selvom jeg glemte det ind imellem, det gav mig kampmod, vilje og livsmod. Når livet er lidt svært, som alle liv jo er ind imellem, tænker jeg på Athos, og det der skete i årene hos fader Theodoro.

Sergei sænker violinen og kigger kort op mod loftet. Bifaldet rejser sig som en rullende bølge imod ham. Han bukker, smiler og kaster et hurtigt blik ned mod tredje række yderst til venstre, hvor han ved, at Maria sidder.

'Vi er altid alene,' sagde Maria, og dengang blev jeg forskrækket og syntes, at det lød trist, 'men der findes altid en vej.' Nu ved jeg, at det er sandt. Vi er altid alene, nogen gange er vi det bare sammen med andre, men hvis vi ved, at vi er alene, og skal klare os selv, så gør det os stærkere og i stand til at hjælpe andre. Og der er faktisk altid en vej, det er måske ikke den mest synlige, den bedst farbare vej, men den er der. Den skal bare findes.

Faktuelle oplysninger:

- Af Thessaliens 70.000 jøder overlevede kun få tusinde 2. verdenskrig.

- Mellem 500.000 og 1 million sigøjnere blev dræbt i nazisternes udryddelseslejre.

- Digtet; 'På Rejse' er fra bogen Morten Nielsen, Samlede Digte, Gyldendal, 2002. Herfra stammer ligeledes digtet 'Riget af tusind år', og sætningen 'Krigere uden våben'.

Tak til:

- Fotograf Henrik Just, for foto af havørnen på forsiden.

- Grafiker Jens Raadal, for design af forsiden.

- Forfatter Jussi Adler-Olsen, fordi han tog sig tid og gav mig ris og ros på et meget tidligt tidspunkt i skriveprocessen.

ISBN 978-87-92978-01-1

www.ingramcontent.com/pod-product-compliance
Lightning Source LLC
Chambersburg PA
CBHW070754280626
47162CB00016B/268